DIE MÄRCHEN DER WELTLITERATUR

Herausgegeben von Kurt Schier

Türkische Volksmärchen

Herausgegeben und übertragen von
Otto Spies

EUGEN DIEDERICHS VERLAG

8.–10. Tausend 1974

Einbandentwurf: Ulrich Hanisch
Gesamtherstellung: Passavia Passau
Printed in Germany
ISBN 3-424-00327-1 Hln
ISBN 3-424-00328-x Leder

1. *Die Geschichte vom Kristallpalast und Diamantschiff*

Die Erzähler der Geschichten und die Überlieferer der Berichte erzählen folgendes: In früherer Zeit lebte ein Padischah, dessen Kinder in der Welt nicht am Leben blieben, sondern immer starben. Eines Tages kam dem Padischah eine Tochter zur Welt. Der Arzt und der Hodscha, die damals horoskopische Untersuchungen anstellten, erklärten: »Mein Padischah! Wir wollen für deine Tochter unter der Erde eine Grube machen lassen. Dorthin soll sie gehen und dort aufwachsen, da es keinen anderen Ausweg gibt.«

Dem Padischah gefiel diese Rede. Alsbald wurde unter der Erde eine Grube angelegt, die an allen vier Ecken wohl gestützt war. Darauf brachte man das Kind in die Grube. Der Padischah ernannte eine Kinderfrau, die ihm morgens und abends sein Essen brachte.

Um es kurz zu sagen: Das Kind wurde hier vierzehn bis fünfzehn Jahre alt. An Schönheit hatte es nicht seinesgleichen, und an Lieblichkeit und Vollkommenheit war es unvergleichlich.

Eines Tages langweilte sich das Mädchen an dem erwähnten Ort und stellte alle Stühle, die in der Grube vorhanden waren, übereinander und stieg nach oben. Sie zerbrach die Glasscheibe, steckte den Kopf hinaus und sah ein großes Weltmeer vor sich. Als die Sonne darauf strahlte, glänzte es so, daß man mit den Augen nicht hinsehen konnte. Sie dachte: »Ach, wenn die Erde ein Unten hat, muß sie auch ein Oben haben« und wunderte sich einige Zeit. Dann stieg sie wieder hinunter und hielt sich an ihrem Platz auf. Danach erschien die Kinderfrau. Als sie bemerkte, daß die Glasdecke zerbrochen war, fragte sie das Mädchen: »Wer hat die Scheibe zerbrochen?« Da begann die Prinzessin zu reden und sprach: »Führt mich von hier fort, sonst bringe ich mich um.«

Die Kinderfrau machte kehrt und ging sofort zum Padischah. Als sie die Worte, die die Prinzessin gesprochen hatte, eins nach dem anderen vorgetragen hatte, ließ er sofort die Ärzte zusammenrufen. Nachdem sie wieder eine horoskopische Untersuchung vorgenommen hatten, sagten sie: »Mein Padischah, laßt sie herausgehen, aber nicht sofort. Sie soll sich erst draußen ein wenig ergehen, bis sie ihre Augen daran gewöhnt hat; danach bringt sie wieder in die Grube.«

Die Kinderfrau ging, führte die Prinzessin aus der Grube und brachte sie in einen Rosengarten. Als sie dort spazierenging, erblickte sie das Weltmeer und dachte nach. Sie ging zu ihrem Vater und sprach: »Mein mächtiger Vater, laß mir doch über diesem, das wir dort sehen, einen Kristallpalast bauen; darin sollen sich diamantene und goldene Stühle befinden, und auch die Möbel sollen prächtig und goldbestickt sein. Wenn du ihn nicht bauen läßt, bringe ich mich sofort um.«

Der Padischah sagte: »Um Gottes willen, liebe Tochter! Der Palast soll so gemacht werden, wie du es wünschst.« Darauf gab er den Kristallarbeitern die Befehle. Sie fingen sofort an, über dem Meer einen Palast zu errichten. Genau in Jahresfrist wurde er fertig. Man gab dem Padischah darüber Nachricht, man ging an das Gestade zum Palast und sah ihn sich an. Das war ein solcher Kristallpalast, daß jeder, der ihn sah, geblendet wurde. Es ist unmöglich, ihn mit Worten zu beschreiben. Sein Strahlenglanz erfüllte die Welt.

Die Prinzessin kam und küßte ihrem Vater die Hand. Dieser sprach: »Mein Kind, der Kristallpalast, den du gewünscht hast, ist fertig. Nimm einige Sklavinnen und gehe hin. Mögest du heiter und vergnügt darin wohnen!«

Darauf nahm die Prinzessin, da sie jung war, einige Sklavinnen mit sich und zog mit ihnen in feierlichem Zug geradewegs zum Palast. Sie traten ein und gingen dort spazieren. Tag und Nacht sollen sich diese nun vergnügen. Wir wollen jetzt zur Außenwelt kommen. Einige Leute kamen zu Schiff, andere zu Boot und sahen sich den Palast an. Eines Tages, als der Sohn des Padischahs von Jemen von diesem Palast hörte, wunderte er sich darüber, ging zu seinem Vater und sprach: »Mein erlauchter Vater! Der Padischah von Istanbul hat am Meer einen Palast errichten lassen, den man mit Worten nicht beschreiben kann. Wenn du mir gütigst Erlaubnis gibst, möchte ich hinreisen und ihn anschauen. In drei bis vier Monaten werde ich zurückkommen.«

Da gab ihm sein Vater die Erlaubnis; er nahm einige Gefährten mit, bestieg das Schiff und machte sich auf den Weg. Tag und Nacht fuhr das Schiff dahin, ohne anzuhalten. Nach einiger Zeit wurde in der Ferne etwas Wunderbares sichtbar. Sein Strahlenglanz erfüllte die Welt. Der Königssohn sagte zu seinen Gefährten: »Das, was dort erscheint, muß der berühmte Palast sein.« Nach einigen Tagen kam er endlich bei dem Palast an und fuhr von allen vier Seiten um ihn herum. Er dachte bei sich: »Ist das, was ich sehe, ein Phantasiegebilde oder ist es ein Traum?« und verfiel eine Zeitlang in Nachdenken. Als es schließlich Abend wurde, ließ er das Schiff dort Anker werfen.

Der Königssohn soll sich auf dem Deck aufhalten. Wir wollen zur Prinzessin kommen. Sie tritt in das Vestibül und schaut nach draußen hinaus. Da sieht sie, daß vor dem Palast ein Schiff angekommen ist. Während sie sich fragt, wem dieses Schiff wohl gehöre, sieht sie den Königssohn. Er ist ein Jüngling, der dem Mond am Vierzehnten des Monats gleicht. Sofort verliebt sie sich in ihn mit ganzem Herzen und aus ganzer Seele. Als der Königssohn das Mädchen erblickte, schwanden ihm die Sinne und er fiel ohnmächtig zu Boden. Nach einiger Zeit kam er wieder zur Besinnung, stand auf und blickte nach dem Fenster, konnte aber das Mädchen nicht sehen. »Ach«, sprach er, »ich möchte sie nur noch einmal sehen.« Wie er hinschaute, verfiel er in Schlaf. Jetzt kam die Prinzessin an das Fenster und sah, daß der Königssohn eingeschlafen war. Da seufzte sie, während aus ihren Augen Blut anstelle von Tränen floß. Wie sie weinte, fiel eine Träne dem Königssohn ins Gesicht. Sofort wachte er auf und sah, daß anstelle von Tränen aus den Augen der Prinzessin Blut floß. Nun sagte der Prinz zum Mädchen: »Hier ist das Schiff! Da ist Jemen! Mit vollen Segeln los!« Das Schiff setzte sich in Bewegung und fuhr nach seinem Land zurück. Eines Tages traf er glücklich wieder in Jemen ein und blieb dort.

Wir wollen uns jetzt wieder zur Prinzessin wenden. Während sie unaufhörlich in Strömen weinte, ging sie geradewegs zu ihrem Vater und sagte: »Lieber Vater, ich möchte von dir ein Schiff haben, das aus lauter Diamanten ist, dessen Kabinen mit Edelsteinen geschmückt und dessen Masten aus Rubinen sind. Darinnen sollen vierzig weiße, junge, schöne Sklaven sein. Wenn du mir das alles nicht machen läßt, werde ich mich töten.«

»Schön, mein Kind«, antwortete der Vater, »das Schiff soll sein, wie du es wünschst.«

Dann berief er die Goldschmiede und gab ihnen den Befehl. Noch an jenem Tag begannen sie mit dem Bau des Schiffes. Nach genau zwei Jahren war es fertig. Jetzt ging die Prinzessin zu ihrem Vater und küßte ihm die Hand mit den Worten: »Lieber Vater, gib mir die Erlaubnis. Ich will einen Luftwechsel vornehmen und, wenn Gott will, bald wiederkommen.«

Da ihr Vater auf der Welt nur diese einzige teure Tochter hatte, konnte er ihr überhaupt nichts abschlagen und gab ihr notgedrungen wohl oder übel die Erlaubnis: »Meine liebe Tochter, laß mich nicht so lange in Sehnsucht auf dich warten. Allah möge dir Heil verleihen!«

Das Mädchen nahm nun vierzig weiße Sklavinnen und vierzig weiße Sklaven mit sich, außerdem eine Palasteinrichtung, und begab sich geradewegs zu dem diamantenen Schiff. Nachdem sie noch jene Nacht dort verweilt hatte, gab sie am nächsten Morgen 22 Kanonenschüsse nach Steuerbord und nach Backbord ab, und man fuhr los. An jenem Tag lobte die ganze Welt sie, und Hunderttausende spendeten ihr Beifall mit den Worten: »Was ist das doch für eine geschickte Prinzessin!« Die Prinzessin selbst war der Kapitän, ihr Gehilfe war ein alter Kapitän, und die Sklaven und Sklavinnen in ihrem Gefolge verwendete sie anstelle von Soldaten und befehligte sie.

Eines Tages kamen sie in Jemen an. Sie lief in den Hafen ein, ließ das Schiff vor Anker gehen und blieb jene Nacht dort. Der Aufsichtsbeamte jener Gegend hörte davon und kam, um sich das Schiff anzusehen. Als er es ansah, sagte er: »Wem gehört es wohl? In meinem ganzen Leben habe ich noch nie ein solches Schiff gesehen. Allah möge es vor dem bösen Blick bewahren.«

Sogleich ging er zum Palast und erstattete dem Padischah Bericht: »Ach, mein Padischah, gestern ist ein Schiff angekommen, dessen Beschreibung mit Worten unmöglich ist. Es besteht aus reinen Diamanten und lauter Edelsteinen. Es lohnt sich, daß man es einmal anschaut.«

Da schickte der Schah seinen Fürstenerzieher und trug ihm auf, in Erfahrung zu bringen, wer es sei, und zurückzukommen. Dann bestieg sein Adjutant eine Schaluppe und fuhr schnurstracks zu dem Diamantschiff. Als nun die Prinzessin den Adjutanten kommen sah, ließ sie die Schiffsmannschaft von Kopf bis Fuß rote Kleidung anziehen. Als die Schaluppe schließlich an der Landungstreppe angelegt hatte, ging dem Adjutanten die ganze Schiffsbesatzung entgegen, führte ihn hinauf und brachte ihn geradewegs zur Kabine des Kapitäns. Sie setzten sich auf Sesseln nieder und begannen freundschaftlich zu plaudern. Der Adjutant sagte: »Aber, mein Bej, man kann sich nicht genug der Gesellschaft mit Leuten Ihresgleichen erfreuen, jedoch der Schah erwartet mich, ich bin gekommen, um Nachricht zu bringen. Wenn Sie mir Ihren schönen Namen sagen würden, will ich dem Padischah Kunde geben.« Der Kapitän antwortete: »Ich bin ein Kaufmannssohn und bin auf Reisen gegangen, um mich zu vergnügen.«

Schließlich brach der Adjutant auf und ging zum Padischah zur Audienz: »Mein Padischah! Das Schiff, das angekommen ist, ist ein Handelsschiff. Sein Kapitän ist ein junger Mann, der weder Schnurrbart noch Backenbart hat; er ist so schön wie der Mond am Vierzehnten des Monats. Seine Mannschaft ist ganz ihm entsprechend, alle sind ausgezeichnet. Wirklich, mein Herr, es lohnt, sich das einmal anzusehen.«

Der Padischah bekam Lust und wünschte, sich hinzubegeben. Dann bestieg er eine Schaluppe mit sieben Ruderpaaren und fuhr mit seinem ganzen Hofstaat zum Schiff. Als der Kapitän nun sah, daß der Herrscher selbst kam, ließ er die ganze Mannschaft gelbe Kleider anziehen. Als der Besucher sich der Landungstreppe näherte, kam ihm die Schiffsbesatzung entgegen und führte ihn nach oben. Sie gelangten nun in die Kabine des Kapitäns und erwiesen ihm Ehrenbezeugungen; sie nahmen ihn herzlich auf und bewirteten ihn mit Kaffee und Tabak. Der Padischah war in Staunen versetzt. Dann brach er wieder auf und ging zu seinem Palast zurück.

Als der Königssohn das hörte, da verstand er sofort die Angelegenheit. Nun bestieg er die Schaluppe und fuhr direkt zum Schiff.

Wir wollen nun wieder zum Kapitän kommen. Diesmal ließ er die ganze Schiffsmannschaft in Grün kleiden. Als der Königssohn am Schiff anlegte, empfing man ihn mit Ehrenbezeugungen. Schließlich kam er in die Kabine des Kapitäns und ließ sich dort nieder. Obwohl der Königssohn den Kapitän bis in alle Einzelheiten befragte, gab sich dieser auf keine Weise zu erkennen. Der Königssohn verliebte sich sofort in den Kapitän und konnte seinen Blick nicht von seinen Augen abwenden. Als es schließlich Abend wurde, erhob sich der Königssohn wohl oder übel und fuhr zu seinem Palast.

Wir wollen zum Kapitän kommen. Er schickte dem Hafenaufseher der dortigen Gegend Nachricht, und durch seine Vermittlung brachte man das unter seinem Kommando stehende Schiff ins Hafenbecken. Sie nahmen auch die Einrichtungsgegenstände mit. Vor dem Palast lag ein riesiges Gebäude, das sie mieteten. Dort ließen sie sich nieder und begannen, sich freundschaftlich zu unterhalten.

Wir kommen wieder zu dem Königssohn. Am nächsten Morgen, als es Tag geworden war, geht er zu der Stelle, wo das Schiff gelegen hatte, und sieht, daß keine Spur mehr davon vorhanden ist. Mit einem Wehruf schlug er seinen Kopf auf den Boden. Er kam zu seinem Erzieher und fragte ihn. Als der Erzieher ihm alles, eins nach dem anderen, erklärt hatte, wurde dem Königssohn wieder froh ums Herz, und er ging zum Palast zurück. Als er vom Gartenhaus auf die Fenster des erwähnten Gebäudes schaute, fiel sein Blick auf das Mädchen, und er geriet in Verwirrung. Bei dem Gedanken: »Wer ist es wohl? Ist es vielleicht die Frau des Kapitäns?« fühlte er innere Unruhe und Argwohn. Sie war ein einzigartiges und auf der Welt unvergleichliches Wesen, das solche Schönheit besaß und dessen Locken nach zwei Seiten gescheitelt waren.

Als nun auch das Mädchen den Königssohn erblickte, schloß sie das Fenster und zog sich ins Innere zurück. Da verliebte sich der Prinz von neuem in sie. Nach allen vier Seiten streifte er um das Gebäude herum in dem Gedanken: »Ach, wenn ich jene Schöne noch einmal sehen könnte!« Als es schließlich Nacht geworden war, zog sich der Königssohn in sein Zimmer zurück und jammerte.

Am anderen Morgen kommt er zum Gartenhaus und sieht, daß niemand am Fenster ist. Da er es nicht mehr aushalten konnte, ging er er zu seiner Mutter und sagte: »Ach, Mutter, in dem uns gegenüberliegenden Gebäude wohnt die Frau des Kapitäns, ich habe sie am Fenster gesehen und mich in sie verliebt. Nimm diese edelsteinbesetzten Holzschuhe und bringe sie ihr zum Geschenk. Ich möchte noch einmal ihre Schönheit sehen, sonst werde ich mich umbringen.«

Wohl oder übel erhob sich die Mutter und ging zum Gebäude des Kapitäns. Nachdem sie eingetreten war und den Gruß entboten hatte, überreichte sie dem Mädchen die Holzschuhe. Das Mädchen nahm die Schuhe und gab sie den Sklavinnen in der Küche. Die arme Sultanin wunderte sich und sagte zu dem Mädchen: »Meine Prinzessin, der Königssohn läßt seinen besonderen Gruß entbieten und wünscht,

Eure gesegnete Schönheit zu sehen, aber ach, was geruht Ihr zu antworten?« Da gab das Mädchen überhaupt keine Antwort. Nachdem sie noch einige Zeit verweilt hatte, ging sie zum Palast zurück und sprach zornig zum Königssohn: »Ich habe jenem Mädchen die edelsteinbesetzten Schuhe gegeben. Sie nahm sie und gab sie den Sklavinnen in der Küche. Darüber habe ich mich sehr aufgeregt, und obwohl ich ihr deinen Zustand geschildert habe, hat sie überhaupt keine Antwort gegeben. Dann bin ich von dort aufgebrochen und hierhergekommen. Was du auch immer für einen Kummer hast, du mußt selbst damit fertig werden!«

Jetzt ging der Königssohn in sein Zimmer und seufzte und jammerte bis zum Morgen. Dann ging er zu seiner Mutter und küßte ihr die Hand mit den Worten: »Ach, liebe Mutter! Nur du allein kannst helfen.«

Die Sultanin hatte eine sehr wertvolle Perlenkette. Als ihr diese in den Sinn kam, sagte sie: »Mein lieber Sohn, ich habe von meinen Vorfahren eine Perlenkette im Kasten. Dir zuliebe will ich sie hingeben. Wir wollen einmal sehen, wie sie wirkt.«

Der Prinz war erfreut und küßte seiner Mutter wiederum die Hand. Die Sultanin erhob sich und ging zum Gebäude des Mädchens. Als sie eingetreten war und den Gruß des Königssohnes übermittelt hatte, überreichte sie dem Mädchen jene Perlen. Das Mädchen hatte einen Papagei, der in einem Käfig an der Decke hing. Sie nahm die Perlen der Sultanin und gab sie dem an der Decke aufgehängten Papagei als Futter. Das Tier fraß sie knackend und krachend auf.

Diesmal öffnete die Dame vor Staunen ihren Mund und sprach zu sich selbst: »Schau, der Papagei dieses Frauenzimmers frißt Perlen statt Futter!« Danach stand sie auf und ging zum Palast zurück. Als der Prinz voller Eile fragte: »Mutter, was hast du erreicht?«, antwortete sie: »Ach, mein Sohn, ich habe meine Perlen dem Mädchen gegeben. Sie nahm sie auch, gab sie aber dem an der Decke aufgehängten Papagei als Futter. Das Tier hat sie vor meinen Augen aufgefressen. Als ich das alles ansehen mußte, da grämte ich mich schier zu Tode. Ich wußte nicht, was ich tun sollte, und ich weiß nicht, was nun mit uns werden soll.«

Der Prinz entgegnete ihr: »Mutter, es ist Dummheit von ihr! Nimm es ihr nicht übel!« In dieser Nacht kam bis zum Morgen kein Schlaf über den Prinzen, da er immer wieder seufzte. Am Morgen ging er geradewegs zu seiner Mutter und sprach: »Ach, liebe Mutter, ich habe einen alten Koran. Bring ihr den! Vielleicht hat sie aus Ehrfurcht vor ihm diesmal Mitleid mit mir und handelt gütig.« Kurz, er überredete seine Mutter und schickte sie wieder hin.

Die Sultanin geht unter einem Vorwand zum Palast und tritt ein. Die Prinzessin kommt herunter, geht ihr mit Ehrenbezeugungen entgegen und führt sie hinauf. Die Sultanin wundert sich hierüber. Schließlich holt sie aus ihrem Busen den Koran heraus und überreicht ihn dem Mädchen. Das Mädchen nimmt ihn artig an und legt ihn, nachdem sie ihn dreimal geküßt hat, auf das Bücherbrett. Da sagt die Sultanin zu ihr: »Mein Kind, der Prinz klagt Tag und Nacht unaufhörlich. Zuletzt wird er sich noch umbringen. Um Himmels willen, mein Kind, du allein kannst da nur helfen. Zeige dem Prinzen doch nur einmal dein Gesicht, damit er dich sehen kann und sein Herz etwas Freude hat!«

Das Mädchen antwortet: »Mutter, ich zeige mich nicht für etwas Gewöhnliches!« Da sagt die Sultanin zu ihr: »Ach, mein Kind, was du verlangst, das wollen wir tun!« Darauf entgegnet das Mädchen: »Mutter, ich will es dir geradeheraus sagen. Du sollst jetzt eine goldene Brücke machen lassen und ringsherum alles mit lauter Rosen schmücken. Der Prinz soll an dem einen Ende der Brücke sein Lager aufschlagen und sich hineinlegen, dann werde ich dorthin kommen, und dort soll er mich sehen.«

Danach stand die Sultanin auf und kam wieder in ihren Palast. Als der Prinz fragte: »Ach, Mutter, was hast du erreicht?«, da entgegnete sie: »Mein Sohn, jenes Mädchen hat kurz und bestimmt geantwortet: ›Eine goldene Brücke sollst du machen lassen und alles ringsum mit lauter Rosen schmücken. Der Prinz soll an dem einen Ende sein Lager aufschlagen und mich erwarten. Ich werde dorthin kommen und er kann mich sehen.‹ Wenn du das vermagst, fuhr sie fort, laß es machen.«

Kurz und gut, der Prinz ließ wirklich eine Brücke machen, wie sie das Mädchen beschrieben hatte, und schmückte sie ringsum mit Rosen. An dem einen Ende der Brücke schlug er sein Lager auf und ließ sich dort nieder. Dem Mädchen schickte man nun Nachricht. Sie kleidete sich und schmückte sich und kam mit allem Prunk und Pomp zur Brücke. Während sie aber über die Brücke ging, stach sie sich an einem Rosendorn ins Gesicht und schrie: »O weh, mein Gesicht!« und kehrte wieder zu ihrem Palast zurück.

Der Prinz sieht, daß sie kommt, und denkt bei sich: »Jetzt werde ich sie sehen.« Als er bemerkt, daß das Mädchen umkehrt und zurückgeht, sagt er zu seiner Mutter: »Um Gottes willen, Mutter, ich habe sie nicht sehen können; sie ist fortgegangen.«

Die Sultanin geht geradewegs zum Haus des Mädchens. Als sie zu ihr sagt: »Meine Tochter, warum bist du nicht zum Prinzen gegangen?«, entgegnet das Mädchen: »Mutter, ein Rosendorn ist mir ins Gesicht gedrungen. Nun könnt Ihr die Brücke und auch den Prinzen behalten.«

Darauf erwiderte die Sultanin: »Meine Tochter! Was sollen wir tun? Du wendest für alles eine List an!« Nun sprach das Mädchen: »Mutter, ich will dir die Wahrheit sagen. Ihr sollt jetzt eine goldene Brücke bauen lassen und auf der einen Seite einen goldenen und auf der anderen Seite einen silbernen Leuchter aufstellen. Danach soll der Prinz sterben. Ihr sollt an dem anderen Ende ein Grab für ihn graben und ihn hineinlegen. Dann will ich kommen und zu seinen Häupten sitzen. Dort soll er mich nach Herzenslust anschauen!«

Zornig stand die Sultanin auf, ging zum Palast und sagte: »Mein Sohn, dem Mädchen ist ein Dorn ins Gesicht gedrungen. Darum kehrte sie um und ging wieder nach Hause.« Als der Prinz fragte: »Mutter, was sollen wir jetzt tun?«, antwortete sie: »Mein Sohn, das Mädchen hat ihre letzte Antwort gegeben: ›Du sollst auf die frühere Art und Weise eine Brücke machen lassen und auf beiden Seiten einen goldenen und silbernen Leuchter aufstellen. Danach soll der Prinz sterben und man soll an dem einen Ende der Brücke sein Grab bereiten. Darin soll er mich erwarten. Ich werde kommen und mich zu seinen Häupten niederlassen. Dort soll er mich nach Herzenslust anschauen.‹ So sprach sie, und das war ihre Antwort.« Der Prinz sagte: »Mutter, ich werde dem Anschein nach sterben, mich ins Grab legen und sie erwarten. Wir wollen sehen, was für eine List sie diesmal anwenden wird.«

Also beschlossen sie. Am folgenden Tage stellte man auf der einen Seite der Brücke einen goldenen Leuchter und auf der anderen Seite einen silbernen Leuchter auf. Der Prinz ging in das Grab und erwartete das Mädchen.

Wir wenden uns wieder zu dem Mädchen. In jener Nacht ließ sie das Schiff aus dem Hafenbecken ziehen, nahm alle Einrichtungsgegenstände, die in dem Haus waren, sowie ihre Sklavinnen mit sich und brachte sie aufs Schiff. Alles war in Bereitschaft. Als es Morgen wurde, kam das Mädchen geradewegs zur Brücke und ging zu dem Grab, wo der Prinz war, und sagte: »Sieh, hier ist das Schiff und hier ist ein günstiger Wind nach Istanbul!« Nach diesen Worten bestieg sie das Schiff und fuhr ab.

Der Prinz steht sofort auf und sieht, daß das Schiff unverzüglich abfährt. Wehklagend eilt er zu seiner Mutter: »Ach, Mutter, was ich getan habe, ist meine Schuld.« Nun verstand er die Handlungsweise des Mädchens. Darauf begab er sich zu seinem Vater und küßte ihm die Hand mit den Worten: »Mein lieber Vater! Gib mir die Erlaubnis, ich möchte fortgehen!« Der Vater war damit einverstanden und gab ihm die Erlaubnis. Der Prinz küßte auch seiner Mutter die Hand und sprach: »Mutter, nun hat sich der rechte Weg für mich aufgetan. Jetzt muß ich gehen.« Damit holte er sich auch die Erlaubnis von seiner Mutter.

Dann ging er, bestieg ein Schiff und machte sich auf den

Weg. In Istanbul verließ er das Schiff und ging zu dem erwähnten Palast. Die Prinzessin kam ihm mit den Sklavinnen entgegen. Man führte ihn nach oben ins Zimmer. Als er zu ihr sagte: »Meine Prinzessin! Tut es dir nicht leid um mich, daß du mir so viel angetan hast?«, da entgegnete ihm das Mädchen: »Oh, mein Prinz, hast du denn vergessen, was du mir angetan hast? Du bist mit dem Schiff gekommen, hast mich in Flammen gesetzt und bist dann fortgegangen. War das vor Gott zu verantworten?«

Da sagte er: »Ach, meine Prinzessin, willst du mir mein Vergehen verzeihen und es mir nicht nachtragen? Die Schuld liegt an mir!«

Danach umarmten sie sich innig. Die beiden Liebenden erreichten ihren Wunsch und gelangten zur Vereinigung. Dann ging die Prinzessin zu ihrem Vater und erklärte ihm alles, was ihr zugestoßen war. Ihr Vater war zufrieden und dankte Gott. Am folgenden Tag wurde der Ehevertrag geschlossen, und vierzig Tage und vierzig Nächte wurde Hochzeit gefeiert. In der einundvierzigsten Nacht betraten sie das Brautgemach, und die beiden Liebenden wurden vereinigt. Hier findet unsere Geschichte ein Ende und damit den Schluß.

2. Der Geduldstein

Die Überlieferer der Erzählungen und die Berichterstatter der Geschichten erzählen folgendes: In alter Zeit hatte eine alte Frau eine sehr liebenswerte Tochter, die an Schönheit nicht ihresgleichen in der Welt hatte. Dieses Mädchen saß in einem Zimmer und strickte. Eines Tages gegen Abend kam ein Vogel durch das Fenster herein und redete sie in wohlgesetzten Worten an: »Meine Sultanin, du wirst vierzig Tage lang einen Toten bewachen und dann deinen Wunsch erreichen.« Darauf flog er fort.

Das Mädchen legte sich an jenem Abend nieder und schlief ein. Am nächsten Tag gegen Abend kommt der Vogel in gleicher Weise wieder und spricht nochmals und fliegt fort. Das arme Mädchen erzählt seiner Mutter die Worte des Vogels. Die Mutter fragt: »Ach, meine Tochter! Wann kommt der Vogel?« Da antwortete das Mädchen: »Heute abend wird er wiederkommen.«

Als es endlich Abend wurde, versteckte sich die Mutter in einem Schrank. Der Vogel kam wiederum und sprach zu dem Mädchen: »Meine Sultanin! Du wirst vierzig Tage lang einen Toten bewachen und dann deinen Wunsch erreichen!« Nach diesen Worten flog er wieder fort.

Als die Mutter dies gehört hatte, sagte sie: »Ach, meine Tochter! Komm, wir wollen uns vor diesem Vogel retten und flüchten.« Das Mädchen entgegnete: »Wie es auch kommen mag, so soll es sein! Mutter, wir wollen fliehen!«

Darauf packten sie ihre Sachen zusammen, die an Gewicht leicht, aber an Wert schwer waren, und machten sich auf den Weg. Nachdem einige Tage vergangen waren, gelangten sie zu einem Palast. Sie ließen sich an einer Seite außerhalb des Palastes nieder und ruhten aus. Als es Nacht wurde, legten sie sich hin und schliefen ein. Da kam der Vogel wieder, ergriff das Mädchen leise und brachte es in ein Zimmer des Palastes. Danach flog der Vogel fort. Als das Mädchen seine Augen öffnete und umherschaute, sah es sich selbst im Palast. Mitten im Zimmer lag in einem Bett ein Toter. Als das Mädchen das sah, wäre es beinahe ohnmächtig geworden und dachte: »O weh, was der Vogel gesagt hat, war doch keine Lüge! Das kommt von Gott. Ich muß das, was mir bestimmt ist, ertragen. So Gott will, wird das Ende gut.«

Das Mädchen soll also hier verweilen. Wir wollen uns zu seiner Mutter wenden. Als es Morgen wurde, wachte sie aus dem Schlaf auf und sah auf einmal, daß das Mädchen nicht mehr da war. Da rief sie: »O weh, indem ich meiner Tochter geraten habe, vor dem Vogel zu fliehen, habe ich sie mit eigener Hand ins Verderben gestürzt.« So klagte und jammerte sie. Geradewegs kehrte sie nach Hause zurück und litt in Verzweiflung und Trauer um das Mädchen.

Wir wollen nun zum Mädchen kommen! Tag und Nacht schlief es nicht und klagte. Schließlich kam der neununddreißigste Tag. Das Mädchen saß am Fenster und schaute traurig auf das Meer. Da wurde ein Schiff sichtbar, das von Persien her kam. Als es gerade am Palast vorüberfuhr, machte das Mädchen dem Kapitän mit der Hand ein Zeichen und rief: »Nimm diese zehntausend Piaster und gib mir eine Sklavin.« Dann ließ sie einen Strick hinab und zog die Sklavin herauf. Sie legte ihr eine goldene Kette um den Hals und freute sich, weil sie eine Gefährtin gefunden hatte.

Genau am vierzigsten Tag sprach sie zu der Sklavin: »Du bleibe hier! Ich werde mir die Zimmer ein wenig ansehen und wiederkommen.« Das Mädchen ging weg, und die Sklavin blieb allein. Während das Mädchen alle Winkel des Palastes besichtigte, stand der in dem Zimmer liegende Tote auf, wobei er nieste. Als er wieder lebendig geworden war und seine Augen öffnete, erblickte er die Sklavin und sagte: »Ach du, Mädchen, du hast mich bewacht?« Die Sklavin erwiderte: »Ja, ich habe dich bewacht!«

Nun aber war der Tote, der dort gelegen hatte, ein Königssohn, der früher geschworen hatte: »Wer mich vierzig Tage lang bewacht, den werde ich heiraten, sobald ich ihn, wenn ich aufstehe, sehe.«

So hatte er beschlossen. Als er die Sklavin sah, nahm er sie zur Frau und fragte sie, ob außer ihr noch sonst jemand hier wäre. Da sagte sie: »Ja, in jenem Zimmer ist noch eine Sklavin von mir. Ich habe sie um Geld gekauft, und die Goldstücke, die sie am Hals trägt, habe ich ihr auch gegeben.«

Dann rief sie ihre Herrin: »Mädchen, komm! Der Herr verlangt nach dir.« Da kommt das Mädchen herein und sieht, daß alles ganz anders geworden ist. Auch das kommt von Gott, dachte sie. Man muß es mit Geduld ertragen. Das Mädchen zog nun selbst die Kleider einer Sklavin an und versah oben und unten im Hause ihren Dienst.

Eines Tages sagte der Prinz zur Herrin: »Ich werde auf Reisen gehen. Was soll ich dir mitbringen?« Die Herrin antwortete: »Ich möchte eine Anzahl Diamanten und Türkise haben.« Als er die Sklavin fragte, was sie haben möchte, da sagte sie: »Ich wünsche mir den Geduldstein. Wenn du ihn vergißt, soll bei deiner Rückkehr das Vorderteil des Schiffes in pechschwarzem Rauch, aber das Hinterteil klar sein.«

Danach brach der Königssohn auf und fuhr nach Jemen. Nach einigen Monaten gelangte er dorthin, erledigte dort seine Geschäfte und kaufte, was ihm die Herrin aufgetragen hatte. Aber den Auftrag der Sklavin hatte er vergessen. So machte er sich auf den Heimweg. Auf einmal sieht er, daß das Vorderteil des Schiffes in pechschwarze Dunkelheit gehüllt ist, während das Hinterteil ganz hell ist. Sein Schiff konnte nicht abfahren. Der Kapitän rief den Soldaten zu: »Wenn unter euch ein Mensch ist, der einen Fluch auf sich hat, soll er aussteigen!«

Als der Königssohn das hörte, kam ihm der Auftrag der Sklavin in den Sinn. In der Tat war eingetreten, was sie gesagt hatte. Das Schiff kehrte um, der Königssohn stieg aus, kaufte den Geduldstein, wie ihm aufgetragen war, und kam zum Schiff zurück. Da war das Vorderteil des Schiffes hell, während der hintere Teil im Nebel lag. Durch die Gnade Gottes fuhr das Schiff rasch wie ein Vogel dahin. Nach Verlauf von einigen Tagen gelangte es zu der Stadt. Der Königssohn verließ das Schiff und begab sich in seinen Palast.

Die Herrin und die Sklavin stiegen die Treppe hinunter, bewillkommneten ihn und führten ihn hinauf. Der Herrin übergab er das Geschenk, das sie sich gewünscht hatte, und der Dienerin gab er den Geduldstein. Beide waren zufrieden.

Am Abend ging das Mädchen in sein Zimmer und blieb dort. Der Königssohn und die Herrin legten sich nieder. Als sie schlief, kam dem Königssohn in den Sinn, was wohl die Dienerin mit dem Geduldstein machen würde. Das machte ihn neugierig. Da die Herrin schlief, stand er aus seinem Bett auf, ging leise an das Zimmer, in dem die Dienerin war, und beobachtete das Mädchen durch das Schlüsselloch.

Wir wollen zu dem Mädchen kommen. Das, was man Geduldstein nannte, war ein Stein von der Größe einer Linse. Das Mädchen warf den Stein auf den Boden und sagte: »Ach, Geduldstein! Einst war ich das teure Kind meiner Mutter. Als ich eines Tages strickte, kam ein Vogel ans Fenster und sprach mit wohlgesetzten Worten zu mir: ›Vierzig Tage wirst du bei einem Toten wachen und darauf deinen Wunsch erreichen.‹ Dann kam ich irgendwie in diesen Palast und bewachte neununddreißig Tage lang diesen Jüngling. Wenn das alles mit dir geschehen wäre, wie würdest du es ertragen, o Geduldstein?«

Da machte der Geduldstein »puh, puh« und schwoll an. Das Mädchen fuhr fort: »Als an jenem Tag ein Schiff vorbeifuhr, kaufte ich mir für Geld eine Sklavin. Am vierzigsten Tag ließ ich die Sklavin im Zimmer zurück und ging ein wenig hinaus. Da wachte der Jüngling auf, und als er die Sklavin sah, heiratete er sie und wohnte mit ihr zusammen. Wenn das mit dir geschehen wäre, wie würdest du es ertragen?«

Da machte der Geduldstein »puh« und schwoll noch weiter an. »Ich bin zu ihrer Sklavin geworden, o Geduldstein. Wie würdest du es erdulden?«

Da machte der Geduldstein »puh« und platzte.

»O Geduldstein, du hast es nicht erdulden können und bist geplatzt. Wie soll ich es erdulden? Ich will mich nun an der Decke erhängen.« Sie stellte einen Schemel unter ihre Füße. Gerade als sie sich aufhängen wollte, brach der Königssohn die Tür auf, trat ein, umarmte das Mädchen und setzte sie auf die Erde mit den Worten: »Wehe, meine Sultanin! Da du mich doch bewacht hast, warum hast du es mir so lange nicht gesagt?«

Darauf ging er in das Zimmer jenes Mädchens, verprügelte sie, ließ sie aufstehen und fragte sie: »Willst du mit vierzig Maultieren oder mit vierzig Messern bestraft werden?« Da antwortete sie: »Ach, die vierzig Messer mögen auf das Haupt meines Feindes kommen. Ich möchte vierzig Maultiere haben, damit ich in meine Heimat gehen kann.« Darauf band er das Mädchen an die Schwänze von vierzig Maultieren und ließ sie los. Auf jedem Berg blieb ein Stück von ihr liegen.

Dann nahm der Königssohn die Herrin und heiratete sie. Vierzig Tage und vierzig Nächte dauerten die Hochzeitsfeierlichkeiten. Beide haben nun ihren Wunsch erreicht. Und damit Schluß!

3. Die Geschichte von Sefa und Dschefa

Die Überlieferer der Geschichten und die Berichterstatter der Ereignisse erzählen folgendes: In alter Zeit lebte ein gerechter Padischah, der auf der Welt keine Nachkommen hatte. Eines Tages ging er mit seinem Hofmeister in Verkleidung auf Wanderschaft. Als sie zu einer Quelle kamen, vollzogen sie die religiöse Waschung. Während sie das Gebet verrichteten, erschien von der anderen Seite ein Derwisch, trat zu ihnen heran und sprach: »Der Gruß sei auf Euch, mein Padischah.« – »Und auf Euch sei der Gruß, Vater Derwisch«, antwortete der Padischah. »Du hast erkannt, daß ich der Padischah bin. Da kennst du auch meinen Wunsch!« Darauf entgegnete der Derwisch: »Mein Padischah, du hast keine Kinder auf dieser Welt.« Mit diesen Worten nahm er einen Apfel aus seiner Tasche und sprach: »Mein Padischah, nimm diesen Apfel, schäle ihn und iß ihn mit der Königin! Die eine Hälfte sollst du ihr, die andere der Amme zu essen geben. Dann bekommst du einen Sohn. Aber hüte dich, ihm einen Namen zu geben, bevor ich komme.«

Als der Padischah seine Hand in die Tasche steckt, um dem Derwisch Geld zu geben, sieht er, daß der Derwisch verschwunden ist. Dann erheben sie sich und kommen geradewegs zum Palast. Sie schälen den Apfel, geben die eine Hälfte der Königin und die andere Hälfte der Amme. Sie essen ihn und legen sich am Abend schlafen.

Gott schenkte ihnen Nachkommen. Nach neun Monaten und zehn Tagen bekam der Padischah einen Sohn, und auch die Amme brachte einen Sohn zur Welt. Der Padischah gab den Armen zahlreiche Geschenke. Als schließlich der Prinz und sein Gefährte vier oder fünf Jahre alt wurden, schickte man sie zur Schule, damit sie die Wissenschaft lernen sollten. In der Schule nannte man ihn »den namenlosen Prinzen«.

Eines Tages ärgerte sich der Prinz darüber, ging zu seinem Vater und sprach: »Mein Vater, habe ich denn keinen Namen? Warum hast du mir keinen Namen gegeben?« Da antwortete der Padischah: »Mein Sohn, du bist durch einen Derwisch entstanden. Solange dieser Derwisch nicht kommt, kann ich dir keinen Namen geben.«

Die Minister hielten eine Versammlung ab und sagten: »Padischah, wer weiß, wann der Derwisch kommt? Wir wollen ihm einen Namen geben.«

Der Padischah war damit einverstanden. Als man nun den Namen des Prinzen festsetzen wollte, erschien der Derwisch und sprach: »Mein Padischah, der Name des Prinzen soll Sefa, der des Gefährten Dschefa sein.« Mit diesen Worten verschwand er.

Die Knaben setzten nun ordnungsgemäß ihr Studium fort. Als eines Tages Sefa und Dschefa in den Hofgarten gegangen waren, sagte Dschefa zu Sefa: »Ich gehe jetzt, um die religiöse Waschung vorzunehmen« und entfernte sich. Als sich Sefa nun nach allen Seiten umschaute, erschien dort ein Derwisch; er zog aus seiner Tasche ein Bild heraus und gab es dem Prinzen, der es betrachtete: es war ein Mädchen, schön wie der strahlende Vollmond, das Abbild der Welt, der Liebling der Zeit. Sofort verliebte er sich in dieses Bild und fiel ohnmächtig zu Boden. Als er nach einiger Zeit wieder zu sich kam, ging er mit Dschefa geradewegs zum Palast.

Der Prinz erkrankte, wurde von Tag zu Tag immer bleicher und schwand dahin. Obwohl ihn die Ärzte und Besprecher behandelten, fanden sie kein Mittel. Der Padischah fragte, wer das Leid des Prinzen kenne. Dschefa kannte es, daher ließ er ihn rufen. Als Dschefa ehrerbietig mit gekreuzten Armen vor ihm stand, fragte der Padischah: »O Dschefa, sage mir doch, was die Krankheit meines Sohnes ist. Vierzig Tage gebe ich dir Frist, am einundvierzigsten lasse ich dir den Kopf abschlagen.«

Da ging Dschefa zu Sefa: »Mein Prinz, dein Vater hat mir vierzig Tage Frist gegeben. Sag mir doch, was deine Krankheit ist. Denn am einundvierzigsten Tag wird er mir den Kopf abschlagen.« Wie sehr er auch bat, er konnte keine Antwort erhalten.

Als der einundvierzigste Tag gekommen war, sagte er: »Mein Prinz, heute ist der Tag der Trennung. Wir wollen uns gegenseitig verzeihen, was wir einander getan haben.« Dann umarmte er ihn, während aus seinen Augen Blut an Stelle von Tränen floß. Als Dschefa »Gott befohlen« sagte und sich zum Gehen abwandte, rief ihn Sefa und sprach: »Komm, Dschefa, nimm dieses Bild und gib es meinem Vater!«

Dschefa nahm das Bild und ging voller Freude zum Vater: »Mein Padischah, ich bringe eine freudige Botschaft. Der Prinz hat mir das Bild eines Mädchens gegeben.«

Da sieht der Padischah, daß es die Tochter des Padischahs von Jemen ist. Nun geht er zu Sefa und spricht: »Mein Sohn, du bist also in die Tochter des Padischahs von Jemen verliebt! Warum hast du das bis jetzt nicht gesagt? Soll ich ein Padischah sein und meinem Sohn nicht helfen können?« Dann rief er Dschefa und sagte: »Ich verlange von dir die Tochter des Padischahs von Jemen.« So befahl er. Sefa aber entgegnete: »Wo immer Dschefa ist, dort bin auch ich. Wenn du erlaubst, werde ich zusammen mit Dschefa gehen.«

Darauf nahm er von seiner Mutter Abschied. Nachdem sie die Reisevorbereitungen getroffen hatten, bestiegen sie ihre Pferde und machten sich auf den Weg. Während sie immer weiterzogen, kamen sie zu einer Quelle, wo sie die Pferde auf einer Wiese freiließen. Sie selbst ruhten sich etwas aus. Auf einmal sieht der Prinz eine alte Frau mit einem Krug in der Hand kommen, um Wasser zu holen. Er fragt die Mutter: »Mutter, wie heißt hier dieses Land?« Sie erwidert: »Mein Sohn, dieses Land heißt Jemen!« Als er fragt: »Mutter, kannst du uns die Nacht als Gäste aufnehmen?«, antwortet sie: »Mein Sohn, ich habe keinen Platz, wo ich mich selber hinlegen könnte.« Nachdem der Prinz aus seiner Tasche eine

Handvoll Goldstücke herausgeholt und ihr gegeben hatte, sagte die Frau: »Mein Sohn, ich habe Platz und für die Pferde habe ich auch einen Stall.« Sie nahm sie mit nach Hause, sie banden die Pferde im Stall an und stiegen ins obere Stockwerk hinauf. Dort ließen sie sich in einem Zimmer nieder.

Darauf rief der Prinz die Mutter und sprach: »Liebe Mutter, du fragst gar nicht, wie es mit uns steht.« Da bat sie ihn zu erzählen. Nun berichtete er: »Ich bin der Sohn des Padischahs von Istanbul und habe mich in die Tochter des Padischahs von Jemen verliebt. Deshalb bin ich in dieses fremde Land gekommen. Ist sie vielleicht hier?« Darauf erwiderte die Alte: »Ja, mein Sohn! Ich bin ihre Lehrerin! Noch in dieser Woche geht sie als Braut des Padischahs von Indien fort.« Darauf seufzte der Prinz aus tiefstem Herzen, und die Welt verfinsterte sich für ihn.

Am nächsten Tag erhält die Frau die Nachricht, daß die Prinzessin nach ihr verlangt. Die Frau Lehrerin sagt zu dem Boten: »Mein Sohn, ich habe von auswärts Besuch bekommen. Wie soll ich ihn allein lassen und fortgehen?« Die Boten gaben davon Kunde, und nun kam der Befehl, daß sie die Gäste mitbringen solle.

Wir wollen zu Sefa und Dschefa kommen. Da sie aus einem Apfel entstanden waren, so waren sie einander ganz ähnlich. Die Frau Lehrerin sagte: »Nun, was sagt ihr dazu? Man hat auch euch eingeladen. Jetzt wollen wir hingehen.« Sefa bat: »Bring mir Schleier und Überwurf. Ich will mich verkleiden und so hingehen.« Damit war die Alte einverstanden. Er zog also Schleier und Überwurf an und sie gelangten zusammen mit der Frau Lehrerin zum Palast. Die Tochter des Padischahs von Jemen stieg, schön wie der strahlende Vollmond, die Treppe herunter und kam ihnen mit den Sklavinnen entgegen. Als Sefa sie sah, begannen ihm Hände und Füße zu zittern. Wie dem auch sei, sie gingen hinauf und setzten sich in einem Zimmer nieder. Als sie ihre Schleier und Überwürfe abgelegt hatten, begannen sie sich freundlich zu unterhalten. Nachdem sie Kaffee getrunken und geraucht hatten, fragte die Prinzessin: »Frau Lehrerin, woher ist dieser Gast gekommen? Und wer ist es?« Sie antwortete: »Sie ist aus meiner Heimat und gehört zu meinen Verwandten. Ich habe mich darüber sehr gefreut.«

Am Abend sagte die Prinzessin: »Frau Lehrerin, ihr sollt heute hier Gast sein. Ich lasse euch nicht fortgehen.« Die Lehrerin antwortete: »Ach, meine Tochter, zu Hause ist ihre Mutter, sie weiß nichts davon, daß sie hierhergegangen ist. Sie wird sich beunruhigen. Morgen werde ich ihre Mutter um Erlaubnis bitten und sie mitbringen.« Darauf standen sie auf und gingen nach Hause. In dieser Nacht schliefen sie.

Am folgenden Tag ließ die Alte Sefa zu Hause und nahm den Dschefa mit und ging mit ihm geradewegs zum Palast. Es wurde Abend. Als sie zu Abend gegessen hatten, gab man der Frau Lehrerin ein eigenes Zimmer. Dschefa und die Prinzessin zogen sich in ein anderes Zimmer zurück, zündeten die goldenen und silbernen Leuchter an und ließen sich auf Polstern aus Vogelflaum nieder. Das Mädchen aber umarmte Dschefa sofort und küßte ihn mit den Worten: »Umarme und küsse auch du mich!« Da umarmte und küßte sie Dschefa. Das Mädchen aber erklärte: »Das ist der Kuß eines Mannes!« Schließlich gab sich Dschefa zu erkennen und berichtete von Anfang bis zu Ende, daß der gestern Gekommene der Sohn des Padischahs von Istanbul und in sie verliebt sei und daß sie beide aus einem Apfel entstanden seien.

Die Liebe des Mädchens wurde noch größer und sie dachte: »Da muß man einen Ausweg finden« und sprach: »Dschefa, morgen gehe ich als Braut des Sohnes des Padischahs von Indien fort. An der anderen Seite, eine halbe Stunde von der Stadt entfernt, ist ein Mausoleum. Bevor wir nicht zu jenem Heiligtum gegangen sind und die Wallfahrt gemacht haben, gehen wir nicht fort. Ihr müßt morgen von der Frau Lehrerin geradewegs zu jenem Heiligtum kommen, dem Wärter etwas Geld geben, eintreten und mich dort erwarten. Wir kommen mit dem Wagen zum Heiligtum, ich werde aussteigen und allein in das Heiligtum hineingehen. Die Brautkleider, die ich anhabe, lasse ich unverzüglich dich anziehen. Du steigst dann in den Wagen und gehst als Braut zu dem Sohn des Padischahs von Indien. Ich entfliehe mit Sefa. Wir erwarten dich auf dem und dem Berg. Auch du entfliehst eines Tages und kommst zu uns.« So beschlossen sie es in jener Nacht.

Am Morgen brachen Dschefa und die Frau Lehrerin auf und begaben sich nach Hause. Dschefa berichtete Sefa heimlich von dem ganzen Plan. Der Frau Lehrerin gaben sie eine Anzahl Goldstücke, verabschiedeten sich mit »Gott befohlen« und kamen zum Heiligtum. Hier gaben sie dem Wächter eine Handvoll Goldstücke, und Dschefa und Sefa verbargen sich in einem Winkel des Heiligtums.

Wir wollen die Geschichte nicht in die Länge ziehen. Als die Wagen kamen, stieg die Braut aus, trat in das Heiligtum ein, sah, daß Sefa und Dschefa dort waren, zog unverzüglich die Kleider aus, die sie anhatte, und gab sie dem Dschefa. Sowie Dschefa wieder zum Wagen kam, umarmte man ihn und setzte ihn in den Wagen. Man gab den Pferden einen Peitschenhieb und machte sich auf den Weg nach Indien.

Eines Tages kamen sie in Indien an. Aus Freude, daß die Tochter des Padischahs von Jemen als Braut für den Sohn des Padischahs von Indien gekommen war, wurden Kanonen abgeschossen und Freudenfeste abgehalten. Die Palasttore wurden geöffnet, und man kam ihnen entgegen. Die Sklavinnen geleiteten den Dschefa und führten ihn ins dritte Stockwerk hinauf.

Kurz und gut, in jener Nacht führte man Dschefa, da man ihn für ein Mädchen hielt, ins Brautgemach. In jener Nacht fand keine Vereinigung statt. Am Morgen ging der Prinz mit finsterem Gesicht fort, die vermeintliche Braut blieb im Palast. Nach einigen Tagen erschien die Schwester des Bräutigams, während die Braut im Garten spazierenging, und sprach: »Meine Prinzessin, komm, wir wollen zusammen ein Gebet zum Herrn verrichten. Vielleicht wird dann die eine von uns ein Mann.« Das Mädchen hätte das für ein Glück gehalten. Dschefa betete und das Mädchen sprach »Amen«! Als sie sich nun untersuchten, sagte das Mädchen: »Bei mir ist nichts!«, während Dschefa meinte: »Bei mir hat etwas zu werden angefangen.« Sie umarmten und umschlangen sich und küßten einander.

Dschefa erklärte: »Hier können wir nicht bleiben. Wir wollen in meine Heimat gehen.« Sie bestiegen die Pferde und machten sich mit den Worten auf den Weg: »Wo bist du, Sefa?«

Nach vier oder fünf Tagen erreichten sie die anderen. Sie fragten sich gegenseitig nach ihrem Befinden und erzählten alles, was ihnen zugestoßen war.

Diese sollen hier bleiben, wir wollen uns Indien zuwenden. Am Abend bemerkte man dort, daß weder die Braut noch die Schwester des Bräutigams im Palast waren. Da brach ein Wehklagen aus. Sogleich ließ man die Besprecherin rufen und sie das Sandorakel befragen. »Wehe, das Mädchen, das zu uns gekommen ist, ist ein Jüngling und hat auch die Schwester des Bräutigams mitgenommen, und beide sind geflohen.« Sofort zauberte die Besprecherin ein Pferd und sandte es gegen die Flüchtlinge aus, um sie zugrunde zu richten.

Das Pferd eilte in schnellstem Galopp davon. Zu der Zeit, als es auf sie losstürmen wollte, erschien ein Derwisch und sprach: »Dschefa, nimm eine Handvoll Erde vom Boden und wirf sie auf das herankommende Pferd!« Nach diesen Worten verschwand er. Plötzlich sieht Dschefa ein Pferd, wie es seinesgleichen in der ganzen Welt nicht mehr gibt. Als er vom Boden eine Handvoll Erde genommen und auf das Pferd geworfen hatte, wurde es ein elendes Tier.

Die Besprecherin schickte dann einen Hirsch, dessen Haare in bunten Farben schillerten und dessen Geweih nach allen vier Seiten Licht verbreitete. Solch ein herrliches Tier war es. Sefa sagte: »Dieses Tier will ich vorsichtig fangen und meinem Vater als Geschenk bringen!« Wieder nahm Dschefa eine Handvoll Erde vom Boden, streute sie auf das Tier und im selben Augenblick wurde ein elendes Tier daraus. Der Prinz wurde darüber auf Dschefa sehr böse.

Darauf zauberte die Besprecherin einen Drachen und schickte ihn gegen sie. Aus Maul und Nase Feuer sprühend, kommt er wie ein Blitzstrahl daher. Auch ihn vernichtete Dschefa, indem er ihn mit Erde bewarf.

Sie brachen dann von dort auf, machten sich auf den Weg und kamen nach ein paar Tagen nach Istanbul. Als man meldete: »Mein Padischah, wir bringen eine Freudenbotschaft! Der Prinz kommt!«, wurden Kanonen abgeschossen und Freudenfeste abgehalten. Der Großwesir ging ihnen entgegen und führte sie in den Palast. Der Prinz sagte: »Mein Vater, jetzt mußt du den Dschefa hinrichten.«

Dazu gab der Vater dem Henker den Befehl. Der Henker faßte Dschefa an der Hand und brachte ihn geradewegs auf den Berg, um ihm den Kopf abzuschlagen. Als der Henker ihm aber ins Gesicht sah, konnte er es überhaupt nicht übers Herz bringen. Daher tötete er einen jungen Hund, tauchte Dschefas Hemd in das Blut, Dschefa aber legte er zwischen zwei Steine und brachte das blutige Hemd dem Padischah.

Nach einigen Tagen kam dem Prinzen der Gedanke in den Sinn: »Wer hat auf den Wegen so viel Mühsale für mich ertragen? Ach, mein Dschefa, wo bist du?« Mit diesem Ruf eilte er in die Berge, um ihn zu suchen.

Wir wollen nun zu Dschefa kommen. Der Arme war seit geraumer Zeit zwischen den Steinen geblieben und hatte weder Brot noch Wasser. Der Jüngling, der stark wie ein Felsblock gewesen war, wurde nun so dünn wie ein Zwirnsfaden. Alle zwei Stunden erhob er einmal seinen Kopf und stöhnte: »Sefa, Sefa!« Wer ihn sah, dem blutete das Herz.

Als eines Tages eine Karawane dort vorüberzog, drang das Geseufze in ihr Ohr. Obwohl die Leute suchten, was das sei, konnten sie nichts finden und zogen weiter. Der Prinz begegnete der Karawane und fragte: »Karawanenführer, hast du in dieser Gegend niemand gesehen?« Der Karawanenführer erwiderte: »Auf dem Gipfel jenes Berges drang ein Seufzer mir ins Ohr. Ich habe nachgesucht, konnte aber nichts finden. Ich weiß nicht, was es war.«

Unverzüglich stieg der Prinz auf den Gipfel des Berges hinauf. Er spitzte die Ohren und lauschte. Zwischen zwei Steinen hörte er alle zwei Stunden eine sehr leise Stimme »Sefa, Sefa!« rufen. Als der Prinz das hörte, da grämte und härmte er sich. Sofort hob er mit Kraft die beiden Steine voneinander und warf sie zur Seite. Da bemerkt er, daß Dschefa wie ein Kind von sechs Monaten geworden ist. Er redete ihn an: »Dschefa, Dschefa, ich bin gekommen!« und gab sich zu erkennen.

Sogleich umarmten sie sich innig. Darauf geht er mit Dschefa in eins der Häuser, die sich dort befanden, und läßt Suppe kochen. Nachdem er einige Tage für ihn gut gesorgt hat, kommt er wieder etwas zu Kräften.

Eines Tages verlassen sie dieses Haus und gehen geradewegs zum Palast. Sefa verheiratete sich mit der Tochter des Padischahs von Jemen und verheiratete die Tochter des Padischahs von Indien mit Dschefa. Vierzig Tage und vierzig Nächte wurde Hochzeit gefeiert. In der einundvierzigsten Nacht traten die beiden liebenden Paare in das Brautgemach und ihre Wünsche gingen wahrhaftig in Erfüllung.

Den Rest ihres Lebens verbrachten sie in Freude und Lust. Auch diese Geschichte ist nun zu Ende und damit Schluß.

4. Die Geschichte vom Smaragd-Phönix

Die Überlieferer der Geschichten und die Übermittler der Nachrichten berichten folgendermaßen: In früheren Zeiten hatte ein Padischah in seinem Privatgarten einen Apfelbaum. Alljährlich brachte er drei Äpfel hervor. Wenn sie reif waren, kam um Mitternacht ein siebenköpfiger Dev, pflückte die Äpfel und ging weg. Der Padischah bekam keinen von ihnen zu essen.

Der Padischah hatte nun drei Söhne. Eines Tages kommt der älteste, küßt den Boden und bleibt vor dem Vater stehen. Der Padischah fragt:

»Was wünschst du, mein Sohn?« Er antwortet:

»Wenn Eure Majestät erlauben, werde ich diese Nacht den Apfelbaum bewachen, den Dev töten und die Äpfel pflükken.«

Der Padischah sagte: »Sehr schön, mein Sohn, aber wie willst du den Dev töten? Nachher kann dir etwas Böses zustoßen. Wenn du ihn überwältigen kannst, töte ihn!«

Der Prinz nahm einen Pfeil zur Hand, ging in den Privatgarten und verbarg sich dort. Um Mitternacht entstand ein Geräusch und Getöse, der Himmel war mit schwarzem Nebel bedeckt. Nach einiger Zeit trat aus dem Nebel ein siebenköpfiger Dev hervor, der geradenwegs auf den Baum zukam. Als der Prinz ihn sah, schwanden ihm die Sinne und er lief mit lautem Geschrei in das Schloß. Der Dev pflückte die Äpfel und ging weg.

Am nächsten Morgen rief der Padischah den Prinzen zu sich und fragte: »Mein Sohn, was hast du gemacht? Hast du den Dev getötet und die Äpfel pflücken und herbringen können?« Der Prinz küßte den Boden und antwortete: »Mein Padischah, ich habe nur mein Leben retten können. Das ist ein solcher Dev, daß jeder, der ihn sieht, die Besinnung verliert.«

Im nächsten Jahre ging der mittlere Prinz zu seinem Vater und sagte: »Vater, mein älterer Bruder hat den Dev nicht töten können. Mit Ihrer Erlaubnis werde ich diesmal hingehen und den Dev töten.«

Der Padischah antwortete: »Dein älterer Bruder hat den Dev nicht töten können; wie willst du ihn töten?« Da antwortete er: »Ich werde das Mittel dafür finden.« Da er sehr bat, wollte ihn sein Vater nicht kränken und gab ihm die Erlaubnis. Der Prinz nahm einen Pfeil in die Hand, ging in den Garten und verbarg sich dort.

Genau um Mitternacht entstand ein Geräusch und Getöse, tiefschwarzer Nebel bedeckte die Erde und den Himmel. Nach einiger Zeit trat aus dem Nebel ein großer Dev hervor und ging zum Baum hin. Als der Prinz das Gesicht des

Devs sah, fürchtete er sich; mit zitternden Händen und Füßen flüchtete er sofort in das Schloß. Der Dev pflückte die Äpfel und ging weg. Auch in diesem Jahr gab es kein Mittel gegen den Dev.

Als das dritte Jahr um war, ging diesmal der jüngste Prinz zu seinem Vater und sagte: »Vater, wenn Sie erlauben, werde ich diesmal hingehen.« Der Padischah sagte: »Deine Brüder konnten ihn nicht töten. Wie willst du ihn töten?«

Da er sehr bat und flehte, erhielt er die Erlaubnis von seinem Vater, so ging er in sein Zimmer, nahm einen vergifteten Pfeil, steckte einen Koran in seinen Busen und ging aus dem Zimmer in den Privatgarten. Nachdem er sich im Gartenhaus niedergesetzt hatte, öffnete er den Koran und fing an, innig darin zu lesen. Genau um Mitternacht entstand ein Geräusch und Getöse und Erde und Himmel wurden mit schwarzem Nebel bedeckt. Nach einiger Zeit kam aus dem Nebel ein siebenköpfiger, großer Dev. Als er auf den Baum zuging, spannte der Prinz den Bogen und schoß mit den Worten »Mit Gottes Hilfe« den Pfeil auf den Kopf des Drachen ab. Er drang an einem Kopfe ein, ging durch alle sieben Köpfe hindurch und kam wieder heraus. Der Drache erhob ein Gebrüll, daß die ganze Erde und der Himmel erdröhnten. Während sein Blut floß, machte er, daß er davonkam. Der Prinz pflückte sofort die Äpfel, ging ins Schloß und sagte:

»Mein Padischah, ich habe den Drachen getötet und die Äpfel mitgebracht.« Da war der Padischah sehr erfreut und sagte: »Bravo, mein Sohn, du hast dich sehr tapfer gezeigt.« Der Prinz küßte die Erde und sagte:

»Mein Gebieter, wenn Sie erlauben, werde ich dahin gehen, wohin der Drache gegangen ist, und seinem Leben auf der Erde ein Ende bereiten.«

Der Padischah sagte: »Mein Sohn, gehe nicht hin, es möchte dir ein Leid vom Drachen geschehen.« Aber er überzeugte ihn. Am nächsten Morgen ging der Prinz mit beiden Brüdern der blutigen Spur des Drachen nach.

Nach einigen Tagen endete an der Öffnung eines Brunnens die Blutspur. Die Öffnung des Brunnens war mit einem großen Stein bedeckt. Wie sehr sich auch die älteren Brüder bemühten, sie konnten ihn nicht im geringsten von seiner Stelle bewegen. Der jüngste Prinz faßt ihn mit seinem kleinen Finger, hebt ihn auf und wirft ihn auf einen Berg. Als sie das sehen, wundern sie sich. Jetzt sagt der jüngste Prinz: »Ich werde in den Brunnen hinabsteigen und den Drachen töten.« Der Älteste sagt: »Bruder, ich bin der Älteste, es kommt dir nicht zu, solange ich hier bin.« Sie waren damit einverstanden.

Schließlich banden sie ihm einen Strick um die Hüfte und ließen ihn in den Brunnen hinab. Kaum ist der Prinz in den Brunnen gestiegen, da schreit er: »O weh, ich verbrenne, zieht mich nach oben!« Sofort zogen sie ihn nach oben. Dann banden sie dem Mittleren den Strick um den Leib und ließen ihn hinab. Während er hinuntersteigt, schreit er: »Ich erfriere, zieht mich hinauf!« Sogleich zogen sie ihn hinauf.

Da sagte der jüngste Prinz: »Brüder, bleibt hier, ich werde in den Brunnen steigen. Wenn ich auch sage: ›Ach, ich verbrenne‹, laßt den Strick hinab, und ebenso, wenn ich sage: ›Ich erfriere.‹« Sie sagten: »Sehr wohl«, banden ihm den Strick um den Leib und ließen ihn in den Brunnen. Als der Prinz sagte: »Ach, ich brenne«, ließen die den Strick nach, als er sagte: »Ach, ich erfriere«, ließen sie weiter nach.

So kam der Prinz bis auf den Grund des Brunnens. Als er den Strick von seinem Leibe löste, ging er geradeaus, kam an ein Zimmer, trat ein und sah am Stickrahmen ein Mädchen, schön wie der Mond am Vierzehnten.

Von dort kommt er in ein anderes Zimmer und sieht – was sollte er sehen – wieder ein Mädchen, welches noch schöner als das andere ist. Auch es sitzt da und strickt. Darauf kommt er in ein anderes Zimmer und sieht – was sollte er sehen – ein Mädchen, das schönste und vollkommenste Geschöpf der Welt und der Zeit. Seine Locken waren nach beiden Seiten gescheitelt. Es war, als ob die Sonne in dies Zimmer gefallen sei und denjenigen, der es ansah, blendete. Man konnte es nicht ertragen, in ihr Gesicht zu sehen.

Als der Prinz dieses Mädchen sah, verlor er fast die Besinnung und verliebte sich sofort von ganzem Herzen in dieses Mädchen. Er redete sie an: »Mädchen, bist du ein Geist oder ein Mensch?« Das Mädchen antwortete: »Ich bin ein Mensch. Aber, mein Held, wie bist du hierhergekommen? Denn hier in diesem Brunnen lebt ein Dev. Wenn er dich merkt, gibt er keine Gnade und tötet dich.«

Da antwortete der Prinz: »Meine Prinzessin, ich bin gerade gekommen, um ihn zu töten. Zeige mir, welches das Zimmer des Devs ist!«

Das Mädchen zeigte ihm das Zimmer, in welchem der Dev sich befand. Der Prinz tritt in das Zimmer ein und sieht – was soll er sehen – einen häßlichen Dev, so groß wie ein Minarett. Jeder, der ihn sieht, verliert die Besinnung. Als der Dev den Prinzen sieht, nimmt er seine Wurfkeule von tausend Batman in die Hand, brüllt so, daß Erde und Himmel dröhnen, und wirft die Keule auf den Prinzen. Der Prinz deckt sich. Als der Dev fertig war, sagte der Prinz: »Mit Gottes Hilfe«, schlug mit dem Schwerte nach dem Kopfe des Verfluchten und schnitt ihm den Hals ab. Sogleich fiel der Verfluchte auf die Erde nieder und schickte seine Seele in die Hölle.

Dann geht der Prinz in das Zimmer des Mädchens, nimmt alle drei Mädchen und die an Wert schweren, an Last geringen Diamanten, Juwelen, Rubinen, Hyazinthen und derartige andere wertvolle Sachen mit sich und geht mit ihnen an den Grund des Brunnens. Dort ruft der Prinz seinen obenstehenden Brüdern zu. Diese lassen den Strick herunter. Der Prinz bindet den Strick dem ersten Mädchen um die Hüfte und sagt: »Mein ältester Bruder, dies ist dein Anteil.« Die Brüder zogen nun das Mädchen nach oben und nahmen es ab. Dann lassen sie den Strick wieder hinunter. Der Prinz bindet das andere Mädchen an und sagt: »Da, mittlerer Bruder, das ist dein Anteil.« Sie ziehen das Mädchen nach oben und lassen den Strick nach unten. Das Mädchen, das die Geliebte des jüngsten Prinzen ist, sagt zu ihm:

»Mein Prinz, erst steige du nach oben, danach ich! Denn wenn deine Brüder mich oben sehen, werden sie neidisch werden, den Strick abschneiden und dich im Brunnen lassen.«

Der Prinz hört nicht auf die Worte des Mädchens und sagt: »Nein, zuerst steigst du nach oben, dann folge ich.« Das Mädchen antwortet: »Ich werde dir drei von meinen Haaren geben. Falls sie den Strick abschneiden, so reibst du sofort die Haare aneinander, und auf dem Grunde des Brunnens wird dir ein weißes und ein schwarzes Schaf erscheinen. Wenn du auf das weiße fällst, kommst du nach oben auf die Erde, wenn du auf das schwarze fällst, sinkst du noch siebenmal so tief in die Erde hinab.«

Der Prinz nahm die drei Haare vom Mädchen, steckte sie in seinen Busen, band das Mädchen an den Strick und sagte: »Meine Brüder, das ist mein Anteil.«

Die Brüder ziehen das Mädchen nach oben und sehen, daß es so schön wie der Mond am Vierzehnten ist. Da sagen sie: »Uns hat er die schlechten gegeben und für sich das schönste Mädchen genommen.«

Da werden sie neidisch auf ihn. Sie ziehen den Prinzen hoch und als er an die Öffnung des Brunnens kommt, schneiden der ältere und mittlere Bruder den Strick mitten durch, so daß der Prinz kopfüber, kopfunter nach unten stürzt. Sofort reibt er die Haare, die ihm das Mädchen gegeben hat, aneinander und unten auf dem Brunnen erscheinen sogleich ein weißes und ein schwarzes Schaf. Er fällt auf das schwarze und sinkt siebenmal so tief unter die Erde.

Da soll er nun bleiben. Wir wenden uns jetzt zu seinen Brüdern. Diese nehmen die drei Mädchen und gehen geradenwegs ins Schloß. Sie treten vor ihren Vater und sagen: »Vater, unseren jüngsten Bruder hat der Dev im Brunnen getötet. Wir haben dann diese Mädchen mitgenommen und sind hierhergekommen.« Als ihr Vater das hörte, seufzte er, weinte blutige Tränen und trauerte um den Prinzen.

Diese wollen wir nun hier lassen und uns zum jüngsten Prinzen wenden. Er sank sieben Lagen tief unter die Erde hinab. Da sieht er auf einmal, daß da eine Welt ist. Nachdem er etwas gegangen war, kam er in eine Stadt. Am Abend klopfte er an eine Haustür, da kam eine alte Frau. Er sagte: »Mutter, nimm mich eine Nacht als Gast auf.« Sie antwortete: »Ach, mein Sohn, ich habe nicht einmal Platz zum Lager für mich selbst. Wie soll ich dich da aufnehmen.«

Der Prinz nahm aus seiner Tasche drei Goldstücke und gab sie der Frau, da sagte sie: »Komm, mein Sohn, ich werde dir ein Lager suchen«, und nahm den Prinzen hinein.

Sie stiegen nach oben, gingen in ein Zimmer und setzten sich nieder. Da der Prinz sehr durstig war, bat er die Frau um Wasser. Die Frau ging an den Wandschrank. In einem Kruge war jahrealtes Wasser, das mit fingerlangen Würmern angefüllt war. Die Frau goß von dem Wasser in ein Glas und gab es dem Prinzen. Der Prinz nahm es und sah – was sollte er sehen –, daß es Wasser war, das selbst die Tiere nicht trinken würden, wenn man es ihnen gäbe. Er empfindet Ekel, trinkt es nicht und sagt: »Mutter, was ist das für Wasser? Da sind ja fingerlange Würmer darin.«

Sie antwortete: »Ach, mein Sohn, wir trinken jeden Tag dieses Wasser. Denn in dieses Land kommt jedes Jahr einmal ein Drache und sperrt es ab. In jedem Jahr wird ihm ein Mädchen gegeben. Bis er das zerrissen und aufgefressen hat, kommt Wasser in die Quelle. Dann streiten wir uns alle, indem wir uns die Köpfe zerschlagen, und die ganze Bevölkerung holt sich Wasser. Danach wird das Wasser wieder abgeschnitten. Mit diesem Wasser müssen wir uns ein Jahr einrichten. Hier ist große Not an Wasser, denn wir leiden sehr an dem Wassermangel. Dieses Jahr ist nun auch wieder zu Ende. Morgen wird man die Tochter des Padischahs dem Drachen geben. Wenn man sie nicht gibt, werden wir alle an Wassermangel sterben.«

Als der Prinz das hörte, dachte er etwas nach. Am Morgen ging er aus dem Hause zur Quelle und sah eine große Menschenmenge. Ein jeder wartete dort mit einem Krug in der Hand. Jetzt hatten sie der Tochter des Padischahs rote Kleider angezogen und sie geschmückt. Neben ihr waren einige Dienerinnen, die sie unter den Armen stützten. Sie brachten das Mädchen an den Mittelpunkt der Wasserquelle und ließen es dort stehen. Die Dienerinnen, die bei dem Mädchen waren, gingen wieder weg. Das Mädchen fing an zu weinen. Als der Prinz das Mädchen so sah, seufzte er und sein Herz blutete. Die Ankunft des Drachen stand nun nahe bevor. Der Prinz ging zu dem Mädchen und sagte: »Meine Prinzessin, umarme mich von hinten und halte dich fest, fürchte dich nicht!«

Der Prinz spannte seinen Bogen, stellte sich vor das Mädchen und hielt sich schweigend bereit. Nach einiger Zeit kam von Westen ein siebenköpfiger Drache mit Brausen, wirbelte Staub und Nebel auf und sprühte Feuer aus Maul und Nase. Als der Drache sie beide sieht, sagt er: »Ah, bis jetzt hatte ich nur einen Anteil, jetzt habe ich zwei Anteile.«

Keuchend von dem halbstündigen Wege fing er an, den Atem einzuziehen, um sie zu verschlingen. Doch der Prinz stemmte seine Füße fest auf die Erde. Der Drache zog so, daß er sie, selbst wenn sie ein Berg gewesen wären, in seinem Rachen hätte davontragen können. Aber wie sehr er auch zog, es glückte ihm nicht. Da kam der Drache näher und fing an, keuchend den Atem einzuziehen. Nun setzte der Prinz seine Füße fest in den Boden, spähte nach dem Maul des Drachens und schoß seinen Pfeil mit den Worten: »Im Namen Gottes« ab. Dieser Pfeil flog wie eine Flintenkugel, drang in das Maul des Drachen ein und kam aus dem Nacken wieder heraus. Der Drache schrie gräßlich, erhob sich dreimal und warf sich in die Luft. Die Erde an der Stelle, wo er herunterfiel, wurde gewirbelt wie auf der Dreschtenne und stieg in die Luft. Aus dem Maule und der Nase des Drachen floß so viel Blut, daß das Wasser nicht zu erkennen war.

Kurz, der Drache warf sich immer wieder auf die Erde und starb. Die Prinzessin tauchte ihre fünf Finger in das Blut und drückte vorsichtig ihre Hand, als wollte sie ihn streicheln, auf den Rücken des Prinzen mit den Worten: »Bravo, mein Held!« Dann trennte sie sich von ihm und ging ins Schloß.

Als der Padischah das Mädchen sah, tadelte er es und sagte: »Meine Tochter, warum bist du weggelaufen? Wenn man es merkt, wird man kommen und mich töten«, und sagte seiner Tochter alle Worte, die ihm in den Mund kamen. Das Mädchen antwortete: »Mein Herr, Ihre Sklavin ist nicht weggelaufen. Dort war ein junger Mann, der tötete den Drachen und rettete mich. Dann kam ich wieder hierher. Wenn du es nicht glaubst, gehe auf den Berg und sieh dir den Leichnam des Drachen an.«

Sofort ging der Padischah an die Stelle, wo der Drache lag, und sah – was sollte er sehen –, daß es ein so häßlicher großer Drache ist, daß jeder, der ihn sieht, besinnungslos wird. Niemand wagte nahe an ihn heranzugehen, und alle schauten ihn aus der Ferne an. Da ging der Padischah wieder ins Schloß und sagte zum Mädchen:

»Wenn du den Jüngling sähest, würdest du ihn wiedererkennen?« Das Mädchen antwortete: »Er trägt mein Zeichen auf dem Rücken. Ich erkenne ihn sofort wieder, wenn ich ihn sehe.« Da wurden Ausrufer ausgeschickt und dem ganzen Lande bekanntgegeben, daß alle Leute vom ersten bis zum siebenzigsten Lebensjahre, männlich und weiblich, Kind und Kegel vor dem Schloß vorbeiziehen sollten.

Wir kommen zum Prinzen. Als er den Drachen getötet hatte, ging er in das Haus der Frau und setzte sich hin. Da sagte die Frau: »Mein Sohn, heute hat der Padischah befohlen, daß vom ersten bis zum siebenzigsten Lebensjahre alles am Schlosse vorbeiziehen soll. Was sitzt du hier, zieh auch am Schlosse vorbei.«

Der Prinz verließ das Haus und machte sich auf den Weg. Da sah er, daß der Aufzug der Leute zu Ende war. Während er jetzt vorübergeht, sieht ihn das Mädchen vom Fenster und wirft, als sie ihn erkennt, ein Tuch auf ihn. Die Posten sehen dies, fassen den Prinzen sachte an und führen ihn in das Schloß zum Padischah.

Als der Padischah den Jüngling sieht, sagt er: »Mein Sohn, hast du den Drachen getötet?« Da antwortet er: »Ja, mein Padischah, Ihr Sklave hat den Drachen getötet.« Er sieht auch das Zeichen auf dem Rücken des jungen Mannes, so daß kein Zweifel ist. Da sagt er: »Mein Sohn, erbitte von mir, was du willst.«

Der Prinz antwortet: »Ich bitte nur um Ihre Gesundheit.« Als er ihn weiter drängt, sagt er wieder: »Ich bitte nur um Ihre Gesundheit.« Da sagt der Padischah: »Mein Sohn, was hast du für Nutzen von meiner Gesundheit, erbitte von mir, was du willst.« Da sagt der Bursche: »Mein Padischah, gib mir drei Tage Bedenkzeit, dann will ich es mir überlegen und dir dann Antwort geben.« Danach steht er auf und geht in das Haus der alten Frau.

Während er dort wohnte, langweilte er sich eines Tages, nahm seinen Pfeil und Bogen und ging auf den Berg. Da es Sommer war, wurde er sehr müde, legte sich in dem Schatten eines Baumes nieder und schlief ein. Auf dem Baume waren nun gerade die Jungen des Smaragd-Ankavogels. In jedem Jahre kam zu ihnen eine große Schlange, fraß sie auf und ging weg. Die Ankunft der Schlange fiel gerade auf diesen Tag. Als der Prinz schlief, kam also die große Schlange. Während sie den Baum hinaufklettert, erschrecken sich die Jungen, als sie sie sehen, und fangen an zu schreien. Der Prinz erwacht und springt auf, als er das Schreien der Vögel hört. Da sieht er – was soll er sehen – eine lange, schwarze Schlange die Zypresse hinaufklettern. Der Prinz nimmt den Pfeil von der Hüfte, sagt: »Mit Gottes Hilfe!«, schießt den Pfeil ab und nagelt die Schlange in ihrer Mitte an dem Baum fest, so daß ihre beiden Enden kopfüber herabstürzen und hin und her baumeln.

Der Prinz schläft wieder ein. Nach einiger Zeit entsteht ein Geräusch vom Himmel her und es erscheint der Smaragd-Ankavogel. Als er den Prinzen sieht, denkt er: »Ach, der hat meine Jungen getötet.« Während er aus der Luft mit einem Flügelschlag wie eine Flintenkugel auf ihn herabschießt, rufen die Jungen: »Mutter, Mutter, dieser Jüngling, der hier schläft, hat uns gerettet! Sieh dir einmal die Zypresse an!«

Als der Vogel das hört, steigt er sachte herab und sieht eine große Schlange an den Baum genagelt. Nachdem er das gesehen hatte, freut er sich, geht zum Prinzen, hat nicht das Herz, ihn aufzuwecken, öffnet einen seiner Flügel und deckt ihn über den Prinzen, damit er nicht von der Sonne verbrenne.

Nach einiger Zeit wacht der Prinz auf und sieht, daß über ihm ein Zeltdach ist. Als der Vogel merkt, daß er aufgewacht ist, zieht er vorsichtig seinen Flügel zurück und sagt: »Mein Held, fordere von mir, was du willst.« Als er ihn dreimal aufgefordert hatte, sagte der Prinz: »Ich bitte, daß du mich wieder auf die Erde zurückbringst.« Der Vogel sagte:

»Mein Held, das ist recht schwierig. Aber du hast meine Jungen von ihrem Feinde gerettet. Dir zuliebe will ich mich opfern. Aber ich verlange von dir vierzig Schafe und vierzig Schläuche Wein. Die mußt du mir bringen, und wenn ich unterwegs ›Gak‹ sage, mußt du mir das Fleisch, und wenn ich ›Guk‹ sage, den Wein geben. So werde ich dich wieder auf die Erde bringen.«

Der Prinz geht zum Padischah und sagt: »Mein Herr, ich bitte von Ihnen vierzig Schafe und vierzig Schläuche Wein.« Der Padischah befiehlt, vierzig Schafe und vierzig Schläuche Wein zu bringen. Nachdem er an der Stelle, wo der Vogel sich befindet, angekommen ist, legt er die vierzig Schafe auf den einen Flügel und die Weinschläuche auf den anderen. Er selbst setzt sich in die Mitte.

Als der Vogel ihn auf sich genommen hat, fliegt er in die Luft. Nach Anordnung des Vogels gab er ihm, wenn er »Gak« sagte, Fleisch, und wenn er »Guk« sagte, Wein. Während sie so dahinflogen, war eines Tages das Fleisch zu Ende, und als der Vogel »Gak« sagte, war nichts mehr da. Als er wieder »Gak« sagte, war nichts da. Als er noch einmal »Gak« sagt, schneidet der Prinz seine Wade ab und gibt sie dem Vogel. Der Vogel sieht, daß es Menschenfleisch ist, frißt es nicht und behält es im Maul. Dann kommen sie an die Öffnung des Brunnens. Der Vogel sagt: »Da, mein Prinz, nun habe ich dich wieder auf die Erde gebracht. Nun geh du weiter, Gott möge dir Heil geben.« Der Prinz sagte: »Geh du zuerst, dann werde ich gehen.« Der Vogel nimmt das Fleisch, das er im Schnabel hatte, heraus, drückt es an die Wade und sie wird besser als vorher.

Nachdem der Prinz »Gott befohlen« gesagt hatte, macht er sich auf den Weg, kommt in sein Land und geht zu einem Schlächterladen. Dort kauft er sich eine Haut und zieht sie sich über den Kopf, um kahlköpfig zu erscheinen. Unterwegs trifft er einen Hirten und sagt zu ihm: »Ach, Hirte, gib mir deine Kleider, ich werde dir meine geben.« Der Hirte gibt seine und nimmt die des Prinzen. Der Prinz geht zum Privatgarten seines Vaters und sagt zum Obergärtner: »Ach, Obergärtner, willst du mich als Lehrling annehmen?« Wie sehr der Gärtner auch sagt: »Es ist unmöglich«, nimmt er ihn schließlich wohl oder übel als Lehrling.

Nach einigen Tagen pflückt der Obergärtner einen Strauß Rosen und sagt, als er weggehen will: »Mein Sohn, ich gehe jetzt aus. Passe ordentlich auf den Garten auf.« Der Prinz reibt die Haare, die ihm das Mädchen gegeben hatte, aneinander, da erscheint ein Mohr und sagt: »Befiehl, mein Prinz.« Der Prinz sagt: »Ich verlange von dir ein rotes Roß und rote Kleider und eine Waffenausrüstung.« Er antwortet: »Mein Herr hat nur zu befehlen«, geht weg, bringt alle die Sachen, die der Prinz verlangt hatte, und gibt sie ihm. Der Prinz steigt auf das Pferd und zerbricht dann alles, was an Bäumen und Blumen im Garten vorhanden ist. Darauf gibt er das Pferd und die Kleider dem Mohren wieder und bleibt ruhig an seiner Stelle.

Darauf kommt sein Meister und sieht – was soll er sehen –, im Garten ist nichts geblieben und der grindige Junge sitzt in einer Ecke und weint. Als sein Meister sich auf ihn stürzen will, rufen die Mädchen, die aus dem Fenster sehen, dem Obergärtner zu: »Schlage nicht den Jungen, denn von draußen ist ein Mann auf einem roten Roß gekommen und hat den Garten verwüstet. Der Junge hat keine Schuld.« Da muß der Gärtner wohl oder übel den Garten in Ordnung bringen.

Nach Verlauf einiger Tage pflückt er wieder einen Rosenstrauß. Als er weggeht, ermahnt er den Jungen eindringlich, ordentlich auf den Garten achtzugeben, und geht weg. Der grindige Junge verwüstet wieder wie das vorige Mal den ganzen Garten und setzt sich irgendwo still hin. Als die Prinzessinnen diesen Jungen sehen, wissen sie, daß der Prinz wieder auf die Erde gekommen ist, danken Gott und fassen sich in Geduld.

Als der Obergärtner kommt, sieht er, daß die Verwüstung noch größer als das vorige Mal ist. Während er sich auf den Jungen stürzen will, um ihn zu schlagen, rufen die Prinzessinnen ihm zu und ermahnen ihn, den Jungen nicht zu schlagen.

Nach einigen Tagen nimmt der Obergärtner wieder einen Strauß Rosen und ermahnt den Jungen gehörig und geht weg. Der Junge verwüstet wieder wie das vorige Mal den ganzen Garten, so daß kein Zweig im Garten bleibt. Der Obergärtner kommt wieder und sieht, daß im Garten nichts ist. Sofort ruft er den Jungen und jagt ihn aus dem Garten.

Der Junge macht, daß er davonkommt, geht zu einem Goldarbeiterladen und sagt: »Ach, Meister, nimm mich als Lehrling an.« Der Goldschmied sagt: »Mach, daß du davonkommst, grindiger Junge, was sollte ich mit dir anfangen.« Der Junge sagt: »Ach, Meister, laß mich wenigstens Kohlen auf dein Kohlenbecken legen.« Da er so fleht, nimmt der Meister ihn als Lehrling an und läßt ihn dort wohnen.

Als vorher die Mädchen ins Schloß gekommen waren, war zwar die Zeit für die Hochzeit angesetzt, aber sie waren damit nicht einverstanden und sagten: »Wir haben alle vierzig Tage Trauer.« Deswegen war die Hochzeit verschoben worden. Als sie merkten, daß der Prinz wieder auf der Erde war, wurde wieder der Befehl zur Hochzeit gegeben, aber da die

Mädchen noch nicht ganz sicher waren, ob der Prinz wirklich gekommen wäre, sagte die eine: »Ich verlange einen goldenen Stickrahmen und eine goldene Nadel, die von selber sticken kann.« Die andere sagte: »Ich verlange eine goldene Platte, auf der ein goldenes Huhn und vierzig Küchlein goldene Gerste fressen und umherlaufen.« Die dritte sagte: »Ich verlange eine goldene Platte, auf der ein goldener Jagdhund und ein goldener Hase sind, die einander nachjagen müssen.«

Der Padischah rief sofort die Goldarbeiter und befahl ihnen, diese Dinge anzufertigen. Die Goldarbeiter dachten nach und verlangten vierzig Tage Bedenkzeit. Der Padischah gab ihnen auf ihr Verlangen vierzig Tage Zeit, indem er sagte: »Wenn ihr am einundvierzigsten Tage die Sachen nicht bringt, töte ich euch«, und schickt sie in ihre Läden zurück.

In ihren Läden angekommen, wollen sie nun einen Rat abhalten. Wir kommen jetzt zu dem grindigen Jungen. Er fragte: »Meister, warum denkst du so nach und bist so besorgt?« Der Meister sagte: »Ach geh, grindiger Junge, wenn ich nicht nachdenke, wer soll denn nachdenken?« Er jedoch bat: »Ach, Meister, lieber Meister, worüber denkst du nach, sage es mir doch.« Da antwortete der Meister: »Frage mich nicht danach, unsere Sache steht bei Gott. Nämlich die Söhne des Padischahs haben drei Mädchen mitgebracht. Eine jede verlangt etwas. Wie wir das machen sollen, weiß ich nicht.«

Der grindige Junge fragte: »Ach, Meister, was ist es? Sage es doch mal!« Da sagte er: »Ach was, die eine verlangt einen goldenen Stickrahmen und die andere einen goldenen Hasen und die dritte eine goldene Henne. Alle sollen lebendig sein. Wie ist das möglich!« Darauf antwortete er: »Aber Meister, ich glaubte, es handele sich um etwas Unmögliches; deshalb habe ich gefragt. Wegen einer solchen Sache sei nicht bekümmert. Gib mir einen Zentner Haselnüsse und einen Zentner Rosinen und vierzig Okka Wachskerzen, dann werde ich dir in vierzig Tagen das, was du verlangst, machen.«

Sein Meister sagte sich: »Das Herz des Jungen verlangt Haselnüsse und Rosinen. Ich würde meinen Kopf und meine

Augen für ihn hingeben.« Dann kauft er die Sachen und gibt sie ihm.

Der Junge geht nun in sein Zimmer, läßt keinen zu sich herein, bleibt dort vierzig Tage, ißt die Haselnüsse und Rosinen, verbrennt die Wachskerzen und lebt vergnügt. In der Nacht auf den vierzigsten Tag reibt er wieder die Haare aneinander. Ein Mohr kommt und sagt: »Befiehl, mein Prinz, was wünschst du?« Der Prinz sagte: »Ich verlange aus dem im Laden vorhandenen Gold einen Stickrahmen, einen goldenen Hasen und goldenen Jagdhund und eine goldene Henne.«

Auf diesen Befehl hin geht der Mohr, holt die Dinge und gibt sie dem Prinzen. Der Prinz nimmt die Sachen und verwahrt sie im Schrank. Am Morgen kommt sein Meister und sagt: »Was hast du gemacht, grindiger Junge?« Der Junge sagt: »Was fragst du mich, öffne den Schrank und sieh zu.«

Sogleich öffnet der Meister den Schrank und sieht, daß alles vorhanden ist. Da sagt er: »Ach, mein Sohn«, und fällt ihm um den Hals. Schließlich nimmt er das alles, bringt es in das Schloß und liefert es ab. Als die Mädchen das sehen, glauben sie fest, daß der Prinz wieder auf die Erde gekommen ist, und danken Gott.

Wir wenden uns nun zu dem grindigen Jungen. Als sein Meister in den Laden kommt, sagt er: »Meister, gib mir Urlaub, ich möchte gehen.« Obgleich der Meister damit nicht einverstanden war und obgleich er noch so sehr bat, so gab er ihm doch den Urlaub, da er keinen Ausweg fand. Der grindige Junge geht von dort zu einem Schneiderladen und sagt zu dem Schneider:

»Meister, willst du mich als Lehrling nehmen?« Der Schneidermeister sagt: »Ich brauche keinen Lehrling. Mach, daß du fortkommst.« Da er ihn jedoch nicht fortjagen kann, nimmt er ihn wohl oder übel als Lehrling an.

Wir wenden uns nun zu den Mädchen. Sie senden dem Padischah Nachricht: »Wir wünschen ein Kleid, das nicht mit der Schere zugeschnitten und nicht mit der Nadel genäht ist und in einer Haselnußschale sein soll.«

Der Padischah ruft die Schneider und sagt: »Ich verlange von euch ein Kleid, das nicht mit der Schere zugeschnitten und nicht mit der Nadel genäht ist und in einer Haselnußschale sein soll.« Die Schneider überlegten und erbaten eine Frist von vierzig Tagen. Der Padischah sagte: »Ich gebe euch eine Frist von vierzig Tagen. Wenn es nicht am einundvierzigsten Tage kommt, schneide ich euch den Hals ab.« Damit entläßt er sie. Sie gingen in ihre Läden und begannen gleich sich zu beraten.

Da sagte der Junge: »Ach, Meister, lieber Meister, worüber denkst du nach?« Der antwortete: »Grindiger Junge, mach, daß du fortkommst, belästige mich nicht.« Das Reden nützte ihm aber nichts, der Junge bat, es ihm doch zu sagen. Da kein Ausweg war, sagte er: »Der Padischah hat uns ins Schloß gerufen und verlangt von uns ein Kleid, das mit keiner Schere zugeschnitten und mit keiner Nadel genäht werden soll und in eine Haselnußschale hineinpassen muß. Wenn wir es nicht machen, wird er uns alle töten.«

Der grindige Junge sagte: »Ist das eine Sache, über die du nachdenkst? Gib mir vierzig Zentner Haselnüsse und vierzig Zentner Rosinen und vierzig Okka Wachskerzen, so werde ich es dir am einundvierzigsten Tage machen und überbringen.« Der Meister sagte: »Das Herz des Jungen verlangt Haselnüsse und Rosinen. Ich würde mein Auge und meinen Kopf ihm geben.« Dann kauft er die Sachen und gibt sie ihm.

Der Junge nahm sie, trat in das Zimmer, blieb dort und aß die Haselnüsse und Rosinen. In der Nacht auf den einundvierzigsten Tag rieb er die Haare aneinander. Der Mohr kam und sagte: »Mein Prinz möge befehlen. Was wünschst du?« Der Prinz sagte: »Ich verlange die Kleider im Laden, die in eine Haselnußschale hineingehen.« Sofort holt der Mohr sie. Der Prinz nimmt sie und verbirgt sie im Schrank.

Am Morgen kommt sein Meister und sagt: »Grindiger Junge, was hast du gemacht? Na, da bin ich neugierig.« Der grindige Junge sagte: »Was fragst du mich, sieh in den Schrank!«

Der Meister schaut in den Schrank und sieht, daß dort Kleider sind, dergleichen es in der Welt nicht mehr gibt. Sofort trägt er sie ins Schloß und übergibt sie dem Padischah. Der Padischah nimmt sie und befiehlt, die Hochzeit herzurichten.

Wenn damals eine Hochzeit hergerichtet wurde, pflegten die Bräutigame auf einem offenen Platz sich mit Bogenschießen zu vergnügen. Deswegen ging der älteste Prinz am ersten Tag auf den Platz und alle Leute, die vorhanden waren, kamen zum Zuschauen. Der Schneider sagte: »Vorwärts, mein Sohn, heute wollen wir uns zusammen das Polospiel vom ältesten Sohn des Padischah ansehen.« Der grindige Junge sagt: »Ach, Meister, gehen Sie nur hin, mein Kopf ist so grindig. Wenn meinem Kopf in dem Gedränge etwas zustößt, was soll ich dann machen.« So bleibt er im Laden.

Nachdem der Meister weggegangen ist, reibt er die Haare aneinander. Der Mohr erscheint und sagt: »Mein Prinz möge befehlen.« Er sagt: »Ich verlange von dir ein rotes Pferd, einen Satz neuer Pfeile und schwarze Kleider.« Sofort bringt der Mohr ihm das alles. Der Junge zieht die Kleider an, besteigt das Pferd und reitet auf den Schießplatz. Er sieht, daß der Prinz Polo spielt. Der grindige Junge betritt auf einmal den Platz, verfolgt den Prinzen und schlägt ihn bei günstiger Gelegenheit auf den Arm und verwundet ihn. Als der Prinz zur Erde gefallen ist, verschwindet der Junge sofort vom Platz, geht schnell in den Laden, gibt Pferd und Bogen dem Mohren und bleibt im Laden. Da kommt sein Meister und sagt: »Mein Sohn, es ist gut, daß du nicht mitgegangen bist.« Er fragt: »Ach, was ist denn geschehen?« Der Meister antwortet: »Ein Jüngling auf einem roten Pferd ist gekommen und hat den Prinzen geschlagen, aber er ist nicht gestorben.« Der Junge sagt: »Meister, es ist gut, daß ich nicht hingegangen bin. Wenn meinem Kopfe etwas geschehen wäre, was hätte ich tun sollen«, und verstummt.

Am zweiten Tage steigt der mittlere Prinz auf das Pferd und reitet auf den Platz. Der Meister geht wieder hin. Der Jüngling bleibt im Laden und reibt wieder die Haare aneinander. Als der Mohr kommt, sagt er: »Ich verlange einen Pfeil und ein gelbes Pferd.« Sofort bringt ihm der Mohr das. Dann besteigt der Junge das Pferd und reitet auf den Platz. Da sieht er, daß sein mittlerer Bruder Polo spielt. Bei günstiger Gelegenheit trifft er ihn mit dem Pfeil in den Schenkel, so daß er vom Pferde fällt.

Darauf geht der Junge wieder in den Laden, gibt dem Mohren Pfeil und Pferd und bleibt ruhig an seinem Platz. Dann kommt sein Meister heim und sagt: »Es ist gut, daß du nicht mitgegangen bist.« Er fragt: »Ach, Meister, was ist denn heute geschehen?« Der Meister antwortet: »Ein Reiter auf einem gelben Pferde kam, hat den mittleren Sohn des Padischah am Schenkel getroffen und auf die Erde geworfen.« Der grindige Junge dankte und pries Gott dafür, daß er nicht hingegangen war.

Am nächsten Tage zieht der Sohn des Wesirs auf den Platz, um zu spielen. Der Meister läßt auch jetzt den grindigen Jungen im Laden und geht hin. Wieder reibt der grindige Junge die Haare aneinander. Als der Mohr kommt, sagt er: »Ich verlange von dir einen Pfeil und einen Schimmel.« Sofort bringt der Mohr das und übergibt es ihm. Der Junge nimmt den Pfeil, besteigt das Pferd und reitet auf den Platz. Da sieht er, daß der Sohn des Wesirs Polo spielt. Er schießt bei günstiger Gelegenheit den Pfeil ab, der jenem ins Herz eindringt und aus dem Rücken wieder herauskommt, und tötet ihn so. Er selbst fängt an, auf dem Platz herumzureiten. Sofort ergreift man den Jüngling und führt ihn vor den Padischah. Als der Padischah befiehlt, ihn zu töten, da sagt der Prinz:

»Ach, mein mächtiger Padischah, meine Brüder haben mich im Brunnen gelassen, willst auch du mich töten?« Darauf fiel ihm der Padischah mit den Worten: »Ach, bist du es, mein Sohn?« um den Hals, weinte und sagte: »Ach, mein Sohn, was willst du, soll ich deine Brüder töten?« Der Prinz antwortete: »Ich bin mit dem zufrieden, was Gott bestimmt hat, aber gib jedem einen Palast und verheirate mit dem ältesten Bruder das älteste Mädchen, mit dem mittleren das mittlere und die jüngste verheirate mit mir.«

Sofort wurden die zwei Brüder aus dem Schloß gebracht, jeder in einen eigenen Palast geschickt und das jüngste Mädchen mit dem Prinzen verheiratet. Vierzig Tage und vierzig Nächte dauerten die Hochzeitsfeierlichkeiten. Am einundvierzigsten Tage in der Nacht auf den Freitag betrat er das Hochzeitsgemach. Sie erlangten und erreichten, was sie wünschten. Damit ist auch diese Geschichte aus und somit Schluß.

5. Die goldhaarigen Zwillingskinder

In früheren Zeiten lebte ein armer Holzfäller, der sich den Lebensunterhalt mit der Axt verdiente. Der liebe Gott hatte ihm weder Reichtum noch Besitz verliehen, jedoch hatte Er ihm eine ehrenhafte und keusche Frau geschenkt, mit der er glücklich sein Leben verbrachte. Als Frucht ihres glücklichen Lebens kamen drei schöne und anmutige Töchter zur Welt.

Eines Sommertags nun war das Wetter sehr heiß. Die sengende Sonne hatte alles ringsum verbrannt und verdorrt. Da es unmöglich war, im Haus zu bleiben und zu arbeiten, suchte jeder den Schatten eines Baumes oder das Ufer eines Baches auf. So beschäftigten sich die jungen Mädchen, leicht verschleiert, fröhlich und munter im Garten mit ihren Scheren, den Spinnrocken und den Stickrahmen.

In der Nähe seiner kleinen Hütte hatte unser Holzhauer Musa einen Garten, der ringsum von Hecken eingeschlossen war, den reicher Schatten prächtiger Platanenbäume bedeckte und an dem ein schmaler Bach mit silberklarem Wasser vorbeifloß.

Nach Brauch und Gewohnheit hatten sich auch die Töchter des Holzhauers dorthin begeben, um zu arbeiten. Zuweilen lachten sie und vergnügten sich, zuweilen sangen sie Lieder, und so setzten sie ihre Arbeit fort.

Wenn ungebildete Leute sich eine Weile unterhalten haben, kommt die Rede von selbst auf Phantastereien. Auch die Töchter unseres Holzfällers verfielen aufs Fabulieren, ja fast auf schwermütige Gedanken. Die älteste von ihnen sprach:

»Ach, wie schön wäre es, wenn der Padischah mich sähe und mich, von meiner Schönheit begeistert, heiratete. Welch großen Dienst würde ich ihm dann erweisen.«

Eiligst fragten ihre Geschwister: »Nun sag uns mal, was für einen Dienst?«

»Was soll es sein? Ich würde ihm einen solchen Teppich knüpfen, daß, wenn sein ganzes Heer daraufsäße, auch andere Heere noch genügend Platz hätten, sich darauf niederzulassen.«

Die Mittlere gab mit einem spöttischen Lächeln auf den Lippen zur Antwort:

»Ist denn das etwas Besonderes, wo ich dem Heer des Padischhas noch einen besseren Dienst erweisen könnte! Wie soll man denn in Kriegszeiten deinen Riesenteppich forttragen können? Zudem kann ja das Heer, wenn es nötig ist, auch auf der Erde lagern. Ich betrachte das als keinen großen Dienst. Aber ich, ich würde . . .«

Die älteste Schwester wollte nun wissen, in welcher Weise die mittlere dem Padischah ihre Dienste erweisen könnte, und bat sie, es ihr mitzuteilen. Auch die andere Schwester drängte darauf. Das Drängen und Bitten wurden nun so stark, daß schließlich die Mittlere erzählte, worin der Dienst, den sie dem Padischah erweisen würde, bestände:

»In Kriegszeiten ist Essen und Trinken das, was für das Heer am nötigsten ist. Ich würde daher dem Padischah ein so großes Ei herstellen, daß mein Ei alle Soldaten für hundert Jahre sättigen und ernähren sowie kräftigen würde, so daß sie den Feind, der gegen sie ausziehen würde, aufreiben, vernichten und schlagen würden.«

In der Tat war der Dienst, den die zweite Schwester erweisen wollte, gegenüber dem der älteren viel bedeutsamer. Sie war also geschlagen. Beschämt zog sie sich zurück.

Nun war die Jüngste an der Reihe. Sie aber schwieg. Im Grunde genommen sind die älteren Geschwister auf die jüngeren oft eifersüchtig, weil diese, da sie noch kleiner sind, mehr die Liebe ihrer Eltern genießen. Dieser Umstand erzeugt im Herzen der Älteren eine gewisse Eifersucht.

Nun, so war es auch bei den Töchtern unseres Holzfällers. Dazu kamen noch andere Dinge, daß sie die Jüngste nicht leiden konnten. Erstens war sie viel schöner als alle anderen. Das erklärt die Hauptursache, weshalb sie sie nicht leiden konnten. Dann war sie auch klüger, ernster und geschickter als die anderen.

Die mittlere, die über ihre älteste Schwester gesiegt hatte, wandte sich etwas spöttisch zu ihrer jüngsten Schwester und sprach: »Mädchen, was würdest du an deiner Stelle tun? Sag es uns doch mal!«

»Schwestern, habt ihr denn nichts anderes zu tun, als eure Zeit mit derartigen Dingen zu vertreiben? Wo ist der Padischah und wo sind wir, die Töchter eines armen Holzhauers? Der Padischah, dessen Befehl in allen Ländern gilt und der auf allen Meeren gebietet, ausgerechnet er soll für dich und für mich in Frage kommen! Verrichtet eure Arbeit, das ist besser!«

»Ha, sie erhebt sich schon wieder, um uns ihre Klugheit zu zeigen und uns gute Lehren zu erteilen. Los, laß uns mal sehen, was für ein Ei du legen wirst!«

Über diese Worte war die Jüngste etwas verärgert und gab sogleich zur Antwort:

»Ach, liebe Schwester, das größte Ei hast du gelegt. Du hast mir keine Zeit gelassen, um dir entgegnen zu können, während du die Welt mit dem Ei, das du gelegt hast, satt machst.«

Nach diesen Worten begann sie, sich mit ihrer Arbeit zu beschäftigen.

Über diese Worte war ihre älteste Schwester sehr erfreut, denn sie war über die Worte der mittleren verärgert. Sie wollte die jüngste Schwester noch etwas zum Sprechen bringen und meinte schließlich:

»Ach, Schwesterlein, achte nicht auf ihre Worte! In der Tat sind das, was wir gesprochen haben, Luftschlösser, aber wir verbringen die Zeit damit. Wir beide haben gesprochen, nun erzähle auch du einmal! Wir möchten doch einmal wissen, was du denkst.«

Die Jüngste widerstrebte nicht mehr. Sie gewann ihren Ernst wieder und sprach:

»Meine Lieben, es ist wirklich unnütz, die Zeit mit solchen Dingen zu verbringen. Da ihr jedoch darauf besteht, will ich es euch sagen. Ich möchte euch noch sagen, daß, wenn man schon über etwas nachdenkt, es auch ein bißchen der Wirklichkeit nahekommen muß. Angenommen, ich gehe durch Gottes Ratschluß und Bestimmung mit unserem Padischah die Ehe ein, werde ich ihm weder einen Teppich machen noch ein Ei legen. Ich werde ihm meine ganze Liebe entgegenbringen und ihn so lieben, daß ich den Ruhm und das Glück seines erhabenen Geschlechtes auf ewig erhöhe.«

Bei diesen Worten hielt sie etwas an. Inzwischen hatte die Mittlere sie aufmerksam angehört und konnte nicht mehr an sich halten:

»Aha, auch du! Wie willst du, die Tochter eines einfachen Holzfällers, einen Padischah beglücken, der der Beherrscher aller Länder und der Gebieter aller Meere ist? Wie willst du denn seiner schon ruhmvollen Familie auf ewig Ruhm verleihen?«

»Wie? Das ist ganz einfach! Ich werde ihm in neun Monaten und zehn Tagen einen Knaben, mutig wie ein Löwe, und eine Tochter, schön wie der Vollmond, zur Welt bringen. Sein Sohn wird durch Mut und Herzensgröße die Welt erobern, die Länder einnehmen und das Reich seines Vaters so vergrößern, daß sein Vater der einzige Padischah auf Erden sein wird. Die Tochter aber wird durch Schönheit und Anmut und liebliche Sprache die Ehrfurcht und Liebe aller Untertanen ihres Vaters an sich ziehen und ihr Herz rauben.«

Nach dieser Rede der jüngsten Schwester waren die beiden anderen Schwestern beschämt und begannen ihr fast zu zürnen. Ist denn das noch zu ertragen, schöner als sie selbst und klüger als sie selbst zu sein?

Im Leben kommen solche Zufälle vor, daß man, wenn man darauf achtet, in Erstaunen gerät.

Auch an diesem Tage ereignete sich ein solch seltsamer Zufall. In der Tat war der Padischah in Verkleidung an der dortigen Hecke vorübergegangen, während die Mädchen solche Gespräche führten. Kaum hatte er das Wort »Padischah« gehört, blieb er eine Weile stehen und lauschte genau auf diese Gespräche. Sofort kehrte er in seinen Palast zurück, schickte seinen Leibdiener zum Haus des Holzfällers und forderte, daß die drei Mädchen zum Palast geschickt würden.

Die Mädchen waren wirklich aufs höchste verwirrt, aber die jüngste von ihnen konnte sich am meisten beherrschen. Die Mädchen kamen in den Palast. Dort wurden ihre Kleider gewechselt; sie zogen die kostbarsten Kleider an und schmückten sich nach der damaligen Mode. Am ersten Abend rief der Padischah das älteste Mädchen zu sich und sprach:

»Wohlan, ich will dich in mein Ehegemach aufnehmen. Aber meine Regierung erklärt morgen den Krieg. Ich brauche jetzt einen so großen Teppich, daß alle unsere siegreichen Truppen darauf Platz nehmen können. Wenn du diesen Teppich verfertigen kannst, wirst du meine Frau!«

Das Mädchen kam zu der Einsicht, daß das Verlangen, das der Padischah hatte, unausführbar war. Aber sie selbst hatte ja die Beschaffenheit eines solchen Teppichs genannt. Natürlich konnte sie ihr Wort nicht einlösen. Am folgenden Morgen jagte sie der Padischah voll Zorn aus seinem Gemach fort und erteilte den Befehl, daß ihr im Palast ein angemessener Dienst übertragen werde.

Am zweiten Abend kam die Reihe an die Mittlere. Auch sie ging, reich geschmückt, in das Gemach des Padischah. Der Padischah sprach:

»Wohlan nun, mein Mädchen, ich will dich in das Ehegemach aufnehmen. Aber erweise mir einen großen Dienst, um dich dessen würdig zu machen. Morgen erklärt unsere

Regierung den Krieg. Aber wir sind etwas in Not wegen der Lebensmittel. Du sollst mir ein so großes Ei vorlegen, daß alle meine Soldaten hundert Jahre lang an dem Ei essen und Kraft und Tapferkeit dadurch erlangen werden. Bitte, mach dich an die Arbeit. Von der Zeit an, wo dir das gelingt, will ich dich auf Befehl Gottes zu mir als Gemahlin nehmen.«

Selbstverständlich war auch das ein unmögliches Verlangen, aber sie selbst war es, die dieses Wort ausgesprochen hatte. Sie grollte ihrem Schicksal und zog sich in eine Ecke zurück. Weinend verbrachte sie bis zum Morgen die Zeit. Am Morgen befahl schließlich der Padischah, daß man sie zurückhalten solle, damit sie wie ihre Schwester im Palast mit einem Dienst betraut werde.

Der dritte Abend kam, und nun war die Reihe an der jüngsten Schwester. Der Padischah lud auch sie in sein Gemach ein. Kaum war das Mädchen beim Padischah eingetreten, als es ihm ehrfurchtsvoll die Füße küßte und sprach:

»Mein Herr und Gebieter! Da Ihr mir, der Tochter eines Holzfällers, so große Wertschätzung erwiesen habt, bin ich wirklich unter Eure aufrichtigsten Dienerinnen und Sklavinnen getreten, die Euch in einem solchen Maße zugetan sind, daß sie sogar ihr Leben hingeben werden. Der liebe Gott schenke Euch langes Leben und Gesundheit! Er erhöhe Eure Macht und Euren Ruhm! Doch verzeiht mir, mein Padischah, meine Vermessenheit! Wie kann ich, die Tochter eines Holzfällers, Euch, einem so gewaltigen, machtvollen und großen Padischah, der über alle Länder gebietet, eine Gattin sein? Geruht mir dieserhalb zu verzeihen! Erlaubt mir, daß ich wieder in der morschen Hütte meines Vaters, des Holzhauers, wohne und für Euch mit Herz und Seele bete.«

Diese Worte machten auf den Padischah einen sehr tiefen Eindruck, und er ordnete sofort die Eheschließung nach dem heiligen Religionsgesetz an.

Die Hochzeitsfeierlichkeiten wurden abgehalten. Musikanten und Tänzerinnen kamen. Vierzig Tage und vierzig Nächte wurde gegessen und getrunken. Der Padischah war wirklich glücklich. Das Mädchen widmete sein ganzes Leben, das Glück seines Großherrn, des Padischah, sicherzustellen.

Unterdessen war einige Zeit vergangen. Bei dem Mädchen begannen sich die Spuren der Schwangerschaft zu zeigen.

Die beiden Schwestern, die im Palast wie gewöhnliche Dienerinnen arbeiteten, konnten das Glück ihrer Schwester nicht ertragen. Wenn es möglich gewesen wäre, hätten sie sie in einem Löffel Wasser ertränkt. Als sich nun die Kunde von der Schwangerschaft im Palast verbreitete, verloren sie fast den Verstand. »Ach, wie kann man sie nur aus der Welt schaffen?« dachten sie immer. Das arme Mädchen aber behandelte ihre Geschwister stets mit Milde und Sanftmut; sie gab ihnen einen Teil der Geschenke, die der Padischah ihr gewährt hatte, sie erteilte die erforderlichen Weisungen, daß die Oberbeschließerin nicht zuviel Arbeit von ihnen beiden verlange, sie verwandte sich dieserhalb sogar beim Padischah.

Diese Undankbaren überlegten nun, daß bei dieser Schwangerschaft alles richtig eingetreten und die Geburt eines Knaben und auch eines Mädchens möglich sei. Sie opferten die Gelder, die in ihre Hände kamen, um eine alte Frau, die die Hebamme des Palastes war, zur Mitwisserin zu machen. Unterdessen verging die Zeit und der Tag kam näher. Andererseits waren sie nicht müßig. Schließlich faßten sie folgenden Beschluß: Die alte Hebamme, diese verfluchte Hexe, sollte zwei junge Hunde beschaffen, die Neugeborenen, die ihre Schwester zur Welt bringen würde, stehlen und die jungen Hunde an ihre Stelle legen.

Inzwischen verstrich die Zeit und die Anzeichen der Niederkunft begannen sich zu zeigen. Die Hebamme fand zwei neugeborene schwarze Hunde, verbarg sie unter ihrem Oberkleid und trat ins Zimmer. Die Kinder kamen zur Welt. Die Hebamme hatte keine Schwierigkeiten, ihre unselige Aufgabe auszuführen. Sie stahl die Kinder und ließ die Hunde zurück.

Der Padischah wartete ungeduldig auf die frohe Botschaft, daß die Neugeborenen wirklich ein kräftiger, strammer Junge und ein weltenschönes Mädchen sein würden.

Die arme Frau lag bewußtlos da. Sie konnte über das Verbrechen, das die Amme begangen hatte, keinen Bescheid wissen. Auch die Bediensteten des Palastes liefen zusammen. Im Zimmer herrschte große Verwirrung. Alle riefen auf einmal: »Ach, zwei schwarze junge Hunde!«

Auch die übrige Palastgemeinde konnte ohnehin das Mädchen nicht leiden. Voller Abscheu kamen von ihren Lippen die Worte: »Was soll mit dieser Entarteten geschehen!«

Diese unselige Kunde kam sogleich dem Padischah zu Ohren. Der zornentbrannte Padischah gab sogleich den Befehl, daß das arme Mädchen vom Krankenbett herausgenommen und auf einem Platz, wo das Volk vorübergeht, an den Pranger gestellt werde und daß die Vorübergehenden sie verachten und ihr ins Gesicht spucken sollten. Sofort wurde dieser Befehl ausgeführt.

Alle Bediensteten im Palast freuten sich darüber, besonders ihre verräterischen Schwestern konnten sich vor Freude nicht halten: »Ei ja, nun haben wir das unselige Mädchen vernichtet.« Zur gleichen Zeit begannen sich die beiden auch ihren verschiedenen Hoffnungen und Hirngespinsten hinzugeben.

Das alte, unheilvolle Weib nahm die Kinder, legte sie in einen festen Kasten und steckte jedem einen Lutscher in den Mund. Dann warf sie sie in einen Bach.

Der liebe Gott läßt keinen seiner Diener sterben, den er nicht sterben lassen will. Die Kiste wurde von der Strömung des Wassers erfaßt und schwamm, indem sie ständig schaukelte, mit den unschuldigen Kindern eine ziemliche Strecke dahin. Schließlich blieb der Kasten zwischen den Rädern einer Mühle hängen.

Diese Mühle gehörte einem alten Mann. Als der Alte sah, daß die Mühle auf einmal stillstand, ging er sofort an die Stelle, wo sich das Mühlenrad befand, um festzustellen, wo der Fehler sei. Da sah er, daß das Etwas, was die Bewegung hemmte, ein Kasten war. So zog er ihn hervor und öffnete ihn neugierig.

Wenn ihr sähet, was darin war, so würdet ihr daran Gefallen haben: Ein Knabe wie eine Lichtgestalt und ein Mädchen, schön wie eine Mondfee, lagen zusammengebunden in tiefem Schlaf.

Der Müller nahm sie heraus. Der arme Mann hatte in seinem Leben nicht geheiratet. Auf einer Insel an dem Ort, wo er zurückgezogen wohnte, hatte er sein Leben damit verbracht, das Getreide, das man ihm brachte, zu mahlen.

Dieses Ereignis machte ihn überaus glücklich. Der Alte wurde fast wieder jung und begann neue Lebenskraft in sich zu spüren. Ja, früher war er ganz allein und hatte die Glückseligkeiten des Lebens noch nicht gekostet. Nun aber sandte ihm der liebe Gott zwei Kinder, von denen das eine ein Knabe, das andere ein Mädchen war. Jetzt gehörte sein Leben ihm nicht mehr allein, sondern dieses vergängliche, sterbliche Leben wurde unter drei Personen geteilt.

Der Alte, für den diese Kinder ein großes Geschenk des lieben Gottes waren, wollte sie aufnehmen, großziehen und zu Menschen machen, und die unschuldigen Kinder sollten nun die Veranlassung sein, seinen Namen in bester Erinnerung fortleben zu lassen.

Nun widmete sich dieser großherzige Alte ganz den Kindern. Er begann für sie zu arbeiten und war ihnen sowohl Vater wie auch Mutter.

So verging eine recht lange Zeit. Die Kinder begannen heranzuwachsen. Der Müller bemerkte an ihrer Stirn die Zeichen von Größe und Erhabenheit und vermutete, daß diese armen Kinder, obwohl sie noch sehr jung waren, einer hohen, einer sehr hohen Familie entstammten und daß sie später auf Grund ihrer Abstammung sehr wichtige Persönlichkeiten werden würden.

Der Alte war glücklich; nur ein Gedanke, ein Umstand quälte ihn zuweilen: Sollten die Eltern der Kinder sie erkennen und sie dem armen alten Mann wegnehmen, was sollte dann aus ihm werden? Ach, das war sehr schmerzlich! Vielleicht würde jener Tag zu einem Unglückstag werden, der seinem Leben ein Ende bereiten würde.

Die Zeit verging in vollständigem Glück, und die Kinder wuchsen heran. Aber eines Tages wurde diese glückliche Familie von einem ganz schweren Unglücksschlag getroffen. Aber nicht die Eltern entrissen, wie er gedacht hatte, die Kinder den liebevollen Händen des Alten, sondern die blutige Klaue des Todes raffte unbarmherzig diesen hochherzigen Mann für immer aus dem Kreise dieser Unglücklichen hinweg. Der Arme fühlte, daß schließlich sein letzter Augenblick gekommen war.

Da rief er den Knaben zu sich und erzählte ihm seine und seiner Schwester Lebensgeschichte.

»Mein Sohn«, sprach er, »ich übergebe dir nun das mir anvertraute Gut als seinem Besitzer. Jeder auf der Welt geht und vollendet seine Laufbahn. Darüber bin ich nicht betrübt, aber daß ich euch jung und unerfahren allein zurücklassen muß, das macht mir den Tod so schwer. Indessen kann man sich nicht gegen Gottes Beschluß auflehnen. Doch ich übergebe dir diese drei Papiere, damit du sie verbrennst, wenn du in Not bist. Ihre Wirkung ist sehr groß. Verwende sie nicht für nutzlose Dinge. Man muß den Bitternissen des Lebens die Stirn bieten. Deshalb verwende sie nicht unnütz, sonst wirst du es bereuen!«

Der arme Alte ging nunmehr zu seinem Herrn ein, aber er ließ die beiden unglücklichen Kinder in bedauernswerter Einsamkeit zurück.

Die armen Kinder wußten nicht, was sie tun sollten. Vagabundierend zogen sie hier und dort einher. Da stießen sie unterwegs auf eine Menge ganz glänzender Steine. Die Schwester riet ihrem Bruder, einige von diesen Steinen mitzunehmen. Ihr Bruder tat das auch.

Wozu ist es nützlich, auf einer wilden, einsamen Insel zu wohnen? Die zum Leben notwendigen Dinge, wie Speise und Trank, muß man sich beschaffen. Das aber war auf jener einsamen Insel nicht möglich. Die beiden Geschwister gingen zum Grab des Müllers. Am Grab dieses heiligen und ehrwürdigen Mannes weinten und beteten sie einige Zeit. Schließlich aber, nachdem sie einen ehrfurchtsvollen Gruß entboten hatten, trennten sie sich und wandten sich der nächsten Stadt zu.

Die beiden jungen Leute kamen in der Stadt an. In ihrem ganzen Leben waren sie noch nie ohne fremde Hilfe gewesen und hatten noch nicht die Wärme und Kälte der Welt und des Lebens gekostet. Nach einiger Zeit zeigte sich der Hunger. Sie hatten kein Geld, um sich Essen zu kaufen. Wo sollten sie sich am Abend zum Schlafen legen? Infolge ihrer Natur war ihr vornehmes und feines Gefühl zu sehr entwickelt, als daß sie betteln gingen und diesen oder jenen um Hilfe baten.

Sie wußten nicht, was sie machen sollten. Auch vermieden alle beide, von ihrer Verzweiflung zu sprechen, um einander nicht Kraft und Mut zu nehmen. Aber sie wußten sehr wohl, was der andere dachte. Schließlich sprach das Mädchen zu seinem Bruder:

»Ach, Bruder, vielleicht ist es uns nützlich, wenn wir die funkelnden Steine, die wir auf der Insel gefunden haben, einem Kenner zeigen.«

»Schön, wir wollen sie zeigen, damit du zufrieden bist.«

Nach diesen Worten zeigte er die Steine, die sie auf der Insel gefunden hatten, dem Mann, der gerade vorüberkam. Dieser Mann geriet wirklich in Staunen und sagte:

»Das sind sehr wertvolle Steine! Man müßte sie einem Goldschmied zeigen, um ihren Wert abzuschätzen. Aber in unserer Stadt, glaube ich, kann man einen so reichen Goldschmied, der diese Steine kaufen könnte, nicht finden. Trotzdem wendet euch mal an Ahmed Efendi, den reichsten Goldschmied bei uns.«

Der Mann brachte die Kinder zu diesem Goldschmied. Kaum hatte der Goldschmied die Steine gesehen, da geriet er in endloses Staunen und begann gegen die Kinder Verdacht zu schöpfen. Daher unterzog er sie einem gründlichen Verhör, aber die reinen, engelgleichen Antworten der Kinder beruhigten ihn. An diesem Abend behielt er sie als Gäste bei sich und gab ihnen zu essen und zu trinken. Am nächsten Tage gingen sie zur Insel. In der Tat waren die Worte der Kinder wahr. Ahmed Efendi sammelte eine große Menge von diesen Steinen und kehrte in die Stadt zurück. Indem er das Leben der Kinder kennenlernte, wurde ihm klar, daß sie ohne Angehörige waren. Da er ohnehin keine Kinder auf dieser Welt hatte, so nahm er die Armen an Kindes Statt bei sich auf.

Nun waren Ahmed Efendi und die Kinder reich, ja sehr reich geworden. Sie ließen sich ein Haus bauen, das den Neid der Paläste hätte erregen können. Die Zahl der Diener, Bediensteten und des Gesindes war viel größer als die in den Palästen.

Der alte Mann überließ die Angelegenheiten seines Geschäftes vollständig dem Königssohn und setzte sich selbst zur Ruhe.

Dieser Haushalt, der so viel Reichtum und Vermögen besaß und dank solcher Einkünfte einen Aufwand trieb, wie er Herrschern zukam, lenkte die öffentliche Aufmerksamkeit der ganzen Stadt auf sich. Dieser Umstand gelangte zu den Ohren des Padischah.

Eines Tages begab sich der Padischah, zusammen mit seinem Gefolge, zu dem Laden des Goldschmiedes, um für seine Palastangehörigen Geschmeide zu kaufen. Der Königssohn empfing ihn in vollendeter Weise. Der Padischah war über ihn aufs höchste erfreut. Wie sehr glich ihm übrigens dieser Jüngling! Da dachte er bei sich: »Wie schön wäre es, wenn jene entartete Holzhauerstochter, statt jungen Hunden das Leben zu schenken, einen Menschen geboren hätte! Dann müßte auch ich jetzt in diesem Lebensjahre und Alter einen Sohn und eine Tochter besitzen, deren Schönheit und Anmut in aller Munde gepriesen wird.«

Der Reichtum des Goldschmiedes sowie das Schicksal der Kinder war nun jedermann zu Ohren gekommen. Die Kunde begann jetzt am meisten die Hebamme und die beiden Töchter des Holzfällers, die die Tanten der Kinder waren, in äußersten Schrecken zu versetzen. Wenn nun der Sachverhalt herauskäme, was würde dann aus ihnen werden? Was soll man tun, was soll man tun? Man muß sie aus der Welt schaffen! Wenn jemand dies täte, ja täte! Es könnte wieder nur die Hebamme dies tun. So sollte sie ihren alten Fehler wiedergutmachen und die Köpfe dieser drei Verbrecherinnen vor dem Beil des Henkers retten.

Eines Tages verkleidete sich die Hebamme als Hausiererin. Irgendwie drang sie in das Haus des Goldschmieds ein und begab sich hinauf zum Mädchen. Nun blieb ihr kein Zweifel mehr. Die Geschwister waren die Kinder, die sie selbst ins Wasser geworfen hatte. Der Junge hatte mit dem Padischah, das Mädchen aber mit der jüngsten Tochter des Holzfällers, seiner Mutter, die größte Ähnlichkeit. Nun gab es nichts mehr zu überlegen. Man mußte sie töten, sonst würden sie selbst verloren sein.

Sie überschüttete das Mädchen mit tausenderlei Altweibergeschichten und sprach: »Meine Gebieterin! Der liebe Gott mache Euer Heim noch fröhlicher und freudiger! Er vermehre Eure Pracht und Euren Prunk! Ich, Eure Dienerin, komme auch in den Palast. Aber dort ist es nicht schmuck und prächtig! Hier fehlt etwas, wodurch Euer Haus, wenn es vorhanden wäre, einzigartig dastände.«

»Was ist denn das, liebes Mütterchen?«

»Was soll es schon sein, meine Tochter? Es gibt eine reiche Frau, die man die Feenmaid nennt. In ihrem Gartenhaus gibt es eine Rose, die einzigartig in der Welt ist. Das ist es!«

»Verkauft sie diese denn nicht?«

»Was soll sie sie verkaufen, meine Tochter? Sie ist eine solche Frau, die überhaupt kein Geld braucht. Aber die Rose ist eine solche Rose, die Euer so würdig ist, daß es für Euren Bruder nur eine Kleinigkeit ist, sie zu beschaffen.«

Mit diesen und ähnlichen Reden machte sie das Mädchen fast darauf versessen. Die Alte hatte eine ganz schreckliche Absicht. Die Feenmaid wohnte in einem fernen Land und war ein außerordentlich geheimnisvolles Weib. Sie war zwar schön, aber auch giftig wie eine Schlange. Mit keinem hatte sie Mitleid und tötete jeden.

Gegen Abend kam der Bruder des Mädchens nach Hause und fand die Prinzessin ganz nachdenklich und verzweifelt. Er fragte sie nach dem Grund. Das Mädchen erklärte ihm ihren Wunsch. Der arme Jüngling bedachte keineswegs das Unheil, das über ihn kommen würde, und gab sein Wort, für seine Schwester jene Rose auf alle Fälle zu holen. Doch wer war die Feenmaid? Wo wohnte sie? Das nun konnte er nicht in Erfahrung bringen. Er kam wirklich in eine verzweifelte Lage und wußte nicht, was er machen sollte. Sollte seine Schwester unzufrieden sein, sollte sie traurig und betrübt in einer Ecke sitzen? Das durfte nicht geschehen.

Eine Weile überlegte er. Schließlich fiel ihm das Papier ein, das ihm der Müller gegeben hatte. Was könnte eine größere Bedrängnis sein als diese? Geld brauchte er gar nicht, seine Gesundheit war ausgezeichnet, Schönheit und Anmut waren bei ihm vorhanden. Daher beschloß er, eines von den Papieren zu verbrennen. Sogleich sah er sich einem weißbärtigen Derwisch gegenüber, der ihm voller Ehrfurcht den Gruß entbot und sagte: »Euer Befehl, mein Königssohn!« Mit gekreuzten Armen stand er ehrerbietig da.

»Die Feenmaid soll eine Rose haben, die will ich holen.«

»Aber mein Gebieter, sie ist ein sehr hinterlistiges Weib. Nimm dich vor ihr in acht! Es wäre schade um deine Jugend.«

»Nein, unmöglich, ich will sogar hingehen und sie mit eigener Hand holen.«

»Da Ihr es zu befehlen geruht, gut, so sprecht die Worte, die ich Euch sagen werde, wörtlich aus. Die Sache ist zwar gefährlich, aber wenn Ihr meine Worte nicht vergeßt, wird es vielleicht gelingen. Des Nachts um drei Uhr drei Minuten brichst du von hier auf und legst 300 Schritte Wegs zurück, ohne hinter dich zu schauen. In die dritte Straße biegst du ein und pfeifst dreimal. Ein Renner kommt zu dir. Fürchte dich nicht und steige auf. Er bringt dich an den Ort, wo die Feenmaid sich befindet. Wenn du durch die Tür eintrittst, siehst du ein Schaf und einen Hund. Vor dem Schaf liegt Fleisch und vor dem Hund Heu. Ein fließendes Wasser trennt sie voneinander. Nimm das Heu und gib es dem Schaf und das Fleisch gib dem Hund. Du kommst an vierzig Türen, die offenstehen. Diese schließe! Dann kommst du vor vierzig geschlossene Türen. Diese öffne! Von dort kommst du in einen geräumigen Garten. In der Mitte steht ein Baum. Siehe, das ist die bewußte Rose. Du pflückst sie, gehst wieder, ohne hinter dich zu schauen, sofort hinaus, setzt dich auf das Pferd und kommst hierher.«

»Vielen Dank, ich bin Euch wirklich dankbar. Durch Euer Gebet und Eure Segenswünsche werde ich hoffentlich die Sache erfolgreich ausführen.«

»Wohlan, mein Prinz, Gott sei dein Helfer! Vergiß meine Worte nicht!«

Der Königssohn brach in jener Nacht gemäß den Anweisungen aus der Stadt auf, bestieg das Pferd und kam, nachdem er eine lange Strecke zurückgelegt hatte, zu dem bewußten Ort. Das Heu gab er dem Schaf, das Fleisch dem Hund. Er leerte das stehende Wasser und brachte das fließende zum Stehen, er schloß die offenen Türen und die geschlossenen öffnete er. Kurzum, er kam zu dem Garten, pflückte die Rose und es gelang ihm, zu entfliehen.

Unterdessen begannen alle Blumen zu schreien: »Zu Hilfe, zu Hilfe! Die Rose der Feenmaid ist gestohlen worden!«

Sofort wurde die Feenmaid über den Vorfall unterrichtet und sie begann um Hilfe zu rufen:

»Meine offenen Türen, schließt euch und haltet den Dieb!«

»Wir blieben so viele Jahre bei Kälte und Hitze, bei Wind und Schnee offenstehen. Du hast uns nicht beachtet und wichtig genommen. Gott schenke ihm Erfolg! Denn er hat uns geschlossen. Gott befohlen ziehe er und reise glücklich.«

»Meine geschlossenen Türen, haltet den Dieb! Seid nicht undankbar wie die anderen!«

»Wir waren so viele Jahre lang geschlossen. Dir kam es nicht in den Sinn, uns einmal zu öffnen. Er öffnete uns. Wenn wir ihn fangen, würden wir undankbar sein. Gott gebe ihm Heil und Glück auf den Weg!«

»Mein Hund, faß ihn! Mach es nicht wie die anderen! Tu du jedenfalls das rechte!«

»Ich war so lange Zeit hungrig. Vor mir lag nichts als Heu. Du wußtest recht gut, daß ein Hund kein Heu frißt. Warum ließest du mich hungern? Er gab mir Fleisch. Ich kann ihn nicht fassen. Ich kenne den Wert der Wohltat. Gott erleichtere ihm, was er sich vorgenommen hat. Möge er glücklich reisen!«

»Mein Lamm, fange ihn! Wenigstens erkenne du, was recht ist!«

»Ich blieb so lange Zeit ohne Heu. Er gab mir Heu. Gott gebe ihm Heil! Wenn der Hund den Wert erkennt, wird dann das Schaf Undankbarkeit zeigen?«

Der Königssohn schwang sich sofort auf das Pferd. Vierzig Tage später war er nach der Stadt zurückgekehrt. Seiner Schwester gab er den Rosenschößling und ließ ihn im Garten einpflanzen.

Innerhalb kurzer Zeit hatte die Rose in der ganzen Stadt Berühmtheit erlangt. Sobald die beiden älteren Schwestern die Rückkehr des Königssohnes erfuhren, waren sie gänzlich verzweifelt. Ja, das Geschick verfügte für sie in schlechter Weise. Sie riefen die alte Hebamme und sagten zu ihr: »Sowohl dein als auch unser Kopf schwebt in Gefahr. Such du einen Ausweg!«

»Dieses Mal glückt es unbedingt. Ich sage dem Mädchen: Die Rose ist da, aber die Nachtigall fehlt. Mit Hilfe des Satans mache ich sie wieder neugierig. Sie wird verzweifeln und unternimmt dann die notwendigen Schritte, ihren Bruder danach zu schicken. Diesmal geht der Jüngling sicher zugrunde.«

Am nächsten Tag geht sie hin und lobt die Rosen.

»Ach, wenn auch die Nachtigallen da wären, wäre alles vollständig, nicht wahr, meine Herrin? Wer einmal je Nachtigallen gehört hat, will sie tausendmal hören.«

Das Mädchen bat am Abend den Bruder, ihr auch die Nachtigallen zu bringen. Wäre es dem Königssohn überhaupt möglich gewesen, das Herz seiner Schwester zu brechen? Wen hatte er denn sonst schon auf dieser Welt? Für wen anders als für seine Schwester arbeitete er?

Wiederum bestieg er das Pferd und bei seiner Ankunft im Palast gab er dem Hund Fleisch, dem Lamm Heu, öffnete und schloß die Türen. Eine der Nachtigallen, die im Garten waren, steckte er in den Käfig, den er bei sich hatte, und entfloh sogleich. Der Renner wartete schon auf ihn.

Inzwischen hatten alle anderen Nachtigallen der Feenmaid Kunde gegeben. Sie schrien: »Zu Hilfe, zu Hilfe, auch eine Nachtigall ist fort!« Sie befahl nun den Türen, dem Hund und dem Lamm, ihr zu helfen, und bat sie. Unmöglich. Jetzt standen sie ganz und gar in des Königssohns Schuld. Würden sie jemals ihren Wohltäter einer solchen Verräterin ausliefern? Auch dieses Mal ließen sie ihn frei. Der Königssohn kam gesund, heil und erfolgreich davon. Vierzig Tage später kam er zur Stadt und gab die Nachtigall seiner Schwester. Kaum hatte sich der Vogel auf die Rose, die früher gebracht worden war, gesetzt, als er so zu singen begann, daß alle, die ihn hörten, in Staunen gerieten. Diesmal waren die beiden Schwestern ganz hoffnungslos. Wenn die Sache herauskäme, wäre ihr Tod gewiß. Was sollte man tun? Man muß den Jüngling aus dem Wege räumen, dann wird das Mädchen an Kummer sterben. Dadurch würde man sich selbst gerettet haben.

Schließlich riefen sie wiederum die Hebamme. Die Alte überlegte hin und her. Wahrhaftig, die Sache wurde schlimmer. Auf jeden Fall mußte der Königssohn sterben. Schließlich meinte sie:

»Diesmal muß sie die Feenmaid selbst holen lassen. Wenn der Königssohn auch das unternimmt, dann wird der Schlag, den er bekommt, schwer sein.«

Am folgenden Tag ging sie zum Mädchen, und nachdem sie mit ihrem heuchlerischen Lächeln das Herz des Mädchens gewonnen hatte, begann sie, die Arme auf folgende Weise in den Tod zu treiben:

»Meine Gebieterin! Die Rose hast du, die Nachtigall hast

du. In der Tat gibt es auf der Welt nicht ihresgleichen, aber Ihr müßtet auch noch die junge, schöne Gefährtin haben.«

»Habe ich denn keinen Bruder?«

»Ja, gewiß, meine Schöne, aber er ist ein Mann. Die Sache hat ihre Schwierigkeit. Er hat die Rose und die Nachtigall gebracht. Wenn er nun die Feenmaid selbst brächte, wäre das schlimm? Wenn auch das Mädchen nicht so schön und anmutig ist, wie Ihr es seid, so ist sie dennoch einzig auf der Welt. Sie weiß alles und plaudert lieblich; sie hat Kenntnisse, ihr Saitenspiel und ihre Rede sind vollkommen, sie wird eine gute Gefährtin und Schwester sein, um die Zeit schön zu vertreiben.

Es steht mir allerdings nicht zu, Euch etwas zu sagen. Deshalb bitte ich Euch um Verzeihung. Doch meine Liebe zu Euch ist so groß, daß ich alles ins Auge fasse und immer an Euer Wohl denke. Ihr liebt Euren Bruder, und er liebt Euch. Aber trotz diesem gibt es auf Erden etwas, das zu tun des Menschen Schuldigkeit ist. Euer Bruder ist gerade im heiratsfähigen Alter, wenn für ihn eine sehr vollkommene Gattin in Frage kommt, so kann es nur die Feenmaid sein.«

Das Weib ging fort, und das Mädchen begann nachzudenken. Die Worte des Weibes waren wirklich richtig. Nun begann das Mädchen niedergeschlagen zu sein.

Als am Abend ihr Bruder gekommen war, bat sie ihn, ihr die Feenmaid als Gefährtin zu holen. In versteckter Weise erwähnte sie auch die Worte der Hebamme.

Der Königssohn, der einen solchen Gedanken noch nie gehegt hatte, wollte das nicht anerkennen. Aber er konnte das Drängen seiner Schwester nicht ertragen. Am nächsten Tage verbrannte er das dritte Papier. Wieder erschien der Derwisch. Der Prinz eröffnete ihm seine Gedanken und erklärte ihm den Wunsch seiner Schwester.

»Um Gottes willen, mein Königssohn, hüte dich, dorthin zu gehen. Die Gefahr ist sehr groß. Dieses alte Weib will dich vernichten. Sie täuscht deine arme Schwester.«

»Ist das überhaupt möglich? Ich habe es meiner Schwester

versprochen. Wie kann ich jetzt von meinem Wort zurücktreten? Sein Wort zu brechen, bedeutet von seinem Glauben abzufallen. Das möchte ich nicht tun. Auf jeden Fall wird die Sache stattfinden und die Feenmaid kommen. Das weitere wollen wir dann überlegen.«

»Da Ihr alles ins Auge faßt, will ich es Euch erklären. Bevor Ihr den Palast betretet, ruft Ihr einmal draußen: ›Feenmaid!‹ Sie wird antworten: ›Erstarre halb bis zu deiner Lende!‹ Ihr werdet erstarren. Dann ruft Ihr nochmals; sie antwortet: ›Erstarre ganz und gar!‹ Auch das geschieht. Dann werdet Ihr Euch nicht mehr bewegen können. Nun ruft Ihr ein drittesmal; sie antwortet: ›Werde halb zu Stein bis zu deiner Lende!‹ Darauf müßt Ihr ein viertesmal rufen. Dann kommt sie entweder selbst heraus oder ruft: ›Werde ganz zu Stein!‹ Wenn sie das gesagt haben sollte, steht unsere Sache schlecht; denn dann wirst du zu Stein und immer bleiben. Wenn sie aber herauskommt, winde ihr einen Zweig mit vierzig Dornen um ihr sehr langes Haar. Zunächst wird sie Euch laufen lassen, dann aber ist sie gezwungen, mit Euch zu kommen. Werdet Ihr all das im Auge behalten?«

»Gott ist edelmütig! Was immer mein Schicksal ist, geschieht.«

»Schön, verschaff dir also einen sehr langen Zweig mit vierzig Dornen und überdies ein zweites Pferd. Gott sei dein Helfer.« Mit den Worten: »Von uns kommt das Gebet, von Euch der Mut«, entschwand er.

Als der Königssohn alles Erforderliche erledigt hatte, machte er sich auf den Weg und gelangte nach vierzig Tagen zum Palast der Feenmaid. Bevor er eintrat, rief er mit lauter Stimme:

»Feenmaid!«

Er erstarrte bis zur Lende, aber er verlor den Mut nicht. Heftig wiederholte er diese Worte und erstarrte vollständig, nur daß ihm die Fähigkeit zu reden blieb.

Bei seinem dritten Ruf verwandelte er sich zur Hälfte, bis zur Lende, in Stein, und beim vierten Ruf war das Mädchen über den Mut des Mannes so erstaunt, daß es herauskam, um zu erfahren, wer er sei. Die Schönheit und Anmut des Königssohnes setzte sie in Staunen. In ihrem ganzen Leben hatte sie noch niemand geliebt und nicht erfahren, was Liebe ist. Doch sie liebte ihn auf den ersten Blick.

Auch den Königssohn erfaßte die Liebe zu dem Mädchen. Das Mädchen war an seine Seite getreten. Eine geistige Kraft befreite ihn aus seinem erstarrten Zustand. Er schwang den Zweig in seiner Hand und nahm sich das Mädchen. Das Mädchen war von dem Mut des Jünglings und seiner Schönheit und Anmut so hingerissen, daß sie einwilligte, mit ihm zu gehen. So bestieg sie das zweite Pferd, und sie gelangten nach vierzig Tagen zur Stadt. Geradenwegs führte er sie zu seiner Schwester. Schon vom ersten Tage an begannen beide Mädchen sich äußerst liebzugewinnen. Fast wie zwei Schwestern waren sie. Beide waren jung, beide waren schön, beide waren liebenswert.

Der Königssohn begann nun wieder seiner Arbeit und seinem Geschäft nachzugehen.

Als die beiden Schwestern von der Rückkehr des Königssohnes hörten, wußten sie vor Zorn nicht, was sie machen sollten. Nunmehr war das Unglück sicher, besonders nach dem freundschaftlichen Umgang mit einem so geheimnisvollen Mädchen wie der Feenmaid. Die Hebamme ging zum Haus des Mädchens, um sich zu versichern, ob die Feenmaid mitgekommen sei. Die Feenmaid erlaubte nicht, daß das Weib eintrat. Auf ein kleines Zeichen, das sie machte, stieß das Weib einen entsetzlichen Schrei aus. Das war ihr letzter Laut. Inzwischen hatte das Weib die Sprache verloren und ihre Augen waren blind geworden. So fand die Verfluchte ihre Strafe.

Einige Tage später sprach die Feenmaid zum Königssohn: »Wenn Ihr den Padischah nochmals seht, ladet ihn zum Essen ein und sagt ihm: Wir haben einen Teppich, der ein ganzes Heer faßt, und ein Ei, das noch zunimmt, selbst wenn die ganze Bevölkerung mitessen würde. Daraus wird er viel in

Erfahrung bringen. Wenn er es wünscht, bittest du ihn, daß auch seine Minister mitkommen.«

»Aber wie soll das geschehen? Wie können wir den Padischah einladen? Wo sind überdies der Teppich und das Ei, wovon du sprichst? Wie kann so etwas möglich sein?«

»Ihr sagt dem Padischah das, was ich Euch genannt habe. Das übrige geht mich an.«

Der Königssohn erfüllte den Wunsch des Mädchens, und der Padischah nahm freudig an. Sobald er von dem Ei und dem Teppich gehört hatte, begann er nachzudenken: Wo habe ich das schon mal gehört? Jedoch kam er nicht mehr darauf.

Am festgesetzten Tag kam der Padischah mit den Ministern zum Haus des Königssohnes. Im Garten war für das Heer ein Teppich ausgebreitet. Das Heer kam. Alle nahmen Platz, und der Teppich war noch fast leer. Man gab dem Heer zu essen. Dieses Essen bestand aus einem einzigen Ei. Das Heer war gesättigt und das Ei war noch übrig.

Auf den Tisch des Padischahs hatte man in einen Kristallteller einen glänzenden Diamanten gelegt. Die Tischgäste waren über dessen Größe erstaunt.

Nachdem das Essen beendet war, hatte die Feenmaid, ohne daß es jemand bemerkte, den Stein genommen und ihn in die Tasche des Padischahs gesteckt. Als man etwas später den Diamanten nicht mehr sah, war jedermann verwirrt, und obwohl man überall suchte, konnte man ihn nicht finden. Die Feenmaid bat, alle Anwesenden zu durchsuchen.

Der Padischah war sofort damit einverstanden. Die Minister zogen sich in ein anderes Zimmer zurück, und obwohl man sie durchsuchte, brachte das kein Ergebnis. Verwundert sprach der Padischah:

»Ach, wie ist das möglich? Keiner hat ihn.« Als er aber sagte: »Seht, auch ich wende meine Taschen um«, da rollte der Stein zu Boden.

Jeder war so bestürzt, daß er nicht wußte, was er machen sollte. Der Padischah wunderte sich, wie der Diamant in seine Tasche gekommen war, und konnte sich diesen seltsamen Vorgang nicht erklären. Schließlich nahm er nach einiger Zeit Abschied und kehrte nach Hause zurück. Eine Woche später lud er den Königssohn und das Mädchen ein.

Die Feenmaid gab dem Jüngling eine Rose, dem Mädchen eine Nelke. Über die Art und Weise, wie sie sich benehmen sollten, gab sie wohlwollend Verhaltungsmaßregeln. Als sie zur Majestät kamen, gefiel dem Padischah die Rose über alle Maßen und er wollte sie vom Königssohn haben. Aber der Königssohn weigerte sich unter dem Vorwand, daß sie jemand anderem gegeben werden solle.

Wenn auch der Herrscher über diesen Umstand verstimmt und zornig war, ließ er es sich aber nicht anmerken. Als sie nach dem Essen an der Stelle vorüberkamen, wo sich ihre Mutter befand, steckte der Königssohn an ihre rechte Schulter die Rose, die Prinzessin aber auf ihre linke Schulter die Nelke. Die Frau roch an der Rose und trat ganz langsam von der Stelle hervor, wo sie halb zur Lende begraben war. Sobald sie die Nelke gerochen hatte, erhielt sie ihre alte Kraft und Schönheit wieder. Der Prinz und die Prinzessin küßten der Frau die Hand und erwiesen ihr Ehrfurcht und Liebe. Die Frau erwiderte das. Alle drei weinten eine Zeitlang.

Der Padischah wurde über dieses Benehmen äußerst zornig und sprach zum Königssohn, als er in den Saal gekommen war:

»Du Verräter! Obwohl ich dir so große Zuneigung und Gunst erwiesen habe, hast du mir hinterlistigerweise den Stein in die Tasche gesteckt, um mich besonders zu beschämen. Die Blume, die ich von dir haben wollte, hast du nicht mir gegeben, sondern jener Verfluchten, die jeder verachtet und der jeder ins Gesicht spuckt. Darüber hinaus erweist du ihr Ehrfurcht und Liebe, ja ihr küßtet euch und weintet zusammen. Du verdienst die Todesstrafe, aber ich verzeihe dir. Man soll nicht sagen: Der Padischah warf ein Auge auf sein Geld und ließ ihn deshalb töten. Weg mit dir! Laß dich nicht noch mal sehen! Verlaß mit deiner Schwester die Stadt und laß dich anderswo nieder!«

Auf diese Worte hin näherte sich die Feenmaid dem Padischah und sagte:

»Mein Padischah! Wollt Ihr Eure eigenen Kinder aus Eurer Gegenwart verbannen und sie außer Landes treiben? Genügt es denn nicht, daß sie so lange Zeit der Elternliebe beraubt waren?«

»Was soll das heißen? Ich habe keine Kinder. Wenn er aber diesen Verrat nicht verübt hätte, würde ich ihn zum Thronfolger eingesetzt haben.«

»Mein Padischah, wenn Ihr gnädigst geruht, will ich Euch die Streitfrage darlegen.« Sie erzählte alle Ereignisse bis in die kleinsten Einzelheiten. Nachdem der Padischah höchst erstaunt und betrübt zugehört hatte, freute er sich außerordentlich, daß sich die Wahrheit auf diese Weise herausgestellt hatte. Er bereute in höchstem Grade das Unrecht, das er seiner Gattin zugefügt hatte, und bat um Verzeihung und umarmte sofort seine Kinder. Die Kinder aber waren hocherfreut und glücklich, weil sie ihre Eltern gefunden hatten.

Kurzum, jeder freute sich. Daraufhin nahm der Königssohn die Feenmaid zur Frau. Vierzig Tage und vierzig Nächte wurde Hochzeit gefeiert. Ein anderer Prinz heiratete die Prinzessin. Die beiden Schwestern aber starben aus tiefem Groll.

6. Ahmeds Glück

In früheren Zeiten lebte ein Lastträger mit Namen Ahmed. Die Bürde des Alters und die Mühsale des Lebens lasteten auf seinen harten Schultern; sie hatten ihn gebeugt und gekrümmt. Unter tausenderlei Mühsalen und Beschwerden hatte er doch einige Piaster zusammengebracht. Aber dieses Geld verbürgte ihm keinen sicheren Lebensunterhalt auf Lebenszeit. Daher wollte er irgendwie um eines Bissens Brot willen wiederum arbeiten, sich abmühen und abschuften. Ja, um eines Bissens Brot willen wollte er wieder mit dem Leben kämpfen und sich daran klammern.

Zu jedem Kampf und Streit gehört neben der Kraft auch das Rüstzeug. Das wußte Ahmed. Er brauchte etwas, was er am besten und nützlichsten mit dem Geld, wofür er sich halbtot gearbeitet hatte, tun konnte, nämlich einen neuen, schönen Traguntersatz für Lasten, der ihm seinen Lebensunterhalt sicherstellen sollte, ohne seine alten Schultern und sein knochiges Rückgrat zu schädigen.

Eines Tages nahm er das bißchen Geld, das in dieser vergänglichen Welt sein ganzer Besitz war, aus seinem Aufbewahrungsort, steckte es in seinen Gürtel und begab sich zum Basar. Dort kaufte er sich den besten Traguntersatz, den er finden konnte, der ihm für das Lasttragen am zweckmäßigsten schien und der ihn am wenigsten ermüden würde.

Die Stadt, in der er wohnte, lag vom Marktplatz weit entfernt. Geld gibt den alten Leuten Kraft. Unser armer Ahmed hatte sich nun einen Traguntersatz gekauft, aber er hatte auch sein Geld, das er wie seinen Augapfel liebte, dafür geopfert. Damit hatte er seine materielle Kraft verloren. Nun war er sehr müde. Überhaupt hatte ihn die Hitze des Tages so sehr erschlafft und geschwächt, daß er es nicht ertragen konnte. Am Ufer eines Baches streckte er sich unter einer schönen Platane nieder, die grüne Schatten über den Boden verbreitete, und sank in Schlaf.

Wie lange hatte Ahmed schon geschlafen! Aber er konnte seinen Schlaf nicht bezwingen. Da weckte ihn ein weißbärtiger, alter Derwisch mit lichtem Antlitz aus diesem tiefen Schlaf. Sofort sprang Ahmed auf. Gegenüber dem hehren Wesen des Derwischs verspürte er in sich eine gewisse Angst, und in seinem Herzen fühlte er für den ehrwürdigen, engelgleichen Alten eine Verehrung.

Der Derwisch sprach zu Ahmed: »Mein Sohn, fürchte dich nicht! Ich bin dein Erretter. Ich weiß, die Zeit deines Lebens ging in Mühe und Elend dahin. Doch nun vergiß alles! Von nun an hat sich die Pforte des ewigen Glücks vor dir aufgetan. Auf, brich deine Bande zur Vergangenheit und folge mir! Verbringe den Rest deines Lebens von dreieinhalb Tagen in völliger Ruhe und Behaglichkeit! Vertrau meinen Worten und folge mir!«

Ahmed war ein bewegliches, aber unempfindsames Wesen. Er machte ein paar Schritte zum Derwisch hin, aber aus einem natürlichen Antrieb kehrte er wieder um. Er bückte sich, um seinen Traguntersatz, den er gerade gekauft hatte, aufzubürden. Als der ehrwürdige Mann das sah, sprach er mit einem Lächeln auf den Lippen: »Ahmed, was machst du denn da? Achtest du denn einen armseligen Traguntersatz höher als meine Worte und Vorschläge? Folge mir, dann wirst du erkennen, was Glück und Reichtum bedeuten.«

Ahmed antwortete in einem verzweiflungsvollen Lachen: »Ich bin alt, bin gebrechlich und schwach. Was mich betrifft, wie kann denn Reichtum, Geld und Gold dem Menschen Glück verleihen? Ehrwürdiger Greis, Ihr vergeßt wahrscheinlich, daß die Jugend das höchste Glück in dieser Welt ist.«

»Na, Ahmed, willst du denn gar nicht einsehen, was du sagst? Was alles kann Gottes, des Erhabenen, Kraft und Macht nicht vollbringen? Der liebe Gott, der mich zu dir sandte, schenkt dir gewiß auch Jugend. Wenn du es wünschst, will ich es dir beweisen.«

Bei diesen Worten sprach er ein Gebet. Diesmal war Ahmed wirklich in völlige Verwirrung geraten. Er betete zu Gott dem Allmächtigen und warf sich dem ehrwürdigen Alten in tiefer Ehrfurcht zu Füßen. In der Tat war Ahmed wieder jung und schön geworden. Sein gekrümmtes Kreuz war gerade geworden, und in seinen erstarrten Adern begann nun heißes Jünglingsblut zu rinnen. Schließlich wandte sich der Derwisch an Ahmed und sprach voller Güte: »Hast du's nun erfahren, mein Sohn? Willst du mir nunmehr folgen?«

Ahmed wollte diesem ehrwürdigen, gütigen Greis folgen und mit ihm gehen, wohin es auch immer sei. Seinen geliebten Traguntersatz hatte er schon längst vergessen.

Sie hatten eine lange, eine sehr lange Strecke zurückgelegt. Ahmed, der früher nach einem Marsch von zehn Minuten schon zitterte, spürte in seinen alten, gebrechlichen Beinen keine Ermüdung, und sein altersschwacher Körper zeigte keine Spur von Erschlaffung.

Der ehrwürdige Alte, Ahmeds Retter, Führer, Lebensspender und Glückbringer, machte halt, drehte sich um und gab Ahmed zwei Beutel: »Wohlan, führe jeden meiner Befehle wortwörtlich aus, damit du zum Glück gelangst. Geduld und Ausdauer bewirken Heil und Rettung. Feigheit aber bringt in jeder Lebenslage Unheil.« Bei diesen festen und starken Worten zitterte Ahmed wie Espenlaub. Früher hatte er ja schon versprochen, die Worte des Derwischs genau auszuführen.

Sie gingen noch etwas weiter. Der Meister verrichtete ein Gebet. Mit einem Donner, als ob der Jüngste Tag anbräche, stürzte ein riesengroßer Felsblock zur Erde. Vor ihnen tat sich da ein prächtiges Tor auf.

Der Meister schloß mit einem kleinen Schlüssel aus Gold, den er in der Hand hatte, das mächtige Tor auf. Jetzt befanden sie sich in einem prunkvoll geschmückten, gewaltigen und gleichzeitig majestätischen Saal. Sie stiegen eine Treppe mit vierzig Stufen an ihrer rechten Seite hinab und stießen dann auf ein zweites Tor, das noch reicher als das erste geschmückt und noch fester war. Der Meister öffnete auch dieses mit dem goldenen Schlüssel in seiner Hand, indem er ein Gebet sprach. Diesmal gelangten sie in einen Saal, der so geräumig wie der vorherige war, der aber den ersten an Pracht und Prunk und gleichzeitig an Herrlichkeit bei weitem übertraf. Kaum hatten sie diesen Saal betreten, da stürzten sich ungefähr vierzig furchtbar wilde Löwen mit ihren blutgierigen Zähnen, ihren todbringenden Pranken und ihren giftigen Krallen auf sie. Der Derwisch befahl: »Ahmed, wirf einen Stein aus dem grünen Beutel!« Ahmed tat so. Diese schrecklichen und blutgierigen Tiere blieben wie versteinert an der Stelle stehen, wo sie sich gerade befanden.

Schließlich schritten sie durch vierzig Säle, die einander an Herrlichkeit, Zierde, Pracht und Prunk übertrafen. Dann stiegen sie noch vierzig Treppen hinab, von denen die eine noch furchtbarer war als die andere. In allen vierzig Sälen versteinerten sie durch Steine aus dem grünen Beutel die vierzig Löwen, von denen einer wutschnaubender war als der andere, und traten in einen Saal ein, wie man seinesgleichen an Reichtum, Zierde, Pracht und Herrlichkeit auf der Welt nicht antreffen kann.

Der Saal war sehr geräumig, äußerst schmuckvoll und prächtig und von verschwenderischem Prunk. Millionen Lampen, die verschiedenfarbige Lichter ausstrahlten, verbreiteten in diesem Raum eine erhabene, herrliche Helligkeit. Mitten im Saal befand sich ein äußerst herrlicher und prächtiger Thron. Auf diesem Thron saß ein unvergleichlich schönes Mädchen von vierzehn bis fünfzehn Jahren, mit goldenem Haar und smaragdenen Augen, würdig, Königin der Schönheit und Anmut genannt zu werden.

Als das Mädchen sah, daß diese Fremdlinge, die sogar den vierzig Löwen in den vierzig Sälen entkommen waren, sie besuchen kamen, geriet sie in Verwirrung und begann vor Furcht zu zittern. In flehentlicher Weise und mit bemitleidenswerter Stimme konnte sie nur folgende Worte hervorbringen: »Was wollt ihr? Habt ihr es auf meinen Reichtum und Besitz abgesehen? Oder trachtet ihr nach meinem Leben? Laßt mir mein Leben! Meine Krone und mein Thron, das alles sei euer!«

Mit diesen Worten nahm sie ihre mit kostbaren Steinen geschmückte Krone ab und warf sie beiseite, ja sogar ihre Armreifen, Halsketten, kurz all ihren Schmuck warf sie der Reihe nach von sich. Sie verließ den Thron und versuchte zu fliehen, wobei sie sehr sorgfältig ihre rechte Hand auf ihrem Herzen verbarg.

Doch der ehrwürdige Greis gab diesem feenhaften Mädchen keine Gelegenheit zur Flucht. Er stürzte sich sofort auf sie, griff nach ihrer rechten Hand, wo er ihr den mit einem taubeneigroßen Brillanten besetzten Ring vom Finger zog. Das arme Mädchen stürzte ohnmächtig und besinnungslos nieder.

Auch Ahmed zitterte. Diese außergewöhnlichen Vorgänge

waren ihm sehr auf die Nerven gegangen. Er dachte darüber nach, was sich ereignet hatte und wohin er gekommen war, aber er konnte es überhaupt nicht begreifen. Der Derwisch bemerkte, daß Ahmeds Standhaftigkeit erschüttert war. Mit kräftiger Stimme, die dem Gebrüll eines Löwen glich, schrie er: »Ahmed! Feigheit bringt Unglück. Bis hierher, dann gehen wir wieder. Los!«

Der arme Ahmed begann dem Derwisch blindlings zu folgen. Der Derwisch kam vor eine goldene Tür, die mit Elfenbeinschnitzereien und Diamanten, mit Brillanten und Juwelen geschmückt war. Wie früher sprach er ein Gebet und berührte mit dem Ring, den er dem Mädchen vom Finger gezogen hatte, die Tür an einer Stelle. Sogleich tat sich ein Schlüsselloch auf. Mit dem goldenen Schlüssel, mit dem er die anderen Türen geöffnet hatte, schloß er auch diese Tür auf.

Sie kamen in ein Zimmer, das zwar im Verhältnis zu den ersten etwas kleiner war, dessen vier Wände aber mit Stahlplatten bedeckt und dessen Decke und Boden aus dickem Marmor verfertigt waren. In seiner Mitte befand sich ein großartiger Schatz. Nun sprach der Derwisch zu Ahmed: »Nun bist du jung und schön. Um vollkommenes Glück zu erlangen, fehlt dir noch der Reichtum. Nimm dir soviel, wie du willst.«

Sicher hatte Ahmed schon früher erfahren, was Jugend ist. Aber er hatte auch gewußt, wie schmerzlich und tötend seine Jugend war, die er in Elend und Armut verbracht hatte. Weil er an der früheren Jugend Rache nehmen wollte und um seine jetzige zu genießen, bedurfte er des Reichtums. Daher belud er sich mit den kostbarsten Steinen und seltensten Diamanten, soviel er nur tragen konnte. Währenddessen erinnerte er sich seines Lebens als Lastträger. Wie leidvoll war das doch! Für einen Kupfergroschen hundert, ja ganze hundert Okka übelriechende Zwiebeln vom Marktplatz ins Dorf zu schleppen, ach, das war unerträglich!

Bei diesen Überlegungen drang ihm die Löwenstimme des Derwischs wieder in die Ohren: »Ahmed, nicht grübeln! Die Zeit vergeht! Los, komm zu mir!«

Ahmed ging hinaus, der Derwisch schloß behutsam die Tür und steckte den Ring, den er sich vorher gewaltsam angeeignet hatte, dem Mädchen wieder an den Finger. Nach einem tiefen Seufzer und bitterem Schluchzen erwachte das Mädchen. Sogleich schloß der Derwisch die Tür. Im ersten Saal befahl er Ahmed, einen Stein aus dem roten Beutel zu werfen. Ahmed führte den Befehl aus. So retteten sie sich vor den wilden Löwen und schritten durch die vierzig Türen. Schließlich gelangten sie an die Oberwelt. Der Derwisch sprach noch ein Gebet und der gewaltige Felsblock kam wieder an seine alte Stelle. Dann suchte Ahmed überall den Derwisch; aber er war den Augen entschwunden. Ein bißchen suchte er ihn noch, aber es war unmöglich, ihn zu finden. Aber was kümmerte das Ahmed. Er war ja nun jung und schön und reich! Nunmehr wird er das Mittel suchen, um glücklich zu werden.

Ahmed sah sein Glück in weiten Reisen. Er ließ sich ein prächtiges Schiff bauen, dessen Segel aus Atlas, dessen Rumpf aus Aloeholz, dessen Türen aus Elfenbein, dessen Anker aus Silber, dessen Ketten aus Gold und dessen Türklinken aus Brillanten waren. Er vervollständigte die Schiffsbesatzung mit vierzig Seeleuten, die er aus erfahrenen und geschickten Männern ausgewählt hatte. Nach unbekannter Richtung setzten sie die Segel.

Am vierzigsten Tag seiner Reise warf das Schiff vor einer großen Stadt Anker. Die Bevölkerung dieser Stadt hatte in ihrem ganzen Leben noch kein so prunkvolles und herrliches Schiff gesehen. Alle waren erstaunt. Die Beamten jenes Landes gaben dem Padischah darüber Bescheid. Der Padischah ließ sofort eine Barke herrichten und fuhr zu dem Schiff unseres Ahmed. Als Willkommensgruß wurden von der Festung 101 Kanonenschüsse abgefeuert.

Mit höchster Achtung empfing Ahmed den Padischah und sagte, daß er selbst der Sohn des Padischahs von Istanbul sei und sich in Verkleidung auf die Reise begeben habe. Auf seine Frage, wo er sich befände und wer der Herrscher sei, der ihm solche Zeichen der Ehrerbietung erweise, erhielt er die Antwort, daß dieses das Land Jemen und der Besucher der Herrscher von Jemen sei. Der Padischah von Jemen lud Ahmed an jenem Abend zu einem Gastmahl ein.

Ahmed war jung und schön und reich. Der Padischah hielt Ahmed für den Sohn des Padischahs von Istanbul. Da er selbst eine Tochter in heiratsfähigem Alter hatte, wie sollte er je einen solchen Schwiegersohn finden? Auch das Mädchen war sehr schön. Ahmed liebte die Prinzessin und die Prinzessin liebte Ahmed. Mit der Einwilligung des Padischahs vermählten sie sich miteinander. Vierzig Tage und vierzig Nächte wurden Hochzeitsfeierlichkeiten und Freudenfeste abgehalten.

Nun war Ahmed glücklich und hatte sogar die höchste Stufe der Glückseligkeit erreicht. Er dankte Gott und pries immer wieder den Derwisch.

Eines Tages ging er mit der Prinzessin spazieren. Die Prinzessin äußerte den Wunsch, auf dem Meer zu fahren. Ahmed befahl sogleich, das berühmte Schiff bereitzustellen. Beide stiegen ein und stachen in See.

Nach einer Weile erhob sich ein furchtbarer Sturm. Das Meer schäumte, die Wogen gingen hoch. Ahmed konnte das nicht ertragen. Die Prinzessin legte ihn zärtlich auf ihr Knie, und Ahmed war eine Weile bewußtlos. Darauf begann die Prinzessin, ihm mit Wohlgerüchen vermischtes und erquickendes Wasser auf das Antlitz zu sprengen, um ihn wieder zu sich zu bringen. Ahmed kam wieder zu sich. Aber ach! Um ihn herum waren weder Prinzessin, noch Dienerinnen, noch das Schiff, noch die Seeleute.

Der Platz, wo er geschlafen hatte, war kein Schiff, es war der Fuß eines grünen, schattigen Baumes am Ufer eines Baches. Sein Kissen war nicht das Knie der Prinzessin, es war sein knirschender, neuer Traguntersatz; womit sein Gesicht besprengt wurde, war kein mit Wohlgerüchen vermischtes, erquickendes Wasser, sondern es waren einige Tropfen des Regens, der gerade einzusetzen begann.

Ahmed erhob sich. Jugend, Kraft, Reichtum, Glück, alles

war dahin. Mit einem verächtlichen Lächeln auf seinen Lippen nahm er den neuen Traguntersatz auf seinen gekrümmten Rücken und ging schweren Schrittes zu seiner Hütte im Dorf. Auch der Himmel schien wegen seines Zustandes und wegen des bitteren Erwachens zu trauern. Ahmed weinte leise vor sich hin und vergoß bittere Tränen.

7. Der Wind-Dev

Es lebte ein Padischah, der drei Töchter und drei Söhne hatte. Eines Tages nun wurde der Padischah krank. Obwohl man Ärzte und Besprecher rief und ihn behandeln ließ, so wurde er doch nicht gesund. Da rief er eines Tages, weil er sterben würde, seine Söhne zu sich und sprach: »Wenn ich gestorben bin, soll der, der mein Grab drei Nächte bewacht und meinen Feind tötet, auf meinen Thron kommen. Wer auch immer meine Töchter zur Frau wünscht, dem gebt sie!«

Nach einigen Tagen stirbt der Padischah und man begräbt ihn. In jener Nacht geht der älteste Sohn zum Grab seines Vaters. Bis Mitternacht verweilt er dort. Da kommt aus der Ferne eine Stimme. Als der Jüngling diese hört, ergreift er seine Schuhe und flieht. Nachdem er zum Palast gekommen ist, fragt man ihn: »Weshalb bist du fortgelaufen?« Er erzählt, daß er Angst gehabt habe und geflohen sei.

Am folgenden Abend geht der mittlere Sohn zum Grab seines Vaters und verweilt dort bis Mitternacht. Als er eine Stimme hört, nimmt auch er seine Schuhe und läuft davon.

Nun kommt die Reihe an den jüngsten Sohn. Am nächsten Abend steckt sich dieser seinen Dolch in den Gürtel und geht zum Grab. Bis Mitternacht verweilt er dort, und auf einmal hört er eine Stimme. Er zittert zwar wie Espenlaub, aber er erhebt sich sogleich und geht auf das Geräusch zu. Da sieht er einen großen Drachen. Sofort zieht er den Dolch und tötet den Drachen. Da es finstere Nacht ist, blickt er hierhin und dorthin, weil er eine Kerze sucht, um Mund, Nase und Ohren dieses Drachens abzuschneiden und mitzunehmen. Da erscheint in der Ferne ein Licht. Sofort erhebt er sich und geht in die Richtung des Lichtes. Da sieht er, daß an einer Straßenecke ein alter Mann sitzt. In seiner Hand hält er zwei Knäuel, von denen das eine weiß, das andere schwarz ist. Das schwarze rollt er auf, das weiße wickelt er ab. Da fragt der Jüngling: »Vater, was machst du da?« Der Alte entgegnet: »Mein Sohn! Das ist meine Arbeit und Mühe, ich sammle die Nacht und lasse den Tag los.« Darauf ruft der Jüngling: »Meine Arbeit ist noch größer«, und fesselt die Arme des Mannes. Geradenwegs geht er zum Licht und kommt zu einer Burg. Dort sitzen vierzig Männer. »Was macht ihr hier?« fragt er. Sie erwidern: »Wir sind Diebe, wir wollen zu jener Burg hinaufsteigen, können aber überhaupt keinen Weg finden.« Darauf entgegnet der Jüngling: »Ich führe euch hinauf, aber könnt ihr mir ein Licht geben?« Sogleich gingen sie und brachten einen Korb Nägel. Nachdem der Jüngling die Nägel in die Wand geschlagen hat, steigt er zur Festung hinauf, indem er ihnen sagt: »Sobald ich oben bin, klettert ihr, einer nach dem anderen, hinauf.« So taten sie, indem einer nach dem anderen sich an den Nägeln festhielt.

Der Jüngling schlug jedem, der hinaufstieg, den Kopf ab und warf ihn auf die andere Seite. Nachdem er nun so alle vierzig getötet hat, steigt der Jüngling zu der anderen Seite der Burg hinab und findet einen großen Palast. Sobald er die Tür geöffnet hat und eingetreten ist, sieht er, daß sich eine Schlange um den Steinpfeiler gewunden hat und heraustritt; er nimmt seinen Dolch, und wie er ihn in den Stein sticht, schlägt er die Schlange in zwei Teile. Der Dolch aber bleibt im Stein stecken. Der Jüngling geht hinauf, öffnet eine Tür und sieht, daß in einem Bett ein sehr schönes Mädchen schläft. Sogleich schließt er behutsam die Tür und öffnet eine Tür im nächsten Stockwerk. Auch hier sieht er ein schönes Mädchen schlafen. Auch diese Tür schließt er und öffnet das nächste Zimmer. Das Innere des Zimmers ist mit Bronze ausgelegt, und auch in diesem Zimmer schläft ein Mädchen. Aber da er die Schönheit dieses Mädchens nicht ertragen kann, verliebt er sich von ganzem Herzen in sie. Auch die Tür dieses Zimmers schließt er wieder. Als er aus dem Palast heraustritt, kommt er in die Burg. Er zieht die Nägel heraus und steigt hinab und geht geradenwegs zu dem Mann, den er an den Armen gefesselt hatte. Der sprach: »Um Gottes willen, Junge, wo bist du denn geblieben? Vom Schlafen tun schon jedem die Rippen weh.« Nun löst der Jüngling seine Arme, kommt zu der Stelle, wo er den Drachen getötet hatte, schneidet ihm Nase und Ohren ab und steckt sie in seine Tasche. Er kommt zum Palast und sieht, daß man seinen ältesten Bruder auf den Thron erhoben hat. Dazu sagt er weiter nichts.

Einige Tage darauf kommt ein Löwe und tritt vor den Padischah. Der Padischah fragt: »Was willst du?« – »Ich will deine älteste Schwester«, antwortet er. Der Padischah entgegnet: »Ich gebe meine Schwester einem Tier nicht.« Als er den Löwen fortjagt, meint der jüngste Bruder: »Was hat uns unser Vater gesagt? Wollen wir uns nicht an sein Wort halten?« Da faßt er seine älteste Schwester am Arm und gibt sie dem Löwen. Der Löwe zieht mit dem Mädchen ab.

Am anderen Tag kommt ein Tiger und wünscht die mittlere Tochter. Da der Padischah sie nicht geben will, sagt der Jüngste: »Unser Vater hat befohlen, sie dem zu geben, der sie wünscht.« Darauf gibt er die mittlere Schwester dem Tiger.

Am nächsten Tag kommt noch ein Vogel und wünscht die jüngste Schwester. Der Padischah gibt sie wieder nicht. Der jüngste Bruder gibt aber das Mädchen dem Vogel. Nun war das aber der Smaragdvogel. Er flog mit dem Mädchen davon.

Wir wollen zum Palast in der Burg kommen. Dieser Palast gehört einem Padischah. Am Morgen steht man auf. Als der Padischah aus seinem Zimmer tritt, sieht er die tote Schlange am Aufgang der Treppe und den Dolch in der Säule. Während er hier und dort umhersucht, bemerkt er am Fuße der Burg die vierzig toten Menschen. Als er sie sieht, denkt er, daß derjenige, der in seinen Palast eingedrungen ist, nicht sein Feind, sondern sein Freund ist. Wenn er nicht gewesen wäre, hätten die vierzig Diebe seinen Palast ausgeplündert. Der Dolch des Mannes, der diese getötet hatte, war steckengeblieben. Wie sehr er auch sucht, so kann er ihn nicht ausfindig machen. Schließlich spricht er zu seinem Wesir: »Um ihn zu finden, wollen wir ein Bad bauen lassen. Jeder soll kommen und ohne Entgelt baden. Alle, die kommen, untersucht ihr. Bei dem sich die Scheide für diesen Dolch findet, der soll zu meinem Palast kommen; denn er ist es, der die vierzig Diebe erschlagen hat.«

Sogleich läßt man das Bad errichten. Alle kommen zum Bad und es bleibt keiner mehr übrig, der nicht gekommen wäre. Da spricht der Wesir zum Padischah: »Mein Gebieter! Wer noch nicht zum Bad gekommen ist, sind die drei Söhne eines gewissen Padischahs.«

Daraufhin schickt der Padischah Nachricht, und sie kommen nun zum Bad. Man untersucht ihre Gürtel und im Gürtel des Jüngsten findet man die Scheide. Als man dem Padischah Nachricht gegeben hat, läßt er sogleich den Jüngling zu sich rufen und spricht: »Mein Sohn, du hast mir so viel Freundschaft erwiesen. Fordere von mir, was du wünschst.« Der Jüngling entgegnet: »Ich kann von dir nichts wünschen. Aber gib mir deine jüngste Tochter zur Frau!« Daraufhin meinte der Padischah: »Um Gottes willen, mein Sohn, fordere sie nicht von mir! Ich will dir Thron und Herrschaft geben, aber verzichte auf sie.« Der Jüngling erwiderte: »Wenn du sie nicht gibst, nehme ich sie. Wenn du sie nicht gibst, etwas anderes will ich nicht.« Da sagte der Padischah: »Mein Sohn, ich will dir meine mittlere Tochter geben; denn meine jüngste Tochter hat ein Dev mit Namen Wind-Dev gewünscht, aber ich habe sie ihm nicht gegeben. Deshalb habe ich das Zimmer, das du gesehen hast, mit Bronze ausgelegt. Wenn ich sie von dort herauslassen sollte, wird jener Dev sie wegnehmen und entführen. Denn der Dev kann nicht mit Kugel und Gewehr oder sonst etwas getötet werden. Er ist ein solches Tier, wie man es noch nie gesehen hat. Komm, laß von diesem Mädchen ab!« Wie sehr der Padischah auch redete, der Jüngling sprach so: »Was auch kommen mag, soll kommen. Ich wünsche sie.«

Da der Padischah sich nicht durchsetzen kann, verheiratet er die Tochter mit dem Jüngling. Man feiert Hochzeit, man setzt den Bräutigam ein.

Die Zeit verging. Sie lachten und scherzten. Eines Tages sagte der Jüngling zum Mädchen: »Meine Herrin! Bis jetzt bin ich überhaupt nicht ausgegangen. Gib mir für eine Stunde die Erlaubnis, ein wenig auf die Jagd zu gehen.« Das Mädchen erwiderte: »Um Gottes willen, wenn du von mir fortgehst, dann verlierst du mich.« Nun war jener Dev, trotz seiner Furcht vor dem Jüngling, irgendwie gekommen, konnte aber das Mädchen nicht entführen. Der Jüngling bat das Mädchen sehr. Das Mädchen sprach: »Ach, geh, aber bleib nicht lange«, und gab die Erlaubnis. Da sagte der Jüngling: »Ich gehe jetzt«, nahm sein Gewehr und trat aus dem Palast.

Als das Mädchen nun allein war, kam der Dev wie der Wind, ergriff sie und brauste davon. Etwas später kommt der Jüngling und sieht, daß das Mädchen nicht mehr da ist. Er geht zum Padischah und erzählt ihm, daß das Mädchen vermißt werde. Da rief der Padischah: »Junge, habe ich es dir denn nicht gesagt? Das Schwein hat sie geraubt.« Nach diesen Worten warf sich der Jüngling vor Schmerz immer wieder auf die Erde, worauf der Padischah sagte: »Tu das nicht, mein Sohn! Ich werde dir eine von meinen anderen Töchtern geben. Komm, gib sie auf!« Der Jüngling aber hörte nicht darauf: »Nein, ich werde sie finden oder auch ich werde sterben.«

Nach diesen Worten stieg er auf sein Pferd, er ritt und ritt über Berg und Tal, und als er eines Tages in einer Ebene war, sah er einen kleinen Kiosk. Weil seinem Auge zuweilen Phantasiebilder erschienen, traute er ihnen nicht. Das war nun der Kiosk seiner älteren Schwester. Während das Mädchen vom Fenster herschaute, sah es den Jüngling von der Ferne wie einen Vogel: »Hier fliegt kein Vogel und keine Karawane kommt hier vorbei. Was ist denn das?«

Während sie noch hinschaut, treibt der Jüngling sein Pferd an und kommt nahe zum Kiosk. Das Mädchen erkennt nun den jüngsten Bruder. Sogleich öffnet sie die Tür und läßt ihn ein. Nachdem sie sich herzlich umarmt haben, unterhalten sie sich. Am Abend sagt das Mädchen zum Jüngling: »Lieber Bruder! Gleich kommt der Löwe. Immerhin ist er ein Tier. Vielleicht tut er dir etwas zuleide.« Sie verbirgt den Jüngling. Der Löwe kommt. Während sie beisammensitzen, sagt das Mädchen zum Löwen: »Wenn jetzt eines von meinen Geschwistern hierherkäme, was würdest du dann machen?«

»Wenn dein ältester Bruder käme, würde ich ihn mit einem Prankenschlag umbringen. Wenn dein mittlerer Bruder käme, den würde ich auch töten. Wenn dein jüngster Bruder käme, würde ich ihn auf meinen beiden Händen bis zum Morgen schlafen lassen, denn er hat dich mir gegeben. Er ist mein richtiger Bruder.« Darauf sagte das Mädchen: »Mein jüngster Bruder ist gekommen.« – »Wo ist er denn?« fragte der Löwe, »bring ihn her, ich möchte ihn sehen.«

Da brachte das Mädchen den jüngsten Bruder. Der Löwe stand mit den Worten auf: »Mein Freund, sei herzlich willkommen!« und erwies ihm Achtung. Sie plauderten miteinander. Der Löwe fragte, woher er käme und wohin er ginge. Nachdem der Jüngling seine Erlebnisse erzählt hatte, erklärte er, daß er den Wind-Dev suche. Der Löwe sagte: »Bei Gott, ich habe seinen Namen gehört, aber ich weiß nicht, wo er sich befindet. Nun, du wirst die Sache mit ihm nicht zu einem glücklichen Ende bringen. Komm, laß ab davon!« Aber der Jüngling erwidert: »Ich will keineswegs ablassen, sondern ihn suchen gehen.«

Jene Nacht verbrachte er dort. Am folgenden Morgen stieg er auf sein Pferd, nahm Abschied und ritt davon. Nach kurzem Ritt sah er in der Ferne wieder einen Kiosk. Das war der Kiosk seiner mittleren Schwester. Als das Mädchen ihn vom Fenster aus sieht, denkt es, wer das wohl sei. Als er näher herankommt, erkennt sie, daß es ihr Bruder ist, sie läuft herunter und nimmt ihn im Kiosk auf. Nachdem die beiden Geschwister sich begrüßt und geplaudert hatten, wurde es Abend. Da sagte das Mädchen: »Mein Bruder, jetzt kommt der Tiger. Wenn er dich sieht, kann er dir etwas tun. Komm, ich will dich verstecken.« Darauf versteckt sie ihn. Nun kommt der Tiger. Das Mädchen fragt ihn: »Wenn jetzt einer meiner Brüder käme, was würdest du tun?« Der Tiger entgegnete: »Wenn dein ältester und mittlerer Bruder kämen, beide würde ich töten. Wenn aber dein jüngster Bruder käme, würde ich ihn bis zum Morgen auf meine Pranken legen.« Nach diesen Worten sagte das Mädchen: »Mein jüngster Bruder ist gekommen«, und sie ließ ihn eintreten. Kaum hatte der Tiger den Jüngling gesehen, da fragte er: »Lieber Bruder, woher kommst du und wohin gehst du?« und erwies ihm große Ehre. Nachdem sie ziemlich lange geplaudert hatten, erzählte der Jüngling seine Erlebnisse und erklärte, daß er gekommen sei, um den Wind-Dev zu suchen. Da sagte der Tiger: »Ich weiß nicht, wo er sich aufhält. Ich habe nur seinen Namen gehört. Geh nicht hin!« Wie viele Worte er auch machte, der Jüngling hörte nicht darauf: »Sicherlich werde ich gehen und ihn suchen.« In jener Nacht schlief er dort. In der Frühe des Morgens bestieg er sein Pferd und machte sich auf den Weg. Unaufhörlich ritt er dahin.

In den Märchen vergeht die Zeit schnell. Während der Jüngling weiterreitet, wird in der Ferne seinem Auge ein Gegenstand sichtbar. In dem Gedanken, was das wohl sei, treibt er sein Pferd an und nähert sich immer mehr diesem Gegenstand. Da sieht er einen großen Kiosk. Das ist der Kiosk seiner jüngsten Schwester. Als er näher kommt, erkennt das Mädchen den Jüngling und ruft: »O mein Bruder, woher kommst du?« und läßt ihn ein. Sie umarmen sich, das Mädchen freut sich sehr. Wenn sich auch der Jüngling sehr freut, weil er seine Schwester sieht und ihr Gesundheit wünschen kann, so kann er wegen des Schmerzes um seine Frau nicht bleiben.

Wir wollen die Geschichte nicht hinziehen! Am Abend sagt das Mädchen zu seinem Bruder: »Mein lieber Bruder! Gleich kommt der Vogel. Immerhin ist er ein Tier. Vielleicht tut er dir was an«, und sie versteckt den Jüngling. Nun kommt der Vogel und sie fragt auch ihn, was er tun würde, wenn ihre

Brüder kämen. Er antwortet, daß er, wenn die Brüder kämen, die beiden älteren mit dem Schnabel packen, sie zum Himmel emportragen, auf die Erde hinabwerfen und so töten würde. »Wenn aber dein jüngster Bruder käme, würde ich ihn auf meinem Flügel sitzen lassen.«

Da bringt das Mädchen den Bruder. Der Vogel spricht: »Mein lieber Junge! Wie bist du denn hierhergekommen? Hast du dich denn nicht gefürchtet?« Darauf erzählt der Jüngling seine Erlebnisse und erklärt, daß er gekommen sei, um den Wind-Dev zu suchen. Da antwortet der Vogel: »Mein Sohn, du kannst ihn nicht finden, und wenn du ihn findest, könntest du ihn nicht besiegen.« Wie sehr er ihn von dieser Sache abzubringen suchte, beharrte der Jüngling: »Entweder ich sterbe oder ich werde ihn töten und meine Frau wiederbekommen.« Der Vogel kann ihn nicht davon abbringen, so gibt er ihm andere Ratschläge: »Mein Sohn, verweile nicht. Sein Palast ist an dem und dem Ort. Dorthin sollst du gehen, aber du darfst dich ihm nicht zeigen. Wenn er dich sieht, tötet er dich auf der Stelle. Er nimmt keine Rücksicht. Und dann sollst du dich nicht erkundigen, woher er kommt und wohin er geht; denn er ist wie der Wind. Lauere ihm auf!«

Am Morgen steigt der Jüngling auf sein Pferd und setzt seinen Weg fort. Nach langem Ritt nähert er sich eines Tages dem Palast des Devs. Es ist ein riesiger Palast, der kein Ende nehmen will. Vom Fenster sieht das Mädchen den Jüngling und ruft: »Um Gottes willen, mein Prinz, wie bist du hierhergekommen?« Mit diesen Worten stürmt sie vom Fenster nach unten. Der Jüngling umfaßt seine Frau und beide sprechen miteinander. Da sagt das Mädchen zum Königssohn: »Der Dev liegt seit drei Tagen in tiefem Schlaf. Wir wollen unverzüglich fliehen.«

Nun aber schläft der Dev vierzig Tage. Die beiden steigen aufs Pferd und reiten davon. Sie sollen nun weiterreiten. Da erwacht der Dev aus seinem Schlaf und geht zu der Zimmertür des Mädchens: »Sultanin, öffne die Tür, ich möchte dir einmal ins Gesicht schauen.«

Wie sehr er auch fleht, er merkt, daß sie keinen Laut von sich gibt. Da schlägt er sogleich die Tür ein, und als er eingetreten ist, sieht er kein Mädchen und denkt: »Ob da nicht Mehmed Schah gekommen ist und das Mädchen geraubt hat? Setzt ihr noch etwas euren Weg fort!« Darauf läßt er sich nieder, trinkt Kaffee und raucht die Pfeife. Dann erhebt er sich und verfolgt sie. Als das Mädchen den Wind des Devs hört, ruft sie: »O weh, mein Königssohn, da kommt der Dev!« Der Dev erreicht sie, und als er den Jüngling gepackt hat, wirft er ihn zu Boden, bricht ihm Arm und Bein und schneidet ihm den Kopf ab. Da sagt das Mädchen zum Dev: »Du hast ihn getötet. Wir wollen wenigstens seinen Leichnam in die Satteltasche seines Pferdes legen. Vielleicht findet ihn jemand und begräbt ihn.« Der Dev erwidert: »Mach, was du willst.« Das Mädchen legt den Leichnam in die Satteltasche des Pferdes und küßt das Pferd auf die Augen mit den Worten: »Nun bring ihn nach Haus!«

Der Dev bringt das Mädchen wieder zu seinem Palast. Als das Mädchen in sein Zimmer gegangen ist, setzt es sich nieder, läßt aber den Dev nicht zu sich kommen. Wie sehr der Dev bittet und fleht, sie zeigt nur durch die Zimmertür ihr Gesicht.

Diese sollen nun dort verweilen. Nach langem Lauf kommt das Pferd des Jünglings zum Palast seiner jüngsten Schwester. Nachdem es einmal gewiehert hat, hört das Mädchen die Stimme des Pferdes und sieht durch das Fenster das Pferd ihres Bruders. Sogleich läuft sie hinunter und läßt das Pferd ein. Als sie die Tragtasche geöffnet hat, sieht sie den Leichnam ihres Bruders, ruft und schreit und wirft sich vor Schmerz immer wieder auf die Erde.

Am Abend aber kommt der Smaragdvogel. Wie er das Mädchen weinen und jammern sieht, fragt er: »Meine Herrin, was ist dir denn geschehen?« Das Mädchen zeigt ihm nun den Leichnam des Bruders. Da dieser Vogel der König aller Vögel ist, versammelt er alle seine Vögel und fragt: »Ist einer von euch in den Paradiesgarten gegangen?« Die Vögel antworten: »Von uns ist keiner dorthin gegangen, aber an einem gewissen

Ort gibt es einen weißbärtigen Greis, der vielleicht hingegangen sein mag.« Da befahl der Vogel, ihn herzubringen, worauf einer der Vögel meinte: »Mein Gebieter! Er ist aber schon sehr alt und kann nicht hierherkommen.« Da befiehlt der Vogel: »Einer von euch soll ihn auf den Rücken nehmen und herbringen!« Sogleich fliegt einer der Vögel los und bringt den Greis. Der Smaragdvogel fragt ihn: »Alter, bist du schon mal zum Paradiesgarten gegangen?« Der Alte erwidert, daß er einmal im Alter von zwölf Jahren dorthin gegangen sei. Nun befiehlt der Vogel: »Gut, dann gehst du wieder hin und bringst mir eine Flasche Wasser.« Wenn sich der Greis auch weigert hinzugehen, so besteht der Vogel darauf.

Der Greis steigt auf den Rücken eines Vogels und fliegt zum Paradiesgarten. Dort holt er eine Flasche Wasser und kehrt wieder zurück. Der Smaragdvogel legt die Arme, Beine und den Kopf des Leichnams an ihre Stelle, und als er jenes Wasser daraufgesprengt hat, erhebt sich der Jüngling wie aus einem tiefen Schlaf; er niest und wird lebendig und fragt: »Um Gottes willen, wo bin ich?« Er blickt überall umher und kommt zu sich. Da sagt der Smaragdvogel: »Mein Sohn, habe ich es dir nicht gesagt? Dieser Dev hat dich getötet, indem er dich in Stücke gerissen hat. Wir haben dich in der Tragtasche deines Pferdes gefunden. Komm, gib diese Sache auf. Wenn du noch einmal in die Hand des Devs gerätst, wird er dich wieder töten und dich nicht in die Tragtasche deines Pferdes legen. Dann fressen dich auf den Bergeshöhen die Wölfe und Vögel.« Wie sehr er ihm auch zuredet, der Jüngling läßt nicht ab und will wieder gehen. Nun sagt der Smaragdvogel: »Mein Sohn, da du nun einmal nicht ablassen willst, fliehe nicht mit deiner Gattin, wenn du dorthin gelangt bist, sondern mache den Talisman des Devs ausfindig, töte ihn zuallererst und dann entkommst du mit deiner Frau.«

Nach diesem Ratschlag steigt der Jüngling auf sein Pferd und gelangt geradeswegs zum Palast des Devs. Er trifft seine Frau und fragt sie, wie der Smaragdvogel geraten hatte, worin der Talisman des Devs bestehe. »Ich verberge mich hinter jenem gegenüberliegenden Berg. Du bring den Talisman in Erfahrung und gib mir Nachricht!« Nach diesen Worten entfernt sich der Jüngling.

Als der Dev an die Zimmertür des Mädchens kommt, ruft sie: »Voran, scher dich fort! Vierzig Tage schläfst du, während ich hier ganz allein herumsitze und mich langweile.« Aus Freude, daß das Mädchen mit ihm ein Wort gesprochen hat, sagt der Dev: »Aber meine Herrin, was wünschst du denn? Was für eine Freude kann ich dir denn machen?« Das Mädchen antwortet: »Was soll ich mir schon wünschen? Du bist ein Tier, schnell wie der Wind. Was ist dein Vergnügen? Wie kannst du so wie der Wind sausen? Was ist dein Talisman? Zeig ihn mir, damit ich verstehe, was mit dir los ist und ich vielleicht Gefallen daran finde.« Der Dev antwortet: »Meine Herrin! Mein Talisman ist in weiter Ferne und keiner kann dorthin gehen. Wenn aber dein Königssohn am Leben wäre, wäre er der tapfere Jüngling, der vielleicht hingelangen könnte. Außer ihm gibt es niemand.«

Darauf entgegnete das Mädchen: »Was soll ich mit einem solchen Talisman machen? Wo ist er denn, daß niemand dorthin gehen kann? Und wie ist dein Talisman beschaffen?« Der Dev freut sich sehr, daß das Mädchen plaudert, und sagt: »Meine Herrin, ich will ein bißchen näher zu dir kommen und dir erzählen, was es mit dem Talisman auf sich hat.« Da fordert das Mädchen ihn auf zu erzählen, wie der Talisman beschaffen ist.

Nun beginnt der Dev: »Meine Herrin! Unten in den sieben Meeresschichten ist ein Zimmer. In dem Bauch eines Ochsen, der sich in diesem Zimmer befindet, lebt in einem goldenen Käfig eine Taube. Diese ist mein Talisman.

Gegenüber dem Palast der jüngsten Schwester des Königssohnes befindet sich ein hoher Berg. Zu der Quelle auf dem Gipfel des Berges kommen jeden Tag vierzig Meerhengste. Wenn jemand einem dieser Hengste, während er Wasser trinkt, bis er den Kopf aus dem Wasser herausnimmt, die Hufe beschlägt, den Sattel auf ihn legt, die Mütze auf seinen Kopf setzt und ihn dann besteigt, so spricht jener Hengst, nachdem er seinen Kopf aus dem Wasser gezogen hat, zu dem Mann auf ihm: ›Befiehl, mein Gebieter!‹ Sobald er nun den Ort nennt, wohin er gelangen will, bringt ihn der Hengst dorthin.«

Wir kommen zum Mädchen. Es jagt den Dev fort mit den Worten: »Fort von hier, du Unglückswesen! Was soll ich mit einem solchen Talisman? Wer wird dorthin gehen und ihn herbringen? Los, los, verschwinde!«

Der Dev geht freudig davon, weil er doch ziemlich lange mit dem Mädchen gesprochen hat, und fällt in Schlaf. Da kommt auf einmal Schah Mehmed zum Palast. Das Mädchen erzählt dem Königssohn alles, wie es der Dev erklärt hatte. Sogleich steigt er auf sein Pferd und kommt geradenwegs zum Kiosk seiner jüngsten Schwester. Als er dem Smaragdvogel berichtet hat, ruft dieser am folgenden Morgen fünf Vögel und befiehlt: »Voran, fliegt mit Schah Mehmed zu jenem gegenüberliegenden Berg. Während einer von den Meerhengsten, die dorthin kommen, Wasser trinkt, beschlagt und sattelt ihr ihn. Bevor er aber seinen Kopf aus dem Wasser herauszieht, laßt ihr den Schah daraufsteigen.« Die Vögel machen sich nun mit dem Schah auf den Weg und kommen zu jenem Berg.

Wir wollen nicht zu weitschweifig werden. Sobald die Hengste kommen, verrichten die Vögel ihre Arbeit. Der Jüngling steigt auf den gesattelten Hengst, und als dieser den Kopf aus dem Wasser hebt, spricht er: »Befiehl, mein Gebieter!« Der Jüngling sagt, er wolle zu einer gewissen Insel. Der Hengst spricht: »Schließe deine Augen, öffne deine Augen!«, und schon befindet er sich am Ufer der Insel. Er steckt die Mütze des Hengstes in seine Tasche und geht in das Innere der Insel. Da tritt ihm ein Jude entgegen und fragt: »Von wo kommst du denn hierher?« Der Jüngling antwortet: »Mein Schiff ist auf Strand geraten. Nach vielem Schwimmen bin ich hierhergekommen. Was ist dein Beruf?« Der Jude entgegnet: »Ich bin der Diener des Wind-Devs. Hier säe und mähe ich; denn er hat einen Ochsen, den ich hier pflege. Willst du hier Diener werden?«

Der Jüngling ist damit einverstanden, worauf der Jude ihn anweist: »Fülle jeden Tag dieses Bassin mit Wasser!«

Der Jüngling tut das. Dort sitzt er nun einige Tage und bemerkt, daß am Rande des Bassins große Fässer voll Wein liegen. Als der Jude fortgegangen ist, entleert er den ganzen Wein an Stelle von Wasser in das Bassin. Wie nun der Ochse, der Talisman des Devs, Durst bekommt, kommt er, um aus dem Bassin Wasser zu trinken, und trinkt den Wein vollständig aus. Nach einigen Schritten fällt der Ochse nun zu Boden. Sogleich schneidet der Jüngling ihm den Bauch auf und nimmt den goldenen Käfig heraus. Als er aus seiner Tasche die Mütze herausgenommen und aufs Meer geschlagen hat, erscheint der Hengst, den er besteigt. Nach den Worten: »Befiehl, mein Gebieter!« erklärt der Jüngling, daß er vor den Palast des Wind-Devs gelangen wolle.

Kaum hat der Hengst »Schließe deine Augen, öffne deine Augen!« gesagt, da befinden sie sich schon vor dem Palast.

Das Mädchen wartet, bis der Königssohn kommen wird. Als sie nun plötzlich den Jüngling sieht, eilt sie nach unten. Der Dev sollte sich an jenem Tag vom Schlaf erheben. Die beiden sagen dem Hengst, daß sie zum Kiosk des Smaragdvogels gehen wollen. Da dieser aber sehr weit liegt, fliegt der Hengst mit den Worten: »Schließt eure Augen!« gen Himmel. Nun aber erwacht der Dev aus dem Schlaf. Da er das Mädchen nicht finden kann, denkt er, daß dieser Schah Mehmed vielleicht wiedergekommen ist, und macht sich unverzüglich an die Verfolgung der beiden. Als das Mädchen den Wind des Devs hört, ruft es: »Um Gottes willen, mein Königssohn, da kommt der Dev wieder!«

Wie der Jüngling sich früher gefürchtet hat, so fürchtet er jetzt wieder, getötet zu werden. Aber der Hengst redet ihn an: »Fürchtet euch nicht! Reißt dem Vogel in dem Käfig den Kopf ab!«

Nach diesen Worten faßt der Jüngling wieder Mut, und als er den Kopf des Vogels abgerissen hat, stirbt und verendet der Dev.

In voller Freude gelangen sie zum Kiosk des Smaragdvogels, der sich sehr freut, als er den Jüngling vor sich sieht. Nachdem sie einige Zeit dort verweilt haben, besteigen sie ihre Pferde und reiten zum Kiosk der mittleren Schwester. Auch hier verweilen sie einige Zeit, machen sich dann eines Tages auf und gelangen zu dem Kiosk seiner ältesten Schwester. Nachdem sie sich auch hier gut unterhalten haben, reiten sie geradenwegs zum Palast des Mädchens. Sie sehen Vater und Mutter wieder und sprechen mit ihnen. Wiederum feiern sie vierzig Tage und vierzig Nächte Hochzeit. Da der Jüngling den Feind seines Vaters getötet hat, soll er, um das Testament seines Vaters zu erfüllen, an seiner Stelle Padischah werden. Alle geben dem Jüngling recht und halten es für angebracht, daß er der Padischah sei. Man stürzt den ältesten Bruder vom Thron und macht den Jüngling zum Padischah. Bis zum Tode verbringen sie ihr Leben in Freude.

8. Die Taubenjungfrau

In früherer Zeit lebte ein Padischah, der keine Kinder hatte. Eines Tages geht er mit seinem Prinzenerzieher aus und beide kommen zu einem Brunnen. Hier verrichten sie die religiöse Waschung und das Gebet. Auf einmal sehen sie einen Derwisch kommen, der grüßt: »Friede sei mit Euch, mein Padischah.« Da entgegnet der Padischah: »Du hast gewußt, daß ich ein Padischah bin, so weißt du auch um mein Leid.« Nun nimmt der Derwisch einen Apfel aus seiner Brusttasche und spricht: »Dein Schmerz besteht darin, daß du keine Kinder hast. Nimm diesen Apfel, iß die Hälfte davon und die andere Hälfte laß deine Frau essen. Wenn die Zeit gekommen ist, wirst du einen Sohn bekommen. Bis zum Alter von zwanzig Jahren soll er dir gehören, nach zwanzig Jahren mir.«

Nach diesen Worten verschwindet der Derwisch. Der Padischah kehrt zu seinem Palast zurück und teilt den Apfel. Die eine Hälfte ißt er selbst, die andere gibt er seiner Frau zu essen. In jener Nacht wird seine Frau schwanger. Die Zeit kommt. Nach neun Monaten und zehn Tagen kommt ein Sohn zur Welt. Der Padischah freut sich sehr und veranstaltet Festlichkeiten. Das Kind beginnt nun heranzuwachsen und kommt ins fünfte und sechste Jahr. Der Junge lernt lesen und schreiben. Als er ins dreizehnte und vierzehnte Lebensjahr kommt, beginnt er umherzugehen und umherzuwandern. Schließlich geht der Junge auf die Jagd.

Nachdem wieder Zeit verflossen ist, wird der Jüngling zwanzig Jahre alt, und der Vater überlegt, seinen Sohn zu verheiraten. Man findet ein Mädchen und macht Hochzeit. In der Nacht, da er zu seiner Braut gehen will, kommt jener Derwisch, nimmt den Jüngling weg und läßt ihn auf einem Bergesgipfel zurück mit den Worten: »Bleib hier sitzen!«

Aus Furcht bleibt der Jüngling sitzen. Auf einmal sieht er drei Tauben kommen, die dort zum Ufer eines Wassers niedersteigen. Als sie sich ausgezogen haben, werden alle drei Mädchen, die sich dort waschen. Der Jüngling geht nun hin und nimmt, während die Mädchen sich waschen, einer ihr Kleid fort und versteckt es. Die drei kommen aus dem Wasser, zwei ziehen ihr Kleid an und fliegen davon. Der dritte Vogel aber merkt, daß sein Kleid nicht mehr da ist. Indem er hier und dort umhersucht, erblickt er den Jüngling, und es ist ihm klar, daß dieser es versteckt hat. Flehentlich bittet er um sein Kleid, aber der Jüngling gibt es nicht. Das Mädchen fragt: »Wer hat dich denn hierhergebracht?« – »Ein Derwisch hat mich hergebracht.« Da sagt das Mädchen: »Der Derwisch ist mein Vater. Jetzt wird er kommen und dich an deinen Haaren an diesem Baum aufhängen. Mit der Peitsche in seiner Hand verprügelt er dich. Hast du verstanden? Wenn du es nicht verstanden hast, sollst du es sagen!«

Der Jüngling gibt dem Mädchen das Kleid, das wieder zur Taube wird und davonfliegt.

Da sieht der Jüngling, daß der Derwisch kommt. In seiner Hand hat er eine Peitsche. Kaum ist er gekommen, da hängt er den Jüngling an seinen Haaren am Baum auf und prügelt ihn mit der Peitsche, indem er fragt: »Hast du verstanden?« Als der Jüngling antwortet, er habe nicht verstanden, verläßt er ihn und geht fort.

Am folgenden Tag kommt er wieder, verprügelt den Jüngling und sieht, daß dieser nicht versteht. Da läßt er ihn los. Während der Jüngling in der dortigen Gegend umherschweift, kommt die Taube und spricht zu ihm: »Nimm diesen Vogel und verstecke ihn! Mein Vater wird wieder kommen, und wenn er dich fragt, welches von den Mädchen du wünschst, zeige auf mich. Wenn du mich nicht erkennst, ziehe den Vogel aus deiner Brusttasche und sage: ›Zu welcher dieser Vogel fliegt, die wünsche ich.‹ « Mit diesen Worten fliegt die Taube davon.

Am anderen Tag kommt der Derwisch mit seinen Mädchen und fragt: »Welches von diesen Mädchen gefällt dir?« Der Jüngling nimmt den Vogel mit den Worten heraus: »Zu welcher dieser Vogel fliegt, die wünsche ich.« Er läßt den Vogel los, der Vogel fliegt von dem Jüngling fort und setzt sich auf das Mädchen, das ihn unterwiesen hatte.

Der Derwisch gibt jenes Mädchen dem Jüngling, aber die Mutter des Mädchens will ihn nicht. Da aber die Mutter dieser Mädchen eine Zauberin ist, verstehen ihre Töchter auch den Zauber anzuwenden. Als der Jüngling nun mit dem Mädchen fortgeht, bemerkt er auf einmal, daß die Mutter des Mädchens kommt. Sogleich gibt das Mädchen dem Jüngling eine Ohrfeige und verwandelt ihn in einen großen Garten. Sie gibt sich selbst eine Ohrfeige und wird der Gärtner. Da kommt die Mutter und fragt: »Gärtner, ist hier ein Jüngling mit einem Mädchen vorbeigekommen?« Der Gärtner erwidert: »Mein Lauch ist nicht reif, er ist noch klein.« Da sagt die Frau: »Lieber Gärtner, ich habe dich nicht nach dem Lauch gefragt, sondern nach einem Jüngling mit einem Mädchen.« Darauf erwidert der Gärtner: »Liebe Frau, Spinat habe ich keinen gesät. Komm nach ein bis zwei Monaten wieder!«

Die Frau sieht ein, daß er kein Wort versteht, und kehrt um. Etwas später, als ihre Mutter gegangen war, gibt sie dem

Gärtner eine Ohrfeige, und sie wird wieder ein Mädchen und er wird wieder zum Jüngling, nachdem sie auf den Garten geschlagen hat. Beide setzen nun den Weg fort.

Auf einmal erblickt die Frau hinter sich den Jüngling mit dem Mädchen. Sogleich kommt sie zurück und verfolgt beide. Als das Mädchen seine Mutter erblickt hat, gibt es dem Jüngling eine Ohrfeige und verwandelt ihn in einen Backofen und sich selbst in den Bäcker. Als die Alte zum Bäcker kommt, fragt sie: »Bäcker, ist hier ein Jüngling mit einem Mädchen vorbeigekommen?« Darauf erwidert der Bäcker: »Die Brote sind noch nicht ausgebacken. Ich habe sie in den Ofen geschoben. Komm nach einer halben Stunde wieder!«

»Mein Lieber, ich frage dich nicht nach Brot, sondern nach einem Jüngling mit einem Mädchen.« – »Auch ich bin hungrig, warte noch ein wenig! Das Brot soll backen, dann wollen wir es zusammen essen.« Da merkt die Frau, daß er kein Wort versteht, und kehrt um.

Das Mädchen geht zum Backofen, schlägt auf ihn und macht ihn wieder zum Jüngling. Sie selbst wird zum Mädchen. Beide fliehen. Da sieht die Frau beide wieder kommen und es ist ihr klar, daß der Gärtner und der Bäcker, die sie gesehen hat, der Jüngling und das Mädchen waren. Wieder macht sie kehrt und verfolgt beide. Da sieht das Mädchen seine Mutter herankommen. Sogleich gibt es dem Jüngling eine Ohrfeige und verwandelt ihn in einen See. Sie selbst wird eine Ente, die auf dem Wasser schwimmt. Als ihre Mutter kommt, erblickt sie einen großen See und läuft hin und her. Aber sie kann keine Stelle finden, um auf die andere Seite zu gelangen. Als sie schließlich einsieht, daß sie nicht hinüberkommen wird, kehrt sie um. Als das Mädchen sieht, daß die Mutter fortgegangen ist, gibt es dem See wieder eine Ohrfeige und verwandelt ihn in den Jüngling. Sie wird ein Mädchen, und beide setzen den Weg fort.

Nach langem Wandern kommen sie in die Nähe seines Landes. Dort gehen sie in eine Herberge. Der Jüngling sagt zum Mädchen: »Bleib du hier! Ich gehe und hole für dich Kleid und Wagen, um dich heimzubringen.« Als er geht, tritt wieder jener Derwisch auf, packt ihn, bringt ihn geradenwegs zum Palast seines Vaters und läßt ihn im Hochzeitszimmer zurück. Da findet sich der Jüngling auf seinem Bett und die Braut liegt neben ihm. Nun denkt er: »Habe ich geträumt? Was ist das für eine Sache?«

Das Mädchen in der Herberge merkt, daß der Jüngling nicht zurückkommt, und wartet ein bis zwei Stunden. Nun denkt sie: »Ach, der Schuft, der Nichtsnutz! Mich hat er hier verlassen und sich davongemacht. Jetzt kommt er nicht mehr.« Sie wird eine Taube und fliegt zu dem Fenster des Zimmers, in dem der Jüngling liegt: »Ach, du Nichtsnutz, du hast ein fremdes Mädchen genommen und mich in der Herberge zurückgelassen. Jetzt schläfst du hier!« Nach diesen Worten kehrt sie zur Herberge zurück.

Da kommt der Jüngling zur Besinnung und ihm ist klar, daß alles, was sie erlebt haben, kein Traum, sondern Wirklichkeit ist. Sogleich macht er sich auf, fährt mit dem Wagen zur Herberge, läßt das Mädchen im Wagen Platz nehmen und bringt es zum Palast. Das andere Mädchen schickt er nach Hause zu seiner Mutter und heiratet das Mädchen, das er vom Derwisch bekommen hat. Vierzig Tage und vierzig Nächte feiert man von neuem Hochzeit. Diese haben ihren Wunsch erreicht, wir steigen auf die Dachziegel!

9. Liebe

Einmal in früherer Zeit, als die Menschen viel Leid hatten, da hatte ein Padischah drei Söhne. Diese waren auf Spiel und Sport, wie Waffen, Jagd, Pferde und Polo, versessen, und alle hatten darin Meisterschaft erlangt. Jeden Morgen erhoben sich alle drei gewöhnlich, stiegen, nachdem sie gefrühstückt hatten, auf ihre Pferde und ergingen sich auf Feld und Flur bis zum Abend, um dann zum Palast zurückzukehren.

Eines Tages ziehen sie, ihrer Gewohnheit gemäß, aus der

Stadt hinaus. Indem der eine hier, der andere dort jagt, sie miteinander um die Wette reiten, laufen und sich vergnügen, entfernen sie sich recht weit von der Stadt. Weil jeder von ihnen nach einer anderen Richtung gehen will, um noch etwas zu jagen, trennen sie sich voneinander, um sich später wieder zu treffen, und jeder geht, wohin er will.

Nach langer Wanderung kommt der jüngste Bruder zu einem Wald, wo er etwas jagen will. Während er dort umherschweift, tritt ihm aus dem Wald ein schöner Hirsch entgegen. Kaum hat er ihn gesehen, da verfolgt er ihn in dem Gedanken: »Wenn ich Glück habe und ihn lebend fange, bringe ich ihn meinem Vater, dem Padischah. Wie schön wäre das!«

Der Hirsch flieht und der Jüngling folgt. Wie er ziemlich lange hinter ihm herläuft, denkt er: »Ich kann ihn doch nicht fangen, ich will ihn erlegen.« Da sieht er, wie der Hirsch über eine Gartenmauer hinwegsetzt, davonspringt und vor seinen Augen entschwindet. Sobald der Jüngling sieht, daß der Hirsch gänzlich entflohen ist, kann er sich nicht mehr fassen und geht an die Gartenmauer, um ihn doch noch zu fangen oder zu töten. Er läuft an der Mauer entlang, indem er denkt: »Der Garten muß doch eine Tür haben, ich möchte sie finden und wissen, was das hier für ein Ort ist.« Er geht zur anderen Seite und sieht, daß vor der Gartentür ein alter Mann sitzt. Er entbietet ihm den Gruß, der Alte erwidert ihn und fragt: »Wohin gehst du? Weshalb bist du hierhergekommen?« Der Jüngling erwidert, daß er wegen des Hirsches gekommen sei. Der Alte sagt: »Um Gottes willen! Das, was du gesehen hast, ist kein Hirsch, es ist eine Hexe. Sie hat dich hergelockt, um dir eine Falle zu stellen.«

Als der Jüngling das gehört hat, fragt er: »Nun, Vater, wem gehört denn dieser Garten?« Der Alte erwidert: »Mein Sohn, dieser Garten ist der Garten der Rosenprinzessin, der Tochter des Padischahs, die nie lacht. Darin liegt ein Palast, in dem sie mit ihrer Kinderfrau wohnt. Ich bin ihr Wächter. Seit ganzen acht Jahren wache ich hier und habe keinen von den Menschensöhnen gesehen.«

Nach diesen Worten berichtet ihm der Jüngling alles von Anfang bis zum Ende. Der Alte sagt: »Los, geh, mein Sohn, mach daß du fortkommst. Wenn man dich hier sieht, tötet man dich unverzüglich. Das ist für dich und mich sehr zu bedauern.« Da der Jüngling aber neugierig war, flehte er den Wächter an, das Mädchen zu sehen, und wünschte hineingelassen zu werden. Der Wächter entgegnete: »Um Gottes willen, mein Sohn, was sagst du da? Wenn du eingetreten bist, wisse, vernichtet man dich und mich, denn vor der Tür des Palastes sind ein Löwe und ein Tiger angebunden. Wenn sie dich sehen, zerbrechen sie ihre Ketten und reißen dich in Stücke. Dann wirst du umsonst sterben. Komm, gib das auf!«

Wie sehr er auch abriet, der Jüngling bestand darauf: »Ich will unbedingt hingehen. Was dann aus mir wird, soll mir gleichgültig sein.« Er flehte den Alten an, der aber sagte: »Mein lieber Sohn, es ist nicht, weil ich dich vor dem, was da drinnen ist, bewahren will, sondern weil du vor dem Unglück gerettet werden sollst. Nun aber willst du nicht mehr darauf verzichten. Wohlan, mach, was du willst.«

Mit diesen Worten ließ er ihn in den Garten. Als der Jüngling nun in den Garten eingetreten war, was sollte er da sehen? Bäume, Blumen, viele Arten Früchte wie im Paradies. Überall schlugen Nachtigallen und plätscherten Bäche. Über alles gerät er in Erstaunen, er geht noch etwas weiter, da liegt ein Palast. Vor ihm ist ein Bassin, aus dessen vier Seiten Wasser fließen. Dem Jüngling kommt es vor, als sei er ins Paradies eingetreten. Kaum haben der Löwe und der Tiger ihn erspäht, da fletschen sie mit den Zähnen, schlagen klirrend die Ketten und wollen sie zerbrechen. Als das Mädchen im Palast den Lärm hört, öffnet es das Fenster. Kaum hat sie den Jüngling erblickt, verliebt sie sich von Herzen in ihn und befiehlt den Tieren zu schweigen. Als der Jüngling das Mädchen sieht, sind seine Augen geblendet und er fällt ohnmächtig nieder. Da ruft das Mädchen seine Kinderfrau: »Voran, bring jenen armen Jüngling wieder zu sich und führe ihn her. Ich möchte wissen, woher er kommt und welches seine Abstammung ist.«

Mit Mühe bringt die Kinderfrau den Jüngling wieder zur Besinnung. Als er seine Augen öffnet, blickt er ganz erstaunt umher und kann nicht begreifen, was vorgefallen ist. Die Kinderfrau sagt: »Steh auf, junger Mann, ich führe dich hinein. Du sollst wieder zur Besinnung kommen.« Der Jüngling tritt halb in Furcht und halb in Freude mit der Kinderfrau ein. Kaum ist der Jüngling durch die Tür in das Zimmer des Mädchens eingetreten, da schwinden ihm wieder infolge der Schönheit des Mädchens die Sinne. Das Mädchen fragt ihn: »Wie bist du, ohne dich zu fürchten, hierhergekommen? Wenn ich dich nicht gesehen hätte, hätten die Tiere dich in Stücke gerissen.« Da stöhnt der Jüngling aus tiefem Herzen und beginnt schluchzend zu weinen. Dann erzählt er alles, was er erlebt hat. Darauf spricht das Mädchen: »Ja, lieber junger Mann, seit dem Augenblick, wo ich dich gesehen habe, bin ich von Herzen in dich verliebt. Aber ich habe einen sehr grausamen Vater. Wenn er sehen sollte, daß wir beide uns jetzt vereinigt haben, wird er uns auf der Stelle töten. Am besten wollen wir daher fliehen. Vielleicht können wir uns so vor ihm retten.«

Der Jüngling ist damit einverstanden. Das Mädchen nimmt die Sachen – an Last leicht, an Wert schwer – und außerdem ihre Kinderfrau. Sie verlassen den Palast. Als der Löwe und der Tiger bemerken, daß das Mädchen fortgeht, zerbrechen sie klirrend die Ketten und verfolgen beide.

Als der Jüngling die Tiere sieht, schwinden ihm vor Angst die Sinne. Das Mädchen sagt: »Mein Geliebter, fürchte dich nicht! Sie weichen nicht von mir. Solange sie bei uns sind, kann uns von niemand ein Leid geschehen.«

Nun freut sich der Jüngling noch mehr und nimmt sein Pferd. Sie machen sich auf den Weg und reiten davon. Als sie zu der Stelle kommen, wo der Jüngling sich von seinen Brüdern getrennt hatte, findet er keinen. Sie waren nach der Jagd hierhergekommen, hatten ihn gesucht und waren fortgegangen, da sie dachten: »Wer weiß, was ihm zugestoßen ist. Wenn er heil ist, wird er in die Stadt kommen.« Der jüngste Bruder sucht sie noch etwas; als er sie nicht finden kann, machen sich beide auf den Weg zur Stadt auf.

Als sie eines Tages in der Stadt angelangt sind, bringt man, als man den Königssohn gesehen hat, seinem Vater die frohe Nachricht. Nachdem der Padischah und die anderen Söhne ihm entgegengegangen sind, was sollen sie da auf einmal sehen? Jeder ist erstaunt, daß er mit einem schönen Mädchen und zwei Tieren kommt. Kaum hat der Padischah das Mädchen gesehen, wird sein Herz von Unruhe ergriffen, und er fragt seinen Sohn, wo er diese ausfindig gemacht habe. Der Sohn erklärt nun alles. Wenn der Padischah sich der Schönheit des Mädchens auch nicht widersetzen konnte, so konnte er aus Furcht vor dem Löwen und dem Tiger nichts tun. Für die anderen Söhne fand er auch Mädchen. Vierzig Tage und vierzig Nächte wurde Hochzeit gefeiert.

10. Der verliebte Prinz

In früherer Zeit hatte ein Padischah eine Tochter. Da er sie sehr liebte, trennte er sich keinen Augenblick von ihr. Wie sehr auch alle Leute sie zu sehen wünschten, weil sie sein einziges Kind war und ihre Schönheit auf der Welt nicht ihresgleichen hatte, konnte sie niemand anschauen, da der Padischah sie nicht aus ihrem Zimmer ließ.

Der Sohn des Padischahs von Jemen nun war sehr begierig, sie zu sehen; er verließ seine Heimat und machte sich auf den Weg in dem Gedanken, daß er sie vielleicht doch sehen könne. Obwohl es ein Weg von sieben Jahren war, um in die Stadt zu gelangen, wo das Mädchen wohnte, wandert der Jüngling unter vielen Mühen und legt einen Weg von ungefähr zwei Jahren zurück. Nun war ihm weder Anzug noch Geld geblieben. Daher begann er bettelnd umherzuziehen. Wenn er an einem Tage etwas fand, aß er; wenn er nichts fand, zog er hungrig einher.

Wir wollen nicht zu weitschweifig werden. Er soll nun hier

und dort einherziehen. Eines Tages gelangte er in eine Gegend, wo Gärten lagen. Da zu jener Zeit Sommer war und er großen Hunger hatte, drang er in die Gärten, die er sah, ein und begann von den Früchten der Bäume, die dort standen, zu essen. Er soll nun in jenem Garten umhergehen. In einem Gartenhaus mitten im Garten befand sich als Wächter eine Devenfrau. Alle drei Tage erwachte sie aus dem Schlaf, ging hier und dort im Garten spazieren und legte sich wieder zum Schlafen nieder. Während dieser Jüngling die Früchte von den Bäumen aß, erhob sich die Devenfrau und ging in den Garten. Als der Jüngling sie sah, da ließ er verwirrt vom Essen ab und dachte: »O weh, wenn sie mich sieht, wird sie mich in Stücke reißen. Was soll ich nur machen?« Daher verbarg er sich hinter einem Baum. Als die Devenfrau seinen Geruch verspürte, ging sie in diese Richtung. Der Jüngling konnte es vor Aufregung kaum aushalten und dachte, daß sie ihn jetzt erblicken würde. Nachdem die Devenfrau seinen Geruch gewittert hatte, ging sie zu der Stelle, wo der Jüngling war. Der Jüngling trat hinter dem Baum hervor in dem Gedanken »so oder so bin ich verloren« und sprach zu der Frau: »Ach, liebes Mütterchen, mach, was du willst, aber tu mir keine Gewalt an!«

Als die Frau den Jüngling gesehen hatte, bekam sie Mitleid mit ihm und fragte: »O Menschensohn, wie bist du hierhergekommen? Wenn ich dich jetzt fresse, was würdest du dazu sagen?«

Darauf meinte der Jüngling: »Mein liebes Mütterchen, wenn du mich fressen willst, friß mich! Vielleicht hat Gott mich dir zum Fraß geschickt.« Nach diesen Worten begann er zu weinen. Da hatte die Frau mit ihm Mitleid und fragte: »Mein Sohn, du siehst wie ein heruntergekommener Mensch aus. Was ist denn der Grund dafür, daß du hierhergekommen bist?«

Der Jüngling sagt, wie sich die Sache wirklich verhält, sowohl aus Furcht wie auch in dem Gedanken, wenn er die Wahrheit sage, finde er vielleicht das, was er suche. Darauf antwortet sie: »Mein Sohn, das Mädchen, das du suchst, wohnt an einem Ort, der neun Monate von hier entfernt liegt. Selbst wenn sie sich an dem Ort, wohin du gehst, befindet, kannst du das Mädchen doch nicht sehen. Wie viele Leute sie auch sehen wollten, sie konnten es bis jetzt noch nicht. Diejenigen, die von ihrer Schönheit hörten, konnten sich vor Liebe und Leidenschaft nicht retten und starben. Komm, gib diesen Gedanken auf! Wenn du dorthin gehst, wirst du schließlich doch ums Leben kommen, weil sie anzublicken sich nicht ziemt und dich Liebe und Leidenschaft ergreifen werden.«

Da bestand der Jüngling darauf: »Nein, seit einigen Jahren habe ich mich in Liebe zu ihr auf den Weg gemacht. Vielleicht gehe ich hin und finde sie.«

Darauf sagte die Devenfrau: »Mein Sohn, also du willst nun einmal zu ihr hin. An dem und dem Ort lebt eine Hexe. Jene Hexe hat dieses Mädchen mit Zauber behaftet; daher wünscht sie nirgendwohin zu gehen. Als der Sohn eines gewissen Padischahs in dieses Mädchen verliebt war, zeigte sie ihm das Mädchen nicht, weil diese Hexe ihm feindlich gesinnt war. Jetzt siecht jener junge Mann seit vielen Jahren im Bett dahin. Wenn du zur Stadt gehst, in der das Mädchen wohnt, und den Zauber, den jene Frau verhängt hat, löst, kannst du sie vielleicht sehen und deine Liebe zu ihr erfüllen.«

Da fragte der Jüngling: »Liebe Mutter, wie kann ich denn den Zauber, den sie verhängt hat, lösen?« Nach diesen Worten erwiderte die Devenfrau: »Lieber Junge, bis heute habe ich das niemandem verraten. Da du aber so viele Mühsale auf dich genommen hast, sollst du wenigstens zu diesem Wunsch gelangen. Komm, brich auf! An einem gewissen Ort liegt ein Garten, in welchem sich eine weiße Rose befindet. Wenn du diese Rose abpflückst und sie an den Kopf des Mädchens anstecken kannst, so wird ihr Zauber gebrochen. Das Mädchen beginnt dann zu sprechen: ›Ach, ich will den Mann, der diese Rose gebracht hat.‹ Wenn du nicht hingehen willst, sucht man dich und bringt dich zu dem Mädchen. Dann kannst du dich an dem Mädchen satt sehen.«

Sogleich macht sich der Junge auf den Weg und zieht los. Er wandert und wandert und gelangt eines Tages zu jenem Garten. Vor dem Tor des Gartens sieht er eine große Katze. Nun war diese Katze die älteste Tochter der Hexe. Bei ihrem Anblick denkt der Jüngling: »O weh, ist das ein Löwe oder Tiger? Doch diesen ist sie auch nicht ähnlich! Was für ein Tier ist das denn? Soll ich hingehen oder nicht? Was geschehen mag, soll geschehen! Gewiß, ich gehe zu ihr hin.« Mit diesen Worten nähert er sich ihr. Wenn sie auch in Katzengestalt ist, so verliebt sie sich in den Jüngling beim ersten Blick und zeigt ihm den Weg. Nachdem der Jüngling in den Garten eingetreten und hier und dort umhergegangen ist, sieht er den Rosenstock, den die Devenfrau genannt hatte, weiß aber nicht, welche Rose er abpflücken soll, da er beinahe in die Rosen verliebt ist. Er kann sich nicht entschließen, eine abzupflücken. Als er dann nach langem Zaudern eine abpflückt, bricht im Garten ein Geschrei aus. Mit den Worten: »O weh, hätte ich sie doch nicht abgepflückt! Wenn jetzt etwas geschieht und ich erwischt werde, was soll ich machen?« läuft er zur Tür, durch die er eingetreten war, und sieht, daß an der Tür jetzt zwei Katzen sind. Sogleich öffnen sie ihre Augen, als ob sie den Jüngling verschlingen wollten, während ihr Mund voll Schaum ist. Zum Jüngling sprechen sie: »Auf, junger Mann, bleibe nicht, fliehe! Wenn dich jetzt unsere Älteste sieht, reißt sie dich in Stücke.«

Daraufhin tritt der Jüngling in Angst um sein Leben aus der Tür und eilt so, daß, wenn sie hinter ihm herschössen, ihn nicht erreichen würden. So läuft er eine Weile und denkt: »Gott sei Dank, nun bin ich gerettet.« Er versteckt die Rose bei sich und schlägt den Weg zur Stadt des Mädchens ein.

Wir wollen die Geschichte nicht lange hinziehen. Der Jüngling gelangt in kurzer Zeit zu jener Stadt. Nun sieht er nicht mehr wie ein Mensch aus. Sogleich begibt er sich in ein Kaffeehaus und in eine Herberge. »Dank sei Gott«, sagt er. Der eine und andere bestellt für diesen jungen Mann, der, wie sie hören, von weither gekommen ist, einen Kaffee. Auch lassen sie etwas Essen bringen. Der Jüngling ißt und trinkt. Nun waren die Leute in dem Café alle junge Männer, die das Mädchen sehen wollten. Nach der Begrüßung erkundigen sie sich, woher er komme und wohin er gehe. Der Jüngling spricht: »Ich war der Führer einer Karawane. Unterwegs haben Diebe mein Hab und Gut geraubt. Nach einem Marsch von sechs Monaten bin ich hierhergekommen.«

Nach seinem Bericht haben alle Mitleid mit ihm. In dem Café nimmt man ihn als Gast auf. Der Jüngling soll dort essen, trinken und wohnen. Die Leute im Café treten in Gruppen von drei bis fünf zusammen und tuscheln. Der Jüngling spitzt die Ohren und hört, daß sie über das Mädchen erzählen und untereinander sprechen, daß, wenn sie die Lehrerin des Mädchens täuschen könnten, sie zum Ziel gelangen würden, daß aber mit der verfluchten Hexe nicht zu reden wäre.

Als der Jüngling am Morgen auf die Straße geht und umherspaziert, sieht er eine alte Frau in sauberer Kleidung, die wie Espenlaub zittert; er nähert sich ihr in dem Gedanken: »Das kann höchstens die Lehrerin des Mädchens sein! Ich will sie einmal fragen und mich erkundigen.« Die Frau stellt fest, daß er ein Fremder ist, und fragt: »Mein Sohn, woher kommst du?«

»Liebe Mutter, ich bin arm. Ich verkaufe die Rosen in meinem Garten und schlage mich so durch. Dieses Jahr bin ich auch in die Stadt gekommen. Nachdem ich alle verkauft habe, ist mir nur eine Rose geblieben.« Die Frau spricht: »Zeig mal, was ist denn das für eine Rose?« Der Jüngling zieht die Rose hervor, worauf die Frau ausruft: »Ah, das ist eine schöne Rose! Für wieviel willst du sie verkaufen?« Der Jüngling antwortet: »Diese Rose paßt nicht für alte Frauen wie dich, sie steht nur jungen Leuten zu!«

»Mein Sohn, wenn ich sie kaufe, soll sie nicht für mich sein, da ich keine junge Tochter habe; ich bin die Lehrerin der Tochter des Padischahs, ihr möchte ich sie als Geschenk bringen. Aber ich habe kein Geld, um sie zu kaufen.« Der Jüngling erwiderte: »Meine liebe Mutter, da du sie als Geschenk geben willst und mir nur eine Rose geblieben ist, will ich sie dir schenken. Nimm sie und bring sie ihr!«

Mit diesen Worten übergibt er der alten Frau die Rose. Freudig nimmt sie die Rose, um sie der Prinzessin zum Geschenk zu machen. Das Mädchen ruft: »Oh, wie schön, meine Lehrerin hat mir eine Rose gebracht!« und steckt sie in ihr Haar.

Die alte Frau soll das Mädchen unterrichten. Aus dem Innern des Mädchens kommt ein Feuer, und die Liebe zu dem Jüngling erfaßt sie. Das Mädchen weiß nicht, was ihr geschieht, und ruft: »Um Gottes willen, mich überkommt eine Übelkeit. Ruf den Schah, meinen Vater! Du führe mich ein wenig in den Palastgarten; denn meine Beklommenheit wird immer größer.«

Sogleich eilt die alte Frau zum Padischah und berichtet ihm über den Vorfall. Wie der Padischah seine Tochter sieht, fragt er: »Um Gottes willen, was ist denn meinem Kind zugestoßen? Bis jetzt wollte sie nirgendwohin gehen. Wird sie sterben? Was ist denn los?«

Unverzüglich begibt er sich mit der Frau zum Garten. Während das Mädchen hier und dort umhergeht, sagt sie: »Meine Lehrerin, woher hast du diese Rose bekommen? Sobald ich sie angesteckt hatte, befiel mich ein Feuer.«

Die alte Frau entgegnete: »Mein Kind, ich habe sie von einem armen jungen Mann erhalten, der sie mir als Geschenk gab. Was sollte ich mit der Rose machen? Ich habe sie unverzüglich dir gebracht.« – »Ach, liebe Frau, kannst du mir den Mann, der dir die Rose gegeben hat, einmal zeigen?« – »Wo soll ich ihn finden, mein Kind? Ich habe ihn auf der Straße getroffen. Wer weiß, wo er jetzt ist?« –»Mach, was du willst. Unbedingt wirst du mir jenen Jüngling zeigen, sonst werde ich es dem Schah, meinem Vater, sagen und dich töten lassen.« Die arme Frau bekommt große Angst und spricht: »Nun, mein Kind, wenn ich ihn finden kann, will ich ihn dir zeigen.«

Darauf sagt das Mädchen: »Mehr sage ich nicht, sonst ergeht es dir schlecht!« und bringt die Frau in Bedrängnis. Der Jüngling wartet am Weg auf die Frau, um das Resultat zu erfahren. Auf einmal sieht ihn die Frau und fragt: »Ach, mein lieber Sohn, was ist denn das für eine Rose, die du mir gegeben hast? Nachdem ich sie der Prinzessin geschenkt habe und diese sie in ihr Haar gesteckt hatte, wurde sie krank. Jetzt wünscht sie dich zu sehen. Wie sollen wir das machen? Hast du Zeit? Wenn du auch arm bist, komm mit mir! Ich will dir fünf bis zehn Groschen geben.«

Der Jüngling zögert zwar zunächst etwas, aber dann antwortet er, weil es sein Herzenswunsch ist: »Auch ohne Geld zu nehmen, gehe ich dir zuliebe mit.«

Darüber ist die Frau erfreut und führt den Jüngling vor den Palast. Sie selbst geht zum Mädchen, dem sie den Jüngling zeigt. Kaum hat das Mädchen den jungen Mann gesehen, so ist es von ganzem Herzen verliebt. Schnell schreibt sie ein Briefchen und wirft es hinunter. Als er das Briefchen aufhebt liest er: »Mein Herr, ich liebe dich von ganzem Herzen. Wenn du mich begehrst, komm heute nacht über die Mauer des Gartens. Wir wollen miteinander sprechen!«

Aus Freude tritt er sogleich in eine Ecke, wo er die Frau erwartet. Sobald sie aus dem Palast kommt, ermahnt sie den Jüngling: »Um Gottes willen, mein Sohn, sprich mit niemand darüber! Wenn das später der Padischah erfährt, wird er uns alle umbringen lassen. Tue so, wie in dem Briefchen geschrieben steht, aber verrate keinem etwas davon!«

Den Abend erwartet er voll Ungeduld und geht nach Einbruch der Dunkelheit zur Mauer des Palastes und dringt ein. Das Mädchen erwartet ihn. Als sie den Jüngling sieht, umarmt sie ihn und führt ihn zum Bassin. Dort essen und trinken sie, darauf umarmen sie einander, legen sich dort nieder und fallen in Schlaf. Am Morgen läßt der Padischah seine Tochter suchen, weil sie nicht da ist, und sieht, daß sie im Garten mit einem Jüngling umschlungen liegt. Der Padischah erkundigt sich erstaunt: »Ach, was ist denn das? Wie kann ein Fremder so in meinen Palast eindringen? Und wie hat er meine Tochter, die nirgendwohin geht, dazu gebracht? Was soll ich jetzt mit ihm machen?«

Bei diesem Gedanken des Padischahs wachen das Mädchen und der Jüngling aus ihrem Schlaf auf, und als sie den Padischah sehen, bekommen sie große Angst. Der Padischah ruft den Jüngling und fragt ihn nach der Sache. Als der Jüngling alles erklärt hat, spricht der Padischah: »Nun, mein Sohn, da du meine Tochter von diesem Unglück befreit hast, brauchst du nichts zu fürchten. Ich verheirate euch miteinander.«

Der Padischah nimmt sie beide mit zum Palast, gibt seinem Wesir Nachricht und läßt ihn kommen: »Voran, bevor jemand das erfährt, wollen wir diese beiden verheiraten.« Der Wesir verheiratet das Mädchen mit dem Jüngling. Vierzig Tage und vierzig Nächte feiern sie Hochzeit und werden dann beide ins Brautgemach geführt. So haben sie ihren Wunsch erreicht. Wir aber wollen auf die Dachziegel steigen.

11. Der Hirsch

In früherer Zeit lebte eine Frau, und diese Frau hatte einen Gatten und zwei Stiefkinder, von denen das eine ein Knabe, das andere ein Mädchen war.

Eines Tages schickte der Mann Fleisch nach Hause. Die Frau wollte davon Essen kochen. Sie schmeckte es so lange ab, bis sie das ganze Fleisch aufgegessen hatte. Da schnitt sie ihre Brust ab und kochte sie.

Am Abend kam ihr Mann nach Hause und fragte: »Frau, hast du das Fleisch gekocht?« Die Frau sagte, daß sie es gekocht habe, und setzte es ihm vor. Da aßen sie. Der Mann meinte: »Ach, wie wohlschmeckendes Fleisch ist das!«

Als die Frau erklärte, daß sie ihre Brust abgeschnitten und gekocht habe, sagte sie: »Menschenfleisch ist sehr wohlschmekkend! Komm, wir wollen morgen die Kinder schlachten und essen.«

Der Mann war damit einverstanden. Am anderen Morgen

sprach die Frau zu den Kindern: »Geht Wasser holen. Ich will euren Kopf waschen!« und gab ihnen ein Butterbrot. So gingen sie zum Wasser. Unterwegs sagte das Mädchen zu seinem Bruder: »Wir wollen das Brot dem Raben geben.«

Da der Bruder damit einverstanden war, gaben sie das Brot dem Raben. Nachdem der Rabe das Brot gegessen hatte, sprach er zu ihnen: »Eure Mutter will euch schlachten. Geht nach Hause, holt Seife und Sichel und flieht. Eure Stiefmutter wird euch verfolgen. Werft die Sichel, und die Umgegend wird ein Dickicht, so daß sie euch nicht fangen kann. Während sie sich abmüht, könnt ihr entfliehen.«

Sogleich kehrten die Kinder nach Hause zurück. Mit Sichel und Seife entflohen sie. Die Frau folgte ihnen und holte sie ein. Da warfen sie die Sichel. Die ganze Umgebung wurde ein Dickicht. So konnten sie entfliehen. Nachdem sich die Frau abgemüht hatte, befreite sie sich aus dem Dickicht und näherte sich ihnen. Diesmal warfen die Kinder die Seife, und hinter ihnen entstand ein Meer. Die Frau blieb zurück und die Kinder entkamen.

Als die Kinder vor der Stiefmutter gerettet waren, gingen sie eine weite Strecke. Da bekam der Junge Durst, aber das Mädchen sagte, als ihr Bruder Wasser wünschte: »Trink nicht von diesem Wasser, sonst wirst du ein Hirsch! Trink nicht von diesem Wasser, sonst wirst du ein Hirsch!«

Aber ihr Bruder hörte nicht auf sie und trank schließlich aus einem Bach, worauf er sogleich ein Hirsch wurde. Das Mädchen blieb allein zurück. Mit dem Bruder Hirsch ging es eine weite Strecke. Als es Abend wurde, stieg das Mädchen auf einen Baum, um zu schlafen. Bruder Hirsch aber legte sich unten am Baum nieder.

Am Morgen kam der Sohn des Padischah, um in jener Gegend zu jagen. Als er unter dem Baum vorüberging, blickte er hinauf und sah dort ein schönes Mädchen. Aber es war sehr schwierig, sowohl hinaufzusteigen als auch herunterzukommen. Das Mädchen kam nicht herab. Schließlich befahl der Königssohn, den Baum zu fällen.

Die Männer begannen nun, den Baum niederzuhauen. Obwohl es Abend wurde, hatten sie den Baum noch nicht gefällt und gingen fort, um ihn am anderen Morgen umzulegen. Sogleich leckte der Hirsch am Baum, und der wurde wieder wie früher.

Am Morgen kamen die Männer und sahen, daß der Baum so dastand, als ob er überhaupt nicht angeschlagen worden wäre. Da suchten sie eine Hexe und ließen das Mädchen vom Baum herabsteigen. Das Mädchen erzählte das Unglück, das es erlebt hatte, und der Königssohn schickte sie zum Palast. Da das Mädchen ihm gefiel, feierten sie Hochzeit, und beide heirateten.

Der Hirsch lag des Nachts im Zimmer seiner Schwester. Wenn er zum Fußende des Bettes kam, sagte er: »Das sind die Füße meiner Schwester, das sind die Füße meines Schwagers.« Denn er hatte beide sehr gern.

Eines Tages wurde das Mädchen schwanger. Da es sich bedrückt fühlte, rief es seine schwarze Dienerin: »Komm, wir wollen zusammen spazierengehen!« Die Negerin hatte aber beschlossen, der Sultansgattin etwas Böses anzutun, denn sie war eifersüchtig auf sie und dachte immer bei sich: »Wie soll ich es anstellen, damit der Königssohn mich heiratet?«

An jenem Tag gingen sie zum Ufer eines Baches. Dort setzten sie sich nieder und begannen zu plaudern. Während sie in den Bach schauten, gab die Negerin der Frau von hinten einen Fußtritt und warf sie in den Bach. Im Bach verschluckte eine große Forelle die Sultansfrau. Die Negerin eilte schleunigst zum Palast und legte sich im Zimmer der Sultanin nieder. Die Fenster und Vorhänge ließ sie schließen: »Ich will kein Taglicht. Die Sonne soll nicht auf mich scheinen; ich bin krank!«

Als es Nacht wurde, untersuchte der Hirsch das Bett und sagte mit trauriger Stimme: »Sieh, die Füße meines Schwagers! Wo sind denn die Füße meiner Schwester?« und begann zu weinen. Der Königssohn verstand aber nichts davon. Eines Tages bat die Negerin: »Mein Königssohn, ich möchte so gern Hirschfleisch haben. Dieser Hirsch muß unbedingt geschlachtet werden!«

Schließlich konnte man es nicht mehr verhindern und begann, die Vorbereitungen zu treffen. Der arme Hirsch ging zu dem Bach, in den seine Schwester gefallen war, und schrie:

»Komm, o komm, mein Schwesterlein,
Für mich wetzt man die Messerlein,
Die schneiden tief mir in die Kehle ein.«

Da antwortete die Schwester:

»Hier bin ich in der Forelle Magen,
Der rote Mehmet ist in meinem Schoß,
Mit meiner Augen Tränen wird er gewaschen,
Mit meinen Haaren umwickele ich ihn,
Ich kann nicht kommen, Bruder, ich kann es nicht.«

Jeden Tag kam der Hirsch zum Ufer des Baches, wo er jammerte und weinte.

Eines Tages wurde der Königssohn neugierig und folgte dem Hirsch. Da hörte er, was der Hirsch am Ufer sagte. Als er den Sachverhalt begriff, sammelte er sogleich seine Soldaten und ließ den Bach austrocknen. Als er die Forelle gefangen hatte, ließ er sie aufschneiden und die Sultansfrau herauskommen. Mit ihr und dem Sohn kehrte er nach Hause zurück. Dort fragte er die Negerin: »Was möchtest du lieber haben: vierzig Pferde oder vierzig Messer?«

Die Negerin antwortete: »Die vierzig Messer sollen auf die Köpfe der Feinde rasseln. Ich will vierzig Rosse, damit ich hinaufsteige und nach Hause zu meinem Vater reite.«

Man band die Negerin an die Schweife von den Pferden und ließ sie in Stücke reißen. Die Sultanin und der Königssohn begannen nun zusammen mit ihrem Kind glücklich zu leben. Für sie das Märchen, für uns Gesundheit!

12. Die Niere

In früherer Zeit lebten einmal drei Söhne einer ziemlich reichen Familie. Als der Vater der Kinder eines Abends ein Huhn nach Hause gebracht hatte, ermahnte er seine Frau, niemandem davon zu essen zu geben. Die Frau vergaß das aber und gab die Niere des Huhns dem einen Sohn, dem anderen den Kopf und dem dritten die Beine zu essen. Als am Abend der Vater heimkam, verlangte er von seiner Frau das Huhn. Die Frau sagte: »Das habe ich den Kindern zu essen gegeben.«

Darauf wurde der Mann sehr böse und fragte: »Warum hast du es den Kindern zu essen gegeben?«

Die Frau antwortete, weil die Kinder großen Hunger gehabt hätten. Daraufhin wollte der Vater die Kinder rufen, aber die Frau sagte, daß sie schliefen. Da rief der Mann: »Laß sie aufstehen! Ich will sie schlachten.«

Nun hörten aber die Kinder im anliegenden Zimmer diese Unterhaltung. Als nun die Frau in das Zimmer der Kinder eintreten wollte, stürzten sich diese aus dem Fenster und entflohen. Da die Frau die Kinder im Zimmer nicht vorfand, rief sie ihren Gatten und berichtete es ihm.

Wir wollen jetzt zu den Kindern kommen. Vor ihnen taten sich drei Wege auf. Der älteste von ihnen betrat einen Weg, der jüngste den anderen und der mittlere den mittleren Weg. Der mittlere Sohn ging und ging, stieg über Berg und Tal und kam in ein Dorf. Dort wurde er Gehilfe bei einem Kaffeewirt und arbeitete bei ihm für das tägliche Brot. Der Kaffeewirt war nun arm. Am Abend legte sich der Junge zum Schlafen nieder. Am Morgen stand er in der Frühe auf und machte sich an die Arbeit. Als die Frau des Kaffeewirts das Bett des Jungen aufhob, fand sie dort einen Beutel Gold und sagte zu ihrem Mann: »Dieser Junge hat uns viel Glück gebracht! Unter dem Bett habe ich einen Beutel Gold gefunden.«

Als am folgenden Tag die Sonne aufging, machte sich der Junge auf den Weg. Der Grund für das Gold am Kopfende des Bettes war aber die Hühnerniere, die der Junge gegessen hatte.

Gegen Mittag ging der Junge zur Stadt. Einen Tag blieb er dort in einer Herberge. In dieser Stadt hatte ein überaus reicher Sultan eine sehr schöne Tochter. Um sie zu sehen, mußte man einen Sack Gold geben. In dieser Stadt hatte aber keiner einen Sack voll Gold. Der Junge ging zum Palast, um sie zu sehen, und trat vor das Mädchen. Der Sultan fragte ihn: »Woher hast du denn all das Gold?«

Ohne zu zögern, erklärte der Junge: »Als ich noch jung war, gab mir meine Mutter die Niere eines Huhns zu essen. Aus diesem Grund finde ich jeden Morgen, wenn ich aufstehe, unter meinem Kopf einen Beutel Gold.«

Nachdem der Junge das gesagt hatte, eilte er durch die Tür hinaus. Am folgenden Tag lud das Mädchen ihn zum Palast ein. Die Diener des Mädchens empfingen ihn und führten ihn hinauf. Alle zusammen begannen zu trinken. Das Mädchen gab vor, Alkohol zu trinken, es trank aber nur Wasser. Nach einer halben Stunde war der Junge betrunken. Sie brachten den Armen zum Erbrechen, nachdem sie ihn viel gerüttelt hatten. Nach fünf Minuten kam die Niere aus dem Mund des Jungen. Die Diener des Mädchens nahmen den Jungen und brachten ihn zu seiner Schlafstätte. Als der Junge am Morgen erwachte, suchte er unter dem Bett das Gold, fand aber nichts. Da fiel ihm das Erlebnis des vergangenen Abends ein. In dem Gedanken, was er machen solle, kam er zu einem Bach. Am Ufer des Baches wuchsen Feigen-, Trauben- und Apfelbäume. Er stieg auf einen Apfelbaum und pflückte einige Äpfel, er stieg auf einen Feigenbaum und pflückte einige Feigen, schließlich pflückte er auch Trauben. Zuerst aß er von den Äpfeln, da wuchsen ihm Hörner, die zehn Meter lang waren. Dann aß er Trauben, da fielen die Hörner ab, da aß er Feigen und wurde ein Esel, dann aß er Trauben und wurde wieder Mensch. Da sagte der Junge: »Aha, jetzt verstehe ich die Sache!«

Mit den Äpfeln, Feigen und Trauben machte er sich auf den Weg. Als er zum Palast des Mädchens gekommen war, rief er aus: »Der Apfelverkäufer, der Apfelverkäufer!« Als das Mädchen ihn hörte, rief es den Apfelverkäufer und kaufte Äpfel. Nachdem der Junge die Äpfel verkauft hatte, kehrte er nach Hause zurück. Am folgenden Tag verbreitete sich in der Stadt eine Nachricht. Die Ausrufer suchten Ärzte, weil dem schönen Mädchen ein Horn gewachsen war. Alle Ärzte, die es gab, brachte man zum Palast.

Der Junge nun zog eine Maske an und ging mit den Trauben zum Schloß. Viele Ärzte schnitten zwar das Horn ab, aber zum Trotz wurde es wieder groß. Die Reihe kam nun an den Jüngling. Er sagte zum Vater des Mädchens: »Keiner soll außer mir in dieses Zimmer eintreten!« Um des Mädchens Heil willen war man damit einverstanden. Der Jüngling trat ins Zimmer und sprach zum Mädchen: »Wenn du mir die Niere gibst, die du verschluckt hast, werde ich dein Horn entfernen.«

Das Mädchen war gezwungenermaßen damit einverstanden. Sie erbrach sich, und die Niere kam heraus. Der Jüngling ergriff nun die Niere und verschluckte sie. Darauf gab er dem Mädchen eine Traube zu essen und die Hörner verschwanden. Der Jüngling verließ den Palast und begab sich nach Hause. Am folgenden Tag ging der Junge mit Feigen zu dem Palast des schönen Mädchens. Als er allen Dienern auf den Treppen Feigen zu essen gegeben hatte, machte er sie zu Eseln. Darauf ging er ins Zimmer zum Mädchen. Auch ihr gab er eine Feige und machte sie zum Esel. Als er den Palast mit dem Esel verlassen hatte, machte er sich auf den Weg in ein anderes Land. Dort angelangt, mußte er etwas kaufen. Mit dem Goldstück, das er wechseln ließ, kaufte er, was er kaufen wollte, und bekam dafür eine Münze zurück. Da sah er auf einmal, daß auf dem Geldstück das Bildnis seines Bruders war. Von dem Ladeninhaber erfuhr er, wie es sich damit verhielt. Daher stieg er auf seinen Esel und ritt geradenwegs zum Palast. Als die Soldaten seines Bruders ihn sahen, hielten sie ihn an. Der Jüngling aber rief: »Faßt den Esel nicht an! Mein Bruder ist der König!«

Darauf entgegneten die Soldaten: »Nein, wir können dich nicht hineinlassen. Wir müssen den König benachrichtigen.«

Da meldeten die Soldaten dem König, daß ein Mann auf einem Esel zum Palast gekommen sei. Der König meinte: »Laßt ihn mal kommen!«

So trat der Jüngling vor den König. Nachdem sie sich eine

Zeitlang unterhalten hatten, stellte es sich heraus, daß sie Brüder waren. Der König sagte zu seinem Bruder: »Laß den Esel in den Stall bringen!«

Daraufhin sagte der Jüngling: »Was sagst du denn da? Das ist ja kein Esel, es ist die Weltenschöne!«

Der König aber war erstaunt und fragte sogleich seinen Bruder: »Willst du spotten?«

Der Bruder aber entgegnete: »Wieso spotten?« und gab dem Esel eine Traube zu essen. Da kam die Weltenschöne zum Vorschein. Der König veranstaltete für sie eine Hochzeit von vierzig Tagen und Nächten. So hatten sie ihr Ziel erreicht.

13. Die drei Zitronenmädchen

Einstmals hatte ein reicher Padischah eine schöne Sitte, an einem Tag im Jahr ließ er aus dem einen Wasserrohr des Brunnens vor seinem Palast Öl, aus dem anderen Honig fließen. Wiederum floß eines Tages aus dem Brunnen Öl und Honig. Eine alte Frau, die zum Brunnen kam, füllte Öl und Honig in ihre Krüge.

Der Sohn des Padischahs sah diese alte Frau vom Fenster aus. Aus Scherz schoß er einen Pfeil ab und zerbrach ihren Krug. Da rief die Frau: »Mein Junge, was habe ich dir getan, daß du meinen Krug zerbrichst? Du bist der Sohn des Padischahs. Du sollst in die drei Zitronenmädchen verliebt sein!«

Nach diesen Worten ging sie fort. Darauf begann der Prinz von Tag zu Tag immer bleicher und blasser zu werden. Als der Padischah den Zustand seines Sohnes bemerkte, fragte er: »Mein Sohn! Was ist denn dein Schmerz?« Da erzählte der Prinz nun, daß er in die drei Zitronenmädchen verliebt sei und sie in jedem Fall suchen werde.

Eines Tages nahm er von Vater und Mutter Abschied und machte sich auf den Weg. Tagelang wanderte er. Unterwegs traf er einen alten Derwisch. Der Derwisch sprach: »Der Friede sei auf dir, mein Sohn! Wohin gehst du?«

Darauf entgegnete der Prinz: »Auf dir sei der Friede, ehrwürdiger Derwisch! Ich bin in die drei Zitronenmädchen verliebt und bin ausgezogen, um sie zu suchen.«

Da erwiderte der Derwisch: »Da das nun so ist, will ich dir ihren Wohnort mitteilen. Du wirst hinter jenen gegenüberliegenden Berg gehen. Vor dir kommt ein dorniger Rosengarten. Du mußt sagen: ›Wie schön ist der Rosengarten!‹ und wirst eine Rose abbrechen und daran riechen. Ein bißchen weiter befindet sich ein trüber Bach. Du mußt sagen: ›Wie klar ist das Wasser!‹ und wirst dich niederbeugen und etwas Wasser trinken. Noch etwas weiter wirst du vor einem Hund Heu und vor einem Pferd Fleisch finden, du wirst beides vertauschen. Darauf siehst du auf einmal, daß vor dir zwei Türen erscheinen, von denen die eine geschlossen und die andere offen ist. Die offene Tür mußt du schließen und die geschlossene Tür mußt du öffnen und eintreten. Dort ist ein großer Garten; es ist das Haus eines Devs. Im Garten stehen Zitronenbäume. An einem dieser Bäume hängen drei Zitronen. Diese mußt du abbrechen und dann entfliehen. Diese Zitronen darfst du nur an einem Ort, wo Wasser ist, aufschneiden, dann wird aus jeder ein Mädchen hervorkommen und rufen: ›Wasser, Wasser!‹ Wenn du es nicht geben kannst, dann wird es sterben.«

Der Prinz küßte die Hand des Derwischs und machte sich auf den Weg. Zuerst kam er zum Rosengarten. Mit den Worten: »Wie schön ist der Rosengarten!« pflückte er aus den Dornen eine Rose und roch daran. Darauf gelangte er zum Bach. Mit den Worten: »Wie klar ist das Wasser!« trank er etwas Wasser. Als er zum Hund gekommen war, legte er das vor ihm liegende Heu vor das Pferd und das vor dem Pferd liegende Fleisch vor den Hund. Danach setzte er seinen Weg fort und sah die beiden Türen. Die offene Tür schloß er, die geschlossene aber öffnete er. Da tat sich vor ihm ein großer Garten auf. Wie ihm der Derwisch gesagt hatte, pflückte er sogleich die drei Zitronen und begann zu fliehen. Als ihn der Dev sah, rief er: »Haltet ihn, ihr Türen, haltet ihn!«

Die eine Tür antwortete: »Seit einigen Jahren habe ich offengestanden, aber niemand hat mich geschlossen. Jener Jüngling hat mich geschlossen, daher halte ich ihn nicht.«

So hielt sie ihn nicht. Die andere Tür sagte: »Und ich stand seit einigen Jahren geschlossen. Hast du nicht gesagt, daß ich einmal offen sein soll? Auch ich halte ihn nicht, denn er hat mich geöffnet.«

Da rief der Dev zu Pferd und Hund: »Haltet ihn!«

Das Pferd gab zur Antwort: »Vor mich hat er das Heu gelegt und mich vor dem Hungertod gerettet. Ich halte ihn nicht.« Der Hund erwiderte: »Vor mich hat er das Fleisch gelegt. Ich halte ihn auch nicht.«

Da rief der Dev zum Bach: »Ertränke ihn!«

Der Bach aber sagte: »Als er von meinem Wasser trank, sprach er: ›Wie klar ist das Wasser!‹ Ihr habt keinen Gefallen an dem trüben Wasser. Ich ertränke ihn nicht.«

Als letztes Mittel sagte der Dev zum dornigen Rosengarten, daß er ihn halten solle. Der Dornengarten aber sprach: »Ohne meine Dornen zu beachten, rief er: ›Wie schön ist der Rosengarten!‹ und pflückte eine Rose und roch an ihr. Ihr wollt aber mit meinen Dornen nichts zu tun haben und riecht nicht an mir. Ich halte ihn nicht.«

Da begann der arme Dev, weil er allein geblieben war, hinter dem Jüngling herzulaufen. Aber der Bach ließ ihn nicht durch und ertränkte ihn. So wurde der Prinz gerettet. Unterwegs schnitt er eine der Zitronen auf. Da trat ein Mädchen hervor und rief: »Wasser, Wasser!«

Aber der Prinz fand kein Wasser. Da starb das Mädchen. Nachdem er etwas weiter gewandert war, konnte er nicht widerstehen und schnitt die andere Zitrone auf in dem Gedanken, daß vielleicht auch darin ein Mädchen sei. Auch daraus kam ein Mädchen zum Vorschein. Weil wieder kein Wasser vorhanden war, starb auch dieses Mädchen.

Der Prinz fühlte sich sehr bedrückt und war über sich böse. Als er dann zu einem Wasserbecken gekommen war, schnitt er die dritte Zitrone auf und warf das Mädchen, das heraustrat, sogleich in das Wasserbecken. Das Mädchen wusch sich viel, und nachdem es sich am Wasser satt getrunken hatte, schüttelte es sich, und zum Vorschein kam ein Mädchen, so schön wie der Mond am Vierzehnten. Der Prinz war wie toll vor Freude und sagte: »Ach, meine Sultanin, ich gehe jetzt zu meinem Palast, um meine Soldaten und Spielleute zu holen. So will ich dich zum Palast führen.«

Daraufhin entgegnete das Mädchen und ermahnte ihn: »Hüte dich aber, von deiner Mutter und deinem Vater auf die Stirn geküßt zu werden, sonst wirst du mich vergessen.«

Der Königssohn war damit einverstanden und begab sich zum Palast. Als seine Eltern ihn sahen, freuten sie sich sehr und küßten ihn sofort auf die Stirn. Und natürlich vergaß der Prinz das Mädchen.

Das Mädchen sah bei dem Wasserbecken eine Pappel. »Beuge dich, Pappelbaum!« sagte es, und darauf beugte sich der Pappelbaum. Da stieg das Mädchen hinauf und ließ sich dort nieder. Seine Sehnsucht war auf das unten liegende Bekken gerichtet.

Gegenüber der Pappel stand ein Haus. In diesem Haus befand sich eine schwarze Dienerin, sie kam zum Brunnen, um Wasser zu holen. Da sah sie im Wasserbecken ein schönes Spiegelbild und begann es voller Staunen zu betrachten. Mit den Worten: »Ich bin so schön, und weshalb schickt mich meine Herrin zum Wasser!« zerbrach sie die Krüge und kehrte nach Hause zurück: »Ich bin sehr schön. Ich habe mein Spiegelbild im Wasser gesehen. Ich gehe nicht mehr Wasser holen!«

Da verspottete die Frau die Dienerin: »Du bist nicht schön! Heb nur mal dort dein Haupt und schau nach oben!«

Wiederum ging die schwarze Dienerin zum Brunnen und erhob ihr Haupt und schaute hinauf: »Oho, kleines Fräulein, wie bist du denn auf den hohen Baum gestiegen? Nimm mich doch auch hinauf!« Weil das schöne Mädchen bekümmert war, dachte es: »Ich will ein bißchen plaudern«, und sprach, um die Dienerin heraufzuholen: »Beuge dich, Pappelbaum!«

Da beugte sich der Pappelbaum und ließ die schwarze Dienerin auf den Baum steigen. Sie begannen über dies und jenes zu plaudern. Das entzückende Mädchen erzählte der schwarzen Dienerin, was sie erlebt hatte. Nach einer Weile fragte die Dienerin: »Da du nun ein Peri-Mädchen bist, was ist denn dein Talisman?« Darauf erwiderte das schöne Mädchen: »Mein Talisman ist die Stecknadel auf meinem Kopf. Wenn man mir diese Nadel vom Kopf nimmt, werde ich ein Vogel und fliege davon.«

Als die schwarze Dienerin das gehört hatte, dachte sie an eine List und bat das schöne Mädchen: »Wie wäre es, liebes Fräulein, wenn ich die schönen Kleider von dir einmal anziehen und mir deine Diamanten mal anstecken würde. Ob ich dann schön sein werde?«

Da das Mädchen an keine Schlechtigkeit dachte, zog es seine Kleider aus und steckte seine Diamanten der schwarzen Dienerin an den Hals. Wieder begannen sie zu plaudern. Das schwarze Mädchen sprach: »Bücke dich, ich möchte deinen Kopf kratzen!« Das Mädchen beugte sein Haupt und die Schwarze begann sie zu kratzen. Da zog sie dem Mädchen die Stecknadel von dem Kopf ab. Das entzückende Mädchen wurde ein Vogel und flog davon.

Das schwarze Mädchen setzte sich großspurig auf den Baum. Nachdem einige Tage vergangen waren, kam dem Prinzen das Mädchen in den Sinn. Sogleich sammelte er seine Soldaten und Spielleute und machte sich auf den Weg. Die schwarze Dienerin hörte auf dem Baum den Schall der Trompeten, freute sich und dachte, daß man gekommen sei, um sie zu holen.

Als der Prinz zu dem Baum gekommen war, war er verblüfft. Mit offenem Mund stand er vor Erstaunen und fragte das Mädchen: »Was ist denn mit dir geschehen?« Das schwarze Mädchen sagte: »Was soll denn mit mir los sein? Die Sonne hat gebrannt und mich schwarz gemacht, der Wind hat geweht und mich gebräunt. Du hast mich vergessen und bist fortgegangen und hast mich nicht mehr gesucht. Durch das viele Weinen sind meine Augen verdorben.«

Der Königssohn schenkte den Worten Glauben. So brachte

er das Mädchen gegen seinen Willen zum Palast. Als seine Eltern das häßliche Mädchen gesehen hatten, riefen sie erzürnt: »Aber lieber Sohn, ist das das Mädchen, in das du verliebt bist . . .?«

Wie dem auch sei, ihre Hochzeit fand statt, und das schwarze Mädchen wurde die Gattin des Prinzen.

Nach der Hochzeit kam jeden Tag eine Taube in den Garten des Palastes und rief dem Gärtner zu: »Gärtner, Gärtner! Wenn der Sohn des Padischahs schläft, soll er schlafen, er soll bei Öl und Honig bleiben. Wenn das schwarze Mädchen schläft, soll es schlafen und aufwachen, es soll in Blut und Eiter bleiben. Die Zweige, auf denen ich gesessen habe, sollen verdorren.«

Mit diesen Worten pflegte sie davonzufliegen. So vertrockneten jeden Tag die Zweige der Bäume. Eines Tages begab sich der Königssohn in den Garten. Als er die verdorrten Zweige sah, schimpfte er mit dem Gärtner und fragte: »Warum pflegst du diese Bäume nicht gut?«

Aus Furcht erzählte der Gärtner dem Prinzen das, was vorgefallen war. Da befahl der Prinz: »Schmiere auf jeden Fall auf die Zweige Pech und fang die Taube!« Der Gärtner schmierte Pech auf die Zweige. Am folgenden Tag kam die Taube und sagte: »Die Zweige, auf denen ich gesessen habe, sollen verdorren!« Als sie aber wegfliegen wollte, blieb sie am Pech kleben. Der Gärtner fing nun die Taube und brachte sie zum Königssohn.

Der Königssohn hatte die Taube sehr gern; er setzte sie in einen Käfig und hängte ihn in seinem Zimmer auf. Jedesmal, wenn der Prinz in das Zimmer kam, zwitscherte die Taube.

Das schwarze Mädchen wurde schwanger und wollte immer besondere Speisen haben. Da jammerte sie: »Ich möchte das Fleisch dieses Vogels essen.« Wie sehr auch der Königssohn bat: »Meine Liebe, tu das doch nicht, ich will dir einen anderen Vogel kaufen«, sie bestand darauf, nur das Fleisch dieses Vogels haben zu wollen.

Schließlich schlachtete der Königssohn die Taube. Das Blut des Vogels tröpfelte auf die Erde, und dort wuchs ein riesiger Weidenbaum. Das schwarze Mädchen aß von dem Fleisch der Taube. Diesmal jammerte es: »Laß aus diesem Weidenbaum eine Wiege für mein Kind machen!«

Man machte nun die Wiege. Stücke des Weidenbaumes blieben auf der Erde liegen. Eine arme Frau, die daherkam, bat den Prinzen: »Gib mir diese Stücke, daß ich sie verbrenne.«

Der Prinz gab der Frau die Holzstücke, und die Frau brachte sie nach Hause. Dort ließ sie sie liegen und ging hinaus auf die Straße. Aus diesen Holzstücken erschien ein Mädchen, das das Zimmer fegte; es säuberte alles gut und machte das Haus zu einem Juwel. Obendrein kochte es das Essen.

Als die Frau nach Hause zurückkehrte, war sie erstaunt, sie kannte ihr Haus nicht mehr wieder und ging hinaus und kam wieder herein. Nachdem sie »Im Namen Gottes« gesprochen hatte, suchte sie alles ab und rief ins Zimmer: »Bist du ein Mensch oder ein Dschinn?«

Da kam das Mädchen zum Vorschein, küßte der Frau die Hand und erzählte ihr der Reihe nach alles, was sie erlebt hatte, und bat sie: »Ich möchte deine Tochter werden.« Die Frau war damit einverstanden. Sie aßen freudig und fröhlich die Speisen, die das Mädchen gekocht hatte.

Eines Tages wurde der Königssohn krank und verlangte von seinen Untertanen Suppe. Jeder kochte Suppe und brachte sie zum Palast. Der Königssohn aß davon nur einen Löffel und ließ sie stehen.

Als das Mädchen das gehört hatte, sagte sie zu der alten Frau: »Liebes Mütterchen, auch wir wollen Suppe kochen, die du zum Palast bringst.« Die alte Frau erwiderte: »Ja, mein liebes Kind, koche Suppe und ich bringe sie zum Palast. Der Prinz soll auch mal von unserer Suppe kosten.« Das Mädchen kochte also Suppe und warf in die Suppenschüssel den Ring, den ihr der Prinz gegeben hatte. Ihre Mutter schickte sie damit zum Palast.

Die Torwächter des Palastes wollten sie als arme Frau nicht hineinlassen. Als der Königssohn das erfahren hatte, befahl er: »Laßt sie herein!«

So stieg die Frau hinauf und übergab die Suppe dem Prinzen. Der Prinz aß einen Löffel von der Suppe, beim zweiten Löffel kam der Ring zum Vorschein. Als er den Ring gesehen hatte, verstand er sofort, was geschehen war, und fragte die Frau: »Mutter, hast du eine Tochter?« Daraufhin fragte die Frau: »Ja, mein Prinz, was befehlen Sie?« Der Königssohn sprach: »Bring sie morgen abend unter das Fenster. Ich werde einen Korb mit Gold herunterhängen lassen. Du nimmst das Gold und das Mädchen tust du in den Korb. Ich werde ihn heraufziehen und auf diese Weise hast du deine Tochter an mich verkauft.«

Die Frau stimmte dem zu und ging fort. Am folgenden Tag brachte sie ihre Tochter vor den Palast. Sie nahm die Goldstücke aus dem Korb und setzte das Mädchen hinein. Der Prinz zog den Korb herauf und nahm das Mädchen in Empfang. Sie umarmten sich in heftiger Liebe. Er schloß die Ehe mit dem Mädchen und verheiratete sich. Am Morgen ließ er das schwarze Mädchen und ihr Kind an den Schwanz von vierzig Pferden binden, die er in die Berge trieb, und ließ sie dort in Stücke reißen. Mit dem entzückenden Mädchen lebte er glücklich bis an das Ende seines Lebens.

14. Die drei Brüder

Einstmals lebten drei Brüder. Alle drei waren in die Tochter eines Padischahs verliebt, aber keiner erzählte den anderen, daß er in des Padischahs Tochter verliebt sei.

Als sie eines Tages alle zusammensaßen, sprachen sie darüber, daß nun die Zeit für ihre Hochzeit gekommen sei und sie daher Geld verdienen müßten. Deshalb beschlossen sie an einem Tage, daß ein jeder in eine andere Richtung gehen sollte, um Geld zu verdienen, und daß sie sich nach zwei Jahren an einer bestimmten Stelle wieder treffen sollten. So trennten sie sich.

Nachdem zwei Jahre vergangen waren, machte sich der

eine von ihnen auf den Weg, um nach dem Ort zu gehen, wo sie sich treffen wollten. In zwei Jahren hatte er hundert Lira verdient. Auf seinem Weg kam er an einem Markt vorbei. Auf dem Markt rief ein Mann: »Ein Spiegel für hundert Lira!«

Der Jüngling ging neugierig zum Spiegelverkäufer und fragte: »Verkäufer, warum ist der Spiegel so teuer?« Daraufhin erwiderte der Spiegelverkäufer: »Wenn du in diesen Spiegel schaust, siehst du sofort jede Person, die du wünschst, deshalb ist er so teuer!«

Auf einmal kam dem Jüngling das Mädchen, das er liebte, in den Sinn, gab die hundert Lira aus seiner Tasche, kaufte den Spiegel und setzte seinen Weg fort.

Der andere dieser Brüder hatte innerhalb von zwei Jahren hundertzwanzig Lira verdient und sich auf den Weg gemacht zu dem Ort, wo sie sich treffen wollten. Unterwegs kam er an einem Markt vorbei. Hier rief ein Verkäufer mit lauter Stimme: »Für hundertzwanzig Lira verkaufe ich einen Teppich!«

Der Jüngling trat zu dem Teppichhändler heran und fragte: »Onkel, warum ist denn dieser Teppich so teuer?« Darauf entgegnete der Mann: »Wenn du dich auf diesen Teppich setzt, fliegst du wie ein Vogel zu dem Ort, wohin du willst, deshalb kostet er hundertzwanzig Lira.«

Der dritte Bruder hatte auch hundert Lira verdient und mit diesen hundert Lira kaufte er eine Zitrone. Zuerst fiel es dem Jüngling schwer, die hundert Lira dafür zu bezahlen, aber auf die Worte des Kaufmanns: »Wenn du diese Zitrone jemand zu riechen gibst, wird er sofort lebendig«, gab er das Geld, kaufte die Zitrone und machte sich auf den Weg.

Sie trafen sich an dem Ort, den sie früher ausgemacht hatten. Einer der Brüder sprach: »Nun, Brüder, wollen wir sagen, wieviel Geld wir erworben haben.«

Der erste Bruder sprach: »Ich habe hundert Lira verdient. Unterwegs habe ich für diese hundert Lira einen Spiegel gekauft. In diesem Spiegel kann ich jeden, den ich will, ohne weiteres sehen.«

Der zweite Bruder sprach: »Ich habe hundertzwanzig Lira verdient. Mit diesem Geld habe ich auf dem Basar diesen Teppich gekauft. Wenn ich mich auf diesen Teppich setze, fliege ich wie ein Vogel zu jedem, zu dem ich will.«

Der dritte Bruder sprach: »Auch ich habe hundert Lira verdient. Mit diesem Geld habe ich eine Zitrone gekauft. Wenn ich diese Zitrone aufschneide und einem Toten zu riechen gebe, wird er wieder lebendig.«

Darauf wandten sich die beiden letzten Brüder an den ersten mit den Worten: »Wohlan, laßt uns in diesen Spiegel schauen, wen wir sehen werden.«

Alle schauten auf einmal in den Spiegel. Die drei sahen nun, wie die Tochter des Padischahs, in die sie verliebt waren, auf dem Leichenbett gewaschen wurde. Bei diesem Anblick waren alle aufgeregt und sagten zum Besitzer des Teppichs: »Auf, wir wollen uns auf deinen Teppich setzen und zum Haus des Mädchens fliegen, um zu sehen, ob das Mädchen wirklich tot ist.«

Die drei Brüder setzten sich auf den Teppich und in einem Augenblick gelangten sie zum Palast. Da sahen sie, daß das Mädchen wirklich auf dem Leichenbett lag. Die beiden älteren Brüder wandten sich an den Besitzer der Zitrone: »Schneide die Zitrone auf und laß das Mädchen riechen! Wir wollen sehen, ob es lebendig wird.«

Der Jüngling schnitt die Zitrone auf und ließ das Mädchen riechen. Sofort wurde das Mädchen lebendig. Als die Brüder sahen, daß das Mädchen lebendig war, begannen sie untereinander zu streiten. Der eine meinte: »Wenn ich den Spiegel nicht gehabt hätte, hätten wir nicht gesehen, daß das Mädchen gestorben war.« Der andere rief: »Und wenn ich den Teppich nicht gehabt hätte, würden wir das Mädchen nicht erreicht haben, bevor es ins Grab gebracht war.« Der dritte aber sagte: »Wenn ich die Zitrone nicht gehabt hätte, hätten wir das Mädchen nicht lebendig machen können.«

Da sie das Mädchen nicht teilen konnten, wandten sie sich an den Richter. Der Besitzer des Spiegels führte an: »Zuerst haben wir das Mädchen in meinem Spiegel gesehen, deshalb verlange ich das Mädchen.«

Der Besitzer des Teppichs meinte: »Mit meinem Teppich sind wir zum Haus des Mädchens geflogen. Auf jeden Fall muß ich das Mädchen bekommen.«

Der jüngste Bruder sagte: »Hätte ich nicht die Zitrone gehabt, so würden wir das Mädchen nicht zum Leben erweckt haben.«

Darauf sprach der Richter zu dem ersten Bruder: »Mein Sohn, für wieviel hast du den Spiegel gekauft?«

Der Jüngling erwiderte, daß er hundert Lira dafür gegeben habe. Da streckte der Richter ihm hundert Lira hin mit den Worten: »Nimm die hundert Lira, da hast du keinen Schaden.«

Darauf wandte sich der Richter an den zweiten Bruder und fragte: »Für wieviel Geld hast du den Teppich gekauft?«

Dieser sagte, daß er hundertzwanzig Lira dafür bezahlt habe. Auch ihm gab er hundertzwanzig Lira mit den Worten: »Auch du nimm dein Geld!«

Über den dritten Bruder aber entschied er: »Mein Sohn, du hast Anspruch auf das Mädchen, denn deine Zitrone wurde aufgeschnitten. Einem anderen steht es nicht zu!«

So erhielt dieser Bruder das Mädchen.

15. Die vierzig Räuber

In früherer Zeit lebten zwei Brüder mit Namen Kasim und Ali Baba. Von ihnen war Kasim reich, Ali Baba aber arm. Um seine Familie zu ernähren, ging Ali Baba jeden Tag in den Wald, brachte das Holz, das er geschlagen hatte, zur Stadt und verkaufte es dort. Während er eines Tages wieder im Wald mit dem Holzfällen beschäftigt war, sah er, daß aus der Ferne viele Reiter im Galopp geritten kamen. Aus Furcht kletterte er auf einen Baum, verbarg sich zwischen den Zweigen und beobachtete sie genau. Nun waren das die vierzig

Räuber. Sie stiegen mit vierzig Kisten von ihren Pferden ab. Ihr Anführer sprach vor einer mit Gestrüpp bedeckten Tür mit einer Stimme, die Ali Baba hören konnte: »Sesam, öffne dich!« Sofort öffnete sich eine Tür. Dieser Mann ließ die übrigen, einen nach dem anderen, hinein. Dann ging er selbst hinein und schloß die Tür.

Weil die Räuber ziemlich lange Zeit nicht aus der Höhle herauskamen, stieg Ali Baba nicht vom Baum. Aber es begann ihn Übelkeit zu befallen. Gerade in diesem Augenblick öffnete sich die Höhle und die Räuber traten heraus. Ihr Anführer sagte wieder: »Sesam, schließe dich!« Da schloß sich die Tür.

Nachdem die vierzig Räuber auf die Pferde gestiegen waren, entfernten sie sich aus dem Wald. Nun stieg Ali Baba vom Baum, ging zu dieser seltsamen Tür und sagte: »Sesam, öffne dich!« Da öffnete sich die Tür. Als Ali Baba gesehen hatte, daß das Innere der Höhle mit Schätzen angefüllt war, war er verwirrt. In goldenen und kristallenen Schüsseln befanden sich Diamanten, Perlen und Rubine. Es waren so viele, daß man sie nicht zählen konnte. Ali Baba füllte so viel Gold in die Tragetaschen, wie sein Esel tragen konnte. Als er hinausging, vergaß er nicht zu sagen: »Sesam, schließe dich!«

Sobald er nach Hause gekommen war, erzählte er seiner Frau sein Erlebnis und schärfte ihr ein, keinem Menschen etwas davon zu sagen. So wurden sie reich. Sie konnten gar nicht soviel Gold verkaufen, wie sie besaßen. Schließlich beschlossen sie, es zu wiegen. Ali Baba ging zum Hause seines Bruders Kasim, um eine Waage zu leihen. Kasims Frau war neugierig, was Ali Baba mit der Waage vorhatte. Daher strich sie in eine Waagschale Honig.

Als Ali Baba seine Arbeit vollendet hatte, brachte er die Waage zurück. Aber er hatte nicht das Gold bemerkt, das an der einen Waagschale am Honig klebengeblieben war. Mit Ungeduld erwartete die Frau des Kasim die Rückkehr ihres Mannes. Als er gekommen war, rief sie: »Wenn du meinst, wir wären reich, so ist dein Bruder noch viel reicher. Sein Gold zählt er nicht, sondern wiegt es sogar.«

Kasim war auf ihn neidisch. In der Nacht kam kein Schlaf über ihn. Am anderen Morgen ging er zum Haus des Ali Baba. Seine Frau merkte, daß Kasim von der Sache Wind bekommen hatte, und sprach zu ihm: »Sprich zu keinem darüber. Wir wollen das Gold unter uns teilen.« Kasim war aber damit nicht einverstanden, er bedrängte Ali Baba und ließ sich erzählen, wie er das Gold gefunden habe. Er gedachte noch reicher zu werden und beschloß, den besten Teil des Schatzes zu nehmen. Mit den Mauleseln ging er zum Wald. Als er vor die Höhle kam, rief er: »Sesam, öffne dich!« Da öffnete sich die Tür. Als Kasim darauf hineingegangen war, schloß sie sich hinter ihm.

Um das viele Gold und die Edelsteine auf die Maultiere zu verladen, ging Kasim zur Tür, aber dort hatte er vergessen, was er sagen mußte. Soviel Getreidenamen es auch gab, alle zählte er auf und sagte in einem fort: »Gerste, öffne dich! Hirse, öffne dich! Weizen, öffne dich!« Aber die Tür öffnete sich nicht. Aus Furcht fing Kasim zu weinen an.

Nach einigen Stunden kehrten die Räuber in ihre Höhle zurück. Als sie vor der Tür die Maultiere Kasims sahen, war ihnen klar, daß ihr Geheimnis an den Tag gekommen war. Mit gezückten Schwertern gingen sie zur Tür. Der Räuberhauptmann rief: »Sesam, öffne dich!«

Als sich die Tür geöffnet hatte, stürzte Kasim, um sich zu retten, hinaus. Aber er konnte der Hand der Räuber nicht entweichen. Inmitten seiner Schätze töteten sie ihn.

16. Die belebte Puppe

In früherer Zeit, als man das Stroh noch siebte, lebte ein sehr reicher Mann, der keine Kinder hatte. Aus Sehnsucht nach einem Kind wurde er verrückt; daher wollte er sich von seiner Frau scheiden lassen. Aber er überlegte hin und her und kam zu der Überzeugung, daß es nicht richtig sein würde, das Heim von fünfzehn Jahren zu zerstören. So ging er zu einer Hebamme, um sich Rat zu holen, und versprach ihr eine schöne Summe Geldes, wenn sie ihn zum Vater eines Kindes machen würde.

Die Hebamme zeichnete auf Nesselstoff ein Kindergesicht, fügte daran einen Körper an und füllte das Innere mit Baumwolle. Dieses Kind, das in der Tat ganz lebenswirklich war, legte sie in Windeln und ging nach Hause. Man bereitete für die Frau das Wochenbett. Am Abend, da der Herr heimkommen würde, legte sich die Frau ins Bett. Nachdem der Herr seine Frau im Bett erblickt hatte, war er aufgeregt und fragte, was mit ihr geschehen sei. Die Hebamme sagte: »Ich bringe eine gute Nachricht, du hast ein Kind bekommen!«

Darüber war der Mann sehr erstaunt, eilte zu dem Bett und wollte das Kind sehen, aber die Hebamme sagte: »Als dein Kind geboren wurde, kam vom lieben Gott ein Ruf. Weil du kein Kind bekommen hattest, wolltest du dich von deiner Frau scheiden. Als Strafe sollst du das Puppenkind nur einen Augenblick sehen, während es in den Wagen steigt, wenn es verheiratet wird.«

Der arme Mann meinte auf diese Worte hin: »Das ist nicht schlimm! Die Hauptsache, daß es ein Kind ist, auch wenn ich es nicht sehen kann.«

Der Baumwollkörper des Puppenkindes wurde jede Woche ein bißchen verlängert, und so wuchs die Puppe heran. Während dieser Zeit aß die Frau nicht zusammen mit ihrem Mann am Tisch; denn sie konnte ihr Zimmer nicht verlassen, weil das Kind weinen und schreien würde.

Eines Tages wurde an der Tür geklopft, und man brachte ein großes Paket und eine große Schachtel. Als man das Paket öffnete, kamen verschiedene Spielsachen und Eßwaren zum Vorschein. Nun hatte der Vater des Kindes alles geschickt. Der Mann brachte jeden Abend seinem Kind etwas. Inzwischen vergingen die Jahre. Die Puppe wurde achtzehn Jahre alt. Ihre Schönheit verbreitete sich über die ganze Welt und gelangte zu Ohren des Sohnes von Methi Pascha. Der Königssohn begann seiner Mutter zu klagen: »Unbedingt solltest du die Puppe für mich zur Frau nehmen.«

Daraufhin ging seine Mutter, um bei der Puppe Brautschau zu halten. Beinahe aber hätte die Frau einen Herzschlag bekommen. Doch der Padischah mußte sich einverstanden erklären, weil es seine Frau war. Man kam überein, daß man eine Woche später die Braut um Mitternacht herbringen würde. Um von Hause zum Palast des Padischahs zu gelangen, mußte man über eine Brücke gehen, unter welcher Feen lebten. Aus einer Gesellschaft, die nachts über diese Brücke zog, wurde bestimmt eine Person herausgenommen. Daher wagte es niemand, nachts zu dem Palast zu gehen. Am Abend zog man der Puppe die Kleider an, schmückte sie und hieß sie, in den Wagen einzusteigen. An der einen Seite saß die Hebamme, an der anderen die Mutter. Klingend und klirrend schlugen sie den Weg zum Palast ein. Voller Furcht erwarteten die beiden Frauen, was auf der Brücke geschehen würde. Als sie auf die Brücke gelangten, geschah etwas, was alle beide verblüffte. Die Puppe begann nach den beiden Seiten zu schauen, und während sie über die Brücke fuhren, sagte eine Stimme: »Puppenfrau, sprich mit jedermann, aber nur nicht mit dem Königssohn!«

Auf diese Weise gelangten sie zum Palast. Eine große Schar von Menschen kam ihnen entgegen. Jeder lief hin, um die Braut zu sehen. Die Mutter aber trat zufrieden neben ihrer Tochter, an der alle Gefallen fanden, in den Palast ein. Man vergnügte sich bis zum Morgen, und gegen Morgen zogen sich die Gäste auf ihre Zimmer zurück. Man maß es der Schamhaftigkeit der Puppe bei, daß sie in der ganzen Nacht mit dem Königssohn nicht gesprochen hatte, aber an den darauffolgenden Tagen begann das Schweigen der Puppenfrau den Königssohn zu bedrücken. Um seine schöne Gattin dazu zu bringen, mit ihm zu reden, beschloß er, sich mit einem anderen Mädchen zu verheiraten.

Alles wurde vorbereitet. Schließlich kam die neue Braut ins Haus. Während sie eines Tages bei Tisch saßen, sagte der Königssohn, daß er für die Puppenfrau Fische backen würde. Als er nun am folgenden Tag im Zimmer der Puppenfrau saß, rief er: »Kohlenbecken, Feuerzange, Kohle, Fett und Fische!«

Sofort wurde die Tür geöffnet; man trug die Kohlenbecken herein und brachte dann auch die anderen Sachen. Als alles vollzählig war, krempelte die Puppenfrau ihre Ärmel hoch, steckte ihre fünf Finger in das siedende Fett und rief: »Fünf Fische, gebratene Fische!« und legte fünf Fische auf den Teller.

Als die andere Frau das sah, wollte sie es nachmachen. Da aber weder Kohlenbecken noch Feuerzange kamen, rief sie: »Die Puppenfrau war faul, sie ließ alles vor sich bringen, ich aber gehe es holen.«

Nach diesen Worten trug sie alles ins Zimmer. Nachdem sie das Fett erhitzt hatte, steckte sie ihre fünf Finger hinein. Da erfüllte das Haus ein heftiges Wehgeschrei. Darauf brachte der Königssohn, da er einsah, daß ihm die Puppenfrau keine Ruhe geben würde, seine verwundete Frau in das Haus ihres Vaters. Als er nach dem Palast zurückkehrte, da sah er, wie sich zwei Leute an einem Brunnen darum stritten, wer seinen Eimer vor dem anderen füllen durfte, und er hörte, daß der eine sagte: »Beim Haupte der Feen unter der Brücke! Ich möchte den Eimer zuerst füllen.«

Da sah er, daß der andere auf diese Worte hin nachgab. Sofort galoppierte er zum Palast und rief zu seiner Frau, die in ihrem Zimmer mit ihrer Arbeit beschäftigt war:

»Puppenfrau! Beim Haupte der Feen unter der Brücke, sprich mit mir!«

Da sagte die Puppenfrau: »Mein Königssohn, was sollen wir sprechen?«

Als der Königssohn sah, daß seine Frau redete, ließ er die Vorbereitungen treffen, vierzig Tage und vierzig Nächte vergnügten sich beide, und sie erreichten ihren Wunsch. Wir steigen auf die Pritsche.

17. Die goldene Ziege

In früherer Zeit hatte ein Padischah eine einzige Tochter. Sie hatte ein weißes Gesicht, gelbe Lockenhaare, blaue Augen, rosige Wangen. Jeder Jüngling, der sie sah, begehrte sie. Daher waren der Freier für dieses Mädchen viele. Doch der Prinzenerzieher hielt alle Freier für unpassend und war nicht dafür, daß die Sultanstochter verheiratet würde. Daher erdachte er einen listigen Plan; er eilte zum Padischah und sprach:

»Wohltätiger Herr! Da die Prinzessin so viele Freier hat, wißt Ihr nicht, wen ihr vorzuziehen geruht. Mir, Eurem Diener, ist heute morgen etwas in den Sinn gekommen. Wir wollen für die Prinzessin einen unterirdischen Palast errichten lassen. Das obere Ende der Treppe, die zum Garten führt, wollen wir mit einem eisernen Deckel verschließen lassen, und über diesem Deckel wollen wir ein Bassin anlegen lassen. Die Freier, die dann kommen, sollen drei Tage lang überall suchen. Wenn sie die Prinzessin nicht finden, werden wir ihnen am dritten Tag gegen Abend den Kopf abschlagen.«

Dem Padischah gefiel dieser Gedanke sehr. Der Prinzenerzieher wartete in Freude auf den Befehl vom Padischah, daß der Palast erbaut werden solle. Der Padischah geriet in Zorn und rief: »Was steht Ihr noch herum? Ich habe den Befehl erteilt. Von heute an soll mit dem Bau begonnen werden.«

Der Prinzenerzieher eilte hinaus, rief die Architekten und Zimmerleute, und der Bau des unterirdischen Palastes wurde begonnen. Als die Arbeiter Tag und Nacht gearbeitet hatten, war der Bau in vierzig Tagen vollendet.

Nachdem alles fertig war, zog die Prinzessin in diesen Palast. Die Sultanin soll nun hier weilen, wir aber kommen zum Palast ihres Vaters. Jeden Tag kamen viele Jünglinge und suchten drei Tage lang die Prinzessin im Palast, konnten sie aber nicht finden. Am dritten Tag wurde ihnen der Kopf abgeschlagen. Der Prinzenerzieher ließ aus den abgeschlagenen Köpfen bei dem Palast einen Turm errichten.

In einem anderen Land hatte ein Padischah drei Söhne. Eines Tages trat der älteste vor seinen Vater und sprach: »Mein lieber Vater! Ich will die Tochter jenes Padischahs suchen und mich mit ihr verheiraten.«

Wie sehr auch sein Vater bat: »Mein Sohn, du kannst sie nicht finden. Es ist schade um deine Jugend!«, so konnte er sich nicht durchsetzen.

Nachdem der Jüngling die notwendigen Vorbereitungen beendet hatte, nahm er von Vater und Geschwistern Abschied und machte sich auf den Weg. Er ging und ging, er zog über Berg und Tal und gelangte schließlich zum Palast. Als er vor den Padischah trat, sprach er: »Ich bin der Sohn eines Padischahs und möchte mich mit Eurer Tochter verheiraten.«

Daraufhin entgegnete der Padischah: »Mein Sohn, schau, du bist jung und schön. Du kannst dich mit viel schöneren Mädchen als meiner Tochter verheiraten. Außerdem ist meine Tochter versteckt. Drei Tage kannst du suchen. Wenn du sie nicht findest, wird dir der Kopf abgeschlagen.«

Aber der Jüngling antwortete: »Ich bin mit allem einverstanden und bin jetzt hier. Ich kehre nicht zurück, sondern will sie suchen und finden.« An jenem Tage ruhte er sich aus, am folgenden Tag begann er zu suchen und suchte drei Tage, ohne sie zu finden. Am dritten Tag, nach dem Nachmittagsgebet, schlug man ihm den Kopf ab und legte ihn auf den Turm.

Einige Zeit darauf trat der mittlere Sohn vor seinen Vater und sprach: »Mein lieber Vater! Ich will die Tochter jenes Padischah suchen und mich mit ihr verheiraten.«

Sein Vater antwortete: »Mein Sohn! Schau, dein ältester Bruder ist hingegangen und nicht zurückgekommen. Man hat ihm gewiß den Kopf abgeschlagen. Bitte, geh nicht!«

Aber der Sohn hörte nicht auf die Worte seines Vaters. Auch er nahm Abschied und machte sich auf den Weg. Nachdem er ziemlich viel gewandert war, kam er zum Palast und trat vor den Padischah: »Ich bin der Sohn eines Padischahs und möchte mich mit Eurer Tochter verheiraten.«

Auch ihm entgegnete der Padischah: »Mein Lieber! Neulich ist dein ältester Bruder gekommen und konnte sie nicht finden. Wir haben ihm den Kopf abgeschlagen. Auch du wirst sie nicht finden.«

Der Jüngling hörte nicht auf diese Worte und sagte: »Ich bin hierhergekommen, um Eure Tochter zu finden. Bevor ich sie nicht gefunden habe, kann ich nicht zurückkehren.« Schließlich konnte auch er das Mädchen nicht finden. Auch ihm schlug man den Kopf ab und legte ihn zu dem seines ältesten Bruders.

Nachdem der Padischah seine beiden Söhne verloren hatte, bekam er vor Gram weiße Haare, und die Augen der Mutter wurden vor lauter Weinen blind. Da kam eines Morgens der jüngste Sohn zu seinem Vater und sprach: »Mein lieber Vater! Ich will die Tochter des Padischahs, die meine älteren Brüder nicht finden konnten, suchen gehen und mich mit ihr verheiraten.«

Wie sehr auch der betrübte Vater seinen jüngsten Sohn davon abzuhalten suchte, so konnte er den Sohn von seinem Entschluß nicht abbringen. Auch er nahm Abschied und machte sich auf den Weg. Als er zur Stadt gekommen war, ging er geradenwegs zum Laden eines Goldschmiedes. Er gab dem Goldschmied zwei Säcke mit Gold und sagte: »Mache mir von diesem Gold eine goldene Ziege! Aber das Innere soll so groß sein, daß ich hineinkriechen kann. Der Rest des Goldes ist für dich.«

Der Goldschmied war damit einverstanden und machte sich sogleich an die Arbeit. Am anderen Morgen war die Ziege fertig. Als der Jüngling gekommen war und die ganze Ziege untersucht hatte, sprach er: »Bringe sie jetzt zum Palast des Padischah! Du sollst sie der Prinzessin überreichen!«

Er selbst kroch in das Innere der Ziege. Der Goldschmied lud die Ziege einem Lastträger auf und brachte sie zum Palast. Als er eingetreten war, sagte er, daß er für die Prinzessin ein Geschenk bringe. Der Padischah befahl, die Ziege zu der Prinzessin zu bringen. Die Diener kamen sofort angelaufen und brachten die Ziege in den unterirdischen Palast. Die Ziege gefiel der Prinzessin sehr, und sie stellte sie in einer Ecke ihres Zimmers auf. Der jüngste Sohn des Padischah schaute durch die kleinen Augen der Ziege und war über die Schönheit der Prinzessin erstaunt. Am folgenden Tag bekam der Jüngling großen Hunger, aber in kurzer Zeit fand er einen Weg, seinen Hunger zu stillen. Am Abend brachte man in das Zimmer der Prinzessin ein Tablett mit Essen. Mitten in der Nacht kam der Jüngling vorsichtig heraus, aß alle Speisen auf und kroch wieder in das Innere der Ziege.

Die Prinzessin glaubte einige Tage, daß die Diener das gemacht hätten. Eines Nachts aber beschloß sie, selbst heimlich zu beobachten. Um Mitternacht trat der Jüngling heraus, und als er gegessen hatte und wieder in die Ziege hineinkriechen wollte, zündete die Prinzessin den Kerzenleuchter an. Alle beide schauten einander bewegungslos an. Die Prinzessin war über die Schönheit des Jünglings, der Jüngling über die Prinzessin erstaunt. Einen Augenblick trafen sich ihre Augen. Dann fragte die Prinzessin: »Wer bist du?«

Darauf entgegnete der Jüngling: »Ich bin der Sohn eines Padischahs. Weil meine beiden älteren Brüder dich nicht finden konnten, wurde ihnen der Kopf abgeschlagen. Ich habe es nun mit diesem Mittel versucht.«

Die Prinzessin hatte den Jüngling sehr gern. Tagsüber verkroch er sich im Innern der Ziege, des Nachts trat er heraus. Sie waren sich darüber klar, daß sie das nicht lange Zeit fortsetzen konnten. Eines Abends sagte die Prinzessin: »Mit uns kann die Sache so nicht weitergehen. Komm, wir wollen einen Ausweg suchen.«

Sie berieten und überlegten lange hin und her, und schließlich kam dem Jüngling ein Einfall: »Wir wollen jetzt der Ziege ein Bein brechen. Du sagst: Der Ziege ist ein Bein gebrochen, es muß unbedingt gerichtet werden. Um weiteres kümmere dich nicht, ich werde es machen.«

Die Prinzessin stimmte dem zu. Am folgenden Tag gab sie ihrem Erzieher Nachricht, daß ein Bein der Ziege gebrochen sei. Der Padischah befahl, es wieder herrichten zu lassen. Man rief den Goldschmied und sagte ihm, daß er das Bein der Ziege herrichten solle.

Der Goldschmied brachte die Ziege wieder zu seinem Laden. Als der Jüngling sogleich herausgetreten war, sprach er: »Bring die Ziege nun leer zurück!« Geradenwegs ging er zum Palast. Als er vor den Padischah getreten war, sagte er: »Ich bin der Sohn eines Padischahs und will mich mit Eurer Tochter verheiraten.«

Wie sehr der Padischah sich auch bemühte, die Sache zu verhindern, er hatte keinen Erfolg. Der Jüngling begann am folgenden Morgen das Mädchen zu suchen. Zum Schein suchte er überall zwei Tage lang. Am dritten Tag trat er wieder vor den Padischah: »Herr, würdet Ihr mir die Erlaubnis erteilen, auch den Garten zu durchsuchen?«

Wenn auch der Prinzenerzieher heimlich mit den Augen ein Zeichen machte, erwiderte der Padischah: »Natürlich kannst du dort suchen.«

Voller Freude ging der Jüngling voran zum Garten, der Prinzenerzieher unruhig und aufgeregt hinterdrein. Nachdem der Jüngling sich einen Augenblick überall umgesehen hatte, schritt er zu dem Bassin hin. Er betrachtete das Bassin von allen Seiten und schaute hinein. Danach fragte er: »Wollt Ihr das Wasser davon ablassen?«

Der Prinzenerzieher konnte sich nicht mehr fassen und begann, sich die Haare zu raufen. Der Padischah, der vom Fenster aus zusah, merkte, daß die Kraft des Prinzenerziehers erschöpft war, und schickte sogleich einen der Diener. Der Diener ließ das Wasser des Bassins ab, und nun kam die Tür des geheimnisvollen Palastes zum Vorschein. Der Jüngling rief: »Bitte, öffnet diese Tür!«

Der Diener zögerte, weil der Schlüssel des Deckels beim Prinzenerzieher war. Der Erzieher, dem der Schweiß ausbrach, sagte: »Gestattet fünf Minuten«, lief in den Palast, kam bedrückt mit dem Schlüssel in der Hand wieder und öffnete den Deckel.

»Gleich lasse ich Euch rufen«, sagte er und stieg hinab. Er ließ der Prinzessin das Kleid einer Dienerin anziehen, versammelte die Dienerinnen des ganzen Palastes, versteckte die Prinzessin unter ihnen und rief darauf den Jüngling. Als der hinabgestiegen war, war er erstaunt. Eine Reihe dicker, kleiner, häßlicher, schöner, fetter, schwacher Personen hatte sich vor ihm aufgestellt. Der Prinzenerzieher sagte: »Mach unter diesen die Prinzessin ausfindig!«

Man hatte das Gold in den Schmutz geworfen, aber es hat seinen Glanz nicht verloren. Wenn die Prinzessin auch alte Kleider anzieht, so sagt doch ihr rosiges Gesicht: »Ich bin die Sultanin.« Unter allen Dienerinnen erscheint sie würdevoll. Weil der Jüngling überdies die Prinzessin schon von früher kannte, schritt er geradenwegs auf sie zu, faßte sie am Arm, holte sie heraus und ging mit ihr zusammen zum Padischah. Der beglückwünschte den Jüngling und befahl, daß man dem Prinzenerzieher, dessentwegen so lange Zeit das Blut so vieler Jünglinge vergossen worden war, den Kopf abschlagen solle. Dieser Befehl wurde sofort ausgeführt. Da zum Abschluß des Turmes noch ein Kopf fehlte, legte man den Kopf des Prinzenerziehers dorthin. Der Jüngling ließ aus seinem Land Vater und Mutter holen. Vierzig Tage und vierzig Nächte wurde Hochzeit gefeiert, und sie lebten glücklich bis an ihr Ende.

Beide hatten ihren Wunsch erreicht, wir wollen auf die Matratze steigen.

18. Der Held aus Teig

In früherer Zeit lebte ein altes Ehepaar, das keine Kinder hatte. Allezeit beteten beide zu Gott, damit sie ein Kind bekämen. Aber ihre Gebete wurden nicht angenommen; ein Kind kam nicht zur Welt.

Eines Tages taten sie sich zusammen und überlegten, was für ein Ding wohl die Stelle eines Kindes einnehmen und ihren Wunsch nach einem Kinde erfüllen könnte. Schließlich kam der Frau ein Gedanke. Sie sprach zu ihrem Mann: »Mann! Geh jetzt zum Markt und kaufe einen Sack Mehl! Ich will aus Teig ein Kind formen, es in den Backofen stellen und backen. Dann wollen wir daran unsere Freude haben.«

Da der alte Mann diesen Gedanken für richtig hielt, ging er zum Markt und brachte einen Sack Mehl. Seine Frau bereitete aus dem Mehl einen Teig, und nachdem sie ihn in die Form eines Kindes gebracht hatte, legte sie ihn in den Backofen. Als der Teig gebacken war, trat das Kind heraus mit den Worten: »Ich liebe dich.«

Nachdem unterdessen einige Zeit vergangen war, trat die Frau ein und fand die Tür des Backofens geöffnet. Sie dachte: »Wer hat sie geöffnet?« und war erstaunt. Sie blickte in den Backofen, fand aber nichts. Da rief sie: »Wer hat den Teig dort fortgenommen?« Das Teigkind antwortete aus einer Ecke des Hauses: »Mutter, ich bin hier! Keiner hat den Teig fortgenommen.«

Als die alte Frau die Stimme hörte, war sie zuerst erschrocken und sagte: »Wer bist du denn?« Darauf antwortete das Teigkind: »Ich bin dein Kind.« Die Frau freute sich, nahm es auf den Schoß und koste es. Als am Abend ihr Mann nach Hause kam, teilte sie ihm die frohe Nachricht mit.

Während die Kinder anderer Leute mit Monaten und Jahren größer wurden, wuchs das Teigkind dieses alten Ehepaares jede Stunde und jeden Tag. In zwölf Tagen wurde es zwölf Jahre alt. Eines Tages sagte das Teigkind zu seinem Vater: »Vater, ich möchte fischen gehen. Kauf mir auf dem Markt eine Angel!« Sein Vater entgegnete: »Schön, mein Sohn, ich will dir eine kaufen.«

So ging er, kaufte auf dem Markt eine Angel und brachte sie seinem Kind. Als es die Angel sah, rief es: »Aber Vater, was ist denn das für eine Angel! Ich will eine viel größere Angel haben.«

So ging der Vater zum Schmied und ließ eine ziemlich große Angel anfertigen. Aber dem Teigkind gefiel sie nicht. Auf diese Weise erzürnte es seinen Vater, indem es ihn einige Male zum Schmied schickte. Schließlich ging der alte Mann zu einem Schiffer und kaufte einen Schiffsanker, den er seinem Sohn brachte mit den Worten: »Da! Ich habe dir eine Angel gebracht, wie du sie gewünscht hast.« Diesmal sagte sein Sohn: »Ja, schau, den kann ich schon besser gebrauchen; er ist zwar klein, aber immerhin . . .«

Das Kind nahm den Anker und ging fischen. Es ging an den Gewässern und Seen entlang, konnte aber keinen ihm passenden Fisch finden. Schließlich kam es zu einem See. Aus dem See kam ein Drache heraus und griff es an. Da sagte das Teigkind: »Na ja, ich habe den Fisch gefunden, wie ich ihn wollte«, und hakte den Haken in den Kopf des Drachen. Es schleppte ihn hinter sich her und kam so nach Hause. Aber der Fisch ging nicht durch die Haustür. Da begann das Teigkind die Haustür einzureißen. Als Vater und Mutter sahen, daß das Teigkind die Tür niederriß, kamen sie herbeigelaufen und riefen: »Um Gottes willen, Sohn, was machst du denn da?« Das Teigkind antwortete: »Ich habe einen Fisch gebracht, aber er geht nicht durch die Tür; deshalb reiße ich sie nieder.«

Die beiden Alten schauten nach dem Fisch des Teigkindes, aber das war gar kein Fisch, und erstaunt bemerkten sie, daß es ein Drache war. Da riefen sie: »Um Gottes willen, Sohn, schaff ihn wieder dorthin, woher du ihn gebracht hast.«

Das Teigkind gehorchte nicht und sagte weinend: »Ich habe einen Fisch gebracht, aber er gefällt euch nicht.« Schließlich überredeten sie den Sohn mit Mühe und Not, und er brachte den Drachen wieder zu seinem Ort zurück.

Sooft das Teigkind mit den Kindern des Stadtviertels spielte, weinte es immer; wenn es einen prügelte, tötete es ihn; das, was es anfaßte, zerbrach es und das, worauf es schlug, zerschlug es. Von Tag zu Tag wurde das Kind immer kräftiger. Eines Tages sagte sein Vater zu ihm: »Mein Sohn! Ich habe das Pferd dort zum Weiden gelassen. Geh hin und bring es her!«

Das Teigkind ging hin, suchte und suchte, fand aber nichts,

was einem Pferde glich. Bis in die Wälder ging es, fand wieder nichts. In diesem Augenblick trat ihm ein Bär entgegen, der das Teigkind angriff. Das Teigkind rief: »Da schau, das Pferd meines Vaters hat mich erkannt und kommt angelaufen.«

Dann faßte es den Bären am Ohr, brachte ihn nach Hause und stellte ihn in den Stall. Es ging zu seinem Vater und meldete ihm, daß es das Pferd gebracht habe.

Als sein Vater hinabstieg und in den Stall blickte, fand er anstelle des Pferdes einen Bären und war erstaunt: »Um Gottes willen, mein Sohn, schaff den wieder dorthin, von wo du ihn gebracht hast.«

Das Teigkind war zuerst damit nicht einverstanden, später aber überredeten es seine Eltern mit Mühe. So brachte es den Bären zum Wald zurück.

Wenn das Teigkind im Stadtviertel spielte, brach es entweder die Arme der Kameraden oder riß ihnen die Augen aus oder tötete sie sogar mit einem Faustschlag, da es sehr kräftig war.

Nun begannen die Leute darüber verdrießlich zu werden und zu klagen. Als sie sich eines Tages versammelt hatten, beschlossen sie, dem Alten Nachricht zu senden und ihn wissen zu lassen, daß er entweder seinen Sohn aufgeben oder selbst aus diesem Land fortgehen solle. Am Abend teilten sie dann dem alten Mann ihren Beschluß mit.

Unter diesen Umständen geriet das Ehepaar in eine schwierige Lage; sie wollten beide ihr Kind nicht aufgeben, aber sie wollten auch auf keinen Fall ihre Heimat verlassen. Das Teigkind zu töten, war nicht möglich, weil es so stark war.

Nun begannen sie, ein Mittel zu suchen, um das Teigkind loszuwerden. Schließlich fanden sie einen Ausweg: es zu einem Wald, wo Wölfe und Bären hausten, zu bringen und es durch sie in Stücke reißen zu lassen. Sie riefen also das Teigkind zu sich und sprachen: »Da hinter jenem Berg liegt ein schwarzer Wald. Dort wohnen deine Tanten und Schwäger.

Geh dorthin und frag, wie es ihnen geht. Sag ihnen, daß wir alt geworden sind und nicht dorthin kommen können. Bring sie hierher.«

Das Teigkind verlangte von seinem Vater als Waffe eine Keule. Sein Vater gab ihm seine eigene Keule, aber die gefiel dem Teigkind nicht. Daher ging es zum Schmied und ließ sich eine Keule so groß wie ein Kupferkessel anfertigen. Am anderen Tag machte es sich auf den Weg zum Wald.

Als der Knabe zum Wald gekommen war, fielen alle Wölfe und Bären über ihn her. Der Arme rief: »Was für ungezogene Wesen sind doch meine Tanten! Ich bin gekommen, um mich nach ihrem Befinden zu erkundigen, und da fallen sie über mich her.«

Das Teigkind war über sie sehr böse. Es band einen nach dem anderen und brachte sie alle nach Hause. Als Vater und Mutter sahen, daß das Teigkind nicht tot war, beschlossen sie, es diesmal in das Land der Löwen zu schicken. So sprachen sie zu ihm: »Dort hinter den Bergen wohnen die Söhne deines Onkels. Geh sie besuchen und erkundige dich, wie es ihnen geht.«

Wieder machte sich das Teigkind auf den Weg. Die Löwen, die dort waren, fing es und brachte sie heim. Kurzum, unter diesen Umständen waren die beiden Alten fassungslos. Sie beschlossen nun, alles mögliche zu tun, um das Teigkind umzubringen. Geradenwegs gingen sie zum Palast und brachten vor dem König ihre Klage vor. Der König befahl, daß sie das Teigkind zu ihm schicken sollten. Als es vor den Herrscher trat, sprach er zu ihm: »Schau mal, Teigkind, ich habe einen Widder. Kannst du ihn hierherbringen, ohne daß er dir und anderen einen Schaden zufügt?«

Als das Teigkind sagte, daß es ihn herbeibringen würde, brachten sie es zu einem wütenden Elefanten. Sofort griff der Elefant das Teigkind an, aber das Teigkind packte den Elefanten am Rüssel und führte ihn vor den König. Dieser war sprachlos und beschloß, das Teigkind an einen anderen Ort zu schicken, um es töten zu lassen. Daher befahl er, es in das

Land der Devs zu schicken, und sagte zu ihm: »Hinter dem Berg Kaf gibt es vier Diebe. Geh zu ihnen und töte sie! Schneide ihnen den Bauch auf und bring mir die Truhen, die darinnen sind. Zuerst wird dir ein Dev entgegentreten, in dessen Bauch eine eiserne Truhe ist, dann einer mit einer silbernen Truhe, darauf einer mit einer goldenen Truhe und zuallerletzt einer mit einer diamantenen Truhe. Alle diese sollst du der Reihe nach töten.«

Als er ihm dann die nötige Verpflegung gegeben hatte, schickte er es auf den Weg. Das Teigkind ging und ging, ging über Berg und Tal und sah einmal hinter sich, daß es die Strecke einer Packnadel (d. h. einen Katzensprung weit) gegangen war. Schließlich gelangte es zum Berg Kaf. Vom Fuße des Berges blickte es nach oben. Der Fuß des Berges war schwarz, die Mitte grün, der obere Teil weiß. Da begann es zur Spitze hinaufzusteigen. Nachdem es ziemlich lange emporgeklettert war, hatte es die Spitze erreicht. Auf einem Stein setzte es sich nieder, um auszuruhen. Darauf erhob es sich und begann in der Umgegend herumzugehen. In diesem Augenblick hörte es ein donnerndes Geräusch. Vor ihm stand ein Dev, der das Teigkind anfuhr: »Du Landstreicher, was suchst du denn hier? Seit so vielen Jahren hat kein Mensch diese Gegend betreten. Wie bist du denn hierhergekommen, ohne dich zu fürchten? Du wirst jetzt sterben!«

Daraufhin sagte das Teigkind zum Dev: »Wirst du sterben oder ich? Du sollst es jetzt erleben.« Mit diesen Worten schwang es seine Keule und schlug den Dev auf den Kopf. Der Dev stürzte nieder und war tot. Kurz darauf kam ein zweiter Dev, den das Teigkind ebenfalls tötete. Danach kam ein dritter Dev. Mit zwei Keulenschlägen tötete das Teigkind auch ihn. Als endlich der vierte Dev auftrat, schickte es ihn mit drei Keulenschlägen ins Jenseits.

Sogleich schnitt es nun den Devs den Bauch auf und holte die Truhen heraus. Das Teigkind war neugierig, was wohl darin wäre, und öffnete eine Truhe nach der anderen. Als es die eiserne Truhe geöffnet hatte, sah es, daß sie voll von Silber war. Die silberne Truhe fand es voll von Gold. Als es die goldene Truhe geöffnet hatte, war es sprachlos; denn in einem silbernen Palast saß ein schönes Mädchen. Das Mädchen sagte sogleich zum Teigkind: »Nun bin ich dein. Bring mich nicht zum König, sondern nimm mich zu deiner Frau!«

Schließlich öffnete das Teigkind als letzte die diamantene Truhe. Dort saß in einem goldenen Palast ein Mädchen. Auch dieses sprach zum Teigkind: »O Jüngling, bringe uns nicht zum König, sondern nimm mich zur Frau!«

Daraufhin überlegte das Teigkind hin und her und dachte bei sich: »Ich habe viel Mühe gehabt und sie gefunden. Was für ein Recht hat denn der König an ihnen! Ich werde sie in mein Land bringen.« Geradenwegs brachte er die Truhen in sein Land, und dort errichtete er die Paläste; in den einen setzte er die beiden Alten, in den anderen Palast die Mädchen. Dann verheiratete er sich mit ihnen.

Als der König erfuhr, was das Teigkind gemacht hatte, setzte er gegen den Jüngling Soldaten in Marsch. Aber auch die zauberkundigen Frauen des Teigkindes schickten viele Soldaten und vernichteten das Heer des Königs vollständig. Der Herrscher selbst wurde gefangengenommen. Die Bevölkerung jenes Landes hatte ohnehin den König nicht gern und wartete seit langem, daß sie unter die Herrschaft eines so starken Mannes wie des Teigkindes kommen würden. Als sie erfahren hatten, daß ihr Herrscher gefangen war, schickten sie sofort eine Abordnung zu dem Teighelden mit dem Wunsch: »Sei du unser König!«

Der Teigheld nahm das an, und auch der alte König übergab dem Teighelden seine Herrschaft. Im Land wurde nun vierzig Tage und vierzig Nächte Hochzeit gefeiert. Der Teigheld hatte seinen Wunsch erreicht, wir wollen auf die Matratze gehen!

19. Der Pferdemann

Einmal hatte der Herrscher eines Landes drei Töchter und ein Pferd. Dieses Pferd fraß nichts außer Haselnüssen mit gerösteten Rosinen. Trotzdem wurde das Pferd immer schwächer. Da sich der Herrscher darüber Sorgen machte, daß das Pferd immer schwächer wurde, fragte er einen Mann nach dem Grund dafür. Dieser gab dem Herrscher folgende Antwort: »Das Pferd hat Liebeskummer, daher kommt es!«

Schließlich beschloß man, das Pferd zu verheiraten. Man ließ am Pferd Mädchen vorübergehen in der Absicht, daß es an einem von ihnen Gefallen finden würde, aber keiner blickte es ins Gesicht. Endlich kam die Reihe an die Töchter des Herrschers. Zuerst zog die älteste, dann die mittlere Tochter des Herrschers vorüber. Als die jüngste vorbeiging, fing das Pferd zu wiehern an. Da sagte jener Mann zum Herrscher: »Das Pferd wird deine jüngste Tochter zur Frau nehmen.«

So gab man die jüngste Tochter dem Pferd zur Frau. Die Leute blieben bis zum Abend am Fenster und warteten, was das Pferd machen würde. Als alle Leute gegangen waren, wurde es Abend. Das Pferd schüttelte sich und wurde ein schöner Jüngling. Als das Mädchen am Morgen sich bereitmachte, zum Bad zu gehen, sprach der Jüngling zu ihr: »Wenn du zum Bad gegangen bist und deine Geschwister und Gefährtinnen dich verhöhnen, daß du ein Pferd geheiratet hast, sag keiner etwas, sonst kannst du mich hier nicht mehr finden.«

Das Mädchen ging zum Bad, dort schwätzten sie über die junge Frau, und sie ärgerte sich darüber: »Kommt und schaut, ob es ein Pferd oder in Wirklichkeit ein Jüngling ist.«

Als das Pferd das gehört hatte, entfloh es in sein Heimatland. Nachdem das Mädchen nach Hause gekommen war, begann sie, da sie den Jüngling nicht fand, ihn überall zu suchen. Unter dem Herdstein fand sie einen Brief. Mit dem Brief ging sie zu ihrem Vater und erklärte ihm die Sache. Von ihrem Vater erhielt sie eine Panzerausrüstung, sie verschaffte sich eine Abteilung Soldaten und machte sich auf den Weg. Nach einer Weile kehrten die Soldaten zurück, sie selbst aber ging immer weiter, kam zu einer Ebene, wo sie ein silbernes und ein goldenes Haus sah.

Aus dem silbernen Haus trat eine Dienerin hervor, die gerade zum Brunnen ging und in einem Krug Wasser holte. Als das Mädchen diese Wasserträgerin gesehen hatte, fragte sie: »O Mädchen aus dem silbernen Haus, o Mädchen mit dem silbernen Krug! Wo ist das Haus von Tahir Bey?« Die Dienerin aus dem silbernen Haus antwortete: »Das ist das goldene Haus!«

Nun ging das Mädchen sofort zu dem goldenen Haus, aus dem ebenfalls eine Dienerin trat, um aus dem Brunnen Wasser zu holen. Auch diese fragte das Mädchen: »O Mädchen aus dem goldenen Haus, o Mädchen mit dem goldenen Krug! Wo ist das Haus von Tahir Bey?« Die Dienerin aus dem goldenen Haus antwortete: »Das Haus von Tahir Bey ist hier. Der Bey hat gegessen und wäscht jetzt seine Hände.«

Die Tochter des Herrschers verlangte den Krug, um Wasser zu trinken, die Dienerin reichte ihr den goldenen Krug, und als das Mädchen Wasser trank, warf sie den Ring von ihrem Finger in den Krug. Die Dienerin füllte den Krug mit Wasser und brachte ihn ins Haus. Als sie Wasser über die Hand von Tahir Bey schüttete, fiel der Ring in seine Hand. Da fragte der Bey die Dienerin, wer draußen sei, worauf sie erwiderte: »Da ist eine Frau!«

Tahir befahl ihr, die Frau zu ihm hineinzuführen. Die Dienerin ging und rief die Frau. Tahir Bey nahm die Frau auf und begann mit ihr zu plaudern. Beiläufig bemerkte er: »Meine Mutter ist ein Dev. Wenn sie dich sieht, frißt sie dich.« Daher verbarg er sie in einem Schrank. Als die Mutter von Tahir gekommen war, rief sie ihrem Sohn zu: »Hier riecht es nach Menschenfleisch!« Darauf erwiderte der Tahir: »Nein, Mutter, wie soll denn ein Mensch hierherkommen? Wenn ein Mensch kommt, frißt du ihn ... Deshalb ist hier kein Mensch.«

Sie setzten sich nieder und begannen zu plaudern. Da sagte

Tahir zu seiner Mutter: »Wenn aus jenem Schrank ein Mädchen herausträte, würdest du es mir überlassen?« Das beschwor seine Mutter. Nun öffnete Tahir den Schrank, und das Mädchen trat heraus.

Am folgenden Tag gab die Mutter von Tahir dem Mädchen ein Sieb Zwiebeln mit den Worten: »Schäle diese und schäle sie nicht!« Da das Mädchen nicht wußte, was es machen sollte, fragte es Tahir, der sagte: »Tue nichts, ohne mich zu fragen. Einen Teil der Zwiebeln schäle nicht, schäle den anderen bis zur Hälfte!«

Wie Tahir gesagt hatte, tat das Mädchen. Als die Devenfrau nach Hause gekommen war, fragte sie das Mädchen: »Hast du sie geschält?« Das Mädchen sagte, daß es sie geschält habe; darauf wurde die Frau zornig und rief: »Ich wollte sie doch nicht geschält haben.« Darauf sagte das Mädchen: »Die eine Hälfte habe ich geschält, die andere Hälfte nicht.« Diesmal rief die Devenfrau: »Das hat dich sicher mein Sohn gelehrt und du hast es so gemacht.«

Am folgenden Tag gab die Frau dem Mädchen eine Schüssel mit Wäsche, indem sie sprach: »Wasche sie und wasche sie nicht!« Wieder fragte das Mädchen Tahir, der sprach: »Wasche einen Teil, den anderen wasche nicht, einen dritten wasche halb!«

Wie Tahir gesagt hatte, tat das Mädchen. Als die Devenmutter heimgekommen war, fragte sie, ob das Mädchen die Wäsche gewaschen habe oder nicht. Das Mädchen antwortete ihr, daß sie sie gewaschen habe. Da wurde die Frau zornig und rief: »Ich wollte sie nicht gewaschen haben!« Voll Furcht sagte das Mädchen: »Einen Teil habe ich gewaschen, einen anderen Teil habe ich nicht gewaschen und den dritten habe ich nur halb gewaschen.« Da sprach die Frau zu sich selbst: »Das hat dich mein Sohn gelehrt . . .«

Am folgenden Tag sagte die Frau zu dem Mädchen: »Ich will dich nicht mehr im Hause sehen. Wenn ich dich sehe, fresse ich dich auf.« Auch das erzählte das Mädchen Tahir. Tahir machte eine Schaukel an der Decke und setzte das Mädchen hinein. Dann ermahnte er es: »Wenn meine Mutter kommt, schaukele in einem fort hin und her!«

Die Devenmutter kam, das Mädchen begann zu schaukeln, die Frau schaute nach der Decke, sah das Mädchen und rief: »Komm herab, du Ungezogene!« Da ließ Tahir das Mädchen herabkommen.

Die Devenfrau beschloß eines Tages, das Mädchen zu den Tanten von Tahir zu schicken, und sprach zu ihm: »Dort ist eine Trommel und eine Flöte, geh sie holen.« Auch das erzählte das Mädchen Tahir. Darauf gab er ihm seinen Ring mit den Worten: »Du gehst dorthin, sie werden dich hineinführen. Wenn sie hinausgehen, läßt du diesen Ring auf dem Tisch. Du nimmst Trommel und Flöte. Bei der Tür ist eine Kuh. Vor der Kuh liegt ein Knochen, etwas weiter liegt vor einem Hund Heu. Das Heu lege vor die Kuh, den Knochen vor den Hund. Und dann flieh.«

Das Mädchen ging geradenwegs hin und gelangte zum Haus. Die Devs brachten dem Mädchen Essen, sie selbst aber gingen hinaus, um ihre Zähne zu wetzen. Das Mädchen ließ den Ring zurück und nahm die Trommel und Flöte und kam geradenwegs nach Haus. Die Devs, die ihre Zähne wetzten, riefen: »Ißt du?« Der Ring auf dem Tisch antwortete: »Ja, ich esse.«

Die Devs kamen, nachdem sie ihre Zähne gewetzt hatten, aber sie konnten das Mädchen dort nicht finden. Die Mutter von Tahir fragte das Mädchen, ob es Trommel und Flöte herbeigeschafft habe. Das Mädchen antwortete, daß es sie gebracht habe. Die Devenmutter war böse, daß die Tanten es nicht gefressen hatten.

Eines Tages schickte die Devenmutter eine von den Töchtern seiner Tante zu Tahir und gab sie als seine Frau aus. Dann brachte sie die eigentliche Frau von Tahir hinter die Tür und zündete auf den Fingern ihrer Hände Kerzen an. Darauf sagte sie zu dem Mädchen: »Schrei nur ja nicht! Ich stehe hinter der Tür und dann fresse ich dich.«

Sie ließ also das Mädchen dort zurück und ging fort. Tahir und die andere waren in Liebesfreude versunken. Die Kerzen auf den Fingern des Mädchens hinter der Tür waren zu Ende, und die Finger des Mädchens begannen zu brennen. Da jammerte die Arme: »Ich brenne, während Tahir sich der Liebe hingibt.«

Als Tahir das hörte, da erkannte er auf einmal, daß das Mädchen an seiner Seite die Tochter seiner Tante war. Sogleich gab er ihr einen Fußtritt. Er ging und rettete seine Liebste, aber die Kerzen steckte er an die Finger der Tochter seiner Tante. Mit seiner Frau zusammen flüchtete er.

Dann kam seine Mutter. Sie klopfte an die Tür, aber keiner öffnete. Sie zerbrach die Tür und trat ein. Als sie sah, daß die Tochter der Tante mit herausgetretenen Augen tot dalag, da wurde sie sehr zornig. Sie stieg in einen Krug und verfolgte Tahir. »Schau mal nach hinten!« sagte er. Das Mädchen blickte um und sah die Devenmutter kommen. Sogleich sagte sie es Tahir, und der gab ihr eine Ohrfeige. Darauf wurde sie in einen Brunnen, er aber in einen Krug verwandelt. Seine Mutter kam und trank das Wasser aus dem Krug und kehrte nach Hause zurück. Das Mädchen zu Haus fragte die Frau, ob sie die beiden gesehen habe. Die Devenmutter antwortete: »Ich habe nichts gesehen außer einem Brunnen. Ich habe etwas Wasser getrunken und bin zurückgekommen.« Das Mädchen aber sagte: »Ach, liebes Mütterchen, jener Brunnen war Tahir.«

Seine Mutter machte sich nochmals auf den Weg. Tahir und das Mädchen setzten ihren Weg fort. Als das Mädchen sich umblickte, sah es die Mutter kommen. Wieder gab Tahir dem Mädchen eine Ohrfeige, worauf sie in ein Feld verwandelt wurde, er selbst aber wurde der Gärtner und sprach zu sich: »Soll ich Bohnen oder Mais säen?«

Da rief die Mutter dem Gärtner zu: »Gärtner, Gärtner, sind hier ein Junge und ein Mädchen vorbeigekommen?« Ohne sich darum zu kümmern, sprach er in einem fort zu sich: »Soll ich Bohnen oder Mais säen?«

Nachdem seine Mutter noch etwas geredet hatte, ging sie wieder nach Hause und erklärte dem Mädchen den Sachverhalt. Darauf sagte das Mädchen: »Aber Mutter, jener Gärtner war Tahir!«

Inzwischen setzten Tahir und das Mädchen ihren Weg fort. Als das Mädchen sich umblickte, sah sie die Mutter wieder kommen und sagte es Tahir. Wieder gab er dem Mädchen eine Ohrfeige und verwandelte es in eine Braut, er aber wurde ein Priester.

Die Frau sprach zu dem Priester: »Priester, sind hier ein Jüngling und ein Mädchen vorbeigekommen?« Der Priester antwortete: »Ich bin hier seit fünfzehn Jahren Priester, ich habe nichts gesehen.«

Wieder kehrte die Mutter nach Hause zurück. Dem Mädchen aber erklärte sie, daß sie sie diesmal gesehen habe. Das Mädchen aber sagte, daß der Priester Tahir gewesen sei.

Tahir und das Mädchen setzten ihren Weg fort. Als nach einer Weile das Mädchen hinter sich schaute, erblickte es die Frau und sagte es Tahir. Diesmal verwandelte er das Mädchen in einen Baum, er selbst aber wurde eine Schlange, die sich um den Baum wickelte. Als die Frau kam, warf sie nach der Schlange auf dem Baum Steine, indem sie rief: »Tahir, das bist du, das bist du!«

Tahir wurde ein Mensch und tötete seine Mutter. Er brachte das Mädchen wieder zum Leben. Beide setzten ihren Weg fort. Als sie sich ihrer Heimat näherten, schickte er dem Vater des Mädchens Nachricht und bat um eine Abteilung Soldaten. Die Soldaten kamen, und mit ihnen zusammen zogen sie in die Stadt ein. Geradenwegs gingen beide in ihr Haus und lebten glücklich bis an das Ende ihres Lebens.

20. *Edik und Bidik*

In früherer Zeit, als das Sieb im Stroh war, hatten Edik und Bidik eine Tochter Fatima. Fatima trug bei Regenwetter Wasser, um das Faß im Hause zu füllen. Das arme Mädchen war des täglichen Wassertragens überdrüssig. Eines Tages war es ihm zuviel, und es begann am Quellenrand zu weinen.

Als der Sohn eines Reichen aus der Nachbarschaft sah, daß dieses schöne Mädchen weinte, näherte er sich ihm mit den Worten: »Warum weinst du, schönes Mädchen?« Da antwortete das Mädchen, indem es mit seinem Kopf nach beiden Seiten nickte: »Ach, mein Herr, wenn ich nicht weinte, wer sollte da weinen!« Der junge Mann fragte: »Warum?« Darauf entgegnete das Mädchen: »Warum wohl? Ich habe verrückte Eltern, sie plagen mich jeden Tag in dieser Weise, aber das durchlöcherte Faß wird doch nicht voll.«

Der junge Mann tröstete das Mädchen: »Weine nicht! Wie heißt du denn?« Das Mädchen antwortete: »Fatima.« Der junge Mann faßte das Mädchen an der Hand mit den Worten: »Was für ein schöner Name! Fatima, wir wollen heiraten. Ich will dich von diesem Leid befreien! Soll das nicht möglich sein?«

Freudig rief Fatima: »Wenn du mich von dieser Arbeit des Wasserholens befreist, ist es sehr schön!« Als Fatima in dieser Freude nach Hause kam, fühlte sie keine Müdigkeit, wieviel Wasser sie auch an jenem Tag trug.

Nachdem der junge Mann nach Hause gekommen war, lobte er Fatima bei seiner Mutter sehr und sagte, daß er sie liebe und sich mit ihr verheiraten wolle. Sofort wurde die Heirat beschlossen und fest abgemacht. Wir wollen die Sache nicht zu weit ausdehnen. Die Vorbereitungen wurden getroffen; vierzig Tage und vierzig Nächte nach der Hochzeit war Fatima eine Hausfrau geworden.

Fatima begann ein glückliches Leben zu führen. Aber ohne viel Zeit vergehen zu lassen, kamen ihre Eltern zu ihr auf Besuch. Als es Mittag wurde, aßen sie und am Nachmittag gingen sie in den Garten. Dem Gartentor genau gegenüber stand ein Birnbaum. Edik sagte zu Bidik: »Bidik, siehst du jenen Baum? Fatima wird ein Kind bekommen, auf ihn steigen, dann herunterfallen und sterben. Wir werden über sie weinen; aber statt dann zu weinen, wollen wir jetzt schon weinen; das ist besser! Wohlan, wir wollen weinen!«

Da entgegnete Bidik: »Ja, das ist richtig! Laß uns weinen!«, und beide begannen zu weinen. Als Fatima das hörte, konnte sie ihre Eltern nur mit Mühe zum Aufhören bringen.

Es wurde Abend. Nach dem Essen zog sich jeder in sein Zimmer zurück, um schlafen zu gehen. Als Edik ins Bett gegangen war, konnte er überhaupt nicht schlafen. Von der Stelle, wo er sich niedergelegt hatte, hörte er, wie sich die Hühner schüttelten. Sogleich rief er zu Bidik: »Bidik, Bidik, erwache, Bidik!« Bidik sprang hoch: »Was gibt's, Edik?« Edik sagte aufgeregt: »Steh auf, Bidik, steh doch auf! Die Hühner haben Läuse. Wir wollen etwas Wasser warm machen und sie waschen.« Bidik war damit einverstanden und meinte: »Sehr schön, Edik, wir erwerben uns damit ein Verdienst.«

So standen diese beiden Toren um Mitternacht auf und brachten einen Kessel Wasser zum Kochen. Alles Geflügel, Hühner, Hähne, Truthennen und Gänse, steckten sie eins nach dem anderen in diesen Kessel und zogen sie wieder heraus. Darauf gingen sie zu Bett und schliefen.

Am Morgen, als die Sonne aufgegangen war, machte sich jeder an seine Arbeit. Aber da der Herr das Krähen der Hähne nicht hörte, schlief er weiter, denn er dachte, es sei noch früh. Als er aufwachte, merkte er, daß er zu spät zu seiner Arbeit kam. Darüber ärgerte er sich. Doch wußte er indessen nicht, daß unten etwas geschehen war, was ihn eigentlich bedrücken würde.

Zuerst erfuhr Fatima, was sich mit den Hühnern zugetragen hatte. Sie begab sich hinauf, ging zum Herrn und erzählte es ihm. Der Herr war sehr böse, verzieh aber seiner Frau zuliebe dieses Mal.

In der zweiten Nacht hörten Edik und Bidik das Blöken der Schafe. Da stiegen sie hinunter und schlachteten eins nach dem anderen ab. Als am folgenden Morgen der Herr diese schlechte Nachricht erfuhr, wurde er vor Zorn wie von Sinnen und setzte seine Schwiegereltern vor die Tür.

21. Das kluge Bauernmädchen

Einstmals hatte ein armer Bauer einen reichen Anrainer. Um sein kleines Feld vor den Tieren des reichen Bauern zu schützen, umgab der arme Bauer es mit einem Graben. Eines Tages aber brach sich eine Kuh des reichen Nachbarn, während sie aus dem Graben Wasser trank und dabei ausrutschte, das Bein. Darauf brachte der reiche Bauer den armen Nachbarn vor Gericht.

Der Richter machte den beiden Bauern keinen Prozeß, sondern fragte sie drei Rätsel:

1. Wer ist von allen am reichsten?
2. Wer läuft von allen am schnellsten?
3. Was ist süßer als alles andere?

Der arme Bauer kam nach Hause und begann darüber nachzudenken. Er hatte eine heiratsfähige Tochter. Als das Mädchen seinen Vater in diesem Zustand sah, fragte es: »Mein lieber Vater, warum bist du so nachdenklich? Wenn du einen Kummer hast, sage ihn mir!«

Der Bauer erzählte die Fragen des Richters eine nach der anderen. Das Mädchen antwortete darauf: »Mach dir keine Sorgen, Vater!« und erklärte dem Vater, welche Antwort er geben müsse.

Nach drei Tagen gingen die beiden Bauern zum Gericht. Der Richter fragte: »Wie habt ihr die Rätsel lösen können?«

Der reiche Bauer antwortete: »Von allen sind Sie der reichste, meine Stute läuft schneller als alle anderen und etwas Süßeres als den Honig von meinem Gut gibt es nicht.«

Der arme Bauer aber sagte: »Die Natur ist reicher als alles andere, der menschliche Gedanke läuft schneller als alles andere und das Süßeste ist der Schlaf.«

Der Richter fand, daß der arme Bauer recht habe, und fragte ihn, von wem er dies gelernt habe. »Von meiner Tochter«, war die Antwort.

»Da deine Tochter so klug ist«, sprach der Richter, »soll sie morgen zu mir kommen weder nackt noch angezogen, weder zu Pferd noch zu Fuß, weder über den Weg noch auf dem Wegesrand; ihr Pferd soll sie zwischen Sommer und Winter anbinden und soll mir weder im Zimmer noch auf der Straße begegnen.«

Als das Mädchen das hörte, sagte es: »Sei nicht bekümmert, Väterchen! Dies sind Kleinigkeiten.«

Am nächsten Tag stieg das Mädchen weder bekleidet noch nackt auf eine Ziege, auf diese Weise kam es weder zu Fuß noch zu Pferd, da seine Füße auf der Erde schleiften. Die Ziege setzte einen Fuß auf den Weg und einen Fuß auf den Wegrand. Also ging das Mädchen sowohl auf dem Weg als auf dem Wegrand. Als das Mädchen zum Gerichtshof kam, band es die Ziege zwischen Schlitten und Boot, also zwischen Sommer und Winter, an und begegnete dem Richter, einen Fuß auf der Türschwelle und einen Fuß auf der Erde.

Dies gefiel dem Richter sehr, und er verheiratete sich mit der klugen Tochter des armen Bauern.

Eines Tages reiste der Richter nach einem Dorf und sagte zu seiner Frau: »Halte über niemand Gerichtsverhandlung ab, bis ich wiederkomme!« Da seine Frau sich aber auf ihren Verstand und ihr Gewissen verließ, sprach sie jedem, der vor Gericht kam, das Urteil.

Als der Richter nach Hause zurückkehrte, wurde er sehr ärgerlich über das, was seine Frau getan hatte, und beschloß, sich von ihr zu trennen. Vor der Trennung sagte er zu seiner Frau: »Ich erlaube dir, irgend etwas, das du am liebsten hast, mitzunehmen.« Darauf antwortete seine Frau: »Ich will weiter nichts, als daß wir unsere Verwandten einladen und ein Festmahl geben, bevor wir uns trennen!«

Der Richter war einverstanden; die Gäste wurden geladen, und man begann zu essen. Da gab die Frau nun ihrem Mann viel Wein zu trinken. Schließlich war der Richter völlig betrunken und bewußtlos. Die Frau setzte ihren Mann nun in einen Wagen und brachte ihn zum Hause ihres Vaters, dort legte sie ihn hinter dem Ofen nieder. Nach einiger Zeit wachte der Richter auf und fragte, wo er sei.

Seine Frau erwiderte: »Du bist im Hause meines Vaters. Ich habe dich hierhergebracht, denn du hast mir ja die Erlaubnis gegeben, das von zu Hause mitzunehmen, was ich am liebsten habe. Ich habe gefunden, daß du das Wertvollste bist, und habe dich hierhergebracht.«

Am Morgen stand der Richter auf, nahm seine Frau, deren Klugheit er bewunderte, am Arm und brachte sie nach Hause zurück.

22. Der Däumling

In alter Zeit befahl einmal ein Landgutbesitzer seinem Koch, ein gutes Essen zu bereiten. Als der Koch das Essen vorbereitet hatte, stellte er es aufs Feuer und begann es zu kochen.

Auf einmal kam aus den Flammen des Herdes ein kleines Männlein hervor, so groß wie ein Daumen, und fing an, mit dem Koch zu sprechen. Zuerst sagte der kleine Mann: »Mein Freund, ich habe großen Hunger, willst du mir nicht etwas zu essen geben?« Der Koch antwortete: »Ich kann über das Essen nicht verfügen, damit sollen viele Leute gesättigt werden.« Der kleine Mann aber flehte: »Warum willst du mir denn nicht ein Löffelchen voll geben?«

Der Koch, dem der Däumling in seiner traurigen Lage leid tat, gab ihm einen Kochlöffel voll Essen. Sowie der Däumling den Kochlöffel in den Händen hatte, hatte er in einem Augenblick das ganze Essen aus dem Kochtopf aufgegessen und war verschwunden.

Der Koch war bei dieser Aussicht verwirrt und fing an zu weinen. Er ging zum Gutsherrn und erzählte ihm den Vorfall. Zuerst glaubte der Gutsherr den Worten des Kochs nicht und tadelte ihn. Als der Koch aber flehte und darauf bestand, glaubte er ihm und hatte Mitleid. So befahl er, noch einen Topf voll Essen auf den Herd zu stellen. »Falls der Zwerg wiederkommen sollte, schlage ihm mit dem Kochlöffel den Schädel ein«, sagte er.

Der Koch fing von neuem an, das Essen zu kochen, und der Zwerg kam wieder hervor. Er bat den Koch, in seinen Sack ein Stückchen Fleisch hineinzutun. Der Koch antwortete:

»Jetzt gebe ich dir nichts mehr, der Herr hat mir befohlen, dir mit dem Kochlöffel den Schädel einzuschlagen.« Auf diese Worte hin flehte der kleine Mann: »Hüte dich, mein Freund, eines Tages wird ein Unglück über dich kommen, dann werde ich dir helfen, jetzt liegt meine Frau krank zu Hause, gib mir ein Stückchen Fleisch, dann werde ich es der Armen bringen.«

Auch dieses Mal tat dem Koch der Däumling leid, und er gab ihm ein Stück Fleisch. Als der Zwerg den Kochlöffel wieder in die Hand genommen hatte, aß er das ganze Essen auf. Nachdem er fertig war, verschwand er schleunigst.

Weinend ging der Koch zum Gutsherrn und erzählte den Fall. Der Herr wurde sehr böse und schrie: »Wenn du ihm noch einmal zu essen gibst, jage ich dich fort.«

Der Koch kochte wiederum neues Essen, und als der Zwerg zum drittenmal kam, nahm der Koch den Löffel in die Hand mit den Worten: »Du Schelm du! Der Herr hat gesagt, daß ich dich töten soll«, und schritt auf den Zwerg zu. Der Zwerg fürchtete sich sehr und flehte: »Eines Tages wirst du Hunger haben und vor Kälte frieren. Mein Kind ist krank, meine Frau aber ist gestorben und zu Hause ist niemand, der das Essen kochen und einen Schluck Wasser geben könnte. Gib mir wenigstens für mein krankes Kind einen halben Löffel Essen!«

Bei diesen Worten tat dem Koch das Herz weh, und er reichte ihm einen Löffel Essen für sein krankes Kind. Alles Essen im Kochtopf war in einem Augenblick verschwunden, und der Zwerg war fort.

Als dies dem Koch noch mal passiert war, fing der Arme an zu weinen und sich selbst zu verfluchen: »Der Zwerg hat mich getäuscht, wieder hat er mein Essen gestohlen«, so sagte er zu sich selbst. In diesem Augenblick kam der Gutsherr herein und hörte die Worte des Kochs. »Mach, daß du fortkommst, du Dummkopf! Nachdem du diese Nacht hier verbracht hast, packst du morgen deine Siebensachen und gehst«, schrie er.

Darauf befahl der Gutsherr, daß der Hausmeister das Essen kochen solle, und er fügte hinzu, er solle den Zwerg sofort töten, wenn er wiederum käme. Der Hausmeister stellte das Essen auf das Feuer, und als der Zwerg nun erschien, sah er nach dem Topf. Der Hausmeister rief: »Soll ich dir Essen geben, du Treuloser!« und traf mit dem Küchenlöffel auf seinen Kopf. Der Zwerg fiel zu Boden, stand wie ein Stehaufmännchen auf und verschwand.

Der Hausmeister kochte das Essen und brachte es zum Gutsherrn mit den Worten: »Jetzt wird der Zwerg nicht mehr kommen.«

Am nächsten Morgen packte der alte Koch seine Sachen und ging. Auf einmal trat ihm der Zwerg mit verbundenem Kopf entgegen und sprach: »Komm, mein Freund, ich möchte dir für den Weg noch einiges mitgeben.«

Der Koch folgte dem Zwerg. Unter dem Herd traten sie in ein schönes Haus ein. Der Zwerg gab dem Koch eine Schachtel mit den Worten: »Dies ist die Belohnung für all das Gute, das du mir getan hast. Wenn du etwas haben willst, schlage auf die Schachtel, und es wird sofort da sein.«

Der Koch nahm die Schachtel und kehrte voller Freude zur Küche zurück. Als er bei dem Hausmeister vorbeikam, schlug er auf die Schachtel und sagte: »Für den Wanderer einen Beutel Brot!« Sofort kam das Brot vor ihn. Voller Staunen fragte der Hausmeister: »Mein Freund, wo hast du diese Schachtel gefunden?«

Der Koch erzählte nun alles, wie es sich zugetragen hatte, verabschiedete sich und zog seines Weges.

Als der Hausmeister allein war, sagte er zu sich, indem er über seine Schuld nachdachte: »Wenn ich den Zwerg jetzt bitte, mir mein Vergehen von gestern abend zu verzeihen, dann wird er mir auch solch eine Schachtel geben.«

So stellte er den Topf auf das Feuer und wartete stundenlang. Aber der Zwerg wurde nicht noch einmal gesehen.

23. Der Kiepenträger

In früherer Zeit gab es einmal einen armen Kiepenträger. Dieser arme Mann mühte sich ab und konnte von dem Geld, das er verdiente, gerade durchkommen.

Eines Tages brachte er eine Last zu dem Hause eines Vornehmen. Auf dem Rückweg sah er, wie die Kinder des Stadtviertels eine Schlange steinigten. Sofort wandte er sich an sie und sagte: »Kinder, steinigt sie doch nicht! Das ist eine Sünde, denn auch sie hat eine Seele. Ich will euch meinen heutigen Verdienst geben! Damit geht, kauft euch Nüsse und spielt.« Den Kindern gab er das Geld, nahm die Schlange und brachte sie nach Hause. Auf ihre Wunden strich er ein Heilmittel und nährte das Tier mit Milch.

Nachdem seine Schlange gesund geworden war, dachte der Kiepenträger: »Es wäre schade, wenn sie im Hause bliebe«, und brachte sie auf ein Feld, wo er sie zurückließ. Auf dem Feld kroch das Tier sowohl vorwärts, drehte sich aber auch um und sah dem Lastträger nach. Der Kiepenträger wunderte sich über das Benehmen der Schlange und dachte: »Vielleicht will sie mir sagen: ›Komm hinter mir her!‹«, und er folgte der Schlange.

Endlich kam die Schlange an eine Stelle, wo sie sich zusammenringelte. Dabei drehte sie sich wieder um, blickte zu dem Lastträger und dann zu Boden. Der Zweifel des Mannes mehrte sich, und indem er sich bückte, schaute er aufmerksam auf den Boden. Dort lag ein großer Ring. Er ergriff den Ring, zog heftig daran und öffnete eine große Tür. Die Schlange schlüpfte durch die Tür hinein, drehte sich wieder nach dem Kiepenträger um und sah ihn an. Hinter ihr trat auch der Kiepenträger ein. In diesem Augenblick schüttelte sich die Schlange und wurde ein schönes Mädchen, welches zu dem Kiepenträger, der es ganz erstaunt ansah, sagte: »Du hast mich vor dem Tode gerettet, ich werde dir nun dafür etwas Gutes tun.« Sie machte dem Kiepenträger ein Zeichen, ihr zu folgen, und sagte: »Jetzt werden wir zu meinem Vater gehen.

Wenn mein Vater dich fragt: ›Was wünschest du?‹, sollst du sagen: ›Eure Gesundheit‹, und wenn er sehr darauf besteht, wirst du sagen: ›Ich wünsche das Holzstückchen, das unter Eurer Zunge ist.‹ «

Dann traten sie durch die zweite Tür. Als die Türwächter das Mädchen sahen, brachten sie ihrem Vater die gute Nachricht, wollten aber den Mann nicht hereinlassen. Als sie jedoch feststellten, daß das Mädchen ihn mitgebracht hatte, erlaubten sie ihm einzutreten.

Das Mädchen begab sich zu seinem Vater, dem König der Schlangen, Schahmeran, und erzählte ihm alles, was ihm zugestoßen war. Es erzählte auch, daß es den Mann mitgebracht habe, der es gerettet hatte. Schahmeran war darüber sehr erfreut, rief den Lastträger zu sich und sagte: »Wünsche dir etwas. Was wünschest du von mir?«

Der Lastträger gab zur Antwort: »Mein Padischah, Eure Gesundheit!« Schahmeran bestand darauf und sagte: »Schön, und was wünschest du noch?« Der Kiepenträger sagte auf den Rat des Mädchens hin: »Ich wünsche das Holzstückchen, das unter Eurer Zunge ist, mein König.« Der Vater des Mädchens war sehr erstaunt und fragte: »Woher weißt du das? Ich will dir Gold, Diamanten und Silber geben, soviel du auch haben willst.« Darauf entgegnete der Lastträger: »Das wünsche ich nicht!«

Der Padischah sagte nun: »Das hast du von meiner Tochter erfahren, nicht wahr?« und gab dem Jüngling das Holzstück. Das Mädchen beglückwünschte den Jüngling, daß er das Holzstück von ihrem Vater erhalten hatte, und fuhr fort: »Ich werde dir sagen, wie du das Holzstück gebrauchen mußt. Du mußt es irgendwohin legen, indem du sagst: ›Hölzchen, drehe dich, Hölzchen, drehe dich.‹ Dann wird ein Neger kommen, dem du befehlen kannst, was du willst.«

Der Jüngling nahm Abschied von dem Mädchen und kehrte nach Haus zurück. Weil er nicht gearbeitet und deshalb nichts verdient hatte, war er sehr hungrig. So zog er das Holzstück heraus und sagte das, was ihn das Mädchen geheißen hatte.

Da erschien ein Neger und sagte: »Zu Euren Diensten!« Der Kiepenträger antwortete: »Ich habe großen Hunger, bringe mir ein gebratenes Huhn!« Sofort kam das gebratene Huhn, und der Kiepenträger aß sich satt.

Nachdem einige Zeit verstrichen war, bewarb sich dieser Jüngling um die Tochter eines Padischah eines fernen Landes. Da der Padischah seine Tochter nicht fortgeben wollte, verlangte er eine große Morgengabe: »Schaffe vierzig Kamellasten Perlen, vierzig Kamellasten Schmuck und ein Schloß mit vierzig Zimmern meinem Palais gegenüber herbei! Dann will ich dir meine Tochter geben.« Er hoffte jedoch, daß der Kiepenträger das alles nicht herbeischaffen könne.

Der Kiepenträger rief den Neger und zählte ihm eins nach dem anderen auf, was der Pascha verlangte, und befahl, das alles in vierzig Tagen herbeizuschaffen.

In vierzig Tagen war alles bereit. Der Padischah war erstaunt und dachte nach, was er dagegen tun könne. Nun gab es in jenem Lande eine Hexe und Zauberin, die er rufen ließ: »Was ist das für eine Kraft, womit der Kiepenträger diese Arbeiten vollbringst? Wenn du das herausfindest, werde ich dir geben, was du willst. Wir müssen meine Tochter vor diesem Jüngling retten.«

Die Frau antwortete: »Sehr wohl, mein Gebieter«, und stieg in ihren Krug, nahm ihre Peitsche aus Schlangen und war in fünf Minuten in dem Land des Kiepenträgers. Sie versteckte ihren Krug und ihre Peitsche in einer Höhle.

Zur Zeit des Gebetsrufes klopfte sie an die Tür des Kiepenträgers und bat ihn, er möge sie für eine Nacht aufnehmen, da sie fremd sei und sonst auf der Straße bleiben müsse. Der Jüngling tat gerne etwas Gutes und nahm sie bei sich auf. Sie aßen und tranken und fingen dann an, sich zu unterhalten. Der Jüngling erzählte, daß er die Tochter des Padischah heiraten wolle und alles, was sie wünsche, tun würde. Da fragte die Frau, wie er das alles gemacht habe, obwohl er arm sei.

Der Kiepenträger erzählte nun die Geschichte von dem Holzstückchen, wie sie war, und zeigte es. Die Frau paßte auf, wohin der Jüngling das Holzstückchen legte, und um Mitternacht nahm sie es und machte sich davon. Sie stieg in ihren Krug, kehrte in ihr Land zurück und erzählte dem Padischah die ganze Geschichte. Die Frau sagte: »Hölzchen, drehe dich!« Als der Neger vor ihnen erschien, befahl der Padischah, den Kiepenträger in den Brunnen zu werfen.

Der arme Kiepenträger schlief zu Hause zusammen mit seiner Katze. Der Neger ergriff sie beide und warf sie in einen ausgetrockneten Brunnen. In diesem Augenblick nun erwachte der Jüngling und war sehr erstaunt.

Natürlich hatten sie einige Tage nichts zu essen. Als sie darüber nachdachten, was sie tun könnten, kam aus einem Loch eine Maus heraus. Die Katze wollte die Maus fangen, aber der Jüngling war damit nicht einverstanden. Dies gefiel der Maus sehr und sie wollte dem Jüngling etwas Gutes tun und sagte zu ihm: »Was wünschst du dir? Sprich!« Der Kiepenträger erzählte seinen Kummer und sagte: »Ich möchte das Holzstückchen, das sich beim Padischah befindet.«

Daraufhin versammelten sich die Mäuse und wählten vier aus ihrer Mitte, die diese Arbeit vollbringen sollten. Die erste war eine lahme Maus, die zweite Maus war auf einem Auge blind, die dritte war eine Maus mit einem halben Schwanz, der ihr durch einen Wagen abgefahren war, die vierte war eine alte Maus.

Diese vier Gefährten machten sich auf den Weg. Scherzend und vergnügt gelangten sie zum Palast des Padischah. Sofort liefen sie zwischen die Holzböden und begannen mit der Erkundung. Die blinde Maus beobachtete mit ihrem einen Auge das Zimmer des Pascha. Der Pascha hatte das Holzstück, um ganz sicherzugehen, an einer Schnur an der Decke aufgehängt. Die blinde Maus gab darüber ihren Gefährten Nachricht. Indem sie die Schnur langsam zernagten, nahmen sie das Holzstück und brachten es dem Kiepenträger. Als dieser das Holzstück bekommen hatte, rief er sofort den Neger und befahl ihm, ihn aus dem Brunnen herauszubringen. Nachdem er nach Hause gekommen war, rief er den Neger wieder und befahl ihm, den Padischah zu ihm zu bringen und die Hexe zu töten.

Zuerst brachte der Neger die Hexe um, dann schaffte er den Padischah mit Mühe und Not herbei. Der Kiepenträger trat dem Pascha entgegen mit den Worten: »Ich habe alles getan, was du verlangt hast. Aber du hast dein Wort nicht gehalten. Wenn deine Tochter mich wirklich nicht will, macht es nichts, aber wenn du sie nicht geben willst, geht es dir schlecht. Wenn ich jetzt wollte, könnte ich mit diesem Stück Holz deine Königswürde vernichten«, und dann verzieh er dem Padischah.

Er rief den Neger und befahl ihm, den Pascha in sein Schloß zurückzubringen. Kaum war der Pascha in seinem Schloß, betrieb er in Aufregung die Vorbereitungen und brachte seine Tochter als Braut in das neuerbaute Schloß mit den 40 Zimmern. Auf diese Weise war der Padischah vom Tode gerettet, und auch seine Tochter war glücklich, weil sie sich in den Jüngling verliebt hatte, der ein reines Herz besaß und das Gute liebte. Sie führten ein prunkvolles Leben.

24. Das Fellmädchen

In alter Zeit lebte einmal ein Padischah, der eine Frau hatte. Aber sie hatten keine Kinder. Als eines Tages der Padischah und die Sultanin spazierengingen, trafen sie einen Derwisch. Diesem klagten sie ihr Leid, daß sie keine Kinder hätten. Da sagte der Derwisch: »Ihr werdet ein Mädchen bekommen, aber ihr müßt es ›Fellmädchen‹ nennen.«

Der Padischah war damit nicht einverstanden und sagte: »Wenn ich nach so vielen Jahren ein Töchterchen bekommen sollte, werde ich es nicht ›Fellmädchen‹ nennen.« Darauf antwortete der Derwisch nichts, sondern überreichte dem Padischah einen Apfel mit den Worten: »Wenn Ihr diesen Apfel teilt und mit der Sultanin zusammen eßt, werdet ihr ein Kind bekommen.«

Der Padischah nahm den Apfel und aß ihn abends zusammen mit der Sultanin. Einige Zeit danach brachte die Sultanin ein Mädchen zur Welt. Die Sultanin wurde krank, ohne Zeit gehabt zu haben, das Kind anzusehen, und nach einigen Tagen schloß sie ihre Augen für diese Welt. Sterbend äußerte sie als letzten Willen, daß der Padischah sich mit derjenigen verheiraten solle, an deren Arm das Armband, das sie von ihrem Arm zog, passen würde.

Mit der Zeit wuchs das Mädchen heran. Schließlich war sie siebzehn Jahre alt geworden. Der Padischah hatte beschlossen, sich mit derjenigen zu verheiraten, der das Armband passen würde. Die Ausrufer verkündeten es und die Trommeln wurden geschlagen. Der Padischah ließ im ganzen Land suchen, aber das Armband paßte niemandem.

Endlich steckte er eines Tages das Armband, um es auszuprobieren, an den Arm seiner Tochter. Es paßte auf den Arm seiner Tochter so gut, daß der Padischah beschloß, seine Tochter zu heiraten.

Die junge Sultanin war mit dieser Heirat nicht einverstanden, aber sie konnte ihren Worten keine Geltung bei ihrem Vater verschaffen. Sie begann nachzudenken und verfiel auf einen Ausweg.

Unter den Hirten ihres Vaters gab es einen Schäfer, der sie wie ein Vater liebte. Von ihm beschloß sie sich Hilfe zu holen. Sie tat, wie sie es sich ausgedacht hatte, und ging zu dem Schäfer, erzählte ihm ihre Lage und verlangte von ihm das Fell eines geschlachteten Schafes. Da ihr Vater ihr zwei bis drei Tage Urlaub gegeben hatte, brauchte sie sich nicht zu beeilen. Als sie das Lammfell erhalten hatte, zog sie es über. Indem sie sich über die Erde schleppte, entfernte sie sich vom Schloß. Auf ihrem Weg kam sie durch viele Wälder. Dort traf sie Wölfe und wilde Tiere und mußte viel Unheil erleiden. Nachdem sie unterwegs auf diese Weise viel Zeit verbracht hatte, kam sie endlich in eine Stadt. Die Hirten des Padischahs in dieser Stadt gingen geradenwegs zu einem Schloß. Sie mischte sich nun unter diese Herde und kam so bis an das

Tor des Schlosses. Als man sie in den Stall führen wollte, sagte sie, daß sie nicht hineingehen würde. Erstaunt gingen die Diener zum Padischah und meldeten ihm, daß ein Schaf wie ein Mensch spreche. Der Padischah befahl nun, dieses Schaf vor ihn zu bringen.

Sie brachten das schöne Mädchen vor den Padischah. Als sie es nach seinem Namen fragten, sagte das Mädchen, daß es Fellmädchen heiße. Nun, wir wollen es kurz machen: Man gab dem Mädchen im Schloß ein Zimmer.

Nun hatte der Padischah jener Stadt einen Sohn. Man hatte die jungen Mädchen aller Städte zu einem Fest eingeladen, das der Padischah gab. Der Königssohn würde auf diesem Fest dem Mädchen, das ihm gefiele, einen goldenen Ball zuwerfen und es heiraten. Am Tage des Festes sagten die Dienerinnen auch dem Fellmädchen, es solle zu dem Fest gehen. Aber es ging nicht.

Als das Fellmädchen wußte, daß niemand im Schloß geblieben war, zog es sein Schaffell aus und ging in einem gelben Kleid in den Garten, wo das Fest gegeben wurde. Sie zog sich in eine Ecke zurück und setzte sich dort. Das Mädchen war so schön, daß es die Augen des jungen Prinzen auf sich zog. Sofort warf er ihr den goldenen Ball zu.

Als das Mädchen merkte, daß es gesehen worden war, floh es und kehrte ins Schloß zurück. Dort zog es das Schaffell wieder über. Die Dienerinnen, die vom Fest heimkehrten, erzählten dem Fellmädchen, daß zu dem Fest ein sehr schönes Mädchen gekommen sei und der Prinz ihm den Ball zugeworfen habe, aber das Mädchen sei entflohen. Das Fellmädchen hörte sich diese Geschichte an, ohne einen Ton zu sagen, und meinte dann: »Wenn ich dies Fell nicht hätte, wäre ich auch gekommen.«

Der Padischah ließ öffentlich bekanntmachen, daß das Fest zehn Tage dauern würde. Am zweiten Tag des Festes, nachdem niemand mehr im Schloß geblieben war, zog das Fellmädchen dieses Mal grüne Kleider an und ging zum Fest. Als der Prinz das Mädchen gesehen hatte, warf er sofort den goldenen Ball. Trotz aller Schwierigkeiten konnte das Mädchen wieder entfliehen und ins Schloß gelangen.

Als die Dienerinnen zurückkamen, sagten sie, daß jenes Mädchen wieder gekommen, aber entflohen sei; und wenn sie beim drittenmal käme und man sie nicht ergreifen könne, wolle der Königssohn auf Reisen gehen.

Am dritten Tage wurde der Festplatz von der Polizei umstellt. Als niemand mehr im Schloß war, hüllte sich das Fellmädchen dieses Mal ganz in weiße Kleider und erschien so auf dem Festplatz. Der Königssohn warf wieder den Ball. Aber nachdem das Mädchen den Ball gefangen hatte, entkam es doch irgendwie der Polizei.

Der Königssohn beschloß nun, auf Reisen zu gehen. Im Schloß fing man an, Vorbereitungen zu treffen. Jeder gab dem Königssohn ein Geschenk. Das Fellmädchen machte eine große Pastete, tat den goldenen Ball hinein und gab diese dem Königssohn als Geschenk. Dieser lachte über die Pastete und steckte sie als Erinnerung in eine Ecke seiner Satteltasche. Dann machte sich die Karawane auf den Weg.

Sie zogen durch viele Länder, konnten aber das Mädchen überhaupt nicht finden. So blieb ihnen nichts übrig, als ihren Weg fortzusetzen. Nach einiger Zeit wurden sie von einer Räuberbande angefallen. Dem Königssohn blieben weder sein Geld noch seine Leute. Als er seine Augen auf seine Satteltasche richtete, fand er jene Pastete. Da er Hunger hatte, begann er sofort zu essen. Als er das zweitemal in die Pastete biß, kam der Ball in seinen Mund. Da wußte er, daß jenes schöne Mädchen in seinem eigenen Schloß war. Daher beschloß er, in sein Land zurückzukehren. Aber dieses Unternehmen war nicht leicht. Nachdem er viele Abenteuer überstanden hatte, konnte er endlich nach Hause kommen.

Mit viel Mühe schnitten sie das Fell, das das Mädchen umhatte, auf. Die Fürstin, die viel schöner war als alle anderen, kam in ihrer ganzen Schönheit zum Vorschein. Die Hochzeit des Prinzen mit der schönen Fürstin dauerte vierzig Tage und vierzig Nächte.

25. Der unglückliche Holzfäller

In alter Zeit, als man das Stroh noch siebte, lebte ein unglücklicher Holzfäller, Hüseyin Dayi mit Namen. Der arme Hüseyin Dayi war fünfzig Jahre alt. Bis zu diesem Alter hatte er noch nie »o wie schön« gesagt. Jeden Morgen nahm er sein Beil auf die Schulter, ging auf den Berg und schlug bis zum Abend Holz. Wenn es anfing dunkel zu werden, lud er das geschlagene Holz auf seinen Rücken und brachte es zu der Stadt. Trotz so vieler Mühe und Arbeit verdiente er sehr wenig Geld. Mit diesem Geld konnte er nur trockenes Brot kaufen. Da er keine anderen Nahrungsmittel erlangen konnte, war er damit zufrieden.

Eines Tages ging Hüseyin Dayi wieder in den Wald, um Holz zu schlagen. Nachdem er ziemlich lange gearbeitet hatte, wurde er müde und setzte sich, um auszuruhen, an den Fuß eines Baumes. In diesem Augenblick hörte er, wie jemand hinter ihm sagte: »Hüseyin Dayi, darf ich zu dir kommen?«

Darüber war Hüseyin Dayi erstaunt, denn er kannte diese Stimme nicht. Sie ähnelte nicht den Stimmen der anderen Holzfäller, die im Walde arbeiteten. Obwohl er sich etwas fürchtete, antwortete er: »Komm doch mal her, Freund.«

Darauf trat hinter den Bäumen ein weißbärtiger Alter mit verklärtem Gesicht hervor. Er trat zu Hüseyin Dayi, grüßte und setzte sich. Sie sprachen über dieses und jenes. Nach einiger Zeit fragte der alte Mann: »Hüseyin Dayi, bist du mit deinem Leben zufrieden?«

Nachdem Hüseyin Dayi etwas gestockt hatte, sagte er: »Wie kann ich zufrieden sein, Freund, jeden Tag mit dem Beil auf der Schulter in den Wald gehen, Holz fällen und es dann auf dem Rücken nach dem Markt bringen. Da müht man sich den ganzen Tag dort ab, nur um das Geld für trockenes Brot zu verdienen; kann man das denn ertragen? Ich bin fünfzig Jahre alt und weiß nicht, was es bedeutet, in einer Stadt zu wohnen und sich einen Tag zu Hause auszuruhen. Immer habe ich gearbeitet, aber ich habe noch nicht einmal erreicht, mich richtig satt essen zu können. Wie soll ich mit einem derartigen Leben zufrieden sein!«

Als der weißbärtige Alte mit dem verklärten Gesicht die Klagen Hüseyin Dayis hörte, blickte er dem Holzfäller lange ins Gesicht und sprach dann zu ihm: »Ich werde dir einen Weg zeigen. Diesen Weg gehe! So Gott will, wird er für dich glückbringend sein. Steh auf, gehe gerade in dieser Richtung, und wenn dich die Leute, die dir auf dem Weg begegnen, fragen: ›Wohin gehst du?‹, mußt du sagen: ›Ich gehe mein Schicksal suchen.‹ Sie werden dir dein Schicksal zeigen. Was du dir auch wünschen wirst, das kannst du dir wünschen.«

Als der weißbärtige Alte mit dem verklärten Gesicht dies gesagt hatte, verschwand er. Hüseyin Dayi dachte etwas nach. An diesem Tag hatte er kein Holz geschlagen. So beschloß er das zu tun, was der Alte gesagt hatte. Er nahm sein Beil auf die Schulter und machte sich auf den Weg. Er ging und ging, bis er an einen Fluß kam. Als er den Fluß überschritt, fragte ihn ein Frosch: »Hüseyin Dayi, Hüseyin Dayi, wohin gehst du mit dem Beil auf der Schulter?« Hüseyin Dayi, der den Frosch nicht ohne Antwort lassen wollte, erwiderte: »Wohin soll ich gehen, ich gehe mein Schicksal suchen.« Wieder ließ der Frosch seine Stimme ertönen und sagte: »Wenn es so ist, dann gehst du noch lange.«

Ohne Antwort zu geben, marschierte Hüseyin Dayi weiter; er ging und ging, bis er zu einer Platane kam. Als er unter dem Baum war, rief ein Buchfink, der auf einem Zweig saß, Hüseyin Dayi zu: »Hüseyin Dayi, Hüseyin Dayi, wohin gehst du mit dem Beil auf der Schulter?« Hüseyin Dayi erinnerte sich an die Ratschläge des Alten mit dem verklärten Gesicht und erwiderte: »Ich gehe mein Schicksal suchen.« Der Buchfink antwortete wie der Frosch: »Wenn es so ist, gehst du noch lange.«

Der Holzfäller Hüseyin Dayi setzte seinen Weg fort, ohne sich um die Worte des Vogels zu kümmern. Aber der Weg hörte überhaupt nicht auf. Es war Abend geworden. Hüseyin Dayi ging weiter, und als es Morgen wurde, ging er immer noch. Wieder ward es Abend. Er konnte den beschrittenen Weg nicht aufgeben. Endlich nach drei Tagen kam er vor das Tor eines großen und schönen Schlosses. An dem Tor des Schlosses hielten zwei Löwen Wache. Die Löwen fragten den Holzfäller: »Hüseyin Dayi, Hüseyin Dayi, was suchst du mit dem Beil auf der Schulter?« Hüseyin Dayi wiederholte seine Antwort, die er jedesmal gegeben hatte: »Was werde ich suchen? Mein Schicksal suche ich.«

Die Löwen sagten nicht zum Holzfäller: »Du wirst noch lange suchen«, sondern: »Dein Schicksal ist hier, aber was wirst du machen, wenn du es findest? Gib dieses Vorhaben auf!« Hüseyin Dayi antwortete: »Laßt es mich nur mal finden. Ich weiß, was ich mit ihm machen werde.« Darauf erwiderten die Löwen: »In diesem Fall gehe hinein und zähle die unteren Zimmer! Dein Schicksal sitzt im vierzigsten Zimmer.«

Hüseyin Dayi trat durch das Tor ein. Da brüllte einer der Löwen hinterher: »Halt, Mann! Was hast du solche Eile? Das Innere ist unübersichtlich. Wenn du sagst, ich werde mein Schicksal suchen, wirst du dich verlieren.«

Daraufhin kam einer der Löwen zu Hüseyin Dayi und ging mit ihm zusammen. Mit dem Löwen schritt Hüseyin Dayi durch einen langen Flur. Auf diesem Flur gab es rechts und links Zimmer. Der Löwe öffnete das erste Zimmer auf der rechten Seite. Darin saß jemand in einem seidenen Kleid mit Goldstickerei auf einem Thron. Hüseyin Dayi fragte den Löwen: »Wer ist das?«

Der Löwe entgegnete: »Dies ist das Schicksal des Menschen, der auf dieser Welt am bequemsten lebt.« Hüseyin Dayi fühlte eine Eifersucht in sich hochkommen. Dann öffnete der Löwe die Tür des zweiten Zimmers. Dort saß jemand im seidenen Kleid mit einer Diamantenkrone. Hüseyin Dayi fragte wieder: »Wer ist dies?«

Der Löwe berichtete wieder: »Dies ist das Schicksal des Menschen, der an zweiter Stelle auf der Welt bequem lebt.« So gingen sie weiter, bis sie durch alle Zimmer gekommen waren. Nun öffnete der Löwe die Tür des neununddreißigsten Zimmers. Sie sahen, daß darin ein Mann in alten Kleidern saß. Hüseyin Dayi war es, als ob er Mitleid mit dem Manne hätte, dessen Schicksal so war. Als der Löwe dies merkte, sagte er: »Beeile dich nicht! Sieh erst dein Schicksal, dann denke darüber nach, ob es nötig ist, andere zu bemitleiden.«

Dann öffnete er die Tür des vierzigsten Zimmers. Dort befand sich jemand, der noch verwahrloster war als der vorherige. Der Löwe sagte zu Hüseyin Dayi: »Dies ist dein Schicksal!«

Hüseyin Dayi trat furchtsam in das Zimmer ein. Der verwahrloste Mann im Zimmer sah Hüseyin Dayi nicht an, worauf Hüseyin Dayi wütend wurde und schrie: »Wieviel Mühen habe ich erduldet, bis ich dich gefunden habe! Und nun blickst du mir nicht einmal ins Gesicht.« Hüseyin Dayis Schicksal entgegnete: »Was soll ich tun, sei willkommen!« Hüseyin Dayi war verärgert und antwortete: »Es genügt nicht, zu sagen: ›Sei willkommen!‹ Du bist ja mein Schicksal. Wenn du es doch nicht wärest! Wie du da aussiehst! Ich will kein Schicksal wie dich!«

In diesem Moment schlug der verwahrloste Mann im Zimmer seine Hände zusammen. Ein Neger erschien. Der verwahrloste Mann sagte zum Neger: »Führe diesen hier noch ein bißchen umher!«

Hüseyin Dayi und der Neger verließen das Zimmer. Durch alle Zimmer bis zum achtzigsten gingen sie hindurch. Im achtzigsten Zimmer saß jemand in einem Trümmerhaufen zwischen Skorpionen, Schlangen und Tausendfüßlern. Dieser Mann, der nur aus Haut und Knochen bestand, flößte Hüseyin Dayi Schrecken ein. Hüseyin Dayi sagte zum Neger: »Laß uns wieder umkehren!«

Der Neger aber fragte: »Es gibt noch zwanzig Zimmer, willst du die denn nicht mehr ansehen?«

Da Hüseyin Dayi die übrigen Zimmer nicht mehr sehen wollte, kehrte er mit dem Neger zurück und kam zu dem Zimmer seines Schicksals.

Diesmal sagte sein Schicksal zu ihm: »Wenn du willst, tausche mich um und nimm dir ein anderes Schicksal! Wie? Paßt es dir? Schließe deine Augen, wähle eines von denen, die du gesehen hast.«

Hüseyin Dayi dachte nach. Sein Schicksal ändern, das wäre gut! Aber wenn er die Schicksale in den ersten Zimmern nicht bekäme und er eines von den letzten erhielte . . .! Diese Möglichkeit erschreckte Hüseyin Dayi. Daher wandte er sich zu seinem Schicksal mit den Worten: »Nein, ich bin mit dir zufrieden. Ich will dich nicht wechseln.«

Daraufhin konnte Hüseyin Dayi nicht mehr dort bleiben, sondern verließ das Schloß und begab sich geradenwegs zum Wald. Unterwegs fragte der Buchfink auf der Platane: »Hüseyin Dayi, Hüseyin Dayi! Hast du dein Schicksal gefunden?«

Hüseyin Dayi ging seinen Weg weiter, ohne etwas zu sagen. Da hörte er ein Gelächter. Als er sich umdrehte, sah er, wie der Buchfink ihn auslachte. Nachdem er etwas weiter gegangen war, traf er den Frosch am Fluß. Der Frosch fragte: »Hüseyin Dayi, Hüseyin Dayi! Hast du dein Schicksal gefunden?«

Hüseyin Dayi antwortete nicht darauf. Wieder drang ein Lachen an sein Ohr. Da drehte er sich um und sah den Frosch lachen. Als Hüseyin Dayi in den Wald gekommen war, sah er sich dem weißbärtigen Alten mit verklärtem Gesicht gegenüber. Der Reihe nach erzählte er ihm alles, was ihm zugestoßen war. Schließlich nickte er mit seinem Kopf mit Tränen in den Augen und sagte: »Es gibt also noch Unglücklichere als ich!«

26. Das Zauberrohr

In früherer Zeit, als man das Stroh im Sieb siebte, lebte einmal ein armer Holzfäller, der in einem kleinen Dorf nahe bei der großen Stadt wohnte. Dieser Mann verließ jeden Morgen seine Hütte, ging in den Wald, fällte eine Last Holz, brachte sie zur Stadt und verkaufte sie auf dem Markt für drei Piaster.

Eines Tages war der arme Holzfäller dieses Lebens überdrüssig, und er beschloß, reich zu werden. Daher brach er von Hause auf und begann, auf einem weiten Weg zu marschieren. Als er ein gutes Stück gewandert war, bekam er großen Hunger. Da er kein Geld hatte, konnte er nirgendwo etwas kaufen, um seinen Hunger zu stillen. Nachdem er noch etwas weiter gewandert war, sah er auf einem großen Platz ein Regiment Soldaten, zu denen er hintrat. Er war erstaunt, als er die Soldaten üben sah:

»Heute ist nicht Mittwoch, sondern Donnerstag; nicht Donnerstag, sondern Mittwoch!«

Er wartete auf das Ende der Übung in dem Gedanken, daß sie dann etwas essen und ihn zu Tisch einladen würden.

Als die Soldaten die Übung beendet und sich vor die Eßschüsseln gesetzt hatten, kam aber keiner, der den armen Holzfäller eingeladen hätte. Ohne jemand zu fragen, setzte sich der Holzfäller vor eine Eßschüssel. Sie ließen ihn stillschweigend essen. Als der Holzfäller gegessen hatte und fortgehen wollte, sagten sie, daß er für das Essen arbeiten müsse. Auch er begann wie die anderen Soldaten zu üben:

»Nicht Mittwoch, sondern Donnerstag, nicht Donnerstag, sondern Mittwoch!«

Dann legte sich der Holzfäller mit den Soldaten zum Schlafen nieder. Am folgenden Morgen wollte er sich wieder auf den Weg machen. Aber auch diesmal ließen ihn die Soldaten nicht fort:

»Die Gebühr für das Essen, das hier jemand ißt, beträgt von fünf bis fünfundzwanzig Jahren zu arbeiten.«

Daraufhin war der arme Holzfäller gezwungen zu warten, bis fünf Jahre voll waren. Nach fünf Jahren bat er bei dem Regimentsquartiermeister um die Erlaubnis zu gehen. Dieser gab ihm einen Waffengürtel, eine Flöte, ein Hemd und ein silbernes Rohr.

Da der arme Holzfäller in diesen fünf Jahren älter geworden war, beschloß er, nunmehr in seine Heimat zurückzukehren. Er lud sich den Waffengürtel, die Flöte, das Hemd und das silberne Rohr, die man ihm geschenkt hatte, auf und begab sich zu seiner Hütte. Dort begann er wieder mit dem Beruf des Holzfällers.

Eines Tages, als er in den Wald ging, um Holz zu fällen, sprach er zu seiner Frau:

»Ich gehe in den Wald und möchte den Waffengürtel anlegen. Gib ihn her, denn er liegt doch unnütz herum, ich will ihn wenigstens einmal benutzen.«

Als ihm seine Frau den Gürtel gegeben hatte, band er ihn um seine Lende und machte sich auf den Weg. Wie gewöhnlich schlug er im Wald eine Last Holz, lud sie auf und ging zur Stadt. Nachdem er das Holz wie immer für drei Piaster auf dem Markt verkauft hatte, steckte er das Geld, das er bekommen hatte, in den Gürtel. Da man dem Holzfäller zu Hause an jenem Tag gesagt hatte, daß er Salz kaufen solle, ging er zum Salzhändler und kaufte etwas Salz. Als er im Laden des Salzhändlers das Geld geben wollte, bemerkte er auf einmal, daß anstelle der drei Piaster, die er im Gürtel an seiner Lende aufbewahrte, Hunderte von Goldstücken waren. Darüber war er sehr erstaunt. In dem Gedanken, daß darin ein Geheimnis sei, faßte er sich wieder und kehrte nach Hause zurück.

Der arme Holzfäller, der auf diese Weise reich geworden war, änderte sein Leben in keiner Weise und ging wie früher, als er arm war, jeden Tag in den Wald, schlug eine Last Holz, brachte sie zur Stadt und verkaufte sie dort. Die drei Piaster, die er eingenommen hatte, wurden in dem Gürtel immer zu Hunderten von Goldstücken.

Unser lieber Mann erzählte dieses Geheimnis nur seiner Frau und ermahnte sie besonders:

»Hüte dich, Frau, irgend jemand etwas von dieser Sache zu erzählen!«

Die Zeit verging, der Holzfäller wurde krank, seine Todesstunde kam und er starb. Nachdem der Mann gestorben war, rief die Frau ihren Sohn und sprach zu ihm:

»Mein Sohn, dein Vater ist tot. Jetzt mußt du arbeiten, um unser Heim zu erhalten.«

Daraufhin ging auch der Sohn des Holzfällers, wie sein Vater, in den Wald, um Holz zu schlagen, und unterhielt das Haus mit dem Geld, das er durch den Verkauf erworben hatte. Aber dem Sohn des Holzfällers kam es mühsam vor, jeden Tag in den Wald zu gehen, Holz zu schlagen, es sich aufzuladen und zur Stadt zu bringen und dort für nur drei Piaster zu verkaufen. Der Junge überlegte und dachte bei sich:

»Mein Vater war ja doch ein reicher Mann. Das Geld, das er jeden Tag für den Verkauf des Holzes erhalten hatte, waren Hunderte von Goldstücken. Ich aber verdiene jetzt nur drei Piaster. Darin muß irgendein Geheimnis verborgen sein.«

Dieser Gedanke beschäftigte den Jüngling ständig. Schließlich sagte er eines Tages zu seiner Mutter:

»Mutter, jeden Tag schlage ich eine Last Holz und verkaufe sie in der Stadt. Der Erlös, den ich daraus erziele, besteht nur aus drei Piastern. Obwohl mein Vater wie ich eine Last Holz schlug und sie verkaufte, brachte er am Abend Hunderte von Goldstücken nach Hause. Wie ist das? Wie verhält sich das? Da gibt es jedenfalls etwas, was ich nicht weiß. Du mußt mir sagen, was es mit der Sache auf sich hat.«

Auf diese Worte entgegnete die Frau ihrem Sohn: »Wie soll ich das wissen! Dein Vater hatte eine gesegnete Hand. Wenn er Erde anfaßte, wurde sie zu Gold. Was soll es sonst sein!«

Der Jüngling ärgerte sich und wandte ein:

»Nein, Erde wird nicht zu Gold!«

Die Frau entgegnete ruhig:

»Wie soll ich es wissen, ob Erde zu Gold wird oder nicht!«

Diesmal wandte der Junge ein: »Nein! Wenn du etwas weißt, sag es! Wenn du mir das Geheimnis, das in dieser Sache liegt, nicht sagst, töte ich dich.«

Diese Worte setzten die arme Frau in Schrecken, aber sie

berichtete nichts über den Talisman, der in dem Gürtel ihres Mannes lag, und sagte nur:

»Wir hatten etwas Geld. Dein Vater nahm als Notgroschen etwas von dem Geld mit und brachte es abends wieder zurück.«

Als der Junge das gehört hatte, ließ er sich von seiner Mutter die Stelle sagen, wo das Geld war. Wie er all die Goldstücke zusammen gesehen hatte, da wollte er heiraten und schickte seine Mutter als Brautschauerin zu der Tochter des Padischahs.

Wenn auch die Mutter nicht gern zum Schloß des Padischahs gehen wollte, so konnte sie sich ihrem Sohn nicht widersetzen. So ging sie schließlich und hielt um die Hand der Prinzessin an. Einerseits lachte der Padischah darüber, andererseits wollte er sich ein Vergnügen daraus machen, mit dem Sohn des Holzfällers seinen Spott zu treiben. Daher sagte er zu der Frau:

»Gut und schön, ich will meine Tochter deinem Sohn geben, nur muß mir dein Sohn hundert Sack Gold geben.«

Als die Frau des Holzfällers diese Antwort erhalten hatte, machte sie sich auf, ging nach Hause und erklärte ihrem Sohn die Lage. Als sie ihre Worte beendet hatte, meinte der Junge:

»Da muß ich aber lachen! Als ob das, was der Padischah gewünscht hat, eine große Sache wäre! Wir wollen unser Gold in Säcke füllen und dem Padischah schicken.«

Wie sehr die Frau ihrem Sohn auch zusprach, von dieser Leidenschaft abzulassen, das Gold nicht herauszuwerfen und ein für ihn passendes Mädchen zu heiraten, so fand sie bei ihm überhaupt kein Gehör, sondern er bestand darauf, das Gold in Säcke zu füllen und dem Padischah zu schicken.

So gingen Mutter und Sohn zu der Stelle, wo das Gold aufbewahrt wurde, und begannen, es in Säcke zu füllen. Sobald der Sohn einen Sack gefüllt hatte, stellte er ihn an die Wand, nahm einen anderen leeren Sack und füllte ihn. So plagten sie sich vom Morgen bis zum Abend und vom Abend bis zum Morgen ab und füllten neunundneunzig Säcke. Aber um den hundertsten Sack zu füllen, reichte das Gold nicht mehr. Da war der Sohn auf einmal sehr bedrückt. Während er geglaubt hatte, den Wunsch des Padischahs erfüllen und Schwiegersohn im Schloß werden zu können, mußte er sehen, daß sein Vorhaben ins Wasser gefallen war, und wurde fast wahnsinnig. Zu seiner Mutter sagte er:

»Mein Vater hat so viel Gold zusammengebracht, daß er neunundneunzig Säcke füllte. Ein Mann, der so viel Gold zusammengebracht hat, hat sicher auch noch einen Sack Gold. Sag mir, wo das Gold ist, damit ich diesen Sack noch vollmachen kann!«

Weinend entgegnete die Frau: »Wo soll noch anderes Gold sein, mein Sohn! Das ist eben alles, was er an Gold hatte. Du trägst das nun fort und bringst dich und auch mich in eine Notlage.«

Der Junge aber hörte nicht darauf, sondern rief: »Her mit dem Gold! Her mit dem Gold!« und stürzte auf seine Mutter los. Der armen Frau war nun klar, daß die Sache äußerst schwierig war und sie von ihrem Sohn verprügelt würde. So gestand sie:

»Das ganze Geheimnis liegt in jenem Waffengürtel. Binde ihn dir um die Lende und geh in den Wald! Lade dir das Holz, das du im Wald geschlagen hast, auf, bring es zur Stadt und verkaufe es! Die drei Piaster, die du einnimmst, steck in diesen Gürtel! Bis du nach Hause gekommen bist, füllt sich der Gürtel mit Gold.«

Auf diesen Rat der Mutter band sich der Sohn am folgenden Tag den Gürtel um und ging in den Wald. Das Holz, das er im Wald geschlagen hatte, nahm er auf den Rücken und brachte es zur Stadt. Wie früher verkaufte er das Holz für drei Piaster. Das Geld, das er dafür einnahm, steckte er in den Gürtel. Als er zu Hause angelangt war, sah er, daß die drei Piaster Hunderte von Goldstücken geworden waren. Darüber war der Junge sehr erfreut. Nachdem er nun auch den hundertsten Sack gefüllt hatte, lud er alle Säcke auf Kamele und brachte sie eines Tages zum Schloß des Padischahs.

Als der Padischah sah, daß auf den Kamelen hundert Sack Gold gekommen waren, war er verblüfft, und nachdem er erfahren hatte, von wem das Gold geschickt wurde, ließ er den Jüngling zu sich rufen und sprach zu ihm:

»Mein Sohn, bravo! Du hast gemacht, was ich gewünscht habe. Jetzt gibt es keinen Grund mehr, dir meine Tochter nicht zu geben, aber ich bin neugierig, wie und wo du dieses Gold bekommen hast. Wenn du mir diesen Punkt noch erklärst, werde ich die Genehmigung erteilen, daß eure Hochzeit sogleich stattfindet.«

Der Jüngling schenkte diesen Worten Glauben und gab das Geheimnis des Waffengürtels preis, indem er alles der Reihe nach erzählte. Da wurde der Padischah böse und rief: »Nun liegt die Wunderwirkung nicht bei dir, sondern im Gürtel.« Darauf ließ er dem Jüngling eine gehörige Tracht Prügel verabreichen. Währenddessen nahmen sie ihm den Gürtel von seiner Lende und warfen ihn ganz geschunden auf die Straße.

Als der Jüngling zur Audienz ins Schloß gekommen war, hatte er die Prinzessin gesehen und war in sie mit ganzem Herzen verliebt. Nachdem er nun nach Hause zurückgekehrt war, erzählte er seiner Mutter den ganzen Sachverhalt und sprach: »Was gibt es denn im Hause noch? Zeige es mir! Ich will damit das Geld für den Lebensunterhalt verdienen.«

Die arme Frau – was sollte sie tun und machen! – war verwirrt. Aber etwas später erinnerte sie sich daran, daß sich im Hause von ihrem Gatten noch eine zerbrochene Flöte befand, und sagte:

»Ja, jetzt ist uns nichts mehr außer jener zerbrochenen Flöte geblieben. Nimm sie und mach damit, was du willst!«

Der Jüngling nahm die Flöte. Beim ersten Flötenton trat ein Soldat aus der Flöte, beim zweiten wieder einer. Da wußte der Jüngling, daß, sobald er die Flöte spielte, ein Soldat hervortreten würde. Da war er zur Überzeugung gekommen, daß er jetzt eine ebenso wichtige Sache wie den Gürtel in die Hand bekommen hatte. Auf diese Weise war die Umgegend voll von Soldaten.

Als der Padischah die Soldaten sah, fragte er: »Wir hatten hier doch nicht so viele Soldaten. Woher sind sie denn gekommen?«

Man antwortete ihm: »Herr, das sind die Soldaten des Sohnes des Holzfällers!«

Dieses Mal fragte der Padischah: »Welcher Sohn des Holzfällers?«

Man gab ihm als Antwort: »Derjenige, der auch hundert Sack Gold gebracht hat! Der ist es!«

Daraufhin wurde der Padischah zornig und ließ den Sohn des Holzfällers wieder vor sich bringen:

»Ich habe mich geirrt. Ihr seid ein sehr großer Mann. Das letzte Mal habe ich Euch schlecht behandelt. Verzeiht mir! Jetzt gebe ich Euch meine Tochter. Aber ich bin neugierig, woher Eure Soldaten hierherkommen?«

Als der Jüngling gehört hatte, daß er die Prinzessin bekommen werde, war ihm, als ob er den Verstand verlöre, und er erzählte in einem Zustand, in dem er nicht wußte, was er tat, wie die Soldaten zustande gekommen waren.

Als der Padischah auch dieses Geheimnis erfahren hatte, ließ er dem Jüngling eine gehörige Tracht Prügel verabreichen und ihm die Flöte abnehmen.

Ganz zerschunden kehrte der Jüngling nach Hause zurück und sprach zu seiner Mutter:

»Der Padischah hat mich auch dieses Mal betrogen und mir die Flöte abgenommen. Wenn es im Hause noch etwas gibt, möchte ich es nehmen und arbeiten, um den Lebensunterhalt zu verdienen.«

Da wurde die Frau zornig und begann, ihren Sohn zu verfluchen. Aber wie dem auch sei, ist sie nicht eine Mutter? Schließlich konnte sie das Jammern ihres Sohnes nicht mehr ertragen und sprach:

»Da nimm dieses zerrissene Hemd von deinem Vater! Mach damit, was du willst! Aber komm nicht mehr zu mir heim!«

Der Jüngling nahm das Hemd, und sobald er es angezogen hatte, befand er sich im Schloß des Padischahs. Diesmal dachte er: »Oh, das ist gut. Jetzt weiß ich, was ich mit dem Padischah machen werde.«

Als der Jüngling das Hemd ausgezogen hatte, fand er sich wieder zu Hause. Bis zum Abend wartete er. Als der Abend gekommen war, zog er das Hemd an. Bis daß er seine Augen geöffnet und geschlossen hatte, war er zum Schloß des Padischahs gelangt. Da trat er in das Zimmer des Mädchens, in das er verliebt war, und begann sich mit ihr zu vergnügen und zu erfreuen. Die Tochter des Padischahs sagte zuerst nichts, beim zweiten Mal hatte sie noch Geduld, aber als der Jüngling zu weit ging, da erzählte sie die Sache ihrem Vater.

Diesmal wurde der Padischah noch viel zorniger als die vorhergehenden Male. Ohne seinen Zorn zu zeigen, ließ er den Sohn des Holzfällers wieder vor sich rufen, erwies ihm Ehre und Achtung und redete ihm gut zu, aber es gelang ihm auf keine Weise, das Geheimnis zu erfahren. Indem der Jüngling aus dem, was er erlebt hatte, eine Lehre zog, hütete er seine Zunge und sagte kein Wort.

Da wunderte sich der Padischah, wie der Sohn des Holzfällers in das Zimmer der Prinzessin gekommen war. Um von dieser Neugierde befreit zu werden, ließ er eine Zauberin kommen, erklärte ihr seinen Kummer und forderte sie auf, ein Mittel zu finden. Nachdem die Zauberin eine Nacht überlegt hatte, trat sie am andern Tag vor den Padischah und sprach:

»Der Jüngling hat ein Hemd an. Die ganze Wunderwirkung liegt in diesem Hemd. Wenn man das in Besitz bekommen könnte, würde er weder ins Schloß kommen noch ins Zimmer Eurer Tochter eindringen können.«

Als der Padischah das gehört hatte, trug er der Frau auf, Maßnahmen zu treffen, um in den Besitz des Hemdes zu kommen. Sobald die Zauberin diesen Befehl erhalten hatte, ließ sie eine Kiste anfertigen, an der sie ein kleines Loch anbringen ließ, stieg selbst in die Kiste und ließ sie im Schlafzimmer der Prinzessin aufstellen.

Als nun der Sohn des Holzfällers zum Schloß kam und in das Zimmer des Mädchens eintrat, begann er sich auszukleiden. Ohne zu merken legte er das Hemd, das er ausgezogen hatte, auf die an der Seite stehende Kiste. Als die Zauberin diese Gelegenheit fand, zog sie das Hemd sofort in die Kiste.

Als die Zauberin das Hemd ergriffen hatte, begann die Prinzessin, die in die Angelegenheit von Anfang an eingeweiht war, zu schreien. Alle Leute des Schlosses waren in Aufruhr. Indem einer den anderen fragte: »Was ist da los?« stiegen sie hinauf. Als dann der Sohn des Holzfällers, der darüber erstaunt war, das Hemd anziehen und entfliehen wollte, merkte er, daß das Hemd nicht mehr da war. Da wurde ihm klar, was ihm passiert war. In diesem Augenblick kamen die Diener, Mägde und Hausknechte in das Zimmer der Prinzessin. Sie ergriffen den Sohn des Holzfällers und gaben ihm eine solche Tracht Prügel, daß er im Blute schwamm. Nur mit Mühe konnte sich der arme Jüngling aus ihren Händen retten und auf die Straße fliehen. Was sollte er machen? Er überlegte hin und her und fand keinen Ort, wohin er hätte gehen können, außer dem Haus seiner Mutter. Voller Scham trat er ins Haus seiner Mutter und jammerte und flehte:

»Bei Gott, jetzt bin ich die Sache leid. Nun will ich nichts anderes mehr als arbeiten und Geld verdienen. Wenn mein Vater noch eine andere Sache zurückgelassen hat, gib sie! Ich will sie gebrauchen und Geld verdienen.«

Die Mutter hatte mit ihrem Sohn Mitleid. Es gab noch das silberne Rohr, das der Vater zurückgelassen hatte. Dieses nahm sie und gab es ihrem Sohn.

Als der Junge das silberne Rohr bekommen hatte, blieb er nicht mehr zu Hause, sondern ging aufs Feld. Am Fuß eines Berges ließ er sich nieder und legte das Rohr neben sich. Da wurde auf einmal vor ihm ein Garten sichtbar und er sah, daß in dem Garten verschiedene Fruchtbäume waren. Er ging zu einem dieser Bäume und pflückte einen Apfel. Als er ihn gegessen hatte, wuchsen ihm an beiden Seiten Hörner. Die Hörner wurden allmählich größer und so groß, daß der Jüngling seinen Kopf nicht mehr tragen konnte. Da fand er ein

Kraut, das er aß. Sogleich fielen die Hörner von seinem Kopf ab. Inzwischen ging er zu einem anderen Baum und pflückte eine Birne. Als er die Birne gegessen hatte, wurde der Sohn des Holzfällers zu einem Esel und begann zu iauen. Nach einiger Zeit bekam er Lust zu grasen. Während er graste, traf er auf ein Kraut. Sobald er es gegessen hatte, wurde er wieder ein Mensch. Nachdem er wieder menschliche Gestalt angenommen hatte, holte er etwas von dem Kraut, das ihn von dem Zustand des Esels befreit hatte, und steckte es in seine Tasche. Dieses Mal wurde er ein Derwisch und begann die Gebetsübungen vorzunehmen. Während der Sohn des Holzfällers die Gebete rezitierte, trat vor ihn eine Versammlung, der er die Äpfel zeigte mit den Worten:

»Diese sollt ihr essen.«

Alle, die in der Versammlung waren, aßen die Äpfel und an den Köpfen von allen entstanden Hörner. Nun waren aber die Teilnehmer der Versammlung die Minister des Padischahs, die den Sohn des Holzfällers verprügelt, ihm von der Lende den Waffengürtel, aus seiner Hand die Flöte und das Hemd nehmen ließen. Ihre Hörner wurden allmählich so groß, daß sie ihre Köpfe nicht mehr bewegen konnten. Da rief des Holzfällers Sohn:

»Lebet wohl, Kameraden! Ich gehe fort.«

Die Wesire mit den Hörnern antworteten:

»Gnade, Vater Derwisch! Wohin gehst du denn, ohne uns aus diesem Zustand zu befreien?«

Der kümmerte sich jedoch nicht darum. Die Wesire aber flehten und baten den Sohn des Holzfällers, indem sie sich mit ihren mit Hörnern versehenen Köpfen zur Erde neigten:

»Wenn du uns aus dieser Not befreist, tun wir, was du wünschst.« Daraufhin sprach der Jüngling:

»Wenn ihr mir des Padischahs Tochter zur Frau gebt und mich auf den Thron des Padischahs setzt, dann nehme ich eure Hörner fort.«

Das versicherten sie und der Jüngling verlangte:

»Also, der Padischah hat einen alten Waffengürtel, eine

zerbrochene Flöte und ein zerrissenes Hemd. Das alles bringt mir!«

Daraufhin erhob sich einer der Wesire, ging, indem er mit seinen Hörnern ständig an die Mauern schlug, zum Schloß und brachte, ohne daß es der Padischah wußte, den Waffengürtel, die Flöte und das Hemd. Nachdem der Jüngling das alles erhalten hatte, gab er jedem der Wesire eine Handvoll von dem Kraut, das er früher selbst gegessen hatte. Sofort fielen ihre Hörner ab. In großer Freude küßten sie den Rocksaum des Holzfällerssohnes. Als sie zur Stadt gekommen waren, setzten sie den Padischah vom Thron ab und an seine Stelle den Holzfällerssohn auf den Thron und gaben ihm die Prinzessin.

So erhielt der Sohn des Holzfällers sowohl die Tochter des Padischahs wie auch seinen Thron. Vierzig Tage und vierzig Nächte wurden Hochzeit, Feste und Feierlichkeiten abgehalten. Als der Jüngling Padischah geworden war, gab er dem alten Padischah etwas von dem Kraut zu essen, das ihn zum Esel gemacht hatte. Nachdem es der alte Padischah gegessen hatte, fing er zu iauen an. So nahm der Holzfällerssohn am Padischah Rache und ließ seine Wut aus. Sie hatten ihren Wunsch erreicht, wir wollen auf den Balkon gehen.

27. Der Padischah des Goldenen Berges

In früherer Zeit lebte ein reicher Kaufmann, der zwei Kinder hatte, von denen das eine ein Knabe, das andere ein Mädchen war. Der ganze Reichtum des Kaufmanns bestand in den Lasten von zwei Schiffen auf dem Meer. Mit großer Ungeduld wartete er, daß diese Schiffe möglichst bald nach der Heimat kommen sollten.

Eines Tages erhielt der Kaufmann nun die Nachricht, daß beide Schiffe auf dem Meer untergegangen seien. Auf diese Weise hatte der Arme sein ganzes Vermögen verloren. Nur ein kleiner Acker war ihm noch geblieben.

Eines Tages ging er ganz betrübt auf seinem Acker umher. Da trat ihm ein häßlicher Zwerg entgegen und fragte ihn:

»Menschenkind! Weshalb bist du denn so betrübt?«

Zuerst wollte der Kaufmann keine Antwort geben, aber dachte dann, daß er ihn kränken könne. So sprach er:

»Ich habe all mein Hab und Gut verloren. Außer diesem kleinen Acker besitze ich jetzt nichts mehr. Darüber denke ich nach und deshalb mache ich mir Sorgen.«

Auf diese Worte antwortete der Zwerg lachend:

»Mach dir keine Sorgen! Wenn du jetzt von hier nach Hause gehst und mir zwölf Jahre später die Sache bringst, die du unterwegs zuerst triffst, so werde ich dir so viel Gold geben, wie du haben willst.«

Da der Kaufmann dachte, daß er auf dem Wege nach Hause seinen Hund treffen würde, nahm er das Angebot des Zwerges an:

»Gut«, sagte er, »ich will so tun, wie du willst.« Nach diesen Worten verschwand der Zwerg sofort. Während der Kaufmann betrübt wieder nach Hause zurückkehrte, traf er unterwegs seinen Sohn. Obwohl unterdessen ein Monat vergangen war, kam vom Zwerg nicht das versprochene Gold. Der Kaufmann dachte bei sich darüber nach und war eines Tages ganz ohne Geld. Daher wollte er, um an Geld zu kommen, die Eisenteile vom Dach seines Hauses verkaufen. So stieg er zum Dach, und als er die Eisenteile sammelte, kam in seine Hand ein Sack Gold. Da war er wieder reich. Aus Freude darüber konnte er sich nicht fassen.

Die Jahre vergingen. Sein Sohn war herangewachsen. Als er sich eines Tages an das Versprechen erinnerte, das er dem Zwerg gegeben hatte, bekam er einen gewaltigen Schreck und war tief betrübt. Schließlich eröffnete er die Sache seinem Sohn. Als der Vater seine Worte beendet hatte, meinte der Sohn: »Hab nur keine Angst, lieber Vater, ich werde keinesfalls darin einwilligen, daß der Zwerg mich nimmt.«

So kam der Tag, an dem der Mann das Versprechen einlöste. Vater und Sohn gingen zu der Stelle, wo sie mit dem

Zwerg zusammentreffen wollten. Der Jüngling zog an der Stelle einen großen Kreis, beide traten zusammen in den Kreis und warteten. Kurz darauf kam der Zwerg. Er trat zu dem Kaufmann heran und sagte:

»Da bist du also! Willst du dein Versprechen erfüllen? Hoffentlich hast du das Wort, das du mir gegeben hast, nicht vergessen?«

Bevor der Vater etwas sagte, antwortete der Jüngling:

»Was suchst du denn hier, du häßlicher Zwerg?«

Er sprang aus dem Kreis, stürzte sich auf den Zwerg und beide kriegten sich an die Hälse. Schließlich wurde der Sohn besiegt. Der Zwerg ließ den Jungen in ein Boot steigen, das am Ufer eines Sees lag.

Nun war der alte Kaufmann sehr bekümmert, daß er sein Kind für immer verloren hatte. Weinend kehrte er nach Hause zurück.

Nachdem das Schiff tagelang über den See gefahren war, machte es endlich vor einem mit Gold geschmückten Schloß halt. Das Schloß war vollständig leer und im Besitz von Dschinnen.

Der Jüngling stieg aus dem Boot und trat in den Garten des leeren Schlosses. Er ging der Reihe nach durch alle Zimmer. Da sah er, daß in dem Zimmer, das er zuletzt öffnete, eine weiße Schlange lag. Diese Schlange war ein schönes Mädchen. Die Dschinnen hatten es gefesselt, in eine Schlange verwandelt und in dieses Schloß gebracht.

Als die Schlange den Jüngling gesehen hatte, freute sie sich und sprach zu ihm:

»Schöner Königssohn, du bist gekommen, um mich zu erlösen. Was ich dir sage, mußt du sogleich tun. Diese Nacht werden zwölf schwarze Zwerge kommen, an deren Lenden Ketten hängen. Hüte dich, eine Antwort zu geben und einen Laut zu tun, selbst wenn sie dich mit diesen Ketten schlagen. Morgen abend werden wieder zwölf Zwerge kommen und am folgenden Abend noch mal vierundzwanzig; sie werden dir den Kopf abschneiden, aber gib keinen Laut von dir! Um

Mitternacht wird ihre Kraft erlöschen, ich werde frei sein und zu dir kommen. Dann werde ich dich mit Lebenswasser waschen und dich wieder zum Leben erwecken.«

All das kam so, wie die Schlange gesagt hatte. Am dritten Abend schnitten sie ihm den Hals ab. Die Schlange wurde eine entzückende Sultanin, die den Jüngling mit dem Lebenswasser wusch und ihn zum Leben erweckte. Dann verheirateten sie sich.

Die Sultanin brachte den Jüngling zu ihrem Berg. Dieser Berg bestand ganz und gar aus Gold. Der Jüngling wurde der Padischah dieses Berges. Sein Schloß wurde aus Gold errichtet. Lange Zeit lebten beide glücklich miteinander. Die Sultanin bekam einen Knaben.

Eines Tages erinnerte sich nun der Padischah seines alten Vaters und wurde von dem Verlangen erfaßt, ihn wiederzusehen. Aber die Sultanin wollte nicht, daß er zu ihm ginge.

»Wenn du hingehst«, sagte sie, »weiß ich, daß großes Unglück über dich kommen wird.«

Der Padischah aber hörte nicht auf die Worte seiner Frau. Als es der Sultanin klar war, daß er in der Tat hingehen würde, zog sie einen Ring von ihrem Finger und gab ihn ihrem Gatten mit den Worten:

»Steck diesen Ring an deinen Finger! Wenn auch immer du etwas brauchst, zieh ihn vom Finger und sag deinen Wunsch! Aber du darfst nicht verlangen, mich vor deinem Vater zu sehen.«

Nachdem der Padischah den Ring an seinen Finger gesteckt hatte, versprach er seiner Frau, ihre Weisungen zu halten, und rief: »Ich will bei meinem Vater sein!«

Er schloß die Augen, und als er sie wieder öffnete, befand er sich schon bei seinem Vater. Der Kaufmann aber erkannte seinen Sohn nicht mehr.

»Du bist nicht mein Sohn! Er ist vor vielen Jahren gestorben.«

Als der Padischah des goldenen Berges das gehört hatte, konnte er es nicht ertragen. Mit Tränen in den Augen sprach er:

»Mein Vater! Ich bin dein Sohn. Erinnerst du dich denn nicht, daß ich am Körper ein Mal hatte? Hatte denn dein Sohn nicht ein solches Zeichen?«

Als seine Mutter das hörte, sagte sie:

»Unser Sohn hatte unter seinem rechten Arm einen Leberflecken. Damit wurde er geboren.«

Der Jüngling machte nun seine Kleider frei und zeigte das Mal unter seinem Arm. Da begannen Vater und Mutter vor Freude zu weinen und fielen dem Jüngling um den Hals. Darauf erzählte er alles, was er erlebt hatte, und berichtete mit seinen Worten von seiner schönen Frau auf dem Goldenen Berg und seinem kleinen Söhnchen. Als sein Vater das alles gehört hatte, meinte er:

»Nein, du lügst, würde denn der Padischah des Goldenen Berges in dieser Weise reisen?«

Der Sohn bemühte sich zwar, ihnen die Lage zu erklären, aber er konnte sie gar nicht überzeugen. Um ihnen zu beweisen, daß er Padischah sei, zog er seinen Ring hervor und wollte, daß seine Frau und sein Kind kommen sollten. Beide erschienen nun sofort. Aber die Sultanin war äußerst verzweifelt. Da glaubten Vater und Mutter nun, daß ihr Sohn tatsächlich der Padischah war, und sie beschlossen, zusammen zu leben.

Eines Tages gingen die Sultanin und der Padischah am Ufer des Sees spazieren. Der Padischah zeigte die Stelle, wo er veranlaßt wurde, in das Boot zu steigen. Nachdem beide eine Zeitlang dort gestanden hatten, wurden sie müde und ließen sich am Ufer des Sees auf einer Wiese nieder. Sogleich fielen sie in tiefen Schlaf.

Die Sultanin wollte an ihrem Gatten, da er sein Wort nicht gehalten hatte, Rache nehmen und zog ihm, während er schlief, behutsam den Ring vom Finger. Sie wünschte, zusammen mit dem Kind in ihrem Schloß zu sein.

Als der Padischah erwachte, fand er sich allein am Ufer des Sees. Als er merkte, daß der Ring von seinem Finger verschwunden war, dachte er:

»Nun kann ich nicht mehr zu dem Hause meines Vaters gehen. Sie halten mich für einen Lügner und Zauberer. Auf alle Fälle muß ich meine Frau wiederfinden.«

Der Padischah des Goldenen Berges begann nun, indem er sich aufraffte, ganz verzweifelt den Goldenen Berg zu suchen.

Er wanderte und wanderte, ging über Berg und Tal und gelangte schließlich zu einem Berg. Dort waren sich drei Devs an die Hälse geraten. Als sie den Padischah sahen, riefen sie:

»Seht, der da soll unser Richter sein und die Erbschaft verteilen!«

Diese Erbschaft bestand aus einem Schwert, einer Uhr und einem Paar Stiefel. Wenn man zu dem Schwert sagte: »Mein Schwert, erhebe dich!« erhob sich das Schwert und hieb den Kopf des Mannes ab, den man wünschte. Wer die Uhr besaß, konnte das werden, was immer er werden wollte. Wer die Stiefel anzog, konnte in fünf Minuten zu dem Ort, wohin er wollte, gelangen, sei es auch noch so weit.

Als der Padischah das hörte, sagte er:

»Das möchte ich einmal probieren. Ich sage dann, wem von euch man sie geben muß.«

Also nahm er die Uhr und wollte eine Fliege werden. Sofort wurde er eine Fliege. Dann nahm er Schwert und Stiefel und wollte auf dem Goldenen Berg sein. Sobald er die Augen öffnete, fand er sich auf dem Goldenen Berg. Als er in Hörweite des Schlosses war, hörte er aus dem Innern Musik ertönen. Die Leute, die sich um das Schloß versammelt hatten, erzählten ihm, daß sich die Sultanin mit einem anderen Königssohn verheirate. Der Padischah trat mit der Erbschaft ein und stellte sich in einer dem Auge unsichtbaren Gestalt neben die Sultanin.

Die Sultanin saß unter Hunderten von Leuten am Tisch. Alles, was sie zum Essen in die Hand nahm und zum Trinken zum Mund führte, nahm er sofort aus ihrer Hand.

Als die Sultanin das merkte, bekam sie große Angst, stand sofort vom Tisch auf und ging in ihr Zimmer. Der Padischah folgte ihr. Als die Sultanin in ihr Zimmer gekommen war, warf sie sich auf das Sofa und flehte weinend:

»Gnade, o Gott! Die Dschinnen haben mich wieder gefesselt.«

Sogleich zog der Padischah die Uhr hervor und verwandelte sich in seine eigene Gestalt mit den Worten:

»Meine Herrin, ich habe dich von den Dschinnen erlöst, aber du hast mich betrogen. Verdiente ich eine so schlechte Behandlung?«

Sogleich ging die Sultanin hinaus und sagte allen Leuten, daß sie nicht fortgehen sollten, daß die Hochzeit nicht gefeiert würde, und daß der wirkliche Padischah des Goldenen Berges gekommen sei. Die Padischahs, Königssöhne und alle, die zur Hochzeit geladen waren, machten sich über diesen lächerlichen Ausgang lustig. Der Padischah war über ihr höhnisches Gelächter erbost und ließ sie alle über die Klinge springen. Zum zweiten Male wurde er der Padischah des Goldenen Berges. Seine Frau und er begannen mit dem Kind glücklich zu leben. Sie haben ihren Wunsch erreicht, wir steigen auf den Balkon.

28. Der geizige Mann

In alter Zeit, als die Fliege noch Imam war, als meine Mutter meine Wiege schaukelte, hat sie sie umgeworfen. Mein Vater ergriff die Feuerzange, meine Mutter packte die Wiege und ging um die vier Ecken. Als das Kamel noch Ausrufer, der Esel noch Barbier war und ich die Wiege meines Vaters schaukelte, da hatte einmal eine arme Frau drei Töchter. Diese waren sehr arm.

Da kam eines Tages ein Reiter auf einem Pferd aus Smaragd und mit goldenem Wagen, indem er den Staub zu Wolken aufwirbelte, und machte vor ihrem Haus halt. Er klopfte an die Tür und wünschte die älteste Tochter von der Frau. Damit war die Frau einverstanden und gab sie ihm.

Der Mann machte sich mit dem Mädchen auf den Weg. Nach zwei Tagen und zwei Nächten kamen sie vor ein großes Schloß. Der Mann nahm eine Dose aus seiner Tasche, aus der Dose kam eine andere, aus dieser wieder eine andere und schließlich kam aus der letzten Dose eine kleine Kichererbse zum Vorschein. Diese reichte er dem Mädchen mit den Worten:

»Die Hälfte dieser Erbse gehört dir, die andere mir. Das ist schon zuviel, aber verzeih mir.«

Das arme Mädchen war aus Angst einverstanden. Am folgenden Tag gab ihr Gatte ihr zehn Para mit der Mahnung:

»Nimm das Geld und geh zum Bad!«

Sogleich holte das Mädchen seine goldenen Holzsandalen und die Badeausrüstung und begab sich zum Bad. Nachdem es ordentlich gebadet hatte, gab es, als es hinausging, dem Badewärter die zehn Para. Darüber war der Badewärter sehr erfreut und trug ihr die Holzsandalen und die Badeausrüstung nach Hause. Darüber war der Mann erzürnt und sperrte seine Frau im Keller ein.

Am folgenden Tag ging der Mann ins Haus der Mutter des Mädchens und sprach:

»Die älteste Schwester wünscht ihre jüngere Schwester zu sehen.« Mit der jüngeren Schwester begab er sich heim.

Wie die ältere Schwester schickte er auch sie zum Bade. Weil dem Mädchen aber die goldenen Holzsandalen gestohlen worden waren, warf er auch es in den Keller.

Schließlich begab er sich noch einmal zum Hause der Mädchen, um die jüngste Tochter zu erbitten, und behandelte sie in derselben Weise. Als er nach Hause gekommen war, gab er dem Mädchen eine Erbse, worauf das Mädchen entgegnete:

»Ich esse überhaupt nichts! Warum sollen wir es tun? Wir wollen sie für morgen aufbewahren.«

Diese Antwort gefiel dem Mann sehr und er gab dem Mädchen einundvierzig Schlüssel mit der Weisung:

»Vierzig Türen kannst du öffnen, aber die einundvierzigste Tür darfst du nicht öffnen.«

Das Mädchen war damit einverstanden und begann die Türen zu öffnen. Als es zum letzten Zimmer gekommen war, da zögerte es etwas, öffnete dann aber und trat ein. Drinnen sah es eine eiserne Tür. Als es diese eiserne Tür geöffnet hatte, da ergossen sich Goldmassen über den Raum. Das Mädchen sammelte nun all das viele Gold.

Am folgenden Tag gab der arme Mann dem Mädchen zehn Para mit den Worten:

»Geh damit zum Bad und bring fünf Para davon zurück!«

Das Mädchen holte die Holzsandalen und die Badeausrüstung und ging zum Bad. Als es dann hinausging, gab es etwas von dem Gold, das es aufbewahrt hatte, dem Badewärter. Zu Hause angekommen, gab es das Geld dem Mann zurück:

»Ich habe im Badehaus ohne Geld gebadet.«

Daraufhin ging der Mann auf die Straße. Unterwegs sah er, wie zwei Kinder sich wegen eines Vogels stritten. Jedem von beiden gab er fünf Para und kaufte den Vogel. Als er heimgekommen war, sagte er zu dem Mädchen:

»Nimm ihn, du kannst einen Flügel einen Monat lang, den anderen einen Monat lang, seinen Kopf zwei Monate und seinen Körper acht Monate lang essen. Alles das reicht dir für ein Jahr.«

An jenem Tage waren nun der Kadi, der Imam und der Bürgermeister des Stadtviertels in dem Haus zu Gast. Das schlaue Mädchen brachte zusammen mit dem Essen, welches sie früher vorbereitet hatte, den ganzen Vogel auf den Tisch. Als der Mann das sah, da schwanden ihm die Sinne und er begann zu stottern:

»Alles, alles, aber auch alles . . .«

Da wandte sich das Mädchen an den Imam, den Kadi und den Bürgermeister:

»Da hört ihr es ja, er sagt: Mein ganzes Hab und Gut soll dir gehören! Ihr seid Zeugen!«

In der Tat, der Mann starb und das Mädchen erhielt all sein Hab und Gut.

Sie befreite ihre Geschwister und brachte sie zu ihrer Mutter zurück. Sie aßen, tranken und lebten gut. Sie haben ihr Ziel erreicht, wir wollen es uns gemütlich machen.

29. Der Glücksvogel

Einmal, in alten Zeiten, als man noch das Stroh siebte, hatte ein Padischah drei Söhne. Der Padischah war ein Mensch mit ziemlich beschränktem Verstand. Er tat alles mögliche, was sich nicht für sein Alter und seine Würde ziemte. Jeden brachte er über sich zum Lachen. Um die Regierungsangelegenheiten kümmerte er sich überhaupt nicht. Seine Zeit verbrachte er damit, viel zur Jagd zu gehen und Vergnügungen zu veranstalten.

Eines Tages rief er seine drei Söhne zu sich und fragte sie: »Sagt mir doch mal, wie sehr liebt ihr mich?« Die Königssöhne, die an derartige Sonderheiten ihres Vaters gewöhnt waren, wunderten sich nicht über diese Frage ihres Vaters. Aber sie wußten, wie sehr er sich erzürnte, wenn man auf eine Sache, die er fragte, keine Antwort gab. Zuerst antwortete der älteste Sohn auf die Frage: »Mein lieber Vater, ich liebe dich wie Gold, Diamanten und Brillanten.«

Diese Antwort seines ältesten Sohnes gefiel ihm sehr gut. Er brach in schallendes Gelächter aus und fragte dann den mittleren Sohn: »Na und du, wie sehr liebst du mich denn?« Der entgegnete: »Mein lieber Vater, ich liebe dich wie Honig, Pastete und süße Mehlspeisen.«

Auch die Antwort seines mittleren Sohnes gefiel dem Padischah. Wieder brach er in schallendes Gelächter aus. Darauf wandte er sich an den jüngsten Sohn: »Nun sag mal, mein jüngster Sohn, wie sehr liebst du mich?«

Nicht sofort konnte der jüngste Sohn eine Antwort geben. Nachdem er etwas geschluckt hatte, sagte er: »Mein lieber Vater, ich liebe dich wie Salz.« Die älteren Brüder konnten sich bei dieser unerwarteten Antwort des jüngsten Königssohnes nicht fassen und lachten. Der Padischah aber machte ein finsteres Gesicht, runzelte die Stirn und sprach: »Was sagst du, was sagst du? Du liebst mich wie Salz? Du schamloser, treuloser Sohn. Kennst du denn nichts Wertvolleres als Salz in der Welt?«

Darauf zog er zornig aus einem Perlmuttkästchen, das er bei sich trug, zwei Beutel mit Gold hervor und warf das eine dem ältesten, das andere dem mittleren Sohn zu. Er machte ihnen mit der Hand ein Zeichen, daß sie hinausgehen sollten. Die beiden Söhne küßten fast die Erde und gingen rücklings hinaus. Dann klatschte der Padischah in die Hände. Da trat ein Neger ein, dem er befahl: »Ruf mir schnell die Henker!« Sogleich ging der Negerdiener hinaus. Nach kurzer Zeit traten zwei riesige, halbnackte, furchtbare Neger mit dem Henker ein. Der Padischah wies auf seinen jüngsten Sohn: »Ergreift ihn sofort und schlagt ihm den Kopf ab. Wenn ihr meinen Befehl nicht ausführt, dann werde ich auch euch beide in Stücke zerhacken lassen.«

Wie jeder im Serail hatten auch die Henker den jungen Königssohn sehr lieb. Gemäß dem Befehl des Padischahs ergriffen sie ihn und führten ihn ab. Sogleich machten sie zwei Pferde bereit. Einer nahm den jungen Königssohn an seine Seite. So ritten sie geradenwegs in die Berge. An einer vom Serail ziemlich weit entfernten Stelle auf einem Bergesgipfel machten sie halt. Dem jungen Königssohn war traurig zumute. Wenn sie ihn nur berührten, hätte er fast geweint. Die Henker hatten Mitleid mit seiner Lage. Einer von ihnen sprach:

»Mein Königssohn! Wir werden dich nicht umbringen. Indessen hast du mit deinen eigenen Ohren den Befehl unseres Padischahs gehört. Ziehe aber dein Hemd aus und gib es uns. Wir wollen einen Hasen fangen und das Hemd mit seinem Blut färben. Deinem Vater wollen wir das blutige Hemd bringen und sagen: ›Sieh da, wir haben den Königssohn getötet!‹ Du aber mach dich von hier fort und kehre nie wieder in deine Heimat zurück!«

Der Königssohn war über diesen Vorschlag der Henker

erfreut. Sogleich zog er sein Hemd aus und gab es ihnen. Allen beiden dankte er, daß sie ihm das Leben geschenkt hatten. Er nahm eins der Pferde von ihnen, ritt davon und entschwand ihren Augen.

Er ritt und ritt, schweifte über Berg und Tal, sechs Monate und einen Herbst lang. Indem er sich lagerte und wanderte und Tulpen und Hyazinthen schnitt, verging ein ganzer Herbst. Schließlich gelangte er in ein Land. So müde war er, daß er fast vom Pferde gestiegen, sich am Boden ausgestreckt hätte und eingeschlafen wäre.

Als er zur Stadt kam, klopfte er an die Tür des ersten Hauses am Wege. Eine alte Frau öffnete die Tür. Er sagte ihr nicht, daß er ein Königssohn war, sondern bat, sie möge ihn an Kindes Statt annehmen, da er sonst niemanden auf der Welt hätte und in diesem Land fremd sei. Ohnehin hatte auch die alte Frau niemanden. Sie freute sich, daß sie ohne Mühe ein erwachsenes Kind bekommen hatte, und nahm den Königssohn als Kind an.

Die alte Frau setzte dem Königssohn etwas zu essen vor. Als der Königssohn gesättigt war, ging er zum Brunnen, um sich Hände, Gesicht und Füße gut zu waschen. Darauf gab er auch seinem Pferde Futter. Als er das alles verrichtet hatte, warf er sich auf das Bett, das ihm die Frau bereitet hatte, und fiel in tiefen Schlaf.

Als er am anderen Morgen erwachte, sah er vom Fenster aus, wie das Volk nach einem Ort zusammenströmte. Da fragte er die alte Frau: »Mein liebes Mütterchen! Wohin gehen denn all die Leute? Gibt es ein Fest oder sonst was?« Darauf sagte die alte Frau: »Kein Fest, mein Sohn, sondern noch etwas viel Wichtigeres. Heute läßt man den Glücksvogel fliegen, um unseren Padischah auszuwählen.« Da meinte der Königssohn: »Dann nimm mich doch bitte mit, liebes Mütterchen. Auf alle Fälle wollen wir uns das ansehen.«

Die alte Frau wollte ihr Kind nicht kränken. Sie zogen sich an und gingen auf die Straße. Mit den Leuten begaben sie sich zu dem großen Platz.

Nachdem sich dort alle Leute versammelt hatten, ließen sie den Glücksvogel fliegen. Der Glücksvogel begann über der Menge zu kreisen. Die einen waren erregt in dem Gedanken: »Wird er sich vielleicht auf mir niederlassen?«, die anderen stellten sich auf die Fußspitzen und reckten sich in die Höhe, damit er sich auf ihrem Haupt niederlasse.

Nun, kreiste der Vogel jetzt umher und ließ sich dann auf dem Kopf unseres kleinen Königssohnes nieder? Aber damit war keiner zufrieden. Aus aller Mund kamen Rufe, manche schrien: »Dieser Fremde kann nicht Padischah werden!« Sie erklärten die Wahl für ungültig und beschlossen, am folgenden Morgen sich wieder zu versammeln.

Am folgenden Morgen versammelte sich also wieder alles Volk. Weil der kleine Königssohn das Volk nicht erregen wollte, falls auch diesmal ein Irrtum vorkäme, setzte er sich neben einen Stein auf dem Friedhof, der am Wege lag.

Man ließ den Glücksvogel fliegen. Das Volk geriet in Aufregung. Aber keiner sprach einen Ton. Ihre Augen verfolgten aufmerksam den Vogel in der Luft, wohin er flog. Nachdem der Glücksvogel viel gekreist hatte, setzte er sich da jetzt wieder auf den Kopf des Königssohnes nieder, der am Rande des Friedhofs saß?

Wieder entstand im Volk ein Tumult. Auf der einen Seite riefen die Leute: »Das gilt nicht, das gilt nicht! Aller guten Dinge sind drei!« Auch diese Wahl erklärten sie für ungültig und beschlossen, sich noch einmal zu versammeln.

So versammelten sich die Leute in der Frühe am folgenden Morgen auf dem Platz. Kaum hatten der Königssohn und die alte Frau ihr Haus verlassen und waren auf dem Weg zum Platz, da wurde der Glücksvogel fliegen gelassen.

Wieder kreiste der Glücksvogel einige Male über der Menge. Dann entfernte er sich schnell von dort und setzte sich zum drittenmal auf den Kopf des Königssohnes, der gerade im Begriff war, zum Platz zu gehen. Dieses Mal erhob niemand einen Einwand. Unser kleiner Königssohn übernahm als Padischah die Verwaltung jenes Landes. Da er ein kluger

Junge war, machte er sich in kurzer Zeit bei dem Volk beliebt. Er erledigte viele Angelegenheiten und begann, das Land wie eine Rose zu pflegen.

Inzwischen vergingen die Jahre. Ohne daß sich der junge Padischah zu erkennen gab, schrieb er seinem Vater einen Brief und lud ihn in sein Land ein. Sein Vater nahm die Einladung an, die von dem Padischah eines benachbarten Landes kam, und kam sofort mit einer Abteilung Soldaten, da er auf Vergnügungen versessen war.

Der junge Padischah ließ sehr schöne Speisen zubereiten, aber in keine Salz tun. Als er merkte, daß ihn sein Vater beim ersten Zusammentreffen nicht erkannte, da er sich einen Schnurrbart und Backenbart angelegt hatte, freute er sich sehr.

Nun aßen sie zu Abend. Der Gastpadischah erfreute sich sehr an den Speisen, aber er wunderte sich, daß sie ungesalzen waren. Obwohl ihm das nicht gefiel, sagte er nichts.

Am folgenden Tag versammelte er seine Soldaten und fragte sie nach ihrem Befinden. Auch sie beschwerten sich, daß die Speisen ungesalzen waren. Als sie zu Mittag aßen, fragte der Gastpadischah: »Mein Lieber, gibt es in Eurem Land kein Salz?«

Lachend entgegnete der junge Padischah: »Doch, mein Padischah, und es gibt so viel, daß Salz von hier in die ganze Welt ausgeführt wird.«

Über diese Antwort erstaunt, meinte der Padischah: »Schön, aber alle Eure Speisen sind ohne Salz. Was hat das für einen Grund?«

Diesmal erwiderte der junge Padischah: »Man sagt, daß Ihr das Salz nicht gern habt und nie in Eure Speisen Salz tut; deshalb habe ich kein Salz hineintun lassen.«

Sofort fiel der Padischah ins Wort: »Durchaus nicht, da hat man Falsches verbreitet. Was ist schon ein Leben ohne Salz? Ich habe das Salz sehr gern.«

Da sprach der junge Padischah lachend: »Aber als Euer jüngster Sohn sagte, daß er Euch wie Salz liebe, habt Ihr ihn nicht den Henkern übergeben?«

Auf diese Rede hin stutzte der Padischah. Als er den jungen Padischah ihm gegenüber aufmerksam betrachtet hatte, erkannte er ihn als seinen Sohn. Dann rannen aus seinen Augen zwei Tränen.

Vater und Sohn umarmten sich. Ihre Freude hätte man sehen sollen! Sie hatten ihren Wunsch erreicht.

30. Die verwundete Prinzessin

Es war einmal, als man auf dem Markt Zwiebeln und Knoblauch verkaufte, als der Balken meiner Waage brach, während ich nach einem schönen Mädchen schaute, die Henne wegen einer Stechmücke scharrte, der Hahn krähte und die Nachtigall ihr Mädchen pries. Du bist auf dem Zweig unter dem Dach, oh, wo bist du, meine Schöne! Manchmal öffnest du dich wie eine Rose, manchmal schwebst du in den Lüften.

Da ist ein Märchen: Zwei Katzen sprangen, der Frosch wurde beflügelt, er ging, sich eine Braut zu holen. Die Braut trat in die Laube, plumps, da fiel sie ins Glas. Ein Märchen nennt man das, beim Erzählen kommt die Freude.

In früherer Zeit hatte ein König eines Landes keine Kinder. Obwohl der König und seine Gemahlin sehr gern ein Kind gehabt hätten, schenkte Gott ihnen keines. Aus der ganzen Welt kamen die berühmtesten Ärzte herbei und untersuchten die Königin. Es wurden Arzneien aus sehr kostbaren Kräutern bereitet, deren Namen man noch nie gehört hatte. Aber alle blieben nutzlos. So verbrachten sie die Tage in Verdruß und Kummer. Schließlich, als der König und die Königin schon recht alt geworden waren, bekamen sie doch noch eine Tochter. Mit beiden war das ganze Volk von großer Freude erfüllt. Tagelang veranstaltete man Freudenfeste und Gastmähler.

Mit der Zeit nun begann das Mädchen, das die Zofen und Dienstmädchen auf Händen trugen, heranzuwachsen, und je mehr es heranwuchs, desto schöner wurde es. Als es jedoch zu einem jungen Mädchen geworden war, sieh da, erschienen da nicht auf ihrem ganzen Leib lauter Wunden? Der König und die Königin, die über diesen Zustand ihrer Tochter sehr bekümmert waren, riefen zuerst alle Ärzte des Landes ins Schloß und ließen ihre Tochter untersuchen. Darauf ließen sie die teuersten Arzneien bereiten und damit ihren Körper bestreichen; aber keine brachte Linderung. Anstatt sich zu vermindern, nahmen die Wunden jeden Tag noch etwas zu.

Nun sandte der König in alle vier Himmelsrichtungen Männer aus und ließ die namhaftesten Ärzte herbeirufen. Nach ihren Anweisungen ließ er Arzneien zubereiten; aber wiederum blieb der Erfolg aus. Auf dem Körper der unglücklichen jungen Prinzessin blieb keine Stelle mehr übrig, die nicht von Wunden bedeckt war. Sie konnte es vor Schmerz nicht aushalten, ihre Tränen nicht zurückhalten, und selbst das Blut, das aus ihren Wunden rann, hörte in keiner Weise auf zu fließen.

Schließlich gab der König, da er keinen Ausweg mehr wußte, den Goldschmieden des Schlosses den Befehl, den Körper seiner Tochter von Kopf bis Fuß mit Gold zu bedecken. Auf diese Weise hörte das Blut zwar zu fließen auf; ihr Schmerz hielt jedoch an, da die Wunden sich nicht gebessert hatten. Auf jeden Fall fühlten sich der König und die Königin nun etwas wohler, weil sie doch wenigstens diese kleine Hilfe gegen das Bluten ihrer Tochter gefunden hatten. Als der Körper der jungen Prinzessin mit Gold bedeckt war, verbreitete sich die Nachricht davon im ganzen Lande; jedermann begann auf die mit Wunden bedeckte Prinzessin aufmerksam zu werden. Diebe und Hexen drangen ins Schloß ein und machten sich daran, auf Mittel und Wege zu sinnen, das Gold an dem Mädchen für sich zu gewinnen. In diesem Lande aber gab es nun eine Hexe, vor der sich ein jeder fürchtete. Diese Hexe, die trotz ihres hohen Alters schwer und kräftig war, pflegte die Kleidung zu verändern und, ohne von jemandem erkannt zu werden, allerlei schlimme Taten zu verrichten. Kaum hatte diese Hexe nun die Nachricht vernommen, verwandelte sie sich in eine Gestalt, die niemand würde erkennen können. Mit einer Tasche in der Hand kam sie vor das Schloß. Dem Torwächter machte sie mit der Hand ein Zeichen und rief: »Mein Sohn! Ich komme aus dem Lande Jemen und bin die Tochter eines der berühmtesten Ärzte dort. Als mein Vater auf dem Sterbebett lag, unterwies er mich in allen seinen Heilmitteln. Ich heile sofort Krankheiten aller Art. Ich habe erfahren, daß auf dem Leib unserer jungen Prinzessin Wunden aufgebrochen sind. Geh sofort und sag unserem Padischah, ich würde, wenn er es wünscht, seine Tochter aufs schnellste von ihren Wunden heilen.«

Der Pförtner rannte davon und erzählte dem Oberkammerdiener, was das alte Weib gesagt hatte; der seinerseits ging und sagte es der Königin, und die Königin wiederum holte sogleich den Padischah und teilte ihm mit, was sie von dem Kammerdiener gehört hatte. Sogleich gab der Padischah den Befehl, und kurze Zeit darauf ließ man das alte Weib vor ihn bringen. Da sprach er zu ihr: »Wenn das, was du gesagt hast, wahr ist und du meine Tochter von ihren Wunden heilst, dann mache ich dich reich, doch wenn ihre Wunden zunehmen, dann suche dir eine Todesart aus ...«

Das alte Weib verneigte sich, um einige Male den Boden zu küssen, und nachdem es dem Padischah seine Ehrerbietung erwiesen hatte, gab es zur Antwort: »Mein Padischah, sorge dich nicht; ich bin die Tochter eines der berühmtesten Ärzte des Jemen. Als mein Vater im Sterben lag, lehrte er mich seine ganze Kunst. Ich kenne die Arzneien, die jede Art von Krankheit zu heilen vermögen. Diese Arzneien werden aus einigen Kräutern und Pflanzen zubereitet, die nur in meinem Heimatlande wachsen. Diese Kunst versteht auf der ganzen Welt niemand außer mir. Doch muß ich mit der jungen Prinzessin drei oder vier Tage in einem Zimmer allein bleiben, und niemand soll zu mir hereinkommen ...«

Der Padischah glaubte dem alten Weib. Im Garten des Serail gab es in einem abgelegenen Winkel einen kleinen Pavillon. Er ließ also das Mädchen und die alte Frau in diesen Pavillon bringen und befahl, sie allein zu lassen und ihnen für drei, vier Tage Essen hinzustellen.

Bald darauf gingen das alte Weib und die Tochter des Padischah in diesen kleinen Pavillon hinein. Dann wurde es Nacht. Als alle schlafen gegangen und im Serail alle Lichter erloschen waren, öffnete die alte Frau ihre Tasche und sprach zu dem Mädchen: »Mein Kleines, zunächst muß ich deinen Goldüberzug entfernen, danach sehe ich mir dann deine Wunden an und trage meine Arzneien auf.«

Das arme, ahnungslose Mädchen freute sich, weil es ihr wieder besser gehen und sie von ihren Wunden befreit werden würde. Das alte Weib entfernte mit einer Reihe von Werkzeugen den Goldüberzug des Mädchens. Darauf aber zog sie eine Flasche aus ihrer Tasche, öffnete den Verschluß und bespritzte das Mädchen mit dem Zauberwasser, das darin war. Die kleine Prinzessin wußte nicht, wie ihr geschah. Sofort begann es ihr im Kopf zu drehen und ihre Augen verdunkelten sich, und es dauerte nicht lange, da verlor sie die Besinnung und fiel wie tot lang auf den Boden hin.

Ohne Zeit zu verlieren, zerschlug das alte Weib das Gold zu kleinen Stückchen und steckte sie in die Tasche, die sie zur Hand nahm. Über das Mädchen breitete sie ein altes Gewand, das sie dort fand. Dann lud sie es sich auf den Rücken und verließ den Pavillon. Obwohl die junge Prinzessin ohnmächtig auf ihrem Rücken lag, eilte die Alte stundenlang des Weges dahin, wobei sie öfters eine Ruhepause machte. Als sie nun merkte, daß sie sich ziemlich weit vom Palast entfernt hatte, ließ sie das Mädchen am Wegesrand zurück und machte sich davon.

Gegen Morgen kam die junge Prinzessin wieder zu sich. Als die ersten Sonnenstrahlen die Umgebung erleuchteten, erhob sie sich. Da sah sie auf einmal, daß sie sich auf einem öden Berggipfel befand. Das Gold auf ihr war abgelöst; ihre Wunden schmerzten noch mehr als früher, von allen Stellen floß Blut. Sie begann, sich ratlos in der Gegend umzusehen. Da entdeckte sie in einiger Entfernung einen Brunnen. Sie ging hin und wusch sich ihr Gesicht und ihre Augen und trank sich an dem Wasser satt. Nun begann sie, mit der Hand Wasser aus dem Brunnen zu schöpfen und damit die Wunden auf ihrem Körper zu benetzen. Kaum hatte sie das Wasser auf die erste Wunde gebracht, war dort nichts mehr zu sehen, die Wunde war verschwunden. Darauf wusch sie sich nacheinander auch die übrigen Wunden, und alle wurden wieder vollkommen heil. Wie erstaunlich!

Die Prinzessin wußte nicht, was sie vor Freude tun sollte. Singend und springend machte sie sich auf den Weg. Sie zog lange dahin über Täler und Höhen, sechs Monate und einen Herbst wanderte sie. Schließlich kam sie an ein Feld. Dort pflügte ein alter Mann. Sie ging zu ihm hin und bat ihn um ein wenig Brot. Dann ließ sie sich an seiner Seite nieder und erzählte dem alten Bauern, was ihr zugestoßen war.

Der Bauer gewann das Mädchen lieb und willigte ein, es zu sich zu nehmen. Gegen Abend kehrten sie zusammen in das Dorf des Bauern heim. Der Bauer hatte noch eine Frau und einen herangewachsenen Sohn. Auch sie freuten sich, daß ihrem Haus ein junges Mädchen beschert wurde.

So kamen sie gut miteinander aus. Schließlich verheiratete der Bauer eines Tages seinen Sohn mit dem Mädchen. Sie waren beide mit ihrem jungen Leben zufrieden, und bald darauf wurde ihnen ein Sohn geboren.

Da sagte die Frau zu ihrem Mann:

»Betrachte den Gang dieser Welt ... Was war ich, was bin ich, und was ich noch werde, ist ungewiß. Aber ich bin mit meinem Leben sehr zufrieden. Nur habe ich eine Bitte an dich: Wenn du es erlaubst, möchte ich den Namen meines Sohnes bestimmen. Und wenn wir danach noch Kinder haben sollten, möchte ich auch ihnen die Namen geben.«

Ihr Mann nahm diesen Wunsch freudig auf und stimmte zu. Daraufhin gab die junge Frau ihrem ersten Kind den Namen »Waswarich?«. Inzwischen verging eine lange Zeit. Da wurde ihnen noch ein Sohn geboren. Diesem gab sie den Namen »Wasbinich?«. Waswarich und Wasbinich waren gerade zwei bis drei Jahre alt, als noch ein Sohn zur Welt kam. Die junge Mutter nannte ihn nun »Waswerdeich?«.

Die Kinder wurden von Tag zu Tag größer, und je mehr sie heranwuchsen, desto schöner wurden sie.

Eines Tages waren sie mit ihrer Mutter und ihrem Vater aufs Feld gegangen. Während die Eltern auf dem Acker arbeiteten, spielten sie am Rande des Weges. Gerade zu dieser Zeit fuhr der Sultan, der von einer Spazierfahrt heimkehrte, an dieser Stelle vorbei. Ihm gefielen die Kinder sehr, und er ließ den Wagen halten. Als er sie nacheinander gestreichelt und liebkost hatte, fragte er nach ihren Namen. Wie er aber »Waswarich?«, »Wasbinich?« und »Waswerdeich?« hörte, verwunderte er sich, denn bis zu jenem Tag hatte er einen solchen Namen noch nie gehört. Während sie sich unterhielten, waren die junge Mutter und der Vater hinzugekommen. Obwohl der Sultan, dessen Augen schon schwach waren, noch mehr gealtert und sein weißer Bart noch länger geworden war, erkannte ihn seine Tochter sofort.

Der Sultan fragte: »Warum habt ihr euren Kindern solche Namen gegeben?« Da konnte sich seine Tochter nicht länger halten und begann zu weinen. Dann lief sie zu ihrem Vater und umfing seine Hände. Sie gab sich ihm zu erkennen und erzählte alles, was ihr widerfahren war.

Weil der alte Sultan seine Tochter wiedergefunden hatte, war es ihm, als ob ihm die ganze Welt gehöre. Er nahm sie, seinen Schwiegersohn und seine Enkel in seinen Wagen und kehrte geradenwegs zum Palast zurück.

Von jenem Tage an führten sie zusammen ein glückliches Leben. Sie gelangten an ihr Ziel, wir wollen auf den Speicher gehen.

31. Ali, Veli und Deli

Es gab einmal in früherer Zeit, als man das Stroh noch im Sieb siebte, drei arme Gesellen, Ali, Veli und Deli mit Namen. Jeder von ihnen besaß nichts außer einem Goldstück.

Sie bemühten sich sehr, eine Arbeit zu finden. In jenem Jahre aber herrschte in ihrem Lande Knappheit und Hungersnot. Weder ein Bauer, noch ein Kaffeewirt, noch ein Lebensmittelhändler nahm sie als Lehrlinge an.

Ali, Veli und Deli sahen keinen Ausweg. Während sie, mit dem Schicksal grollend, gedankenvoll einhergingen, sagte der älteste von ihnen: »Wir sind jung. Wir scheuen uns nicht vor der Arbeit. Irgendwie werden wir doch Arbeit finden. Wenn ihr eure Zähne zusammenbeißt, will ich euch mit dem Goldstück, das ich in der Tasche habe, einen ganzen Monat durchbringen.«

Sofort erwiderten die anderen: »Wenn wir unsere Zähne nicht zusammenbeißen, was sollen wir denn tun. Einen Monat lang stehen wir dir zu Befehl!«

In der Tat brachte Ali seine Genossen mit einem Goldstück einen ganzen Monat durch. Als der Monat zu Ende ging, sagte Veli, der durch Ali Mut bekommen hatte: »Mit meinem einen Goldstück kann auch ich euch einen Monat durchbringen. Bis dahin werden wir sicher Arbeit finden.«

Veli hielt nun seine Genossen einen Monat aus, aber wieder konnten sie keine Arbeit finden. Nun kam die Reihe an Deli. Auch er wollte vor seinen Genossen nicht zurückstehen und sprach: »Auch ich halte euch mit einem Goldstück einen Monat durch. Danach bleibt uns aber gar kein Geld mehr. Dann müssen wir sehen, wie wir auskommen.«

Vom ersten Tag an begann Deli das Geld mit vollen Händen herauszuwerfen. Was sollte er tun? Seine Hand war eben offen. Er brachte seine Genossen zu Vergnügungsstätten, und innerhalb einiger Tage hatte er sein Geld aufgebraucht. Da kam Deli ein Gedanke. Was sollte er jetzt tun? Arbeit war auch nicht gefunden. Was sollte er seinen Genossen sagen? Um nicht von ihnen geprügelt zu werden, legte er sich wie tot auf die Erde und rührte sich nicht. Als Ali und Veli nach Hause gekommen waren und ihn auf dem Boden der Länge nach ausgestreckt liegen sahen, hielten sie ihn für tot. Sogleich durchsuchten sie seine Taschen, fanden aber kein Geld. Auch sie hatten kein Geld. Sie überlegten hin und her. Dann hüllten sie Deli in ein Leinentuch. Gegen Morgen nahmen sie ihn und legten ihn vor der Moschee nieder. Auf ein Blatt Papier schrieben sie: »Dieser Mann ist arm, er hat niemanden. Gebt etwas Geld, damit man ihn zu Grabe tragen kann.« Das Blatt befestigten sie mit einer Nadel.

Als die Leute vom Morgengebet aus der Moschee kamen, fanden sie dort den Toten, und als sie das Blatt auf ihm gelesen hatten, tat er ihnen leid. Jeder warf ihm einige Kurusch hin. Ali und Veli kamen und nahmen das Geld. Sie ließen den Leichnam vom Imam waschen und entfernten sich. Der Imam setzte den Leichnam im Zimmer der Moschee nieder und ging für kurze Zeit hinaus.

Im Zimmer waren die Feigen des Imams aufgehängt. Deli stand auf und aß die Feigen. Als er seinen vor Hunger knurrenden Magen gefüllt hatte, legte er sich wieder an die alte Stelle. Als der Imam kurz darauf wiederkam und die Feigen vermißte, fiel es ihm nicht schwer, die Sache zu verstehen. Er beugte sich über Deli und öffnete seinen Mund. Als er zwischen seinen Zähnen die Feigenkerne sah, gab er Deli einen kräftigen Fußtritt mit den Worten: »Steh mal auf, du falscher Toter!«

Aber Deli rührte sich nicht. Diesmal rief der Imam: »Na ja, so also! Du sollst nun verstehen, daß ich dich zum Grab bringe und Erde darübertue.«

Ohne jemand Nachricht zu geben, legte er Deli auf einen Handwagen und fuhr ihn zum Friedhof, wo er ein Grab grub und ihn hineinlegte. Darauf tat er leicht Erde. Dann dachte er bei sich selbst: »Was der wohl tun wird?« und versteckte sich hinter einem Baum, um abzuwarten, was geschehe.

Es wurde Nacht. Am anderen Ende des Friedhofs wurden fünf bis sechs Schatten sichtbar, die allmählich näher kamen. Als sie herangekommen waren, konnte der Imam unschwer erkennen, daß es sechs Männer waren, die auf ihrem Rücken Säcke trugen. Diese sechs Männer machten bei dem Grab von

Deli halt. Einer von ihnen sprach: »Hier ist es gut. Die des Weges kommen, sehen uns nicht. Wohlauf denn, laßt uns, ohne Zeit zu verlieren, teilen und uns aus dem Staube machen!«

Der Imam zitterte an der Stelle, wo er sich befand, wie Espenlaub, beobachtete sie aber aufmerksam. Da begriff er, daß es Diebe waren.

Die Diebe leerten die Sachen aus den Säcken auf die Erde aus. Als Kleider, Gold, Diamanten und viele andere Sachen ausgeschüttet waren, begannen sie zu verteilen: »Eins für dich, eins für mich.« Nachdem sie alles verteilt hatten, taten sie es wieder in die Säcke. Zuletzt aber blieb ein mit Diamanten besetztes Schwert übrig, das sie auf keine Weise teilen konnten. Da meinte der Räuberhauptmann: »Ich habe einen Ausweg gefunden. Wir wollen einen eben begrabenen Toten aus dem Grab holen, und wer ihn mit diesem Schwert in zwei Teile teilen kann, dem soll es gehören!«

Die anderen hielten diesen Vorschlag für passend. Als sie nun umherblickten und einen frisch begrabenen Toten suchten, fiel ihr Auge auf das Grab von Deli, das vor ihnen lag.

Auf der anderen Seite war nun der Imam gespannt, wie die Sache ausgehen würde, und Deli, der ihre Unterhaltungen hörte, dachte, daß er jetzt vielleicht wirklich sterben würde.

Als die Diebe die Erde über dem Grab mit ihren Händen vollständig entfernt hatten, holten sie Deli heraus, und nachdem sie ihn der Länge nach auf die Erde ausgestreckt hatten, gaben sie das Schwert dem Räuberhauptmann. In dem Augenblick, da er es niederschlagen wollte, erhob sich Deli plötzlich und begann mit aller Kraft zu schreien: »He, ihr Toten, steht alle auf! Steht alle auf!«

Wegen dieser Worte, die auf den einsamen Friedhof um Mitternacht wie eine Bombe hineinplatzten, und wegen Deli, der im weißen Leichentuch wie ein Gespenst vor ihnen erstand, erschraken die Räuber so sehr, daß sie, sogar ohne Diamanten, Goldsachen oder sonstige Dinge mitzunehmen, sich auf die Beine machten und in aller Eile flohen.

Der Imam, der in Gelächter ausbrach, kam aus seinem Versteck hervor, setzte sich Deli gegenüber und sammelte mit ihm die Sachen, die die Räuber zurückgelassen hatten. Darauf nahmen sie sie und übergaben sie der Regierung. Nun hatten aber die Diebe alles aus dem Palast gestohlen. Der Padischah, der froh war, daß er die Sachen zurückerhalten hatte, gab Deli und dem Imam drei Sack Gold. Das mit Diamanten besetzte Schwert aber übergab er Deli als Belohnung für seine Tapferkeit.

Nachdem Deli das Serail verlassen hatte, lief er eiligst, um seine Kameraden zu suchen. Er erzählte ihnen alles, was er erlebt hatte, und legte ihnen die drei Sack Gold und das diamantenbesetzte Schwert vor, die ihm der Padischah gegeben hatte. Ali und Veli entschuldigten sich bei ihrem gutherzigen Genossen und dachten bis an das Ende ihres Lebens immer an das, was er getan hatte, und waren froh und vergnügt.

32. Der Zwerg Veli

In alter Zeit, als man noch das Stroh siebte, lebte einmal ein armes Ehepaar. Obwohl es seit vielen Jahren verheiratet war, hatte es aus irgendeinem Grund keine Kinder. Jedoch waren alle beide auf Kinder versessen; wenn sie auf der Straße spazierengingen, empfanden sie zu allen Kindern, die sie trafen, Zuneigung und hatten sie gern. Ihre Nachbarin Aische hatte nun genau sieben Söhne. Immer wieder luden sie diese sieben Kinder in ihr Haus ein und kauften für sie Obst.

Eines Tages wurde Frau Aische krank und starb. Da die sieben Söhne niemand anders mehr hatten, blieben sie ganz allein zurück. Da dem benachbarten Ehepaar die Kinder leid taten, nahm es sie in sein Haus auf. Mann und Frau überlegten nicht einmal, wie sie so viele Kinder ernähren sollten. Sie trösteten sich, indem sie dachten: »Vielleicht wird Allah diesen Kindern den Lebensunterhalt geben.«

Die Kinder freuten sich, weil sie nun davon befreit waren, auf der Straße zu bleiben, und nannten die Frau »Mutter«

und den Mann »Vater«. Der kleinste von ihnen, Zwerg Veli, trieb allerlei Scherze und erheiterte so jedermann.

Während alle älteren Brüder hochgewachsen waren, war Zwerg Veli aus irgendeinem Grunde klein geblieben; er war überhaupt nicht gewachsen, und deshalb machten sich seine älteren Brüder und die Kinder des Stadtviertels immer lustig über ihn. Darüber aber ärgerte er sich nicht, sondern verblüffte jeden durch die Antworten, die er gab, weil er außerordentlich klug war.

Die sieben Brüder lebten in ihrem neuen Haus sehr schön. Doch wurde es andererseits für das arme Ehepaar jeden Tag immer schwerer, die neun Personen satt zu bekommen. Die schönen Tage kamen und vergingen schnell. Als die Lebensmittel zu Ende waren und nichts mehr im Hause geblieben war, was man verkaufen konnte, da fing der Hunger an. Ein, zwei, drei Tage, schließlich konnten sie den Hunger nicht mehr ertragen. Als sich die ratlosen Eltern eines Abends miteinander unterhielten, sagte die Frau:

»So wird das nicht weitergehen. Wir sind nur zwei und können schon irgendwie unseren Hunger auch mit trockenem Brot stillen. Für die Kinder tut es mir leid. Nimm sie morgen früh unter dem Vorwand, Holz zu sammeln, mit in den Wald und laß sie am Weg zurück. Vielleicht hat ein Bauer, der des Weges kommt, Mitleid mit ihnen und nimmt sie mit nach Hause. So sind die armen Kinder davor bewahrt, mit uns Hunger zu leiden. Vielleicht haben sie an dem Ort, wohin sie gehen, Glück.«

Der Mann nahm den Gedanken seiner Frau an, da auch er keinen Ausweg wußte. Die sieben Brüder schliefen in dem an der Seite liegenden Zimmer. Alle lagen in tiefem Schlaf, nur Zwerg Veli, der vor Hunger nicht schlafen konnte, wälzte sich nach rechts und links und hörte das Gespräch, das die Eltern gerade führten. Da fühlte er sich sehr bedrückt. Leise erhob er sich und begab sich zum Garten. Er ging stundenlang umher, füllte dabei seine Taschen mit weißen Kieselsteinen und legte sich danach wieder in sein Bett.

Als sie am anderen Morgen erwachten, sagte die Mutter: »Auf, Kinder, heute werdet ihr mit eurem Vater in den Wald gehen, um Holz zu sammeln!«

Von den Nachbarn erbettelte sie etwas Brot, gab jedem eine Schnitte in die Hand und wünschte ihnen und ihrem Vater viel Glück auf dem Weg in den Wald. Während ihr Vater vorn, die Kinder hinterdrein gingen, nahm Zwerg Veli die Steine aus seiner Tasche und warf sie heimlich auf den Weg. So gelangten sie gegen Mittag in den Wald. Am Wegesrand ließen sie sich nieder und ruhten aus. Der Mann sagte zu ihnen: »Kinder, bleibt hier sitzen und eßt euer Brot. Aber hütet euch, irgendwohin zu gehen. Ich gehe etwas Holz sammeln und komme wieder.«

Außer Zwerg Veli wußte keiner der Brüder, was über sie kommen würde. Als sich ihr Vater entfernt hatte, aßen die Kinder ihr Brot und begannen dann zu warten. Aber wie sehr auch die Stunden vergingen, es kam kein Mensch. Als es dunkel wurde, bekamen sie Angst. Da sagte Zwerg Veli, daß ihr Vater nicht mehr kommen würde, und erzählte ihnen, was er abends im Bett gehört hatte.

Da begannen die Kinder zu weinen und sagten: »Was sollen wir im Wald anfangen?« Darauf entgegnete Zwerg Veli: »Hört doch auf zu weinen, ihr großen Jungen; folgt mir nach!«

Da marschierten sie los, Zwerg Veli vorn, die älteren Brüder folgten hinterdrein. Zwerg Veli schaute beim Gehen immer nach den weißen Kieselsteinen. Nachdem es dunkel geworden war, ging der Mond auf und man konnte die Umgebung gut sehen. So konnte der Junge seine im Mondschein glänzenden weißen Kieselsteine leicht finden.

Die sieben Brüder sollen nun nach Hause marschieren. Wir wollen uns dem armen Elternpaar zuwenden. Als der gute Mann nach Hause zurückgekehrt war, war er betrübt. Auch die Frau dachte in einem fort, was die Kinder wohl im Walde machen würden. Da einer der Nachbarn wußte, daß sie seit vielen Tagen Hunger litten, schickte er eine Platte Essen und eine Schüssel Helva. Das Ehepaar, dem es vor Hunger schwindelte, dankte dem Nachbarn und machte sich sogleich an das Essen. Sie aßen sich richtig satt. Als das Helva an die Reihe kam, meinte die Frau: »Ehrlich gesagt, ich würde das Helva nicht essen, wenn die Kinder jetzt hier wären.«

Kaum hatte sie das gesagt, steckte da nicht Zwerg Veli den Kopf durch die Zimmertür und rief: »Meine liebe Mutter! Hier sind wir!«

Der Mann und die Frau staunten sehr. Sie standen auf und umarmten ihre Kinder. Sogleich ließen sie sie am Tisch Platz nehmen und sich satt essen. Dann aßen alle zusammen das Helva.

Inzwischen vergingen die Tage; wieder begann der Hunger. Ein, zwei, drei Tage ... zuweilen brachten die Nachbarn Essen, aber zu mehr als einer Mahlzeit reichte es nicht. Weil es schwer war, neun Personen zu sättigen, konnten sie nicht jeden Tag etwas bringen.

Eines Nachts beschloß das Ehepaar, die Kinder wieder in den Wald zu bringen und sie dort ihrem Schicksal zu überlassen. Weil Zwerg Veli auch an diesem Abend nicht schlafen konnte, hörte er ihr Gespräch. Um Kieselsteine zu sammeln, erhob er sich aus seinem Bett. Aber dieses Mal war die Tür verschlossen. So blieb ihm nichts anderes übrig, als sich wieder zu Bett zu legen und auf den Morgen zu warten.

Am Morgen gab ihre Mutter jedem eine Schnitte Brot und sagte: »Auf, Kinder, geht mit eurem Vater in den Wald und bringt etwas Holz. Das wollen wir verkaufen und mit dem Geld davon doch Lebensmittel kaufen.«

Alle machten sich zusammen auf den Weg nach dem Wald. Weil Zwerg Veli dieses Mal keine Kieselsteine in seiner Tasche hatte, brach er das Brot in kleine Stücke und warf sie auf den Weg. Nachdem sie zum Wald gekommen waren, ließ ihr Vater sie wieder allein zurück und ging fort, ohne wieder zurückzukommen. Gegen Abend machte sich Zwerg Veli mit seinen älteren Brüdern auf den Weg. Aber weil die Vögel die Brotkrümchen, die er ausgeworfen hatte, gefressen hatten, konnte er den Weg nicht finden.

Diesmal kletterte er auf einen hohen Baum, um festzustellen, ob er in der Umgegend nicht einen Bauern finden könnte. In der Ferne sah er ein Licht. Sogleich stieg er vom Baum herab und ging mit seinen Brüdern zu der Stelle, wo das Licht war. Da sahen sie, daß dort das Schloß eines Devs war.

Die Frau des Devs kam ihnen entgegen und nahm sie mit ins Schloß. Sie traten ein. Die Frau des Devs war aber kein Dev, sondern ein gutmütiges Menschenkind. Sie versteckte die sieben Jünglinge in einem Schrank und ermahnte sie, dort zu bleiben, ohne einen Laut von sich zu geben.

Etwas später kam der Dev brummend nach dem Schloß. Kaum war er eingetreten, rief er: »Hier riecht es nach Menschenfleisch. Sag mir sofort, wer da ist.«

Darauf entgegnete die Frau: »Mein Lieber, wer soll denn außer dir hier sein?«

Der Dev traute den Worten seiner Frau nicht und machte sich auf, um das ganze Schloß zu durchsuchen. Da rief sie: »Halt doch, mach nicht so schnell. Ich habe eine Überraschung für dich; ich habe einige Kinder, die ich fand, hergebracht. Aber erst morgen früh sollst du sie essen. Heute habe ich für dich ein sehr schönes Essen bereitet. Komm doch!«

Sie überredete den Dev und sättigte ihn mit gebratenem Hirschfleisch. Dann legte er sich zum Schlafe nieder.

Bevor der Morgen hereinbrach, kamen die Kinder aus dem Schrank, in dem sie sich verborgen hatten, und machten sich davon.

Als der Dev am Morgen erwachte, erhob er sich und durchsuchte das Schloß von oben bis unten. Als er merkte, daß die Kinder entflohen waren, zog er seine Zauberschuhe an und folgte ihnen. Wie im Flug durchmaß er die Wegstrecke, und in einem Schritt legte er den Weg von zehn Schritten zurück.

Kaum hatten die Kinder bemerkt, daß der Dev in einer Staubwolke aus der Ferne herankam, da verbargen sie sich in einer Höhle. Weil der Dev durch das Laufen ermüdet war, setzte er sich an einer Stelle in der Nähe der Höhle nieder, um ein wenig auszuruhen. Da schlief er ein.

Kurz darauf trat Zwerg Veli vorsichtig aus der Höhle, um festzustellen, wo der Dev war. Als er sah, daß dieser auf einem Felsblock eingeschlafen war, ließ er seine Brüder aus der Höhle heraustreten und befahl ihnen: »Voran, ihr lauft jetzt zum Waldesrand und wartet dort auf mich!«

Als seine Brüder fortgelaufen waren und sich entfernt hatten, näherte er sich behutsam dem Dev und sah, daß er in tiefem Schlaf lag. Ganz vorsichtig zog er ihm die Zauberschuhe von den Füßen und nahm sie an sich. Nachdem er stundenlang gelaufen war, kam er zum Schloß des Devs. Zur Devenfrau sagte er:

»Tante, frag nicht nach dem, was uns zugestoßen ist. Als der Dev sich uns näherte, traten ihm die vierzig Räuber entgegen. Beinahe hätten sie ihn getötet; sie verlangten: ›Wenn du eine Eselslast Gold gibst, töten wir dich nicht.‹ Der Dev gab mir daraufhin diese Schuhe, weil du mir nicht glauben könntest, und schickte mich zu dir, damit ich sofort eine Eselslast Gold bringen und den Dev aus der Gewalt der vierzig Räuber befreien kann. Sonst werden sie ihn töten. Weiter habe ich nichts zu sagen.«

Die Frau hatte zwar vor dem Dev große Angst, aber sie hatte ihn gern, weil er sie gut behandelte. Da sie den Worten des Zwergs Veli traute, ging sie zum Stall und holte den Esel. Aus den Krügen im Keller füllte sie die Tragtaschen mit Gold und lud sie auf den Rücken des Esels.

Mit Hilfe der Frau stieg nun Zwerg Veli auf den Esel und ritt im Galopp davon. Als Zwerg Veli sich gegen Abend der Höhle genähert hatte, da sah er, daß der Dev noch schnarchend schlief. Schleunigst entfernte er sich und ging zum Waldesrand.

Seine Brüder, die ihn mit großer Ungeduld erwarteten, ließ er hinter sich hergehen. Sie schlugen den Weg nach der Stadt ein. Die Brüder ritten abwechselnd auf dem Esel und marschierten lachend und scherzend daher. Als sie in die Stadt gekommen waren, kauften sie mit etwas Gold eine Menge Essen. Dann setzten sie sich an den Wegrand und aßen sich satt. Darauf standen sie auf und kamen zur Nachtzeit nach Hause. Die armen Eltern waren bekümmert, denn sie machten sich Vorwürfe, daß sie die Kinder zum Wald gebracht und dort zurückgelassen hatten, und deshalb hatten sie seit zwei Nächten keinen Schlaf finden können. Als sie sie nun wieder vor sich sahen, freuten sie sich sehr. Sie aßen von den Speisen, die die Kinder mitgebracht hatten. Darauf setzten sie sich zusammen hin und schmiedeten Pläne.

Vom folgenden Tag an machten sie sich an die Arbeit. Zunächst ließen sie für einen Teil des Goldes ein großes Wohnhaus bauen, danach kauften sie viel Vieh und viele Äcker. Dann arbeiteten sie und führten ein glückliches Leben.

Diese haben ihren Wunsch erreicht, wir steigen auf den Speicher!

33. Der goldene Schuh

Einmal gab es viele Diener Allahs. In einem Lande lebte nun ein Waisenmädchen. An dem Tage, da sein Mütterlein der Erde anvertraut wurde, befiel nun seine Brust ein Feuer, sein Gesicht wurde aschfahl. Konnte von da an diese Waise noch lachen? Wenn sie wenigstens einen richtigen Vater gehabt hätte, der ihr Hilfe und Schutz gewährt hätte. Noch bevor die Erde über dem Grab seiner Frau trocken geworden war, überließ er sie der Stiefmutter. Die Stiefmutter aber hatte ein Herz von Stein. Ihre eigene Tochter ließ sie keine Arbeit verrichten, aber dieser Unglücklichen ließ sie weder Ruhe noch Zeit. Sie spannt sie für alle Last an, schickt sie zu jedem steilen Weg und läßt sie schließlich mit dem Sieb aus dem Brunnen Wasser tragen. Trotzdem wird alles, was sie macht, zu einem Dorn, der der Stiefmutter in die Augen sticht. Wahrlich, das war ein Leid, das sie nicht ertragen konnte. Sie konnte das nicht mehr aushalten, und sie hätte sich längst aufgemacht und wäre davongelaufen, wenn nicht ihre gelbe Kuh und der Hahn mit Ohrringen allein und verlassen gewesen wären.

Weil sie auf der Pritsche des Stalles schlief, wurde sie mit diesen beiden derart ein Herz und eine Seele, daß sie fast ihre gegenseitige Lage in ihrer Sprache erklärten. Ihr Hahn krähte jeden Morgen am Kopfende: »Erwache, mein Waisenkind, erwache! In der Welt gibt es viel Kummer, aber auch viel Erheiterung. Die Unglückstage dauern nicht bis zum Jüngsten Tag. Auch über dich werden solch glückliche Morgen kommen, vielleicht heute schon oder morgen. Halte dein Herz rein!« So also schien damals im Herzen des Waisenmädchens ein Hoffnungsstrahl, und es war ihm schon mal so zumute, daß es wünschte, den Hahn zu fassen und ihn ans Herz zu drücken.

Die gelbe Kuh, die sie »goldiger Liebling« nannte, wurde der Waisen, die seit der Mutterzeit nicht gelacht hatte, eine Mutter. Sie gab ihr aus der einen Brust Honig, aus der anderen Sahne zu trinken. Das Mädchen umarmte sie wie ein Kind und erzählte ihr, wie einer Mutter, all ihren Schmerz.

Aus diesem Grunde gehörte die ganze Welt ihr, wenn man ihr die gelbe Kuh übergab und man sie auf die Weide schickte, um sie loszuwerden.

Eines Tages trieb sie wiederum die gelbe Kuh vor sich her und brachte sie zu einem Ort, wo Grünfutter war. Während sich die Kuh satt weidete, streckte sie sich unter einem Baum aus und begann Knäuel für Knäuel Wolle zu spinnen. Plötzlich wehte ein Wind über die Berge und trug Wolle und Knäuel fort.

Das Waisenmädchen wußte nicht, was ihm zugestoßen war. Es verhält sich ja mit der Stiefmutter so, daß sie auch rein gar nichts anerkennt. Weiß Gott, für ein Stückchen Spinnfaden würde sie sie opfern! Wenn es sich nun um solch ein Knäuel handelt, was für einen Krach würde sie schlagen! Stellt euch das nur mal vor!

In dieser Furcht sprang sie auf wie vom Schlag getroffen und lief dem Knäuel nach. Das Knäuel lief fort, sie lief fort; das Knäuel lief weiter, sie lief weiter. Aber weder blieb das Knäuel an einem Gestrüpp hängen, noch fing es sich an einem

Baumzweig vor der Gewalt des Windes. Indem es immer weiterrollte, gelangte es in eine Hütte, und das Mädchen folgte hinterdrein. Da sah es – was sollte es sehen! – eine weißhaarige Frau, die auf einer Matte saß und vor sich einen Spiegel hatte. Das Mädchen verneigte sich sogleich, um ihr die Hand zu küssen. Nun aber war jener Spiegel der Weltenspiegel. Was alles das Schicksal brachte und nahm, zeigte der Spiegel klar und deutlich. Wenn man doch alles so vollständig wie diese Frau erfassen könnte! Während das Waisenmädchen noch erklären wollte, wie es geschehen sei, daß es vor ihre Tür gekommen war, sagte die weißhaarige Alte:

»Gib dir keine Mühe, mein Kind! Was habe ich schon alles gesehen! Ich habe ein Kind gesehen, das seine Mutter verloren hat, und eine Mutter, die nach ihrem Kinde schreit. Ja, mein kleines Mädchen, ich weiß alles, was über dich gekommen ist und dein Herz bewegt. Der Wind hat dein Knäuel aus deiner Hand fortgetragen, nicht wahr? Die guten Geister werden mit ihm die Hand und Zunge eines blinden Satans binden. Wenn du dich vor deiner Stiefmutter fürchtest, nimm von der Wolle auf meinem Kopf, soviel du nehmen kannst. Du kannst wieder drehen und spinnen und Knäuel machen und sie vor ihr ausschütten.«

Das Waisenmädchen traute seinen Ohren nicht. »Ach, Mütterchen, wie kannst du das sagen! Wenn ich meinen Kopf schone und von deinem Kopf ein Haar ausreiße, was soll der liebe Gott sagen. Würden dann meine beiden Hände nicht zu Stein? Was ich schon tue, ist meiner Stiefmutter ein Dorn im Auge. Ob ich den Wasserkrug zerbreche oder ihn fülle, das ist ein und dasselbe. Hat sie nicht immer einen Vorwand? Laß sie, wenn ich das Knäuel dem Wind gegeben habe, mich in den strömenden Bach werfen. Was macht's schon aus, nachdem ein Tag so traurig ist wie der andere?« Das Mädchen begann nach diesen Worten zu klagen und zu jammern, und darauf sagte die alte Frau: »Weine nicht, Mädchen, weine nicht! Da du dieses Juwel von Herz hast, wird es Gott, wo es traurig ist, eines Tages erfreuen. Wasche dir doch mal Gesicht und Augen!«

Sollte sie nicht ihre Hände nach ihr ausstrecken! War es Zauber, war es ein Wunder, was war es? Aus ihren zehn Fingern begann tropfenweise ein Licht zu tropfen. Das Waisenmädchen wußte nicht, was das war. Es rieb sich in dem Gedanken, daß es vielleicht nütze, das Gesicht und die Augen. Es erhielt den Segenswunsch der weißhaarigen Alten und ging darauf zu der gelben Kuh. Als es aber nach Hause zurückgekehrt war, brach dort ein Donnerwetter los.

Nachdem die Stiefmutter das Mädchen von Kopf bis Fuß gemustert hatte, rief sie: »Ach, in was für Zeiten sind wir geraten! Es ist gut, daß es über uns nicht Steine regnet. Mann, schau dir an, was deine Tochter fertiggebracht hat! Ich lasse sie nicht mehr über die Schwelle treten. Schlechte Gesellschaft verdirbt gute Sitten. Meine Tochter benimmt sich tadellos im Hause.«

Sobald sie das Geschrei angestimmt hatte, wackelte der Boden. Da kam ihr Vater und sah – was sollte er sehen! –, daß sich seine Tochter völlig verändert hatte; ihre Augenbrauen waren wie Federkiele hingezogen, ihre Wimpern waren von der Schminke ganz stark geworden, ihre Lippen waren blutrot, ihre Wangen waren voll von Schönheitsmalen. Dem Mann blieb der Verstand stehen und er rief aus: »Du undankbares Geschöpf! Meine Zunge sträubt sich, zu dir ›Tochter‹ zu sagen. Was soll das, die rote Schminke in deinem Gesicht? Was soll das, die Schminke an deinen Augenlidern? Willst du unser Haus in schlechten Ruf bringen und unseren Namen nicht hochhalten? Von heute ab ist für dich in unserem Haus kein Platz mehr. Geh zu dem Schuft, der dich vom richtigen Weg abgebracht hat, und leg dich ihm zu Füßen!«

Als das arme Mädchen so zwischen zwei Feuer geraten war, wußte es nicht, was ihm geschehen war. Sein Herz stockte und es erstarrte auf der Stelle. Seine Augen verdunkelten sich. Sobald seine sogenannte Schwester ihm den Spiegel in die Hand gereicht und ihm einen Faustschlag auf den Kopf gegeben hatte, kam es wieder zu sich. Als es in den Spiegel schaute und aus seinem Gesicht und seinen Augen ein Licht fließen sah, schrieb es dieses dem Zauberspruch der alten Frau zu und rief: »Das ist also der Grund für die Verleumdungen und Verdächtigungen. In meinem Gesicht liegt eine Entehrung, glaube ich.«

Nach diesen Worten begann die Waise traurig und betrübt zu weinen. Je mehr sie weinte, um so schöner wurde sie; je schöner sie wurde, um so lieblicher sah sie aus. Sie wurde wie ein Engel aus dem Paradies. Da sprach die gelbe Kuh durch Gottes Ratschluß:

»Ach, ihr grausamen Geschöpfe Gottes! Wie könnt ihr euch hinreißen lassen und böse Reden gegen dieses Waisenkind führen? In dem Mond, der aufgeht, und in der Sonne, die untergeht, gibt es dunkle Flecken, bei ihr aber nicht. Ich bin Zeuge für sie, auch der Himmel ist Zeuge für sie!« Die anderen wußten nicht, was ihnen geschah. Ihr sogenannter Vater blickte einmal nach den Augen der Kuh, einmal in das Gesicht seiner Tochter. Darauf sprach er zu seiner Frau: »Es stimmt ja, es gibt Verstand und Wissen. Wenn das in ihrem Gesicht Schminke und Puder wären, würden sie dann diesem Tränenfluß standhalten?« Jetzt hatte sich der Vater getraut, einmal im Leben die Wahrheit zu sagen, aber glaubte es die Stiefmutter? Nein, sie glaubte es nicht! Sie ging zum Mädchen und schüttete ihm vierzig Kessel Wasser über den Kopf, aber weder von seinen Augenbrauen war eine Linie abgewischt, noch von seinen Schönheitsmalen ein Punkt . . .

Da biß sich die Frau auf die Zunge, indem sie zu sich selbst sprach: »Ist sie vielleicht an irgendeine Stelle auf dem Berg oder Bergpaß geraten? Wie können wir es anstellen, wie können wir es herausbekommen?«

Die Schönheit des Mädchens erregte sie immer mehr, und von jenem Tage an versuchten sie es bei ihr auf diese und jene Art, um es herauszubekommen, und stellten alles mögliche an. Da erfuhren sie das Geheimnis der Hütte und der Frau, die darin war. Sollten sie jetzt noch lange abwarten? Am folgengen Tag in der Frühe übergab die Mutter ihrer eigenen Tochter die gelbe Kuh, um sie zum Weideplatz zu bringen.

Gott gibt nicht nach dem Worte des Menschen, sondern gemäß seinem Herzen. Nun, die Kuh ging, das Mädchen ging, der Rauch ging, der Staub ging. So kam sie zu jenem Ort, wo Futter und Grünes war. Sie tat, als wollte sie Wolle spinnen und ein Knäuel machen, aber hatte sie jemals so etwas in ihre Hand genommen? Dabei stellte sie sich ganz ungeschickt an. Was sollte der Wind, was sollte der strömende Bach! Sie sah, daß es so nicht ging. Sie stand also auf, um das Knäuel selbst in die Hütte zu bringen. Sie stand zwar auf, aber bisher war sie weder über Stock noch Stein gegangen. Wie sollte sie auf- und absteigende Wege ertragen! Sie rollte, wie das Knäuel, den Berghang hinunter und blieb in ihrem Blut liegen. Mühsam schleppte sie sich zu der Hütte, aber als sie die alte Frau sah, traute sie ihren Augen nicht:

»Ach, dieses schmutzige, elende Weib soll die Frau sein, die ein lichtvolles Antlitz hat? Ihr Haar ist wie ein Spinnennetz, aus ihrem Gesicht tritt Verruchtheit hervor, sie ist eine richtige Hexe!«

Sie küßte weder ihre Hand noch ihren Kleidersaum. Mürrisch brachte sie heraus: »Hexe, was spinnst und webst du hier?«

»Nur Gott weiß, wer was ist, mein Kind. Mit was für einem Auge mich jemand ansieht, so sehe auch ich ihn an. Was mein Spinnen und Weben betrifft, so ist es entsprechend dem Herzen und der Absicht des einzelnen. Was einer spinnt, das webe ich. Ja, ich traue mich nicht, es zu sagen. Willst du mal, um deines Vaters willen, mein Haar und meinen Kopf anschauen, mein Kind!«

»Dein Haar und dein Kopf sind abscheulich anzuschauen, alte Hexe!«

»Willst du wenigstens mein Gesicht und meine Augen mal abwischen?«

»Dein Gesicht und deine Augen sind nicht so, daß man sie abwischen sollte, alte Hexe!«

»Ach ja, vielleicht hast du etwas davon mitbekommen, mein Kind! Komm, wasch dir mal dein Gesicht und deine Hände!«

Kaum hatte sie ihre zehn Finger ausgestreckt, wusch sie sich sogleich Gesicht und Hände – das war ja auch ihr Wunsch. Dann trieb sie die gelbe Kuh vor sich her und kehrte nach Hause zurück, ja, sie kehrte heim. Aber als ihre Mutter sie in ihrem Zustand gesehen hatte, erstarrte ihr Blut und alle ihre Adern stockten. Bei diesem Verhalten wurde es der Tochter seltsam zumute und sie sprach: »Aber Mutter, was ist denn mit dir los? Was hat dir denn die Sprache verschlagen? Warum machst du nicht den Mund auf und sagst keinen Ton?«

Auf diese Frage sagte ihre Mutter weder ja noch nein und hielt ihr nur den Spiegel vors Gesicht. Da schaute sie hinein – was sollte sie sehen? Weder war an ihren Augenbrauen ein Haar, noch an den Augen eine Wimper geblieben. Als ob ein böser Geist ihr Gesicht zerkratzt hätte, so ungeheuer war es zerzaust. Das Mädchen, dem »der Sperling in der Hand lieber war als die Taube auf dem Dache«, fühlte sich an sieben Stellen von Kugeln getroffen und zerschlug den Spiegel in seiner Hand am Stein mit den Worten:

»Hast du gesehen, was mir passiert ist? Wer wird noch seinen Kopf erheben und mir ins Gesicht schauen?« Sie begann zu jammern und zu klagen. Darauf brach im Haus ein Donnerwetter los: »Durch dich ist alles geschehen!« Es gab überhaupt nichts, was man dem Waisenmädchen, das seit seiner Kindheit nicht gelacht hatte, nicht angetan hätte. Fast hätte man ihr sogar die Haut vom Leibe abgezogen. Da sprach wiederum die gelbe Kuh:

»Ach, ihr ungerechten Diener Gottes! Das Waisenmädchen hat keine Schuld, Schuld hat das Mädchen, dessen Ohr nicht hört, was ihrem Mund entfloh. Es hat jener verständigen, weisen Frau gegenüber so ungehörige und böse Worte gebraucht, daß selbst den Bergen und Steinen das Herz brach. Sollte das Mädchen unbestraft bleiben für das, was es getan hat? So ist es in einen Affen verwandelt worden. Wenn ihr wollt, könnt ihr euch rühmen oder mit Steinen werfen.«

Die Stiefmutter schäumte und raste vor Wut und ging auf die gelbe Kuh zu, indem sie schrie: »Du elender Bastard, bist du der Sprache mächtig? Du bist der eigentliche Grund für alles! Wenn man dich nicht zur Weide gebracht hätte, hätte man weder Wasser auf die Mühle für jenes Mädchen gegossen, das jedem, der ihm ins Gesicht schaut, Unglück bringt, noch wäre mein eigenes goldiges Töchterlein in ein solch zerrupftes Huhn verwandelt worden. Behalte deine Milch für dich selbst! Die Schönheit soll dem Mädchen kein Glück bringen!«

Als sie sich nach diesen Worten auf den Weg zum Schlächter Hadschi machte, umfaßte das Waisenmädchen ihre Hände und den Saum ihres Gewandes und flehte: »Wenn du die Kuh schon umbringen willst, bring mich um, aber schone doch diese gutmütige und verträgliche Kuh! Welche Kuh kann denn sprechen und reden? Es muß doch einen geben, der sie zum Sprechen brachte. Wenn du ihr auch nur ein Haar krümmst, mit was für einem Gesicht kannst du später vor Gott hintreten!«

So flehte sie zwar, aber die Augen der Stiefmutter füllten sich auf einmal mit Blut. Voller Zorn schrie sie: »Du blödes Waisenkind! Bist du denn der einzige Mensch, der mir Vernunft beibringen will? Kümmere dich um deinen eigenen Kopf. Ich will erst einmal drei Handvoll Blut von ihr trinken, dann werde ich dir zeigen, wozu ich mit dir fähig bin.« Darauf ging sie fort. Das Mädchen aber fiel der Kuh um den Hals und begann schluchzend zu weinen.

Viel Zeit verging nicht, da erschien der Schlächter mit den blutigen Messern vor der Tür. Aber die goldgelbe Kuh sagte weder »maa« noch »muh«; sie hielt dem Schlächter ihren Kopf hin und überlieferte sich ihm. Der Mann wandte sich zur Stiefmutter und sagte: »Was wissen diese Tiere nicht alles, sogar, daß sie sterben, merken sie. Wenn die gelbe Fliege erscheint, kommen sie auf eigenen Beinen und halten ihren Kopf hin.«

Da setzte er sein Messer an, aber es schnitt nicht. Mit den Worten »Im Namen Gottes« setzte er es nochmals an, aber wieder schnitt es nicht. Nochmals versuchte er, aber auch diesmal schnitt es nicht. Da griff sich der Schlächter Hadschi an den Bart und rief: »O Gott, o Gott! Mein Messer schneidet, wenn es ein Stein wäre, auch den Stein. Das ist mir ein Rätsel. Wahrhaftig, ich kann dem guten Tier jetzt nicht mehr ein Härchen krümmen.«

Darauf warf er das Messer fort. Die Stiefmutter war so ärgerlich, daß sie den Mund nicht mehr auftat. Aber von jenem Tage an gab es für sie weder Feld noch Berghang, weder Gras noch Kraut; die Kuh bekam eine Handvoll Stroh, das Mädchen eine Scheibe Brot. Auf diese Weise beabsichtigte sie beide verhungern zu lassen. Das beabsichtigte sie zwar, aber das Waisenkind aß sein Brot nicht, es benetzte es mit seinen Tränen und gab es der goldgelben Kuh; die aber mischte zu der weißen Milch Honig und Rahm und ließ das Waisenkind trinken. Inzwischen waren Monate und Jahre vergangen, aber Haß und Groll waren nicht vergangen. Was sollen wir jetzt sagen. Gott möge es auf seine Waage legen!

In jenen Tagen fand in einem der großen Landhäuser eine Hochzeit statt. Es wurde zwar nicht jeder offiziell eingeladen, es war ja auch nur ein Landhaus ... Die Türen aber standen offen, und keiner verwehrte den Eintritt. Diejenigen, die den Tag feiern wollten, kamen in großen Scharen.

Kann man bei einer solchen Hochzeit fehlen! Auch die Stiefmutter kleidete ihre Tochter, die in ein Affengesicht verwandelt war, mit den Worten an: »Meine liebe, goldige Tochter.« Sie zog ihr die Augenbrauen mit dem Stift und schminkte ihre Augen und rief: »Auf zum Hochzeitshaus!« Das sagte sie zwar, aber als sie aus der Tür heraustraten, streckte sie ihren Kopf zum Stall und sagte: »Du blödes Schaf von Mädchen! Ich führe mein Herzenskind zur Hochzeit. Ich hole dich heute aus dem Stall, damit du auf die Tür und den Kamin aufpaßt. Wenn auch nur einer Nadel etwas passiert, stecke ich dich in ein mit Nadeln gespicktes Faß.«

So vergaß sie nicht, ihre Stieftochter einzuschüchtern. Dem Waisenkind wurde es weh ums Herz. Die Worte der Frau mit scharfer Zunge drangen ihr wie eine Kugel ins Herz. Wenn sie sich nicht beherrschen konnte, was sollte sie tun! Sie umarmte die gelbe Kuh und begann unter vielen Tränen zu sprechen:

»Ach, meine liebe, goldige Kuh! Du kennst diese Menschen nicht. Die meisten Väter lassen den Schornstein rauchen, die Mutter kümmert sich um die Kinder. Gott hat die meinige genommen, er möge die der anderen nicht nehmen. Wer führt und leitet ein mutterloses Kind, wer nimmt es zur Hochzeit mit? Wenn man in die Hände einer Stiefmutter geraten ist, was kann einem da alles passieren! Wenn ihr sonst nichts einfällt, spricht sie so scharfe Worte, daß man das mit Nadeln gespickte Faß vorzieht. Wenn man schön ist, was hat man davon! Was hilft einem, wenn man auf der Welt keinen schönen Tag erlebt hat. Ach, was wäre geschehen, wenn die alte Frau das, was sie mir gegeben hat, doch der Stiefschwester gegeben hätte. Dann wären mir wenigstens diese neidischen Wutausbrüche erspart geblieben.«

Während sie so klagte und jammerte, sprach die gelbe Kuh: »Weine nicht, mein Waisenmädchen, weine nicht! Eines Tages hat die Hand einer Baumfee meine Stirn berührt. An der Stelle, die sie berührt hat, wachsen jetzt drei Haare. Entweder ist das ein Zeichen von jener Fee oder eine glückliche Botschaft von jener alten Frau mit dem lichtvollen Antlitz. Reiß du doch eins von jenen Haaren aus und verbrenne es. Wir wollen mal sehen, was Gott gewähren wird.«

In den Augen des Waisenmädchens leuchtete ein Hoffnungsfunke auf. Sie brannte eins von den Haaren an und da sah sie auf einmal – was sollte sie sehen! –, daß vor der Tür ein Wagen stand; in dem Wagen befand sich ein zusammengefaltetes Einschlagetuch; in dem Einschlagetuch befand sich alles, was man sich für die Hochzeit wünscht, von den mit Goldfäden gewirkten bis auf die mit Schaumünzen geschmückten Kleider, von den rotfarbenen bis auf die veilchenblauen, mit Blumen und Blättern bestickten Samtkleider. Das arme Mädchen konnte sich gar nicht satt sehen, und es stand darob wie erstarrt da.

Darauf sagte die gelbe Kuh: »Voran, mein liebes Waisenkind! Bleib nicht wie angewurzelt stehen! ›Das Nest des verwaisten Vogels baut Allah.‹ Kleide dich an und schmücke dich und gehe jetzt hin! Die Hochzeitsgäste sollen mal eine Schöne sehen. Dein Herz soll sich etwas erfreuen und erheitern.«

Das Mädchen machte sich daran, sich zu schmücken, es kleidete sich an und putzte sich; es wurde so süß wie Honig. Von der Rose nahm sie ihre Farbe, vom Veilchen ihren Duft, die Haare hingen wie Hyazinthen bis zu ihren Fußknöcheln, ihre Augen berauschten und brachten das Blut zum Wallen.

Kaum war sie in solcher Aufmachung und Ausschmückung durch die Tür ins Haus getreten, rissen die Hochzeitsgäste Mund und Augen auf und waren wie vor den Kopf geschlagen, als ob sie sagen wollten: »Aus wessen Garten kommt diese Rose, aus wessen Hain diese Hyazinthe?« Sie blickten einander an. War schon eine solche wie sie auf der Erde gesehen worden? Natürlich gab es niemand, der sie kannte. Der Gastgeber meinte sogar: »Gebt acht, vielleicht kommt sie aus dem Serail und hat die Angehörigen des Wesirs und der Wesire verlassen.« Er begann an ihrer Seite wie ein Falter ums Licht zu tanzen. Jetzt spielte bewegt die Musik und die Mädchen sangen liebliche Weisen. Das Hochzeitshaus hat Hochzeit gefeiert, und das Waisenmädchen hat sich einen schönen Tag gemacht ...

Als sie sah, daß die Stiefmutter, die in einer Ecke zusammengekauert hockte, und die Stiefschwester, die wie ein Paradiesvogel aufgeputzt war, mit verstohlenem Blick auf die Tür schauten, dachte sie: »Es ist höchste Zeit!« und brach auf. Man wünschte Glück auf den Weg, indem man an sieben Stellen den Saum des Gewandes beim Gehen küßte, wie man sie bewillkommnet hatte, als sie kam. Aber als sie an dem Platz, den man Bassinplatz nannte, vorüberkam, da fiel ihr der eine Schuh in das Bassin. Da man nicht hineingehen kann, wie soll sie hineingehen! Da man ihn nicht herausholen kann, wie soll sie ihn herausholen! Sie war ja schon traurig, aber sie sagte sich: »Vielleicht bringt das Gutes!« Als sie das zum Guten gedeutet hatte, wurde ihr Herz beruhigt. Sollte sie noch bleiben? Ohne sich den Leuten zu zeigen und ohne auf ein anderes Hindernis zu stoßen und in Schwierigkeiten zu geraten, kehrte sie nach Hause zurück, zog sich um und schlüpfte wieder in ihre Lumpen, an denen an vielen Stellen die Flicken nur so herunterhingen. Derweil kamen auch die anderen, aufgebläht wie Truthähne. »Mädchen, Türhüterin, habe ich dir nicht aufgetragen, Tür und Kamin zu bewachen? Hast du das getan?«

»Ja, ich habe sie bewacht, aber es ist keine Menschenseele gekommen und hat an unsere Tür geklopft.«

»Aber, du dumme Ziege, wer ist denn schon draußen auf den Bergen oder Abhängen gewesen, der an unsere Tür hätte klopfen sollen! Alle Leute haben das Hochzeitshaus wie einen Bienenkorb gefüllt.«

Nicht deswegen, weil sie das arme Mädchen menschenwürdig behandeln wollte, sondern damit sie vor Neid zerplatze, begann sie die Hochzeitsfeier zu schildern: »Was gab es dort nicht alles! Na, eine Schöne war gekommen, eine so Schöne, um die Wahrheit zu sagen, eine so Schöne, wie sie die Mütter nicht zur Welt bringen können. Wer weiß, wessen Feenkönigs Töchterlein sie war. Alle, die sie sahen, erfreuten sich des Lebens und des Glückes. Aber da wurde mein Herz besonders glücklich! Fragst du, dumme Ziege, warum? Ja, die Schöne, derengleichen noch nie gesehen wurde, ließ so viele Vornehme und Adelige links liegen und setzte sich ausgerechnet zu mir. Sie liebkoste und streichelte mein goldiges Töchterlein sehr.«

Wie sie immer mehr angab und weiterspann, da mußte sich das Waisenmädchen auf Lippen und Zunge beißen, um nicht zu lachen.

Wie es auch sei, sie soll fortfahren und Lüge auf Lüge häufen. Wir aber wollen in der Geschichte von einer anderen Seite aus fortfahren.

Eines Tages wollte der Sohn eines Padischahs sein Pferd tränken, aber kaum beugte dieses folgsame Tier seinen Kopf zum Wasser, zog es ihn zurück, spitzte die Ohren und scheute zurück. Da der Königssohn keinen Grund für diese Furcht sah, beugte er sich nieder und sah, daß auf dem Grunde des

Bassins etwas Glitzerndes lag. Da zog er es heraus, es war ein mit Silber- und Goldfäden bestickter Schuh, aber ein Schuh, wie man ihn noch nie gesehen hatte und auch nicht sehen würde. Mit der Schere war er nicht geschnitten, mit der Nadel nicht genäht ...

Dem Königssohn blieb der Mund offen; er rief: »O Gott, o Gott! Wenn dieser Schuh schon so schön ist, wer weiß, wie schön das Mädchen erst sein muß, das ihn getragen hat.«

In diesem Augenblick kam schleppend eine buckelige, alte Frau daher. Als die Seufzer des Königssohnes an ihr Ohr drangen, richtete sie sich auf, schaute ihn aus einem Augenwinkel an und sprach: »Nun, mein Sohn, ich habe diesen Schuh am Fuß von jemand auf der Hochzeit gesehen. Was sucht der denn im Bassin! Hoffentlich haben die Räuber ihr nicht den Weg versperrt und sie in die Berge entführt. Das würde mir sehr leid tun. Sie war keine, die den Wölfen und Vögeln als Futter dient. Alle Augen der Hochzeitsgäste ruhten auf ihr. Soll ich sie eine Huri oder Fee nennen? Wie soll ich sie nennen? Eine so Schöne war sie!«

Als sie fortgegangen war, fiel ein Feuer in das Herz des Königssohnes. Ohne zu zögern trieb er die Reiter an und ließ sie Berge und Steine durchkämmen und die Erde Schritt für Schritt absuchen. Als die Reiter mit hängenden Köpfen zurückkehrten, hatte sich das Feuer noch vergrößert. War es möglich, daß seine Funken nicht auf das Schloß sprühten?

Sein Vater und seine Mutter auf der einen, der Wesir und die Minister auf der anderen Seite begannen schmerzbewegt über die Sache zu sprechen. Der solcherart bestickte Schuh kam aus dem Bassin zum Audienzsaal, vom Audienzsaal zum Ministerrat, es wurde viel geredet. Drei Tage und drei Nächte dauerte die Haarspalterei. Sie spannen die Angelegenheit tausendfach aus. Alles ging ins Leere, es war wie ein Faß ohne Boden. Sie kamen zu keinem Ergebnis. Das, was sie redeten, füllte nicht einmal einen Nußkern. Da sagte ein erfahrener Wesir: »Ach, ergraute Leute! Uns fliegt kein Vogel fort, keine Karawane kommt vorbei. Wie kann man da von vierzig Räubern sprechen? Warum durchkämmt ihr nicht die dortige Gegend? Wenn dieses Mädchen keine Fee, sondern ein Menschenkind ist, hat sich die Erde nicht geteilt und sie verschlungen, sondern sie wird arbeiten, essen und irgendwo wohnen. Wir wollen zwei von den weißen Eunuchen wählen und sie von Tür zu Tür ziehen lassen. An wessen Fuß der Schuh paßt, dem gehört er. Wenn Gott es so bestimmt, werden wir ein großes Hochzeitsfest feiern. Der Befehl steht unserem Padischah zu!«

Nun hatte aber der Padischah hinter dem Gitterwerk das alles mit angehört und hielt diese Worte für vernünftig und klug.

Von jenem Tage an durchzogen die weißen Eunuchen, den bestickten Schuh in der Hand, den Befehl des Padischahs auf den Lippen, siebzig Stadtviertel von Tür zu Tür, bis sie zum Haus der hartherzigen Frau kamen. Die Stiefmutter nahm den Schuh aus der Hand der weißen Eunuchen und wollte ihn an ihren Fuß ziehen, aber es ging nicht. So nahm sie ihn und wollte ihn an den Fuß ihrer Tochter ziehen, aber auch ihr paßte er nicht.

Da die Eunuchen hier nicht finden konnten, was sie suchten, wandten sie sich an eine andere Tür. Da sagte eine Nachbarsfrau: »Na, es wird ja schon nichts von der Stickerei verlorengehen, wenn das Waisenmädchen ihn auch mal anprobiert. Was ist denn schon dabei? Ist denn das Mädchen nicht auch eine Tochter dieses Hauses?«

Da runzelte die Stiefmutter die Stirn und sagte: »Bei Gott, Nachbarin, du bist aber gut! Was gibt es schon bei ihr, die weder einem Kind noch einer Tochter gleicht! Sie lebt im Stall wie Heidekraut. Die Nase dessen, der sich ihr nähert, kann es vor Gestank nicht aushalten. Gibt es etwas, das man den Leuten zeigen könnte?«

Da aber die weißen Eunuchen merkten, daß da etwas nicht stimmte, sprachen sie: »Frau, der Befehl kommt von höchster Stelle. Wir machen keine Unterschiede. Ist das Mädchen nicht auch ein Geschöpf Gottes?«

Als sie darauf bestanden, ging die Stiefmutter gezwungenerweise zum Stall und öffnete die Tür. Da sahen die Eunuchen – was sollten sie sehen –, daß das, was man Waisenmädchen nannte, keineswegs dem Heidekraut ähnelte und auf dem Misthaufen gewachsen, sondern wie eine Rose geworden war. Sie zog den Schuh an und er paßte ganz genau auf ihren Fuß.

Da biß sich die Stiefmutter auf die Zunge und den Eunuchen blieb der Finger im Munde stecken. Was auch immer die würdigen Eunuchen machten, sie konnten keinen Laut aus dem Munde des Mädchens herausbringen, aber sie konnten alles aus ihren Augen ablesen.

»Mädchen«, sagten sie, »Gott hat in dein Gesicht geblickt. Ein Glücksvogel wird sich auf deinem Haupte niederlassen. Mach dich dazu bereit!«

Gut, aber konnte die Stiefmutter das ertragen? Sie beabsichtigte, eine List anzuwenden und ihre eigene Tochter an die Stelle des Waisenmädchens zu setzen, um sie als Braut ins Serail zu bringen. Freilich, wer das Minarett stehlen will, muß sich zuvor die passende Hülle verschaffen. Um Mund, Gesicht und Augen ihrer Tochter zu schmücken, gab es keine Farbe, die sie nicht angewandt hätte. Aber was kann bei ihrer Natur die Farbe noch ausrichten! Da wird bald der falsche Schein herauskommen. Doch das Auge der Mutter war so geblendet, daß sie nicht die Außenseite ihrer Nase sehen konnte.

Früh am Morgen, als die Brautwerber zur Tür kamen und anklopften, brachte die Stiefmutter ihre eigene Tochter, die sie aufgeputzt und aufgeschmückt hatte, und setzte sie an ihre Seite. Nachdem die Brautwerber ihren Kopf hochgehoben und sie so von Kopf bis Fuß gemustert hatten, meinten sie: »Na, soll sich der Mond an einem solchen Tage hinter einer Wolke verbergen? Öffnet den roten Schleier, damit wir einmal das Gesicht der Braut sehen können.«

Als die Stiefmutter kein Gehör schenken wollte, erhob sich einer der Brautwerber und zog den Schleier fort. Was sollte er da sehen! Die Ausgeburt eines Menschen, Zähne wie Schaufeln, dreieinhalb Haare, Hüften ohne Taille. Wenn du nach den Augen und Augenbrauen fragst, so waren diese vor lauter Schminke nicht zu sehen! Sie trauten ihren Augen nicht. »O Gott, o Gott! Ist denn das diese, die die weißen Hofbediensteten als Rose bezeichneten? Wo ist denn das Gegenstück zu dem Schuh, der ins Bassin gefallen ist?«

Nach diesen Worten geriet die Stiefmutter in äußerste Verzweiflung und begann stotternd: »Als der eine Schuh ins Bassin gefallen war, habe ich den anderen in den Bach geworfen!«

»Wo ist denn der Bach?«

»Ein Ochse hat ihn ausgetrunken.«

»Wo ist der Ochse?«

»Er ist nach dem Berg gelaufen.«

»Wo ist der Berg?«

»Er ist verbrannt und zu Asche geworden.«

Dieserart häufte sie Lüge auf Lüge und versuchte den Palastdienern Sand in die Augen zu streuen. Aber wartet mal ab, was Gott machen wird! Der Hahn mit dem Ohrgehänge trat an die Türe und begann zu krähen: »Das Waisenmädchen ist im Wärmekasten, im Wärmekasten. Das Waisenmädchen ist im Wärmekasten, im Wärmekasten . . .«

Da rief der Oberste der Palastbediensteten: »Gott bringt dieses stumme Geschöpf ohne Sprache zum Reden!« und lief geradenwegs zum Wärmekasten hin. Die Stiefmutter richtete sich vor ihm auf: »Bei Gott, Tante Sultan, mir mit meinem reinen Mund glaubt ihr nicht, aber wollt ihr denn dem Hahn glauben?« So versuchte sie, die Sache zu vertuschen. Als aber die Tante Sultan das Schreiben vorgezeigt hatte, konnte sie nichts mehr machen. Konnte sie jetzt noch den Trick, den sie angewandt hatte, ausführen? In Angstschweiß gebadet, ging sie zum Wärmekasten und hob den Deckel auf. Was sollten sie da sehen! Jene Weltenschöne, die man damals auf der Hochzeit gesehen hatte!

Was sie dort antrafen, konnten sie nicht wissen. Jetzt erst begann das Waisenmädchen zu reden und zählte all das der Reihe nach auf, was es durch die Stiefmutter erduldet hatte. Da füllten sich die Augen der Tante Sultan mit Tränen: »Du hartherzige Frau! Fürchtest du dich denn nicht vor Gott? Jetzt werde ich dem Sultan vortragen, was du alles getan hast. Wähle, was du willst: vierzig Hackmesser oder vierzig Maultiere.«

Da blickte die Stiefmutter einmal in das Gesicht ihrer eigenen Tochter, ein andermal in das Gesicht ihrer Stieftochter und senkte ihren Kopf.

Da sagte das Waisenmädchen: »Liebe, gutmütige Tante! Was sie mir angetan hat, kann man weder mit vierzig Hackmessern noch mit vierzig Mauleseln bezahlen. Nun, sie ist auch eine Mutter und hat eine Tochter. Was mir geschehen ist, soll ihr wenigstens nicht geschehen. Wenn ihre Mutter ihre Sünden mit ihrem Blut bezahlt, dann wird ihre Tochter wie ich in die Hände einer Stiefmutter kommen. Am besten überlasse ich es Gott. Teilt es weder dem Padischah noch dem Königssohn mit! Es soll ein Geheimnis zwischen uns bleiben!«

Da kamen Mutter und Tochter und küßten ihre Hand und ihren Rocksaum, aber sie ließ das nicht zu, sondern beugte sich zu ihnen und küßte ihnen Gesicht und Hände. Danach holte sie ihr verborgenes Bündel, kleidete sich so schön wie Rosen an und wiegte sich anmutig wie Zypressen vor ihnen.

Die große Welt auf der einen, sie auf der anderen Seite. Hätte sie ihre goldgelbe Kuh und ihren Hahn überhaupt vergessen können? Sie ließ beide zum Gutshof des Serails bringen, sie stieg in die Hochzeitskutsche und fuhr fort mit der Tante Sultan . . .

Das ganze Serail freute sich und schmückte sich, vierzig Tage und vierzig Nächte wurde Hochzeit gefeiert, eine so große Hochzeit, daß sogar das Schicksal um ein Jahr älter wurde. Das Waisenmädchen und der Königssohn hatten nun ihren Wunsch erreicht. Auch wir wollen daran teilhaben. Vom Himmel fielen drei Äpfel in den Schoß der Waise, die nie gelacht hat.

34. Die Perlmuttermaid

Es gab einmal viele Diener Gottes. Als die Kamele noch Ausrufer, die Läuse noch Barbiere waren, als ich die Wiege meiner Mutter quietschend schaukelte, da lebte ein Padischah.

Dieser Padischah hatte drei Söhne und eine Tochter. Selbst wenn man ihrem Vater die ganze Welt schenken würde, würde er sie nicht hergeben; denn er schätzte sie höher als Krone und Thron ... In den Augen ihrer Mutter waren die Söhne süßer als der erste Honig, und ihre Tochter war der Rahm auf dem Honig. Die arme Frau aber ging dahin, ohne daß sie vom Honig und Rahm satt geworden wäre[1]. Der große Palast war ganz in Schwarz gehüllt. Da sagte der schwarze Wesir: »Majestät, der Tag wird ja nicht immer schwarz bleiben. Nun haben Sie eine Mutter nötig, die ihre zehn Finger kräftig für die Kinder aufopfert.«

Der Wesir schmückte seine Tochter und gab sie dem Padischah zur Frau. Er gab sie zwar, aber welche Finger würde sie aufopfern! Denn aus jedem der zehn Finger kam bei der Wesirstochter ein Unheil. Gott behüte uns vor dem Übel derartiger Menschen wie sie! Bis sie den Padischah in ihre Hand bekommen hatte, lachte sie den Dienerinnen zwar ins Gesicht, aber ganz langsam betrieb sie hinter dem Rücken Heimlichkeiten und ließ keinen aus, den sie nicht beschmutzt hätte, vor allem ihrer Stieftochter gegenüber, bei der sie das üble Schwarz so dick auftrug, daß man es mit dem Wasser aus vierzig Bächen nicht hätte abwaschen können. So sind es denn Verleumdungen, die höher sind als der bekannte Berg Kaf. Sie beraubte sie sogar des Vertrauens ihres Vaters und erniedrigte sie zu Küchenarbeiten.

Eins ist natürlich, daß nämlich Bruder und Schwester wie eine Lunge sind. Wie könnte man sie voneinander trennen? Des Nachts taten sie sich zusammen. Während sie ihr Schicksal besprachen, gab ein Wort das andere.

Eines Tages, als sie wieder ihr Leid klagten, kam heimlich ihre böse Stiefmutter, und wie sollte sie nicht an Tür und Tor lauschen! Wie ein Rabe stürzte sie sich auf sie: »Ach, ihr Plagegeister! Nun habt ihr euch wieder zusammengetan. Was für Pläne schmiedet ihr gegen mich? Wartet mal, ich will euch

[1] d. h. sich an ihren Kindern hätte erfreuen können

einen solchen Streich spielen, daß sogar das Schicksal daran Spaß haben soll.«

Nun hing an den zehn Fingern der Tochter des schwarzen Wesirs nicht nur zehnmal Unheil, sondern sie verstand sich auch auf die Hexerei. Auf irgendeine Weise verhexte sie die Brüder. In aller Frühe wurden alle drei Königskinder Vögel, und warum sollten sie nicht fortfliegen? Ihre vom Unglück betroffene Schwester wußte nicht, was ihr zugestoßen war. Mit einem Auge in der Luft wartete sie in einem fort, aber weder das Geräusch eines Flügels noch der Atem eines Bruders war zu vernehmen ... Alle Vögel waren zu ihren Nestern heimgekehrt, nur sie nicht. Von nun an wurde ihr der Palast zum Gefängnis. »Entweder streife ich von Berg zu Berg und suche sie, oder ich sterbe auf den Wegen, indem ich überall suche. Ich bin zur Welt gekommen, aber was habe ich eigentlich davon gehabt!«

Nach diesen Worten lief sie in jener Nacht, ihr Leben aufopfernd, davon und machte sich auf den Weg. Sie ging und ging, sie wanderte über Berg und Tal, sechs Monate und einen Sommer lang ging sie weiter. Nach langer Wanderung gelangte sie zum Gipfel eines Berges. Sie fragte die weißen und schwarzen Vögel nach ihrem Bruder, aber sie flogen scharenweise davon und gaben weder einen Laut noch ein Zeichen von sich. Als sich ihre Hoffnungen nicht erfüllt hatten, vergoß sie dicke Tränen aus ihren Augen und begann so zu klagen und zu jammern, daß dieses unglückliche Mädchen, das doch ein Herz hatte, das alles nicht mehr ertragen konnte, und wie sollte sie es auch?

Auf einmal – es war ein Geschick Allahs – sah sie, was sollte sie sehen? Drei Vögel, alle drei weiße Vögel, sie kreisten über ihr. Sogleich streckte sie ihre Arme aus, aber keiner kam und ließ sich darauf nieder. Immer wieder kreisten sie über ihr ...

Das ist ja ein Zauber. Ihre Stiefmutter hatte sie in Vögel verwandelt, in solche Vögel, daß, wenn die Sonne unterging und die Gewässer dunkel wurden, sie Fleisch und Knochen annahmen und zu Menschen wurden. Wenn aber die Sonne aufging und die Umwelt hell wurde, nahmen sie wieder Gefieder an, schlugen mit den Flügeln und flogen davon.

Nun, eines Tages, als der Abend hereingebrochen war, wurden diese drei Vögel, vom vielen Kreisen ermattet und todmüde heimkehrend, wieder die drei Brüder und kamen in die Gegend ihrer Schwester. Sie schmiegten sich eng aneinander, küßten sich gegenseitig und begannen alles zu erzählen, was mit ihnen geschehen war; sollte da nun Schlaf in ihre Augen kommen?

Als die Morgendämmerung anbrach, sagten sie: »Schwester, warum sollen wir an diesen Orten wohnen, wo kein Vogel vorüberfliegt und keine Karawane vorbeizieht? Auf der anderen Seite dieses Berges befindet sich ein See, in der Mitte des Sees eine Insel, in der Mitte der Insel ein Raum, angefüllt mit Tannenduft und Vogelgezwitscher. Niemand würde ihn gegen einen Palast eintauschen. Wie wäre es, wenn wir dich, sobald der Tag angebrochen ist, auf unsere Flügel nähmen und dorthin brächten? Fürchte auf keinen Fall, daß wir, wenn wir uns über Berg und Tal befinden, dich in einen Abgrund werfen. Die Flügel, auf die du gestiegen bist, sind die Flügel der Brüder, nicht aber die Finger der Stiefmutter!«

Dies war um so besser für die Perlmuttermaid. Am frühen Morgen wurden die drei Brüder wieder zu Vögeln und legten Flügel an Flügel. Sie setzte sich nun auf die Flügel – wie bei einem Flugzeug – und sie flogen gen Himmel. Bevor man ein Auge schließen und wieder öffnen kann, glitten sie hinab zu dem Ort, wohin sie wollten! Es war wirklich ein Platz wie das Paradies, aber das arme Mädchen streckte weder ihre Hand zu den dichtästigen Bäumen aus noch zu den zuckersüßen Früchten.

Blitzschnell stiegen ihre Brüder nun in die Lüfte, und sie stürzte sich selbst in die Wasser des Sees. Zufällig bedeutete das Wasser dieses Sees ein Heilmittel für jedes Leid und eine Genesung für jede Krankheit.

Sobald das Perlmuttermädchen einmal untertauchte, um sauber zu werden, da blieb weder ihre Stirn noch ihr Gesicht schwarz. Sobald nun ihre Vogelbrüder aus der Öde und Wildnis zurückkehrten und sie weißer als Milch und reiner als Wasser sahen, wurden sie vor Freude ganz verrückt und riefen: »Schwester, Schwester, weißer als alles Weiß! Wenn Allah, der dich von den Quälereien und Mißhandlungen der Stiefmutter befreit hat, auch uns von unserem Federkleid erlöst, werden wir unser ganzes Leben lang in diesem Smaragdschloß den Tag mit Rosen verbringen und mit Nachtigallen feiern!«

Wer weiß, was sie da einander noch alles erzählten, später aber, sobald Schlaf in ihre Augen kam und diese langsam vor Müdigkeit zufielen, legte sich jeder an seinem Platz nieder.

Man sagt, mit welcher Einbildung der Mensch sich zu Bett legt, das begegnet ihm im Traum wieder. War es einer von den »Sieben« oder von den »Vierzig«, der dem Mädchen erschien und sagte: »Mein Mädchen, wenn du aus Queckenpflanzen für jeden ein Hemd strickst und es deinen Brüdern anziehst, zerbricht mit Gottes Hilfe ihre Verzauberung, sie werden wieder Menschen und gehen unter die Menschen, aber unter einer Bedingung: Bis du es für sie fertiggestrickt hast, darfst du mit niemandem ein Wort sprechen. Wohlauf denn, wenn du darauf vertraust, was du verstanden und gehört hast, dann sag ›Bismillah‹ und fang an!«

Die Perlmuttermaid erwachte und glaubte an ihren Traum. Könnte sie nunmehr eine Gelegenheit vorübergehen lassen? Sobald ihre Brüder fortgeflogen waren, sammelte sie Hände voll Quecken und begann die Hemden, eins nach dem anderen, zu flechten. Als die Brüder am Abend zurückkehrten und sie so schweigend und stumm fanden, konnten sie das nicht verstehen und sagten: »Die schwarze Hexe, unsere Stiefmutter, hat ihre Finger allerorts drin und führt mit ihrer Zunge überall böse Reden. Ob sie nicht eine neue Hexerei nach der ersten gemacht hat, indem sie dachte, wenn das Schwarze aus dem Gesicht des Mädchens abgewischt wird, soll an ihrer Zunge eine Wunde entstehen.«

Sie setzten sich wie Bienen auf die Blumen, ließen kein Kraut, das als Heilmittel diente, aus und rissen es aus, aber ihre Schwester gab weder ihre Strickarbeit auf, noch kam ein Wort aus ihrem Mund.

Ihre Vogelbrüder hatten ja keine Ahnung von dem Traum; sie sollen nur weiter nach dem Heilmittel suchen!

Als nun eines Tages ein Königssohn in jener Gegend umherschweifte, erblickte er von dem Abhang die Perlmuttermaid und traute seinen Augen nicht. Sogleich lenkte er sein Pferd nach jener Richtung und suchte in Erfahrung zu bringen, ob es die Rose eines Berges oder die Nachtigall eines Gartens sei. Aber er konnte kein Wort aus ihr herausbringen. Einmal dachte er: »Sie ist eine Fee«, dann wieder: »Sie ist ein Mädchen, das nicht sprechen kann.« Wie dem auch sei, der Königssohn war in die Perlmuttermaid derart verliebt, daß er beschloß, sie zu heiraten, und ließ sie mit eigener Hand aufs Pferd steigen. Unterwegs erschienen drei Vögel und begannen über ihrem Haupt zu fliegen, als ob sie wünschten, sie vor Tag und Sonne zu schützen. Da der Königssohn nicht wußte, daß diese drei Vögel drei Brüder waren, kam ihm das seltsam vor. Nun, sie gingen und gingen, stiegen über Berg und Tal, unaufhörlich, Tag und Nacht, und gelangten zum Palast.

Wie sollte sich der Padischah den Wunsch seines Sohnes zweimal sagen lassen? Dazu noch, da er an dem Glück seines Kindes seine Freude haben würde. Noch an jenem Abend wurden die Trommeln geschlagen und die Hochzeitsfeierlichkeiten begannen, aber – kommen wir nun zur Perlmuttermaid! Sie zog weder rote noch grüne Kleider an, noch legte sie Henna auf ihre Perlmutterhaut, vielmehr strickte sie eine Masche nach der anderen und knüpfte ein Hemd nach dem anderen, wobei sie dachte: »Wenn nur einmal der Tag kommt und mein Traum in Erfüllung geht.«

Nun hielt eine von den Hofdamen ein Auge auf sie und schrieb alles, was sie machte, nieder. Zur Abendzeit ging sie zu dem Königssohn und sprach: »Mein Königssohn! Dieses Mädchen, das deine Verlobte werden soll, ist weder eine Fee noch eine Frau, die nicht reden kann. Da gibt es nichts anderes: entweder ist sie eine Hexe oder eine Zauberin. Am Tage kommen drei Vögel und klopfen ans Fenster, des Nachts sagen sie: Komm in den Palastgarten! Sie geht dann zu jener Stunde hinaus, und später sammelt sie Quecken und kommt zurück, sie kommt zurück, aber wer weiß, was für Ränke sie gegen dich schmiedet.«

Der Königssohn wollte nichts auf die Perlmuttermaid kommen lassen, aber er wartete drei Tage und drei Nächte. Als er gesehen hatte, daß das, was gesagt wurde, Wort für Wort richtig war, da wußte er nicht, was ihm zugestoßen war. Sogleich rief man sie und stellte ihr allerlei Fragen, aber das arme Mädchen ließ weder die Strickarbeit aus den Händen, noch kam ein Wort aus seinem Mund. Bei jeder Frage kam eine Träne in das Auge der Unglücklichen. Aber wer kümmert sich schon um ihr Auge und ihre Tränen! »Schweigen bedeutet Geständnis«, lautet ein Sprichwort. Man sprach sie der Hexerei schuldig. Eines solch schönen Mädchens Schönheit sollte sie um ihren Kopf bringen! Man forderte vom Henker ihren Kopf.

Der Henkermeister fragte das Mädchen nach seinem letzten Willen, aber wieder kam kein Laut aus seinem Mund. Nun sprach er: »Mach dich auf deine letzte Stunde bereit!« Aber sie ließ das Strickzeug nicht aus der Hand. Da begannen drei Vögel über ihrem Haupt zu kreisen. Der Henkermeister war ratlos. Während er überlegte, was er machen und wie er verfahren solle, hatte die Perlmuttermaid die Hemden fertiggestrickt; sie nahm sie und warf sie einzeln auf die Vögel. Nach Gottes Ratschluß wurden alle drei Vögel zu Jünglingen wie Sprößlinge und fielen dem Mädchen um den Hals. Diejenigen, die das sahen, glaubten, daß es Hexerei sei, und sperrten Mund und Nase auf.

Eben in diesem Augenblick löste sich die Zunge der Perlmuttermaid. Sie sprach: »Henkermeister, der Henkerstein bleibt an seiner Stelle. Zuallererst führe mich zur Audienz beim Padischah. Ich möchte ihm nun der Reihe nach erzählen, was ich erlebt habe. Wenn er dann noch einen Befehl für meinen Kopf gibt, was können wir tun? Dann ist mein Hals dünner als ein Haar.«

Sie ging und erzählte unter strömenden Tränen dem Padischah, was sie von ihrer Stiefmutter erduldet hatte.

Der Padischah verstand nun, daß die Perlmuttermaid ein Mädchen reiner als Perlmutter war, und nahm sie für seinen Sohn zur Frau. Darüber hinaus gab er seine drei Töchter den drei Brüdern der Perlmuttermaid zur Frau. Während sie vierzig Tage und vierzig Nächte Hochzeit feierten, sollte da nicht die Nachricht kommen, daß auf der anderen Seite die Tochter des schwarzen Wesirs, die ja ihre Stiefmutter war, den Tod durch vierzig Maultiere oder vierzig Messer zu wählen hatte? Ja, derjenige, der Böses sät, erntet auch Böses; wer das nicht tut, erreicht seinen Wunsch. Wir wollen jetzt auf die Schaubühne steigen. Drei Äpfel fielen noch vom Himmel. Sie sollen für diejenigen sein, die den anderen kein Unheil angetan haben!

35. Die Katze und der Löwe

Weil der Löwe alt geworden war, schlief er mit offenem Maul. Da aber die Mäuse in sein Maul kamen und die zwischen seinen Zähnen sitzenden Fleischreste herausholten, fand er keine Ruhe. Daher rief er eine Katze zu sich und sprach: »Komm und bleib bei mir fünf bis zehn Tage! Bring die Mäuse um und friß sie!«

Die Katze setzte sich zum Löwen und blieb bei ihm. Sie fand Ruhe und hatte für nichts zu sorgen. Das beste Fleisch und Essen waren vorhanden. Jetzt dachte die Katze: Diese Ruhe darf nicht so leicht aufgegeben werden. Daher beschloß sie, die Arbeit auszudehnen und die Mäuse, statt zu fangen und zu fressen, zu erschrecken und zu verjagen. Denn die Aufgabe, sie zu fangen und zu fressen, ist die Sache von zwei Tagen. Aber es war sehr nötig, diese Überlegung vor dem Löwen zu verheimlichen. Jeden Abend, wenn sie zum Essen zusammenkamen, brachte die Katze die Sprache auf die Mäuse und erzählte, daß sie, obwohl sie die Mäuse tötete, sie nicht zur Strecke gebracht hätte. Dauernd klagte sie über die

Menge der Mäuse. So machte sich die Katze diesen Platz zu einem Nest und Heim.

Eines Tages gebar die Katze dort Junge. Sie ernährte die Jungen mit viel Fleisch und Milch und führte ein ruhiges Leben. Inzwischen verging die Zeit. Die Jungen wurden groß und kamen nun in die Lage, für sich selbst arbeiten und sorgen zu können.

Wenn die Jungen die Mäuse anfallen und sie fangen wollten, sprach die Katze immer: »Wenn ihr sie auffreßt, werden wir unser Brot und Heim verlieren. Hütet euch also, sie zu fangen und zu töten, jagt ihnen nur Schrecken ein und laßt sie laufen.« Solchen Rat erteilte sie den Jungen.

Eines Tages hatte der Löwe die Katze irgendwohin geschickt. Die unerfahrenen Jungen, die nicht auf die guten Worte und Ermahnungen ihrer Katzenmutter hörten, fielen die Mäuse an und vernichteten innerhalb von ein bis zwei Tagen alle Mäuse, die es gab, vollständig.

Als die Mutter von dem Ort, wohin sie gegangen war, zurückkehrte, da sah sie, daß keine Mäuse mehr da waren, und verstand die schlimme Lage. In dem Gedanken an die Gefahr, fortgejagt zu werden, suchte sie die Mäuse überall. Aber keine Maus war zu sehen. Was sollte sie machen? Sie versammelte ihre Jungen bei sich. Nachdem sie ihnen die Sache richtig erklärt hatte, ermahnte sie diese, sie sollten, wenn der Löwe schlief, in sein Maul hineingehen, ihn aber nicht kratzen. Als aber eines der Jungen einmal die zwischen den Zähnen des Löwen sitzenden Fleischreste fraß, stach es ihn mit seinen Krallen. Da erwachte der Löwe und sprang auf. Auf seine Frage sagte die Katze: »In deinen Mund sind die Mäuse gekommen; sie haben diese vertrieben.«

Beim zweitenmal zermalmte der Löwe eins von den Katzenjungen. Da begann die Katze Angst zu bekommen. Andauernd verbreitete sie in der Nachbarschaft die Nachricht, lud die Mäuse ein und gab ihnen ihr Wort, daß sie ihnen nichts zuleide tun würde. Aber nicht eine von den Mäusen, die wußten, daß sie damals dort gefangen worden waren, kam dorthin. Als der Löwe sah, daß nun keine Mäuse mehr da waren und die Katze ihm etwas vormachen wollte, jagte er sie fort. Als die Katze sich entfernte, sagte sie zum Löwen: »Wir hatten uns aneinander gewöhnt. Die unerfahrenen Jungen haben sich eingemischt . . . So ist es geschehen. Vergib, wenn ich etwas gegen dich verschuldet habe! Wenn wir am Leben bleiben, sehen wir uns wieder.«

36. Die Katze und der Tiger

Man sagt: Die Katze ist der Onkel des Tigers. Wie dem auch sei, eines Tages sah der Tiger seinen Onkel, die Katze. »Aber Onkel«, fragte der Tiger, »weshalb bist du so klein?«

Die Katze antwortete: »Wenn du in die Hand des Menschenkindes geraten wärest, wüßtest du es!«

»Dann zeig mir doch mal ein Menschenkind!«

»So folge mir!«

Unterwegs weidete eine Büffelherde.

»Onkel, sind das Menschenkinder?«

»Was bedeuten denn schon diese? Ein einziges kleines Menschenkind treibt und jagt hundert davon vor sich!«

Als sie weitergingen, trafen sie eine Herde Pferde. »Onkel, sind das Menschenkinder?«

»Was bedeuten denn schon diese? Die Menschenkinder steigen auf sie und reiten.«

Nachdem sie eine Strecke weitergewandert waren, trafen sie auf eine Kamelherde. »Onkel, sind das Menschenkinder?«

»Ein Kind stellt einen Zug von zehn bis fünfzehn von ihnen zusammen und leitet und führt sie.«

Nach langer Wanderung stiegen sie auf einen Berg. Dort trafen sie einen Holzfäller. Die Katze erklärte dem Holzfäller, was sich zugetragen und was sie mit dem Tiger erlebt habe. Der Holzfäller sprach zum Tiger: »Steck deine Füße in diese Holzspalte und mach sie auseinander.«

Als der Tiger seine Füße in die Spalte gesteckt hatte, zog der Holzfäller schnell das Eisen, mit dem er die Spalte geöffnet hatte, heraus. Die Füße des Tigers waren tüchtig in die Spalte des Holzes eingeklemmt. Der Holzfäller steckte seine Pfeife an und trat vor ihn. Die Katze aber kletterte auf eine Tanne. Da rief der Tiger ihr zu: »Onkel, ob man mich freiläßt, wenn ich so groß bin wie du?«

Darauf antwortete die Katze: »Das weiß ich nicht! Miau.«

37. Die Katze im Palast

Ein armes Ehepaar hatte eine Katze. Das Ehepaar aß nicht, sondern gab der Katze zu essen, es trank nicht, sondern gab ihr zu trinken. Aber die Katze bekam nicht zu essen, was sie gern wollte, natürlich nicht Fleisch und Leber. So wurde sie schließlich mager, war nur Haut und Knochen und kam dem Tode nahe. Als sie sich eines Tages vor dem Hause des Ehepaars sonnte, sah sie die Katzen des Palastes, die auf der Mauer des großen Palastes gegenüber einherspazierten. Alle waren fett und rund wie Eier. Sie war neidisch auf sie, nach ihnen sehnte sie sich: »Ach, wie schön wäre es, wenn ich auch dort wäre. Wenn ich doch wie sie vorgesetzt bekäme, was ich gerne esse, und wenn fortbliebe, was ich nicht gern esse.« Bei diesem Gedanken sprach sie: »Wenn ich einmal auf die Mauer steigen und mich hineinbegeben könnte!«

Eines Tages fand die Katze eine Gelegenheit und sprang über die Mauer hinein. Der Palastwächter, Schildwachen, Soldaten und Polizisten liefen auf den Lärm von ihr zusammen. Aus Furcht floh die Katze verwirrt hierhin und dorthin und wußte nicht, wohin sie laufen sollte. Tausendmal bereute sie, daß sie dort eingedrungen war. Schließlich kletterte sie auf einen Baum. Als sie vom Baum nach unten auf die Leute blickte, die sie noch nie gesehen hatte, weinte sie leise vor sich hin: »Ach, wenn ich von hier fortkäme, wäre eine Ecke im Hause der Alten für mich das Paradies!«

38. Der Fuchs, der Krebs und die Schildkröte

Eines Tages vereinigten sich der Fuchs, der Krebs und die Schildkröte, um Ackerbau zu betreiben, und fanden am Fuß eines Berges ein ertragreiches Feld. Als sie die Arbeit aufnehmen wollten, sagte der Fuchs:

»Halt, ich möchte mich gegen jenen Berg stemmen; sonst stürzt er vielleicht zusammen, und unsere Mühe ist vergebens.«

Der Krebs und die Schildkröte waren damit einverstanden. Während der Fuchs im Schatten des Felsens lag, vergossen der arme Krebs und die arme Schildkröte ganze sechs Monate lang Schweiß, indem sie sich in der brennenden Sonne abmühten und die Ernte zustande brachten. Sie benachrichtigten den Fuchs, um untereinander zu teilen. Der Fuchs sagte: »Das geht so nicht. Wir werden jetzt von hier zu dem Erntefeld um die Wette laufen: derjenige, der zuerst ankommt, wird die Frucht, wer als zweiter kommt, wird die Halme, und wer als letzter übrigbleibt, wird nichts bekommen.«

Was sollten sie anderes tun! So nahmen sie den Vorschlag an. Sie stellten sich in einer Reihe auf. Bevor das Rennen losging, erklärte die Schildkröte ihrer Frau die Sache: »Du gehst hin und legst dich dort schnell in das Getreide. Wenn die anderen kommen, fängst du schleunigst an, das Getreide zu messen. Die anderen glauben dann, ich wäre es. So bekommen wir das Getreide.«

Kurzum, sie stellten sich auf, der Fuchs rief: »Los!« In diesem Augenblick stieg der Krebs auf den Schwanz des Fuchses. Ganz außer Atem kam der Fuchs vor den anderen zum Erntefeld und war erstaunt, als er sah, daß die Schildkröte dabei war, das Getreide mit elf, zwölf Maß abzumessen.

»O weh«, sagte er, »wenigstens möchte ich den Halm nicht verpassen«, und versuchte, sich daraufzusetzen. Da rief der Krebs: »Halt mal! Willst du dich auf mich setzen?« So ging der Fuchs leer aus.

39. Fuchs und Bär

Eines Tages schweifte ein schwanzloser Fuchs auf den Feldern am Rand des Dorfes mit hungrigem Magen einher, aber er konnte keine Beute finden. Als er schließlich an einem leeren Sommerhaus vorüberkam, witterte er aus dem Garten vor dem Haus den Geruch von Leber. Er sprang über die Hecke und machte sich an die Leber heran. Da merkte er aber, daß sie in einer Falle lag. Wenn er sie berührte, würde er erwischt werden. Nun wartete er vor der Leber, indem ihm das Wasser im Munde zusammenlief. Obwohl schon der Morgen herankam, konnte er die Leber nicht aufgeben und fortgehen. Da kam eiligst ein Bär des Weges, den er zu sich rief. Als der Bär herangekommen war, sagte er: »Da schau mal, da liegt eine Leber!« Der Bär fragte: »Warum frißt du sie denn nicht?« Der Fuchs entgegnete: »Heute muß man das Fasten beachten, und ich faste.«

Der Bär traute seinen Worten. Als er die Leber nehmen wollte, fing ihn die Falle an seiner Schulter. Der Fuchs lief nun hin und begann die Leber zu fressen. Da fragte der Bär: »Du wolltest doch fasten.« Darauf rief der Fuchs: »Die Kanonenkugel ist ja gerade abgeschossen worden.« Darüber wurde der Bär sehr böse: »Bist du nicht der schwanzlose Fuchs? Ich werde dich in den Bergen und steinigen Gegenden suchen und finden, wo auch immer du sein magst, um an dir Rache zu nehmen.«

Da bekam der Fuchs Angst und sagte: »Was soll ich nur machen, was soll ich nur machen?« und dachte sich eine List aus, um die Schwänze aller Füchse abzureißen, damit man ihn nicht erkenne. Daher ging er in die Berge und versammelte alle Füchse. Er sprach: »An einem gewissen Ort gibt es schöne Birnen. Geht dorthin, wir alle wollen sie stehlen.«

Er ließ sie alle voran marschieren, um seine Schwanzlosigkeit nicht zu zeigen. Der schwanzlose Fuchs stieg auf den Baum; er pflückte die Birnen und warf sie hinab. Aber die unten befindlichen Füchse aßen sofort, was er hinuntergeworfen hatte. Der schwanzlose Fuchs stieg vom Baum herab: »So geht das nicht! Ihr eßt das, was ihr gesammelt habt. Ich binde euch an euren Schwänzen an den Birnbaum. Nachdem ich herabgestiegen bin, werden wir alle zusammen essen.«

So band er sie alle an den Birnbaum und stieg selbst hinauf. Als er eine kurze Weile später schrie, daß der Gartenbesitzer käme, sprang er vom Baum und machte sich aus dem Staub. Indem die anderen in Furcht sich bemühten zu entfliehen, rissen sie sich alle den Schwanz ab. Als sie sich später auf dem Berg versammelten und einander ihre Erlebnisse erzählten, da sagte der schwanzlose Fuchs, der die Birnen auf dem Baum gepflückt hatte, zu den anderen: »Ihr fragt ja gar nicht nach mir. Als ich mich hinunterstürzen wollte, was passierte da: mein Schwanz blieb an einer Hacke hängen. Als ich hinuntersprang, ist er abgerissen.«

40. Der Fuchs und das Schwein

Ein Fuchs und ein Schwein, die beide auf einem Berg Hunger litten, taten sich eines Tages zusammen und machten sich zu einem Weinberg auf, um Trauben zu essen. Sie strichen um die vier Seiten des Weinbergs herum, fanden aber kein Loch und keine Öffnung, durch die sie eindringen konnten. Schließlich fanden sie am Rand des Weinbergs ein kleines Loch, durch welches der Fuchs leicht hindurchging. Aber das Schwein kam überhaupt nicht durch und zwängte sich ins Loch. Nach vieler Mühe und Anstrengung endlich kam es in den Weinberg hinein. Der Fuchs, der dort auf das Schwein wartete, rief ihm zu: »Lieber Freund, wieviel Schwierigkeiten hatten wir, bis wir hineinkamen. Daher wollen wir wenigstens so viel Trauben fressen, bis sie uns zur Nase herauskommen!«

Das Schwein war damit einverstanden. So einigten und verabredeten sie sich also. Dann gingen sie auseinander, um zwischen den Rebstöcken Trauben zu fressen. Kurze Zeit darauf kam der Fuchs, der sich nur halb satt gegessen und zwei Trauben in seine Nasenlöcher gesteckt hatte, zu dem Schwein und sprach: »Na, Bruder, da schau! Mir kommen schon die Trauben aus der Nase heraus.«

Das Schwein schluckte, damit auch ihm die Trauben aus der Nase herauskämen, ganze Trauben herunter, so daß sein Bauch wie eine dicke Trommel wurde; der Bauch spannte sich, aber die Trauben kamen ihm noch nicht zur Nase heraus. Da rief der Fuchs: »Voran, weiter! Jetzt werden die Trauben wohl herauskommen. Bemüh dich noch etwas. Kommt dahinten denn nicht der Besitzer des Weinbergs herbeigelaufen?«

Der Fuchs entwischte leicht durch das Loch, durch das sie zuvor eingedrungen waren. Aber da das Schwein seinen Bauch vollgefressen hatte, blieb es im Loch stecken. Der Weinbergbesitzer lief herbei und schlug das Schwein, dessen Kopf im Loch steckte und dessen Hinterteil draußen geblieben war, mit Stockschlägen tot.

41. Die Schlange und der Wanderer

Ein Mann kehrte von der Pilgerschaft zurück. Als er in die Nähe seines Dorfes kam, sah er, daß am Wegrand ein kleiner Brombeerstrauch brannte, in dem zwischen den Flammen eine Schlange zischte. Sogleich stieg er von seinem Pferd, näherte sich dem Feuer und streckte der Schlange einen Stock hin, an dessen Spitze er einen Sack befestigt hatte. So zog er die Schlange heraus und rettete sie vor dem Feuertod.

Als die Schlange aus dem Feuer gekommen und gerettet war, wollte sie den Mann beißen. Der Pilger aber sagte: »Nein, das geht nicht!« Die Schlange aber sprach: »Wohlan, wir fragen den ersten, den wir treffen. Was er sagt, das wollen wir tun.« Sie machten sich auf den Weg. Während sie marschierten, trafen sie ein Schaf. Sie fragten es. Das Schaf sprach: »Beiß ihn doch ruhig! Diese Leute melken unsere Milch, essen unser Fleisch und bekleiden sich mit unseren Häuten. Als ob das alles nicht genug wäre, legen sie noch dazu unsere Jungen vor unseren Augen auf den Boden und schlachten sie.«

Der Mann meinte wieder, so gehe das nicht. Die Schlange erwiderte: »Nun, so fragen wir den, der uns entgegenkommt. Wir wollen sehen, was er sagen wird«, und sie setzten ihren Weg fort. Als dann einige Minuten vergangen waren, trat ihnen ein Esel entgegen. Sie fragten ihn, ob die Schlange beißen solle oder nicht. Der Esel sprach: »Sie soll sofort beißen! Diese Menschen bürden uns Lasten auf, prügeln uns, reiten auf uns und stechen uns in die Schultern.«

Der Mann war damit nicht einverstanden. Sie setzten ihren Weg fort. Nun wollten sie einen Löwen fragen und kamen überein, das zu tun, was der Löwe sagen würde. Unterwegs sahen sie ein Löwenlager, sie gingen dorthin und begannen zu rufen. Als sie den Löwen riefen, kam der Fuchs, der Wächter und Diener des Löwen war, daher und fragte, was sie wünschten. Sie erklärten dem Fuchs, was vorgefallen war, und der Mann sagte: »Ich habe sie aus dem Feuer gerettet, indem ich an der Spitze des Stockes ein Säckchen befestigte.«

Da rief der Fuchs: »Na, wollt ihr euch über mich lustig machen? Geht denn eine große Schlange überhaupt in ein Säckchen?«

Da sagte die Schlange: »Schau mal, wie ich hineingehe. Spreche ich denn Lügen?« und kroch schnell in das Säckchen.

Sogleich machte nun der Fuchs die Öffnung des Säckchens zu und sagte zu dem Mann: »Da! Mach damit, was du willst!«

Der zerdrückte das Säckchen und tötete die Schlange.

42. Selbstmord der Hasen

Eines Tages versammelten sich alle Hasen und sagten: »Auf der Welt gibt es kein feigeres Tier als wir. Wenn ein winziger Halm knirscht und ein bißchen Wind weht, sind wir zu Tode erschrocken. Wir sind noch niedriger als Wolf, Schakal, Bär und Fuchs. Wir wollen lieber sterben, als so feige und niedrig leben. Was soll ein Tier noch leben, das sich vor einem Zweig fürchtet, auf dem sich ein Käfer oder eine Ameise bewegt! Es soll sterben.«

Alle waren damit einverstanden und beschlossen, Selbstmord zu begehen. Sie wollten zu dem gegenüberliegenden Bach gehen und sich dort, einer nach dem andern, ins Wasser stürzen. So stiegen alle zusammen vom Berg ins Tal. Als sie zum Ufer des Baches gekommen waren, stürzten sich die am Ufer liegenden Frösche, sobald sie den Lärm hörten, alle schnell ins Wasser. Als die Hasen das sahen, riefen sie: »Oho, es gibt noch Feigere als uns auf dieser Welt. Weshalb sollen wir Selbstmord begehen?« Nach diesen Worten kehrten sie wieder um und gingen hochnäsig zu ihren Bergen und Ebenen zurück.

43. Talisman der Tiersprache

Als gegen Abend ein Bauer von seiner Arbeit heimkehrte, sah er, wie am Wegrand in einem Gebüsch eine Schlange krabbelte und zappelte. Sogleich lief er zu ihr hin. Da sah er, daß die Schlange sich in den Dornen verfangen hatte und das arme Tier, um sich zu retten, mit Kopf und Schwanz um sich schlug und am Ende seiner Kraft war. Da dem Bauern die Schlange leid tat, ging er mit seiner Axt in den Wald, schlug die Bäume, an denen sich die Schlange verfangen hatte, zog die Dornen, die in ihren Leib gedrungen waren, heraus und rettete die Schlange. Sobald die Schlange von den Dornen befreit war, wurde sie ein schönes Mädchen und sprach zum Bauern: »Wünsche dir von mir, was du willst! Ich werde alles, was ich kann, dir für deine Güte tun.«

Der Bauer sagte: »Ich wünsche mir nichts, nur die Gesundheit.«

Darauf erwiderte das Mädchen: »Das geht nicht. Ich bin die Tochter des Padischahs der Schlangen. Unbedingt wünsche dir etwas! Ich werde dich jetzt zu meinem Vater bringen.« Mit diesen Worten brachte sie den Bauern gewaltsam zu ihm, aber unterwegs sagte das Mädchen: »Wenn wir jetzt zu meinem Vater kommen, wird mein Vater dir sagen: ›Was wünschst du von mir?‹ Dann wünsche den Talisman der Vogel- und Tiersprache, nimm ihn, er wird dir sehr nützlich sein. Denn du liebst die Tiere sehr und beschützt sie.«

Der Mann war damit einverstanden, und spät kamen sie zum Schlangen-Padischah. Der Padischah war schon besorgt, daß die Tochter nicht gekommen war. Als er seine Tochter gesehen hatte, freute er sich sehr. Da sagte das Mädchen zu seinem Vater: »Vater, ich wäre gestorben, wenn dieser Mann nicht gewesen wäre, ohne ihn hättet ihr mich ganz verloren. Dieser gute Mann hat mich gerettet. Ich habe ihn hierhergebracht, damit du ihm etwas Gutes antust.«

Da sagte der Schlangen-Padischah: »Was wünschst du von mir?«

Der Bauer wünschte ihm Gesundheit. Der Padischah wiederholte seine Frage. Schließlich sagte der Bauer: »Wenn du mir wirklich etwas Gutes tun willst, gib mir den Talisman, die Vogel- und Tiersprache zu verstehen.« Der Padischah entgegnete: »Ich will ihn dir geben, aber er ist sehr gefährlich. Wenn Menschen und Tiere merken und dahinterkommen, daß du die Vogel- und Tiersprache verstehst, wirst du in dem Augenblick sterben.«

Der Bauer antwortete: »Ich will es niemandem sagen, und vor jedem nehme ich mich in acht.« Daraufhin sagte der Padischah: »In diesem Falle übergebe ich dir den Talisman. Möge er dir Glück bringen.«

Der Bauer nahm ihn und verließ freudig den Palast. Als er schnurstracks zu seinem Dorf marschierte, wurde er unterwegs müde und setzte sich im Schatten eines Baumes nieder, um sich auszuruhen. Zu dieser Zeit unterhielten sich auf dem Wipfel des Baumes zwei Raben, die sagten: »Schau dir diesen armen dummen Menschen an, er hat sich auf einen Schatz gesetzt, aber er weiß nichts davon. Jetzt wird er aufstehen und fortgehen.«

Als der Bauer das hörte, nahm er sogleich die Hacke, die er

bei sich hatte, und grub an der Stelle, wo er gesessen hatte. Da sah er auf einmal, daß mit Gold gefüllte Krüge der Reihe nach aufgestellt waren. Sogleich leerte er sie, füllte sie in die Tragtaschen und begab sich geradenwegs nach Hause.

Das Gold vergrub er an einer Stelle, und damit es keiner merken sollte, nahm er die Goldstücke einzeln heraus und gab sie aus und begann von jeder Gattung Vogel und Tier ein Paar zu kaufen, da er die Tiersprache verstand. Der Platz vor dem Haus und der Garten des Bauern waren mit den verschiedenartigsten Tieren und Vögeln angefüllt.

Eines Tages stieg der Bauer auf ein Pferd, seine Frau auf eine Stute. Während sie zum Garten ritten, sagte unterwegs das Pferd zur Stute: »Wenn du wüßtest, Schwester, wie sehr ich überdrüssig bin. Ich hab alles satt. Bei dieser Hitze kann ich mich nicht einmal auf den Beinen halten. Schau dir nur mal den an, der auf mir sitzt.«

Die Stute antwortete: »Wenn du solches sagst, was soll ich machen. Du trägst zwei Personen, ich aber vier.«

Darauf das Pferd: »Na, wie denn vier Personen? Trägst du denn nicht die Frau und dich?«

Darauf die Stute: »Nein, eine bin ich, eine in meinem Leib, eine die Frau auf mir und eine in ihrem Leib.«

Durch diese Antwort erfuhr der Bauer, daß seine Frau schwanger war, und lächelte leise. Das bemerkte seine Frau, und sie fragte ihn: »Warum lachst du denn? Sprich!« Der Bauer gab zur Antwort: »Es ist nichts, es ist mir nur etwas eingefallen.« Sie aber hörte nicht auf ihn, sondern rief: »Du wirst es mir unbedingt sagen. Wenn du mir nicht die Wahrheit sagst, werden wir mal sehen.« So rief sie voller Zorn. Was sollte der Bauer machen? Wenn er reden würde, würde er sterben. Wenn er es auch so oder so abwenden wollte, ließ die Frau nicht locker und gab Tag und Nacht keine Ruhe, ihn dazu zu bringen, es ihr zu sagen. Schließlich sagte der Bauer zu seiner Frau: »Nun sei endlich still damit, ich werde es dir dann und dann sagen.«

Als er in jenen Tagen voller Gedanken im Garten seines

Hauses spazierenging, unterhielten sich zwei Enten. Die eine sagte zu der anderen: »Wie schade! Dieser Mann wird sein Geheimnis, seinen Talisman, seiner Frau mitteilen und sterben. Der Arme hat nur noch zwei Tage zu leben.«

Der Bauer hörte dieses Gespräch. Das flüsterten sich Vögel und Tiere untereinander ins Ohr. Am folgenden Tag hielten alle Vögel und Tiere eine Ratsversammlung ab, um den Bauern, der ihr Herr war, zu retten, und suchten für diesen Kummer einen Ausweg. Der Bauer kam zu der Besprechung. Alle betrachtete er aufmerksam, und dabei stellte er fest, daß unter ihnen der Hahn fehlte. Die anderen Vögel und Tiere suchten irgendwie einen Weg, um ihn vor dem Tode zu retten, und besprachen sich. Der Bauer hörte ihnen zu. Als sich die Besprechung erhitzte, da tauchte auf einmal der Hahn auf und rief: »Was soll dieser Lärm? Worüber unterhaltet ihr euch?« Da sagte die Ente zum Hahn: »Über diesen armen Mann, der unser Herr ist. Seine Frau hat ihm keine Ruhe gelassen. Er besitzt einen Talisman; die Frau will ihn herausbekommen. Der arme Mann wird dann sterben.«

Als der Hahn das gehört hatte, sagte er: »Laßt den Mann, der mit einer Frau nicht fertig wird. Wenn er stirbt, soll er sterben! Ich lasse am Tage zwanzig Stück von Weibern auf einem Müllhaufen herumlaufen, und ich picke und hacke sie, aber keine traut sich, einen Laut von sich zu geben. Wohlan, geht auseinander! Ich kann an dieser Versammlung nicht teilnehmen. Es kränkt meine Mannesehre.«

Als der Bauer diese Worte des Hahns gehört hatte, nahm er einen Stock und begab sich nach Hause. Den Stock stellte er hinter die Tür. Als die Frau ihn veranlassen wollte zu erzählen, nahm er den Stock und schlug rücksichtslos auf sie ein. So vergingen ein bis zwei Tage. Die Frau hatte den Stock satt und wurde eine gehorsame Frau. Inzwischen kam das Kind auf die Welt, und beide vergaßen alles und begannen sich an ihrem Kinde zu erfreuen. Jetzt haben sie Kinder genug. Ich bin von ihnen gekommen. Sie lassen grüßen.

44. Ungesühnte Rache

Ein Bauer brachte jeden Tag die Milch, die er von seiner Kuh melkte, zu einem Felsen. Er selbst zog sich zurück und wartete. Da kam aus dem Felsen eine Schlange mit einem Goldstück im Munde heraus, trank die Milch, legte das Goldstück in den Topf und verschwand. Nach einer Weile war der Bauer ziemlich reich geworden und sammelte die Goldstücke, die er in eine Kiste legte.

Eines Tages beabsichtigte er, auf die Pilgerfahrt zu gehen. Aber wie sollte er sich von der Schlange und dem Gold, das sie brachte, trennen, und wem sollte er diese Sache überlassen und fortgehen? Der Bauer wollte einerseits nicht von der Pilgerfahrt fernbleiben, andererseits dachte er an das Gold. Schließlich beschloß er, auf die Pilgerfahrt zu gehen, und entschloß sich, diese Sache seinem Sohn zu übertragen. Am Tage ehe er aufbrach, rief er seinen Sohn zu sich, ließ ihn vor sich niedersitzen und sprach: »Mein Sohn! Ich will dir etwas mitteilen und dir etwas übertragen. Aber hüte dich, mit jemandem darüber zu sprechen und es jemandem zu zeigen. Auf jenem Berge habe ich eine Schlange. Jeden Morgen bringe ich ihr einen Topf Milch, sie gibt mir dafür ein Goldstück. Auf diese Weise bin ich reich geworden. Nun will ich auf Pilgerfahrt gehen. Wenn ich fort bin, mache es so, wie ich es gemacht habe. Bring die Milch dorthin, setze sie nieder und warte. Die Schlange kommt heraus, trinkt die Milch, läßt ein Goldstück zurück und verschwindet. Nimm du die Goldstücke. Sammle sie, bis ich wiederkomme. Aber hüte dich, es jemandem zu erzählen.«

Nachdem der Mann ihn gehörig ermahnt hatte, ging er auf die Pilgerfahrt. Als der Vater fortgegangen war, verfuhr der Sohn so, wie er es ihm aufgetragen hatte. Jeden Tag ging er mit der Milch zum Felsen und brachte ein Goldstück nach Hause.

Eines Tages kam ihm ein Gedanke, und er dachte bei sich: »Mensch, diese Schlange bringt jeden Tag ein Goldstück aus ihrem Loch, in ihrem Nest gibt es sicher einen Schatz. Anstatt jeden Tag die Milch dorthin zu tragen und für die Schlange zu sorgen, muß man sie töten, ihr Nest ausgraben und den Schatz finden. Auf diese Weise kann man all das Gold auf einmal fortschaffen.« So dachte der Jüngling bei sich und beschloß, die Schlange zu töten und das Gold auf einmal wegzunehmen.

Als er am folgenden Tag der Schlange die Milch brachte, nahm er seine Axt unter den Arm. Dort ließ er die Milch zurück und legte sich in einem nahen Gestrüpp in den Hinterhalt. Wie jeden Tag kam die Schlange mit einem Goldstück im Mund und begann die Milch zu trinken. In diesem Augenblick trat der Jüngling aus dem Gestrüpp hervor und hieb mit der Axt einmal zu; die beiden kämpften miteinander, die Axt traf den Schwanz der Schlange und hackte ihn ab. Die Schlange aber biß den Jüngling und tötete ihn.

Eines Tages kehrte der Vater von der Pilgerfahrt zurück. Man berichtete ihm, daß die Schlange seinen Sohn gebissen und getötet habe. Er verstand den Sachverhalt. Es tat ihm sehr leid, daß er alles, was er besaß, ausgegeben hatte und ohne einen Pfennig erschöpft zurückgekommen war. In diesem großen Kummer achtete er nicht darauf, daß er von der Pilgerfahrt zurückgekehrt war, und er konnte nicht die Besucher freundlich empfangen.

Der Pilger, dessen Herz mit Kummer erfüllt war, brachte in dem Gedanken, daß er die Schlange vielleicht mit süßen Worten aus ihrem Nest herausholen könne, eines Morgens wie früher die Milch zum Felsen und wartete. Eine Stunde, zwei Stunden vergingen, ohne daß sich die Schlange zeigte. Die Fliegen begannen von allen Seiten über die Milch zusammenzuströmen. Schließlich wandte sich der Hadschi zu der Seite, von der die Schlange gekommen war, mit den Worten: »Komm, mein Starker, komm, mein Adeliger, komm, mein Schöner!« und begann so die Schlange zu rufen. Aber er erhielt keine Antwort. Als er gerade zu seinem Dorf zurückkehren wollte, entstand in der Höhle des Felsens ein Knirschen. Als sich der Hadschi dorthin wandte, sah er die Schlange, die sprach:

»Der Mann ging fort und kam als Hadschi heim. Der Schmerz um meinen Schwanz verschwindet nicht. Warte nicht vergebens, geh deiner Wege! Solange du den Schmerz um deinen Sohn hast und ich den Schmerz um meinen Schwanz, können wir uns nicht versöhnen, ja nicht einmal ins Antlitz schauen.«

45. Die Elster als Botin

In alter Zeit versammelten sich einmal die Frauen und sprachen: »Warum dürfen die Männer drei bis vier Frauen nehmen, warum dürfen wir nicht einige Männer heiraten? Ist das nicht eine Ungerechtigkeit?« Nachdem sie das hin und her, lang und breit besprochen hatten, beschlossen sie, die Angelegenheit zuerst vor den Kadi zu bringen. Aus ihren Reihen wählten sie einen Ausschuß und schickten ihn zum Kadi. Nachdem sich der Kadi die Rede des Ausschusses angehört hatte, entschied er: »Ich mische mich nicht ein. Gott hat es so befohlen. Geht und wendet euch an Ihn!«

Als der Ausschuß, der vom Kadi zurückkehrte, dem Kongreß die Antwort des Kadis gegeben hatte, da sannen die Frauen auf Mittel und Wege und kamen zu dem Ergebnis, daß sie ein Bittgesuch schreiben und an Gott im Himmel senden würden. Schließlich wurde das Gesuch geschrieben, alle unterschrieben, sie banden es an den Fuß der Elster und sandten es ab. Tage- und monatelang warteten sie, aber der Vogel, den sie als Boten damit abgeschickt hatten, kam überhaupt nicht zurück. Die Frauen, die die Hoffnung auf Gott nicht aufgaben, waren immer noch sehnsüchtig. Wenn die alten Frauen in Anatolien sehen, daß eine Elster auf die ihren Häusern nahe liegenden Bäume fliegt, fragen sie sie nach der Antwort ihres Bittgesuches: »Bist du gekommen? Was gibt's? Hoffentlich etwas Gutes!« Darüber gibt es sogar ein Lied:

Die Elster ließ sich auf dem Aste nieder;
Sie wackelte mit ihrem Schwanze auf und nieder;
Was gibt's? Bringst du die Antwort jetzt
vom Himmel uns hernieder?

46. Die Schnecke

Als eines Tages eine Schnecke auf einem Kehrichthaufen einherging, fand sie einen Pfennig und machte ihn durch viel Kauen im Munde zu einem Goldstück. Sie dachte: »Was soll ich dafür kaufen, was soll ich dafür kaufen? Wenn ich Fleisch kaufe, hat es Knochen; wenn ich einen Hammelkopf kaufe, hat er Schleim; wenn ich Leber kaufe, hat sie eine Kehle. Ich will eine Schönheit kaufen, ich will mich schminken und mich aufputzen.«

Sie kauft Rouge, Puder und Augenschminke. Sie schmückt und ziert sich damit und macht sich auf den Weg.

Unterwegs trifft sie einen Bauern. Der Bauer fragt: »Wohin gehst du, Schnecke?«

»Heiße ich denn Schnecke? Wenn du langhaarige, hochgewachsene, liebe Frau sagst, hat sich dann dein Mund etwas vergeben?«

»Wohin gehst du also, du langhaarige, hochgewachsene Frau?«

»Um einen Mann zu finden.«

»Dann komm doch zu mir!«

»Womit schlägst du deine Frau?«

»Mit der Heugabel!«

»In diesem Fall komme ich nicht zu dir.«

Nach diesen Worten setzte sie ihren Weg fort. Unterwegs traf sie einen Holzfäller, der sie fragte, wohin sie gehe. Sie erwiderte: »Um einen Mann zu finden.«

»Dann komm doch zu mir.«

»Womit schlägst du deine Frau?«

»Mit der Holzaxt!«

Als die Schnecke gehört hatte, daß er seine Frau mit der Holzaxt schlug, ging sie auch zu ihm nicht. Auf dem Weg traf sie einen Hodscha. Auch er wünschte die Schnecke. Sie fragte ihn, womit er seine Frau schlagen würde. Kaum hatte er geantwortet: »Mit dem Rosenkranz«, machte sich die Schnecke davon.

Nach langer Wanderung trifft sie eine Maus. Sie sagte der Maus ihren Namen und wohin sie ginge. Auch sie wünscht eine langhaarige und hochgewachsene Frau. So fragt die Schnecke auch sie, womit sie ihre Frau schlage. Die Maus antwortete: »Ich kose sie mit meinem Schwanz.« So wurde sie mit der Maus verheiratet.

Als eines Tages die Schnecke Wäsche wusch, fiel sie in ein Loch. Den des Wegs Kommenden rief sie zu: »Wenn ihr auf dem Markt den Schnauzbart seht, ruft ihn!« So jammerte sie. Die Maus kommt und sagt: »Reich, du Kriechtier, deine Hand doch mir!«, worauf die Schnecke entgegnet: »Ich groll' und bin auch böse dir.«

Da war die Maus verärgert und ließ sie im Loch. Seit jener Zeit bleibt die Schnecke im Loch.

Rätsel über die Schnecke:

Ist es ein Hirsch, der da kommt?
Es hat Hörner, ist es vielleicht ein Büffel?
Es kann schreiben, ist es vielleicht ein Schreiber?

47. *Der Schakal und die Amsel*

Auf dem Wipfel eines Baumes hatte eine Amsel ein Nest gebaut. Dort hatte sie drei Junge zur Welt gebracht. Eines Tages rief ein Schakal von unten ihr zu: »Nachbar Amsel, Nachbar Amsel! Entweder wirfst du mir eins von deinen Jungen herunter, oder ich werde dein Nest zerstören.«

Was sollte die arme Amsel machen! Sie küßte und koste weinend eins ihrer Jungen und warf es dann zum Schakal hinunter.

Am folgenden Tag kam der Schakal noch mal und wünschte wieder ein Junges. Aus Furcht gab ihm die Amsel noch eins ihrer Jungen.

Bei dem letzten, allein gebliebenen Jungen weinte sie. Als ein Rabe, der dort ein Nest gebaut hatte, bemerkte, daß die Amsel aus Schmerz über ihre Jungen litt, hatte er Mitleid mit ihr und sprach zu ihr: »Du Dumme, weshalb gibst du denn deine Jungen hin? Wenn er kommt, so sag ihm: ›Du hast keine Sichel, um zu schneiden, und keine Axt, um zu fällen.‹ Schimpf ihn doch fort, den krätzigen Schakal der Berge.«

Am folgenden Tag kam der Schakal wieder. Als er das Junge wünschte, widersprach ihm die Amsel, wie sie der Rabe belehrt hatte: »Du hast keine Sichel, um zu schneiden und keine Axt, um zu fällen. Scher dich fort, du räudiger Schakal der Berge!«

Als der Schakal diese Worte vernommen hatte, war er erstarrt und erzürnt und wußte, daß die Amsel diese Worte von dem Raben erfahren hatte. Am folgenden Tag machte er seinen Bauch ganz rot, indem er ihn an den Sträuchern rieb, und legte sich in die Sonne.

Da der Rabe ihn für einen Kadaver hielt, ging er zu ihm hin und pickte an ihm. Da packte der Schakal zu und faßte ihn. Dann sprach er zum Raben: »Du hast mich um mein Brot gebracht. Soll ich dich jetzt fressen oder in diesen furchtbaren Abgrund stürzen?«

Der Rabe erwiderte: »Gnade, wirf mich nicht in den Abgrund und friß mich lieber!«

Als der Schakal ihn in den Abgrund geworfen hatte, um nicht zu tun, was der Rabe sich wünschte, flog der schlaue Vogel davon.

48. Die Windesbraut

Ein Mann hatte drei Söhne. Als eines Abends ihre Nachbarn bei ihnen zu Hause auf Besuch kamen, schnitt der Mann ihnen eine Melone auf. Während sie sie aßen, sagten die Leute:

»Dein ältester Sohn ist erwachsen.«

Als er noch eine aufgeschnitten hatte, sagten sie: »Dein mittlerer Sohn ist auch erwachsen.«

Als sie nun die dritte Melone aßen, sagten sie: »Dein jüngster Sohn ist auch soweit.«

Nun wollte der Mann seine Söhne verheiraten. Am folgenden Tag ließ er jeden einen Pfeil abschießen. In wessen Haus die Pfeile fielen, dessen Tochter sollten seine Söhne heiraten.

Die Pfeile wurden abgeschossen. Der Pfeil des ältesten Sohnes fiel in das Haus des Wesirs, der des mittleren in das eines Paschas, der des jüngsten aber in die dürre Wüste.

Die beiden älteren Brüder wurden nun mit den Töchtern des Wesirs und des Paschas verheiratet. Der jüngste verfolgte den Pfeil. In der Wüste sieht er ein Schloß. Vor dem Schloß pflückt ein schönes Mädchen mit vielen Haaren Blumen. Ohne daß jemand es merkt, entführt sie der Jüngling. Während beide fliehen, wird der ältere Bruder des Mädchens zu einem Wirbelwind und verfolgt die beiden.

Das Mädchen und der Jüngling fürchten sich und flehen zu Gott. Das Mädchen wird Wasser, der Jüngling eine Quelle. Als der ältere Bruder zu der Quelle kam, fragte er sie:

»Quelle, Quelle, hast du zwei Personen gesehen?«

Die Quelle gab keine Antwort und floß plätschernd immer weiter. Darauf machte der Bruder des Mädchens kehrt und entfernte sich. Dann wurde der Vater des Mädchens zur schwarzen Wolke und brach auf, um sie zu verfolgen.

Unterwegs traf er zwei Gärtner, denen er zurief:

»Sind hier zwei Personen vorbeigekommen?« Die erwiderten: »Wir haben nichts gesehen. Wir bewässern Eierfrüchte und Paprika.« Da machte auch er kehrt.

Zum dritten Mal machte sich die Mutter des Mädchens in einer weißen Wolke auf. Als sie vor die Quelle gekommen war, wurde das Mädchen sogleich ein Vogel. Während es auf einem Ast singend saß, rief seine Mutter: »Vogel, Vogel! Ich weiß, du bist meine Tochter. Du hast mich für ein Menschenkind aufgegeben. Gott möge dich in die Gestalt eines Bären verwandeln.« So verfluchte sie das Mädchen.

Als sie so gesprochen hatte, wurde der Vogel zu einem Bären. Der Jüngling trat in Menschengestalt auf, nahm den Bären und machte sich zur Stadt seines Vaters auf. Als der Vater die Nachricht erhalten hatte, daß sein Sohn aus der Ferne käme, sagte er:

»Wenn er ein Mädchen bringt, dann ist ein Schloß für ihn! Wenn er einen Bären bringt, dann ist ein Dach für ihn!«

Der Jüngling ging also mit dem Bären zum Dach. Seine anderen Brüder hatten ihren Vater in ihre Bäder eingeladen. Der Vater ging zu allen, die Reihe kam zu dem jüngsten Sohn. Das Mädchen in Bärengestalt sagte zu ihrem Mann:

»Geh zu meiner Mutter und sage ihr, sie soll meine Schuld verzeihen und mir aus meinem Garten drei Holzbirnen schicken.«

Kurz und gut, der Jüngling ging hin und bat die Schwiegermutter. Sie verzieh ihrer Tochter die Schuld und der Jüngling ging mit drei Holzbirnen in seine Heimat.

Als das Mädchen seine alte Gestalt wieder angenommen hatte, schnitt es eine der Birnen auf und sogleich wurde ein Schloß errichtet. Sobald es die andere aufgeschnitten hatte, kam ein Bad zum Vorschein, die dritte aber steckte es in seinen Busen.

Diese beiden luden nun die anderen Brüder und ihren Vater zu dem Bad ein und belegten die Wege, auf denen ihr Vater kommen würde, mit Samt.

Am Abend kamen der Vater, die Bräutigame und Bräute. Während alle am Tisch zu Abend speisten, aß die Windesbraut die Hälfte des Essens, die andere Hälfte aber warf sie in ihren Busen. Die anderen machten es genauso wie die

Weltschöne. Nach dem Essen läßt der Schwiegervater sie einzeln zum Tanz aufstehen.

Zuerst treten die Bräute des ältesten und des mittleren Sohnes auf. Sobald sie tanzen, fallen die Speisen aus ihren Busen heraus. Zuletzt tritt die jüngste zum Tanz auf. Die Holzbirne hat die Speisen, die sie in den Busen getan hatte, längst vernichtet. Daraus erkannte der Vater, daß diese Braut den anderen überlegen war, er fand Gefallen an seinem jüngsten Sohn und blieb bei ihnen. Nun ist aber der Vater alt geworden. Von ihnen komme ich und überbringe ihre Grüße.

49. Die goldene Schale

Drei Jünglinge waren einmal Freunde. Einer von ihnen war Zimmermann, der andere Schneider und der dritte Ackerknecht. Sie sparten, was sie tagsüber verdient hatten, und legten es zusammen. Eines Tages gingen sie in eine ferne Stadt. Dort mieteten sie ein Haus. Der Schneider und der Zimmermann fanden schnell Arbeit. Aber der Ackerknecht blieb arbeitslos. Nach einigen Tagen begann er den beiden anderen zur Last zu fallen.

Der Ackerknecht füllte einmal das Wassergefäß und brachte es nach Hause. Sie hatten aber die Tür verriegelt. Er klopft. Wie sehr er auch ruft, seine Freunde geben keinen Laut von sich. Da wird dem Ackerknecht klar, daß sie es gemacht haben, um ihn loszuwerden. So geht er zum Markt und beginnt in Gedanken versunken umherzuwandeln. Als ein Bäcker ihn sieht, fragt er ihn:

»Mein Sohn, woher kommst du? Was für eine Arbeit tust du?«

Nun erzählt der Jüngling, was seine Freunde ihm angetan haben und daß er jetzt ohne Geld und Mittel umhergehe und im Freien übernachte. Daraufhin nahm ihn der Bäcker als Gehilfen. So begann er im Laden zu übernachten und bei dem Bäcker zu arbeiten.

An einem Tag im Jahr pflegten die Jünglinge dieses Dorfes im Bach zu fischen. Der Jüngling bat seinen Meister um die Erlaubnis, mit ihnen fischen zu gehen, und ging zum Bach. Mit den Worten: »Das ist für den Meister!« warf er die Angel aus. Auf einmal fing er einen etwa zehn Okka schweren Fisch. Als das ein Jude sah, rief er dem Jüngling zu: »Komm, verkauf mir diesen Fisch!«

Aber der Jüngling entgegnete: »Die Angel habe ich für meinen Meister ausgeworfen. Daher will ich ihm den Fisch bringen«, und machte sich auf den Weg zum Laden.

Der Jude lief ihm nach und bestand beharrlich darauf: »Ich will dir tausend Goldstücke für den Fisch geben.« Aber der Jüngling drehte sich nicht um und blickte ihm nicht ins Gesicht.

Nun, der Jüngling kam zum Laden und zeigte seinem Meister den Fisch. Der sagte: »Geh und wasch ihn!«

Der Jüngling ging nun zum Ufer des Baches und öffnete den Leib des Fisches. Da kam eine kleine goldene Schale aus dem Innern zum Vorschein. Als der Jüngling Wasser daraufgoß, um den Schmutz, der sich in der Schale befand, zu waschen – was sollte er da sehen? – das Wasser wurde zu Gold. Sogleich steckte er die Schale in seine Tasche. Nachdem er nun in aller Eile den Fisch gereinigt hatte, ging er geradenwegs zum Laden. Alles, was im Laden an Trinkgläsern und Bechern vorhanden war, füllte er an jenem Abend mit Wasser, berührte alles mit der Schale und alle Platten, Kessel und Kisten waren mit Gold gefüllt. Am folgenden Tag sagte er zu seinem Meister: »Gib mir nun die Erlaubnis. Ich möchte in die Stadt des Padischahs gehen.«

Darauf sagte der Meister:

»Mein Sohn, habe ich dich denn so sehr beansprucht? Habe ich dich nicht in Ruhe gelassen? Weshalb willst du denn nicht bleiben?«

Der Jüngling hörte aber nicht darauf und verließ den Laden. Als er gegangen war, schaute sein Meister in die Schubladen und Kisten: alles war voll mit Gold.

Der Jüngling war also fortgegangen. In der Stadt des Padischahs hatte er ein großes Schloß errichten lassen und begonnen, in Freude zu leben.

Eines Tages hatte der Jüngling Lust, in dem Rosengarten der Tochter des Padischahs spazierenzugehen. In Begleitung von drei Freunden trat er in den Garten. Während sie an dem Wasserbecken saßen, da sah ihn die Königstochter, die mit ihren Dienerinnen dort lustwandelte. Da ruft und schreit sie und beginnt, mit diesen zu schimpfen; er nimmt nun mit seiner Schale eine Schale Wasser aus dem Becken, spritzt es über das Mädchen, so daß Gold über den Boden gestreut wird, da jagt das Mädchen die Dienerinnen, der Jüngling seine Kameraden fort. Wie sie nun allein sind, fragt das Mädchen den Jüngling nach der Schale, die Wasser zu Gold macht, und nach dem Talisman. Der Jüngling gibt zur Antwort:

»Wenn du dich mir hingibst, will ich es dir sagen!«

Nun, kurz und gut, das Mädchen gibt sich hin. Darauf gibt er ihr die Schale. Der Jüngling kehrt zum Schloß zurück. Dort ist das Geld in kurzer Zeit vollständig aufgebraucht. So verkauft er sein Schloß, auch das Geld bringt er durch. Der Arme ist nun ganz ohne Geld.

Kurze Zeit darauf wird die Schwangerschaft des Mädchens offenbar. Der Padischah ist rasend vor Wut und befiehlt:

»Ich will ihr blutiges Hemd sehen.«

Da überlegen die Leute des Schlosses, wer das Mädchen töten solle. Man meint: Wenn überhaupt jemand es tötet, kann es der Hodscha des Padischahs sein.

Der Hodscha bringt nun das Mädchen zum Ufer des Meeres.

Dort fleht das Mädchen den Hodscha an:

»Da du mich nun töten wirst, will ich noch zwei Gebetsübungen verrichten. Dann töte mich!«

Während der Hodscha die Gebetsübung verrichtet, schüttet das Mädchen mit der Schale einen Haufen Gold am Ufer des Meeres aus. Als der Hodscha das Gebet beendet hat und die Goldmassen sieht, ist er erstaunt. Da sagt das Mädchen:

»Hodscha, töte mich nicht! Dann gebe ich dir alles dieses Gold. Wir wollen eine Schildkröte töten und mein Hemd in ihr Blut tauchen. Du sollst zu meinem Vater gehen und es ihm zeigen: Das ist das blutige Hemd der Tochter!«

Damit war der Hodscha einverstanden. Sie finden eine Schildkröte, töten sie und tauchen das Hemd des Mädchens in ihr Blut. Mit dem Hemd geht der Hodscha zum Palast.

Das Mädchen beginnt nun am Meeresufer umherzugehen. Während es überall umherschaut, sieht es, daß aus der Ferne ein Reiter mit vollem Galopp herangeritten kommt. Dieser Reiter war der berühmte Arnavut Aga. Als er das Mädchen gesehen hatte, dachte er:

»Da haben wir Glück gehabt«, und als er zu ihm gekommen war, fragte er: »Wer bist du? Was machst du hier?«

Das Mädchen erzählte ihm, was es erlebt hatte. Darauf sagte der Arnavut: »Ich nehme dich zu mir.« Das Mädchen antwortete: »Ja, einverstanden, aber wasche dich erst eine Stunde im Meer!«

Der Arnavut geht zum Meer, und als er sich ausgezogen hat, zieht das Mädchen seine Kleider an, steigt auf sein Pferd und flieht davon.

Nach langem Ritt kommt sie in eine Stadt und steigt in einer Herberge ab. Die Bediensteten dieser Herberge erweisen dem Arnavut Aga immer große Ehrerbietung; sie nehmen das Pferd und weisen dem Mädchen ein Zimmer an. Das Mädchen läßt ein Bild von sich anfertigen und es an die Tür der Herberge hängen. Davor stellt es einen Wächter, dem es die Weisung gibt:

»Wenn einer hier vorübergeht, das Bild anschaut und seufzt, den halte fest, bring ihn zu einem Zimmer und erweise ihm Ehren!«

Da die Zeit der Geburt herangekommen war, geht es zum Haus einer Hebamme und gibt ihr viel Geld, wobei es ihr einschärft, keinem sein Geheimnis zu verraten. Für das Kind bestellt sie eine Milchamme. Es selbst kehrt am Abend wieder in die Herberge zurück.

In der Zwischenzeit hatte der Padischah sich Wanderkleidung angelegt und wanderte hier und dort durch die Gegend. Als er vor der Haustür dieses Bild, das seiner Tochter sehr ähnlich war, gesehen hat, tut er einen tiefen Seufzer. Man ergreift ihn und bringt ihn in ein Zimmer.

Später kommt auch der Ackerknecht, der erste Liebhaber des Mädchens. Als er das Bild sieht, seufzt er und man bringt auch ihn auf ein Zimmer, und dann auch den Arnavut.

Das Mädchen läßt zunächst den zuerst Gekommenen rufen und fragt ihn, weshalb er geseufzt habe. Der antwortet, daß er seinerzeit seine Tochter habe töten lassen und daß er, weil dieses Bild seiner Tochter ähnlich sei, geseufzt habe. Das Mädchen holt die Schale und zeigt dem Padischah ihre Wunderkraft. Wie nun der Padischah die Schale von ihr wünscht, sagt sie: »Wenn du dich mir hingibst, gebe ich sie dir.« Da dachte der Padischah bei sich:

»Woher sollen die Leute wissen, daß ich ein Padischah bin«, und will sich hingeben. Um aber nichts Böses zu tun, eröffnet die Tochter ihrem Vater:

»Ich bin deine Tochter. Da siehst du also! Auch ich habe mich einem für diese Schale hingegeben.«

Der Vater verzeiht seiner Tochter und beide umarmen sich. Darauf läßt die Tochter den Zweitgekommenen rufen und erklärt, daß er der Vater des Kindes sei. Dem Arnavut geben sie viel Geld und dann gehen der Padischah, die Tochter und der Ackerknecht in ihre Heimatstadt. Dort feiern sie vierzig Tage und vierzig Nächte Hochzeit und heiraten. Nun haben sie eine Familie gegründet. Ich komme gerade von ihnen und überbringe ihre Grüße.

50. Das Märchen vom Dev

In alter Zeit, als man das Stroh noch siebte, lebten eine alte Frau und ihr Sohn. Eines Tages verließen sie ihre Heimatstadt und gingen fort. Unterwegs führte ihr Weg zu einer dürren Ebene. Wer klug ist, geht zum See, sagt ein Sprichwort; diese aber gingen in die Wüste. Dort sahen sie ein großes Schloß und gingen hin; sie traten ein und ließen sich nieder. Am Abend schauten sie nach dem Weg, was es zu sehen gäbe. Da sahen sie auf einmal, daß von ferne ein Dev, der Staub und Rauch vor sich hertrieb, geradenwegs auf das Schloß zukam. Als der Junge ihn sah, sprach er zu seiner Mutter: »Mutter, der Besitzer dieses Schlosses muß wohl der Dev sein, der da entgegenkommt. Nimm jetzt die religiöse Waschung vor und verrichte zwei Gebetsübungen und bete, daß dein Sohn den Dev tötet. Ich will jene Doppelflinte nehmen und mich über der Tür verstecken. Sobald der Dev kommt, will ich ihn töten.«

Seine Mutter war damit einverstanden und verrichtete das Gebet. Kurz darauf näherte sich der Dev der Tür. In dem Augenblick, als er eintreten wollte, drückte der Jüngling das Gewehr ab und eine Kugel verletzte den Dev. Indem er sich vor Schmerzen wand, floh er in einen ausgetrockneten Brunnen, der sich vor dem Schloß befand. Aber der Jüngling hatte nicht bemerkt, daß der Dev in den Brunnen gefallen war. Da er am Morgen Lust hatte, auf die Jagd zu gehen, sagte er zu seiner Mutter:

»Mutter, ich will ausgehen, um ein wenig zu jagen.«

Die Mutter gab ihm die Erlaubnis. Als der Junge auf die Jagd gegangen war, begab sich seine Mutter, die gesehen hatte, daß der Dev in den Brunnen geflohen war, zu dem Rand des ausgetrockneten Brunnens und fragte den Dev, der darinnen stöhnte:

»Wie geht es? Ist deine Verwundung schwer?«

Der Dev antwortete:

»Meine Wunde ist nicht sehr schwer. Aber der Schmerz läßt nicht nach. In dem Schrank des Zimmers, in dem ihr wohnt, befindet sich in einer Flasche ein Heilmittel. Wenn du mir das bringst, werde ich gesund und komme aus dem Brunnen hier heraus und bin gerettet.«

Da brachte die Mutter des Jünglings aus dem Schrank des

Zimmers die Flasche und warf sie zu dem Dev in den Brunnen hinunter. Sogleich hörte das Stöhnen des Devs auf und er kam aus dem Brunnen heraus. Aber er ließ von der Frau nicht ab und begann mit ihr zusammenzuleben. Als der Sohn am Abend von der Jagd zurückkehrte, konnte er seine Mutter nicht finden und legte sich in einem Zimmer des Schlosses nieder und stand am Morgen auf. Eines Tages sagte der Dev zu der Frau:

»Ich habe vor deinem Sohn Angst. Schicke ihn jeden Tag auf die Jagd. Dann komme ich um die Mittagszeit und wir können zusammensein.«

Jeden Tag schickte die Mutter ihren Sohn auf die Jagd. Um die Mittagszeit kam nun der Dev zum Schloß und ging wieder fort. Da bekam die Frau eines Tages von dem Dev ein Kind. Nun waren Dev und Frau von Unruhe und Sorge erfaßt. Sie begannen zu überlegen, wohin sie das Kind bringen und wem sie es geben sollten. Die Frau riet:

»Wir wollen dieses Kind auf dem Weg, auf dem mein Sohn von der Jagd kommt, zurücklassen. Wenn er es sieht, tut es ihm leid; denn er ist sehr mitleidsvoll. Du wirst sehen, daß er es aufnimmt und nach Hause bringt. Wir werden das Kind als Findling ernähren und großziehen.«

So beschlossen sie also! Sie nahmen das Kind und legten es mitten auf den Weg, auf dem der Jüngling von der Jagd zurückkam.

Als der Jüngling am Abend von der Jagd zurückkehrte, sah er das Kind, hatte Mitleid mit ihm, nahm es und brachte es nach Hause. Die Frau und der Dev nahmen das Kind auf, indem sie es bedauerten. Sie begannen, für es zu sorgen und es großzuziehen. Das Kind wurde von Tag zu Tag größer und war fünf bis sechs Jahre alt geworden.

Aber der Dev fühlte sich unruhig. Da er vor dem Sohn der Frau Angst hatte, konnte er nicht mehr schlafen. Daher überlegte er immer, weil dieser Jüngling ihn eines Tages ins Verderben stürzen könne. Schließlich beschloß er, ihn zu töten. Eines Tages sagte er zu der Frau:

»Morgen werde ich zu dem Orte gehen, wo er jagt, und ihn antreffen und töten. Wenn er mich töten sollte, wächst an der Stelle, wo ich sterbe, ein Rasen. Du wirst zu diesen Gräsern gehen, sie aufsammeln und nach Hause bringen. Damit sollst du ein Essen bereiten, es dem Sohn zu essen geben, dann werde ich wieder zum Leben kommen, er aber wird sterben.«

Am folgenden Tag verließ er das Haus und ging geradenwegs zum Gebirge. Während der Dev und die Frau sich auf diese Weise unterhielten, hörte ihnen der kleine Knabe, der Junge des Devs, zu. So vernahm er, daß sie den Jüngling, den Jäger, töten wollten; er aber liebte ihn sehr.

Als der Jüngling nun an jenem Tag zur Jagd gehen wollte, sagte das Kind: »Ich will auch mitgehen.«

Der Jüngling erwiderte: »Das geht nicht, mein Lieber, du kannst in jene Gegend nicht mitgehen und in dem dornigen Wald umherlaufen.«

Da warf der Kleine sich ihm zu Füßen und bat inständig. Schließlich konnte der Jüngling dem Bitten des Knaben nicht widerstehen und nahm ihn mit. Nachdem der Jüngling auf dem Berg umhergestreift und gejagt hatte, sprach er zu dem Kleinen: »Ich verrichte jetzt ein Gebet. Du bewache dieses Schwert und die Doppelflinte.«

Der Knabe war damit einverstanden; der Jüngling verweilte im Gebet. Da kam aus dem Wald eine riesige Schlange hervor und kroch zu dem Jüngling hin, der sich beim Gebet befand. Als der Knabe die Schlange gesehen hatte, bekam er Mut, und als ihm bewußt war, daß sie seinen älteren Bruder beißen würde, nahm er sogleich das Schwert und lief auf sie zu. Er traf die Schlange, die sich dem Jüngling näherte, mit einem Schlag, teilte sie in zwei Teile und tötete sie. Der Jüngling, der den Gebetsabschnitt beendet hatte und sprechen konnte, rief ihm zu: »Mein Lieber, du hast die Schneide des Schwertes auf Stein geschlagen.«

Der Knabe aber entgegnete: »Das schadet nichts. Ich werde es dir später erklären.«

Am Abend kehrten sie nach Hause zurück. Bei der Unterhaltung erzählte der Jüngling seiner Mutter: »Mutter, heute haben wir auf dem Berg eine große Schlange getötet.« Als die Frau das hörte, wußte sie, daß das der Dev war. Darüber war sie sehr betrübt.

Am folgenden Tag sagte der große Bruder zu dem kleinen Knaben: »Auf, wir wollen auf die Jagd gehen.« Der Knabe erwiderte:

»Nein, ich gehe nicht, ich bin müde und bereue, daß ich gestern mitgegangen bin.« Inzwischen war einige Zeit vergangen. Die Mutter würde, um das auszuführen, was der Dev gesagt hatte, zum Berg gehen, um das Gras zu holen. Der kleine Knabe weinte, um mitzukommen, und kämpfte darum. Dann ging er mit seiner Mutter zum Berg.

Die Mutter ging schnurstracks zu der Stelle, wo der Junge die Schlange getötet hatte, und begann, das Gras zu sammeln. Während die Mutter das Gras schnitt und sammelte, warf der Knabe es seitwärts fort und zerstreute es. Wie sehr auch seine Mutter bat, das nicht zu tun, hörte der Knabe nicht darauf. Schließlich tadelte sie und verprügelte ihn, worauf sich der Knabe weinend zur Seite zurückzog.

Die Frau sammelte die Gräser und ging nach Hause. Sogleich tat sie sie in einen Kochtopf und kochte sie. Als der Jüngling von der Jagd heimkehrte, hatte sie den Tisch gedeckt und wartete. Der Jüngling kam und setzte sich an den fertig gedeckten Tisch, aber seine Mutter kam nicht. Wie sehr der Jüngling auch rief:

»Mutter, bitte komm!« antwortete sie:

»Mein Essen ist noch auf dem Herd, es kann anbrennen. Ich muß noch danach sehen. Fang schon an und warte nicht auf mich!«

Als nun der Jüngling seine Hand zum Essen ausstrecken wollte, rief der Knabe:

»Bruder, begehe keine Ungehörigkeit! Meine Mutter soll zuerst kommen!«

Als die Mutter nun merkte, daß die beiden ohne sie nicht

mit dem Essen anfangen würden, nahm sie, um sich nichts anmerken zu lassen, einen Bissen in dem Gedanken: »Ich will mal schnell davon etwas nehmen, davon sterbe ich nicht.«

Sofort war sie tot. Da rief der Knabe zu seinem älteren Bruder: »Sieh, jetzt ist die Zeit gekommen! Komm, ich will es dir erklären«, und er erzählte ihm alles, was sich im Hause zugetragen hatte, von Anfang bis zum Ende.

Zu jener Zeit wurde dem Knaben im Traum die Anweisung gegeben: »Grabe etwas vor dem Schloß, dort befindet sich eine goldene Tür. Öffne diese und du gelangst zu einer Wiese. Auf der Wiese gibt es zwei Rappen. Sie gehören dem Dev, der dein Vater ist. Da er nun tot ist, gehören sie dir. Aber an der goldenen Tür ist ein Wächter seit vierzig Jahren, der 1001 Lehrlinge hat. Die werden dich angreifen und nicht von dir lassen. Du rufst ihnen dreimal zu: ›Ich bin der Sohn des Devs!‹ Dann werden sie nichts mehr tun und die Tür öffnen.«

Als der Knabe sich am Morgen vom Bett erhoben hatte, nahmen er und sein Bruder sogleich Hacke und Schaufel, gingen vor die Tür, gruben an der Stelle, die man dem Knaben im Traum gezeigt hatte, fanden die goldene Tür und klopften. An der Tür sagte der Knabe zu seinem älteren Bruder: »Bruder, gehe nicht hinein! Sie werden dich in Stücke schlagen, aber mir können sie nichts anhaben, da ich der Sohn des Devs bin.«

Der ältere Bruder war einverstanden. Der Knabe öffnete die Tür, trat ein, die Pferde auf der Wiese griffen ihn sogleich an. Aber als der Knabe ihnen zugerufen hatte, daß er der Sohn des Devs sei, da taten sie nichts. Nun trat der dortige Wächter dem Knaben entgegen. Der Knabe erklärte ihm, wer er sei. Da der Wächter sagte, daß er seit vierzig Jahren die Welt nicht mehr gesehen habe, befreite der Knabe ihn und entließ ihn.

Der Knabe nahm die beiden Rappen und trat heraus. Der ältere Bruder stieg auf den einen, der jüngere auf den anderen, und sie wollten davonreiten. Aber die Pferde hatten keine

Sättel, Zügel und Steigbügel. Diese Pferde liefen nicht durch die Hand des daraufsitzenden Reiters, sondern auf seinen Befehl, zum Beispiel: Wenn der daraufsitzende Mensch sagt: »Los, du sollst zu dem und dem Ort reiten«, sind sie schon dort, bevor er die Augen geschlossen und geöffnet hat.

Der Knabe sagte zu seinem älteren Bruder:

»Ich möchte nach Antalya«, worauf der ältere sprach:

»Ich möchte nach Istanbul.«

Als sie sich trennen wollten, zog der ältere Bruder zwei Ringe aus seinem Gürtel, von denen er den einen sich selbst an den Finger steckte, den anderen aber an den des kleinen Bruders, und sprach: »Diese Ringe sind Wahrzeichen. Wenn einer von uns stirbt, wird der Stein dieser Ringe schwarz. So werden wir durch sie erfahren, wenn einer von uns gestorben ist.«

Darauf machten sie sich auf den Weg. Der kleine Bruder sagte zu dem Rappen, auf dem er saß: »Los nach Antalya!«, während der große rief: »Los nach Istanbul!«

Das Pferd brachte den großen Bruder geradenwegs in Istanbul zum Palast des Padischahs. Als er ein so schönes Pferd und darauf einen jungen, starken Mann gesehen hatte, befahl er seinen Dienern:

»Seht, da ist ein Gast gekommen! Geht hin und führt ihn zu mir!«

Nachdem die Diener das Pferd angebunden und dem Jüngling etwas Ruhe gegönnt hatten, führten sie ihn zur Audienz beim Padischah. Dieser unterhielt sich freundschaftlich unter vier Augen mit dem Jüngling, der seinerseits ihm alles, was er erlebt hatte, lang und breit erzählte. Als der Padischah, dem der Jüngling gefiel, sich das alles angehört hatte, sprach er zu ihm:

»Ich habe drei Töchter. Die älteste haben die Devs entführt, jetzt sind mir nur die mittlere und jüngste geblieben. Die mittlere will ich dir zur Frau geben.«

Der Jüngling war damit einverstanden und nahm die Tochter des Padischahs zur Frau. Als der Jüngling nach Hause kam, fand er seine Frau in Sorge und Gedanken versunken. Auf seine Frage antwortete sie:

»Wenn ich nicht bekümmert sein soll, wer soll dann überhaupt bekümmert sein! Ich hatte eine große Schwester, die die Devs fortgeführt und geraubt haben. Jetzt fristet sie in den Bergen ein elendes Leben.«

Darauf entgegnete der Jüngling: »Wenn die Sache so ist, will ich zu ihr hingehen und sie herbringen.«

Um Mitternacht kuppelte er sein Pferd los und rief: »Los, in das Reich der Devs!« Kaum hatte er seine Augen geschlossen und wieder geöffnet, hatte das Pferd ihn schon zu den Devs gebracht. Als er dort vom Pferd gestiegen war, bemerkte er, daß der Dev seinen Kopf auf den Schoß des Mädchens gelegt hatte und eingeschlafen war. Der Dev ließ das Mädchen seinen Kopf lausen. Sogleich stach der Jüngling sein Schwert in den Fuß des Devs. Da fragte dieser das Mädchen:

»Auf meinen Fuß hat sich eine Fliege gesetzt. Vielleicht sticht sie mich.«

Das Mädchen, das ohnehin auf Hilfe von Menschen wartete, entgegnete dem Dev:

»Das ist keine Fliege, sondern ein Löwe!«

Mit den Worten: »Ist das ein Löwe? Wo ist er?« erhob er sich plötzlich und beraubte den Jüngling seines Lebens.

Genau in diesem Augenblick färbte sich der Stein im Ring, den der kleien Bruder in Antalya am Finger trug, schwarz. Als er das gesehen hatte, wußte er, daß sein älterer Bruder gestorben war, stieg schnell auf sein Pferd und war in einem Augenblick zum Palast des Padischahs, wohin der Bruder zunächst gegangen war, gelangt. Da das Pferd dem seines Bruders und auch der kleine Bruder dem großen ganz ähnlich waren, liefen die Wächter in dem Gedanken, daß der Schwiegersohn gekommen sei, in Freude hierhin und dorthin. Sogleich brachten sie ihn zur Braut des Bruders, die noch nicht ins Brautgemach eingetreten war. Auch das Mädchen hielt ihn für ihren Gatten und begann ihn auszufragen. Der Knabe hörte zu, aber er sprach zu der Braut kein Wort. Als er nun erfahren hatte, daß der ältere Bruder fortgegangen sei, um die Devs zu finden, und daß er von ihnen getötet sei, sagte er dem Mädchen, daß er dorthin gehe.

Er stieg aufs Pferd mit den Worten: »Los, mein Rappe! Bring mich schnell zu dem Dev!«

Kurz darauf war er beim Dev. Der Dev hatte noch seinen Kopf auf dem Schoß des Mädchens liegen und ließ sich lausen. Der Rappe, auf dem der ältere Bruder geritten war, war noch an seiner Seite angebunden. Der kleine Bruder stieß behutsam an den Fuß des Devs. Da rief dieser zum Mädchen: »Heda, heda! Auf meinem Fuß ist sicher ein Floh.«

Als das Mädchen erwiderte: »Es ist kein Floh, sondern ein Löwe und Mensch!« erhob sich der Dev mit den Worten: »Ist das ein Löwe?« und wollte auch den jüngeren Bruder umbringen. Aber er konnte es nicht. Sie wurden handgreiflich und kämpften miteinander. Der Jüngling war keineswegs unterlegen. Schließlich sagte er zum Dev:

»Wie du bin auch ich der Sohn eines Devs. Du sollst mir das Mädchen, in dessen Schoß du liegst, übergeben. Sonst haue ich dir den Kopf ab.«

Aus Furcht überließ der Dev ihm das Mädchen. Da rief der Jüngling dem Dev zu:

»Entweder bringst du den jungen Mann, den du früher getötet hast, wieder zum Leben, oder ich schlage dir den Schädel ein.«

Darauf brachte der Dev den Jüngling zum Leben und übergab ihn ihm.

Als der Dev die Tochter des Padischahs geraubt hatte, hatte der Padischah Heere gegen den Dev ausgesandt, aber sie waren mit dem Dev nicht fertig geworden. Der Dev hatte sie alle erwürgt und vernichtet. Der Jüngling wünschte nun zum drittenmal, daß er sie alle wieder zum Leben erwecken und ihm übergeben solle.

Auch das tat der Dev. Der jüngere Bruder machte sich nun mit dem älteren Bruder, der ältesten Tochter des Padischahs und mit dem ganzen Heer auf zum Palast des Padischahs.

Nach einigen Tagen gelangten alle dort an. Hier geriet jedermann in größtes Erstaunen. Der ältere Bruder begab sich zu seiner Braut, deren Brautschleier noch nicht enthüllt war. Der Padischah gab seine jüngste Tochter dem jüngeren Bruder zur Frau. Vierzig Tage und vierzig Nächte wurde Hochzeit gefeiert und Freudenfeste veranstaltet. Die beiden jungen Männer, welche die Devs besiegt und die Mädchen und Heere gerettet hatten, sind jetzt an der Macht. Ich komme von ihnen und bringe ihre Grüße.

51. Keloglan und der schwarze Knüppel

In früherer Zeit hatte eine alte Frau einen Sohn, den man Keloglan nannte. Eines Tages sagte die alte Frau zu ihm:

»Voran, geh auf den Markt und kaufe mir einen roten Hemdenstoff!«

»Was ist denn roter Hemdenstoff?« fragte er.

Seine Mutter sagte: »Weißt du das denn nicht? Der ist ganz rot.«

Sogleich eilte der Jüngling zum Markt. Im Laden des Fleischers war Leber aufgehängt. Von dieser kaufte er eine und brachte sie seiner Mutter. Als sie die Leber in der Hand ihres Sohnes sah, rief sie erstaunt:

»Was ist denn das? Wo ist denn der rote Hemdenstoff?«

»Hast du mir«, entgegnete er, »denn nicht gesagt, daß er rot sein soll? Sieh, ich habe ihn dir gebracht.«

Über so viel Torheit ihres Sohnes war die Mutter erzürnt und wütend; sie nahm den Stiel einer Hacke, die dort lag, und begann ihn zu verprügeln. Keloglan merkt, daß die Schläge nicht aufhören und die Wut seiner Mutter nicht nachläßt. Um sich davor zu retten, läuft er davon.

Unterwegs laufen an einer Stelle viele Kinder nach allen Seiten auseinander und fliehen ganz erschreckt. Als sie Keloglan sehen, eilen sie zu ihm hin und versammeln sich um ihn, indem sie sagen:

»Hier ist eine riesige Schlange; sie ist behaart und hat an ihrem Hals Schellen. Sie spaziert auf ihrem Schwanz und hat sich auf uns gestürzt. Wir konnten nicht auf dem Weg weitergehen.«

Da ging Keloglan zu der Stelle, wo die Schlange sich befand, näherte sich der schwarzhaarigen schwarzen Schlange und wollte sie fangen. Als die Schlange Keloglan gesehen hatte, begann sie zu sprechen:

»Ich bin die Tochter des Schlangen-Padischahs. Faß mich nicht an! Schütze mich vor den Kindern, rette mich und bringe mich zu meinem Vater! Ich werde dir dort viel Gutes erweisen.«

Keloglan nahm die Schlange und brachte sie zu ihrem Vater. Unterwegs sagte das Mädchen zu Keloglan:

»Wenn wir zu meinem Vater gekommen sind, werde ich ihm erzählen, daß du mich beschützt und gerettet hast. Dann wird mein Vater dir alles, was du wünschst, erfüllen. Wünsche aber nichts! Wünsche nur seine Gesundheit. Nachdem er dich dreimal gefragt hat, wird er seine Frage wiederholen und dich auffordern, außer seiner Gesundheit von ihm etwas Materielles zu wünschen. Dann erbitte sein altes Taschentuch zum Geschenk.«

Darauf kamen sie zum Palast und traten vor den Padischah. Der Schlangen-Padischah war wegen seiner geliebten Tochter in großer Verzweiflung. Überall hatte man Nachricht gegeben, Reiter und Sucher waren ausgesandt und alle Wesire des Padischahs und Untertanen waren in tiefer Trauer. Als der Padischah nun auf einmal seine Tochter vor sich sah, war er außer sich vor Freude, sprang von seinem Thron auf, küßte und umarmte sie, drückte sie an seine Brust und begann zu weinen. Da kamen beide wieder zu sich und zur Besinnung. Nun erzählte das Mädchen seinem Vater alles, was es erlebt hatte, und zeigte zum Schluß auf den an der Tür stehenden Jüngling mit den Worten:

»Sieh, wenn jener Mann nicht gewesen wäre, hättet Ihr mich nicht einmal tot wiedergefunden. Er hat mich beschützt und errettet. Was Ihr ihm auch alles an Güte antut, ist doch zu wenig.«

Nach diesen Worten hatte der Schlangenkönig den Jüngling lieb und koste ihn und sagte zum Retter seiner Tochter:

»Wünsche dir von mir, was du willst!«

Keloglan wünschte nur seine Gesundheit. Dreimal wiederholte er diesen Wunsch. Schließlich rief der Padischah:

»Was willst du denn außer meiner Gesundheit? Wünsche dir doch etwas Richtiges!«

Da bat Keloglan um sein altes Taschentuch. Als der Padischah das Wort Taschentuch gehört hatte, stockte er und dachte nach: »Mein Sohn, da forderst du sehr viel!«

Da machte das Mädchen seinem Vater schöne Augen und meinte:

»Vater, ist dir denn dein altes Taschentuch wertvoller als ich?«

Als Keloglan das alte Taschentuch zur Hand genommen hatte, blickte er dem Mädchen ins Gesicht, als ob er fragen wollte: »Was soll ich denn damit?«

Sogleich trat das Mädchen zu ihm und flüsterte ihm ins Ohr: »In diesem Taschentuch ist ein Talisman. Wenn du Hunger hast, sag bloß: ›Öffne dich!‹ Dann findest du vor dir alle Speisen, die du wünschst.«

Darauf meinte das Mädchen, er solle es mal ausprobieren. Da sprach Keloglan zum alten Taschentuch: »Öffne dich!« Auf einmal sah er, daß Hunderte Teller von Speisen mit dem dazugehörigen Geschirr ausgebreitet waren. Da rief er: »Falte dich zusammen!«, und alles war wieder verschwunden. Keloglan, der jetzt reichlich Essen fand, steckte voller Freude das Tuch in seine Tasche und verließ den Palast. Unterwegs traf er einen schönen Reitersmann. Dieser bat Keloglan um etwas zum Essen, worauf er ihm zurief:

»Steige vom Pferd ab! Ich will dich schon satt bekommen.«

Der Mann stieg vom Pferd und beide ließen sich unter einem Baum nieder. Keloglan nahm das alte Taschentuch hervor und legte es vor sich mit den Worten: »Öffne dich!«

Auf einmal war die Umgebung mit den verschiedenartigsten Speisen angefüllt. Darüber war der Mann höchst erstaunt. Nun gut, sie aßen die Speisen, unterhielten sich über dieses und jenes und als sie sich trennen wollten, sagte der Mann zu Keloglan: »Komm, laß uns dieses Tuch gegen mein Pferd eintauschen!«

Keloglan zögerte etwas, der Mann zeigte den Kürbis in der Satteltasche. Als Keloglan fragte, wozu der Kürbis tauge, antwortete der Mann: »Der Kürbis hat drei Nägel. Wenn du sie herausziehst, kommen Tausende, Hunderttausende Soldaten heraus.«

Um das einmal zu zeigen, zog er schnell die Nägel aus dem Kürbis, und da war auf einmal die ganze Gegend mit Soldaten und Heeren angefüllt. Sobald er die Nägel wieder in den Kürbis gesteckt hatte, füllten alle Soldaten den Kürbis und waren verschwunden. Als Keloglan die Wunderkraft des Kürbisses gesehen hatte, gab er dem Mann das Taschentuch und erhielt das Pferd. Als er sich aufs Pferd gesetzt hatte, traf er unterwegs noch einen Mann. Dieser fragte den Keloglan, wohin er gehe.

»Ich gehe zur Arbeit«, erwiderte Keloglan.

Darauf entgegnete der Mann: »Ich weiß nicht, wohin ich gehe und wohin ich gehen soll.« Da der Mann an dem Pferd des Keloglan Gefallen fand, sagte er:

»Komm, laß uns dein Pferd gegen meine schwarze Keule vertauschen.«

»Was für eine Wunderkraft besitzt denn deine Keule?« fragte Keloglan. »Diese Keule tut alles, was du ihr sagst«, antwortete er. Da überließ er jenem Mann Kürbis und Pferd, nahm die Keule und machte sich auf den Weg. Nach einiger Zeit bekam er Hunger und wurde müde. Da dachte er bei sich selbst: »Das Taschentuch haben wir fortgegeben und das Pferd dafür bekommen. Das Pferd haben wir fortgegeben und die Keule dafür erhalten«, und begann zu überlegen, was er jetzt tun und essen solle. Endlich sprach er zu der Keule in seiner Hand: »Schwarze Keule«, worauf sie entgegnete: »Bitte!« Er befahl: »Jetzt wünsche ich von dir drei Dinge: das Taschentuch, das Pferd und den Kürbis in der Satteltasche des Pferdes.«

Die schwarze Keule sprang auf, flog davon und bevor er die Augen geöffnet und geschlossen hatte, waren alle drei: Taschentuch, Pferd und Kürbis, zur Stelle. Da war Keloglan in bester Stimmung. Er aß, bestieg das Pferd, legte den Kürbis in die Satteltasche und machte sich auf dem Rücken des Pferdes auf den Weg. Unterwegs kam ihm in den Sinn, die Tochter des Padischahs zu heiraten, und er ging heim zu seiner Mutter. Als er dort das Tuch ausgebreitet und verschiedenartige Speisen vor seiner Mutter aufgestellt hatte, freute sie sich sehr. Sie liebte und koste ihren Sohn und zusammen aßen sie die Speisen. Darauf sagte Keloglan zu seiner Mutter:

»Geh und halte für mich um die Hand der Tochter des Padischahs an!«

»Was ist das für ein dummes Gerede«, entgegnete sie, »bist du verrückt geworden? Jeder wir dich auslachen. Wie kann man die Tochter des Padischahs zur Frau wünschen? Wenn man um ihre Hand bittet, wird man sie dann geben?«

Was auch immer sie sagte, sie konnte es dem Keloglan nicht klarmachen. Er überlegte bei sich: »Alles gibt's, Pferde, Soldaten, Essen und die schwarze Keule. Wie soll ich das Mädchen nicht bekommen?«

Da die Mutter sich ihrem Sohn gegenüber nicht durchsetzen konnte, begab sie sich schließlich zum Palast des Padischahs, ging etwas dort umher, kam dann wieder zurück und machte ihrem Sohn vor:

»Man wird die Sache besprechen und Nachricht senden.«

So hielt sie ihn hin, ein, zwei Tage. Schließlich merkte Keloglan, daß seine Mutter ihn hingehalten hatte, und fuhr sie an: »Nun ist Schluß, ich will eine Antwort! Ich lasse mir nicht dreinreden.«

Diesmal machte sich seine Mutter mutig auf den Weg. Während sie vor dem Tor des Palastes umherging, erblickten sie von innen die Dienerinnen des Padischahs und riefen ihr zu: »Was machst du denn hier andauernd? Hast du etwas? Ein Anliegen?« Darauf entgegnete die alte Frau:

»Ich habe einen Sohn; er wünscht die Tochter des Padischahs zur Frau. Er läßt mir keine Ruhe. Seit vielen Tagen setzt er mir zu. Ich schäme mich, es zu sagen, aber übt Nachsicht mit mir. Der Bote ist dafür nicht verantwortlich. Ich bin gekommen, um die Hand eurer Tochter anzuhalten.«

Die Dienerinnen waren erstaunt und brachen in Gelächter aus. Schließlich sagten sie zur alten Frau:

»Geh und sag deinem Sohn, wir haben im Garten eine Jagdhündin, die trächtig ist. Wenn sie Junge zur Welt gebracht hat, wollen wir ihm eins geben.«

Vor Scham versank die Frau im Erdboden und machte sich schleunigst davon. An jenem Abend erzählten die Dienerinnen das dem Padischah während der Unterhaltung.

Die Mutter des Keloglan kehrte nach Hause zurück, der Junge erwartete sie schon auf halbem Wege. Er fragte seine Mutter, ob sie gute Nachricht bringe. Sie antwortete: »Diesmal bin ich hineingegangen und habe um die Hand des Mädchens angehalten, aber was habe ich dir gesagt? Sie haben mich ausgelacht und sich über mich lustig gemacht. Wenn die Jagdhündin Junge bekommt, wollen sie dir eins geben.«

Als Keloglan das gehört hatte, rief er die schwarze Keule und sprach zu ihr:

»Geh zum Padischah, stoße bis zum Morgen seine Frau und laß sie nicht schlafen, so daß sie keinen Augenblick Ruhe hat.«

Die schwarze Keule störte die Frau die ganze Nacht hindurch, bis es Morgen wurde.

Weil Keloglan glaubte, daß sie sich vor der Keule fürchteten, schickte er am folgenden Tag seine Mutter wieder zum Palast, um für das Mädchen anzuhalten. Diesmal gaben die Dienerinnen dieselbe Antwort; die Jagdhündin habe noch nicht geboren, er solle noch warten.

Nun war Keloglan sehr erzürnt und beauftragte die Keule: »Schaukele den Palast des Padischahs bis zum Morgen, schwinge ihn in die Höhe und zeige dich!«

Die schwarze Keule ging hin und brachte den Palast durcheinander. Die Leute im Palast waren bis zum Morgen in Aufruhr versetzt.

Am Morgen schickte Keloglan, da er glaubte, daß sie diesmal Angst hätten und nun die Tochter geben würden, seine Mutter zum Palast. Als sie dorthin gekommen war, nahm man sie mit großen Ehren auf. Nachdem sie beiläufig um die Hand der Tochter angehalten hatte, sagten die Dienerinnen:

»Wir geben die Tochter, aber er soll an dem und dem Ort ein Schloß errichten.«

Nachdem die Mutter dies ihrem Sohn ausgerichtet hatte, ließ er die schwarze Keule sofort das Schloß errichten. Da sah auf einmal der Padischah, daß an dem Ort, wo sie gewünscht hatten, ein schöneres Schloß, als sie gewünscht hatten, sich erhob. Seine Mutter ging wieder hin und fragte: »Seht ihr das Schloß? Es ist genauso, wie ihr gewünscht habt! Gebt jetzt die Tochter!«

Diesmal machten sie andere Ausflüchte. Was auch immer ihnen einfiel, von dem sie glaubten, daß es Keloglan nicht ausführen könnte, verlangten sie: eine Burg, einen Garten, eine Herberge. Aber das alles brachte die Keule in einem Augenblick zum Vorschein.

Schließlich blieb ihnen kein Ausweg mehr, sie verlangten nichts mehr und gaben die Tochter dem Keloglan. Aber da sie das Mädchen nur widerwillig gaben, brachten sie das Mädchen und den Jüngling an einer niedrigen, dunklen Stelle des Palastes unter. Da begann die Tochter des Padischahs zu weinen, weil sie mit Keloglan an einem so schlechten Ort untergebracht war. Wenn sie manchmal Keloglan in schöner Gestalt sah, freute sie sich und lachte, aber wenn er zuweilen häßlich war, vergoß sie Tränen.

Während diese beiden so ein kummervolles und trauriges Leben führten, verbrachte der Padischah mit dem Schwiegersohn und der ältesten Tochter im Palast die Zeit in Vergnügungen und Freude bis zum frühen Morgen. Im Palast hatte das Wort des ältesten Schwiegersohnes eine größere Geltung als das des Padischahs. Wenn er etwas wünschte, wurde es gemacht, während die jüngste Tochter und Keloglan, der zweite Schwiegersohn, sich grämten.

Eines Tages bekam der Padischah Augenschmerzen. Die Ärzte empfahlen Löwenmilch als Heilmittel. Der Bräutigam der ältesten Tochter stieg auf ein schnelles Pferd, um die Milch zu holen, und machte sich bereit. Als das Keloglan sah, sagte er zu seiner Frau:

»Geh zu deinem Vater und bitte ihn, mir auch ein Pferd zu geben, um die Löwenmilch zu holen.«

Nachdem der älteste Schwiegersohn das gehört hatte, versuchte er ihn beim Padischah schlecht zu machen: »Da schau, dieser Grindkopf mischt sich doch in alles ein! Wie will der den Löwen finden und die Milch herbringen?«

Die Wesire, die das hörten, rieten dem Padischah:

»Majestät! Man kann nie wissen, was mit ihm los ist. Er soll nicht gekränkt werden. Wir wollen ihm irgendein Pferd geben, auf dem er reiten soll.«

Sie überließen Keloglan ein schwaches, lahmes Pferd, wie es der älteste Schwiegersohn den Pferdeknechten eingeschärft hatte, dem Grindkopf ein schlechtes Pferd zu geben. Nun, der älteste Schwiegersohn machte sich zuerst auf den Weg. Während Keloglan das lahme Pferd vom Weg ableitet, reitet er über Abkürzungswege und kommt vor dem anderen bei dem Löwenmann an. Sie besprachen und verständigten sich derart: innerhalb eines Monats soll keinem Löwenmilch abgegeben werden. Als Entgelt dafür würde er den Schaden des Löwenmannes bezahlen. Wenn immer jemand käme, um Löwenmilch zu kaufen, würde der Löwenmann ihm eine andere Tiermilch geben und gleichzeitig dem Mann, der die Milch kauft, einen Stempel auf den Rücken drücken.

Keloglan nahm die echte Löwenmilch und kehrte zum Palast des Padischahs zurück.

Die Milch, die der zuerst ausgezogene Schwiegersohn gebracht hatte, strich man dem Padischah auf das Auge. Sie half nicht, im Gegenteil, sie verursachte noch mehr Schmerzen. Das

Jammern und Stöhnen des Padischahs stieg zum Himmel empor; die Milch half nicht. Da schickte Keloglan seine Frau mit dem Bemerken: Wenn sie wollen, sollen sie die Milch, die ich gebracht habe, einmal für das Auge des Vaters versuchen. Das Mädchen ging und sprach mit seinem Vater. Er lehnte es ab mit der Begründung: »Wenn ich von der Milch, die der kluge ältere Schwiegersohn gebracht hat, schon so viele Schmerzen erlitten habe, wer weiß, was ich von der Milch, die der Grindkopf bringt, zu erleiden habe.« Jedoch die Wesire an seiner Seite mischten sich ins Gespräch ein und flehten: »Padischah! Laß doch, man kann nie wissen, was mit ihm los ist; wir wollen einmal die Milch probieren, die er mitgebracht hat. Vielleicht hat er mehr Erfolg!«

Mit Mühe überredeten sie den Padischah. Man brachte endlich die Milch, die Keloglan geholt hatte, und als man sie auf die Augen des Padischahs gestrichen hatte, da waren sie auf einmal wieder gesund. Daraufhin genoß Keloglan etwas mehr Achtung und man gab ihm eine bessere Unterkunft.

Eines Tages erhob einer der benachbarten Herrscher Gebietsansprüche beim Padischah. Wenn man den geforderten Landbesitz nicht gäbe, ließ er durch seinen Gesandten mitteilen, würde er den Krieg erklären.

Inzwischen vergehen einige Tage. Da das Gebiet nicht herausgegeben wurde, beginnt der Krieg. Der Padischah sammelt alle seine Streitkräfte und zieht zusammen mit dem älteren Schwiegersohn in den Krieg. Nach einem Krieg, der einige Monate dauert, belagern die feindlichen Truppen die Soldaten des Padischahs, besiegen sie, und als sie sie vernichten wollen, da kommt gerade Keloglan auf dem lahmen Pferd zu Hilfe. Kaum hat er die Nägel aus dem Kürbis in der Satteltasche herausgezogen, ist die ganze Umgegend mit Soldaten angefüllt. Als die Feinde diese unzähligen Soldaten gesehen haben, fürchten sie sich, werden in die Flucht geschlagen, geben die Belagerung auf und fliehen.

Um zu erfahren, wer der Held sei, der den Sieg verursacht hat, ließ der Padischah ihn zu sich rufen und fragt, wer er sei.

Als Keloglan erzählt, daß er der Sohn eines Padischahs sei und herbeigeeilt sei, um sie vor der Gefangenschaft zu befreien, wünscht der Padischah diesen Helden als Gast im Palast zu empfangen. Der Jüngling aber erklärt, daß er seine Aufgabe beendet habe und wieder zurückkehren müsse. Bei dieser Unterhaltung hatte der Padischah, der Blut aus der Wunde am Arm des Jünglings fließen sah, den Arm mit seinem Taschentuch umwickelt und verbunden.

Der siegreiche Padischah kehrte zusammen mit seinem Schwiegersohn freudig und vergnügt in seinen Palast zurück. Unterwegs sehen sie Keloglan auf dem lahmen Pferd reiten.

Der ältere Schwiegersohn sagte zum Padischah: »Da schau mal! Der Krieg ist zu Ende! Und der kommt da erst jetzt auf dem lahmen Gaul!«

So suchte er ihn herabzusetzen und lächerlich zu machen. Als der Padischah einige Tage später vor dem Palast spazierenging und am Arm von Keloglan das Taschentuch sah, war er verdutzt und wollte wissen, woher er es habe. Keloglan sagt, er würde nach Hause gehen, zurückkommen und die Antwort geben. Weil sie mit dem anderen Schwiegersohn zu dieser Zeit allein waren, meinte der ältere Schwiegersohn:

»Mein Lieber, warum soll der danach fragen? Entweder hat er es unterwegs gefunden oder irgendwo gestohlen. Jetzt wird er kommen und etwas vorlügen.«

Kurze Zeit darauf kommt Keloglan von zu Hause zurück in einer anderen Kleidung und in dem Zustand, wie er auf dem Kampfplatz dem Padischah erschienen war. Als der Padischah ihn sieht, steht er auf und erweist ihm Ehren. Als sie sich niedersetzen, fragt der Padischah: »Kennt Ihr dieses Taschentuch? Denket mal nach!« Aber der ältere Schwiegersohn wiederholt wiederum:

»Vielleicht hat er es unterwegs gefunden oder jemand hat es ihm gegeben. Warum soll man dauernd ihn fragen?«

Da wird Keloglan wütend und fragt: »Wer ist denn der? Was will der?«

Als der Padischah antwortet: »Er ist mein Schwiegersohn!«,

da erklärt der Jüngling die ganze Angelegenheit: »Der, was für ein Schwiegersohn? Der ist mein Freigelassener! Er war mein Diener und ist mir davongelaufen. Auf seinem Rücken hat er noch die Marke. Wenn Ihr es nicht glaubt, seht nach!«

Als der Padischah die Sache untersucht und prüft, findet er auf dem Rücken des alten Schwiegersohnes die Marke und erkennt, daß er der Diener des Keloglan ist; er sieht das Mal, das der Mann, der die Löwenmilch verkaufte, ihm aufgedrückt hat. Danach jagten sie ihn fort und verwiesen ihn aus dem Palast. Für Keloglan wurden vierzig Tage und vierzig Nächte Hochzeit gefeiert. Man verheiratete ihn mit der Tochter des Padischah und brachte beide in einem hohen Palast unter. Ich komme von ihnen und überbringe ihre Grüße.

52. Alles kommt ans Tageslicht

Früher gingen einmal zwei Bauern nach Istanbul, um Geld zu verdienen. Dort arbeitete einer von ihnen sechs Monate lang und verdiente dreißig Pfund, aber der andere konnte gerade nur sein tägliches Brot erwerben. Derjenige, der dreißig Pfund verdient hatte, sagte: »Komm, wir wollen in unser Dorf zurückkehren.« Sie machten sich auf den Weg. Der andere fragte ihn: »Mehmet, wieviel Geld hast du verdient?«

»Und wieviel hast du verdient?«

»Soviel, daß ich satt wurde.«

»Du sollst mir nun die Hälfte deines Geldes geben, sonst werde ich dir den Hals abschneiden.«

Sie wanderten drei Tage. Sobald Mehmet schlief, streckte Ali seine Hand nach dem Leibgürtel Mehmets aus. Da erwachte Mehmet und rief: »Was ist denn los, Freund?« Dieser antwortete: »Wenn du mir das Geld nicht gibst, schneide ich dir den Hals ab.«

Er gab das Geld nicht, da machte sich jener daran, den Ali umzubringen. Ali rief: »Bring mich nicht um! Sonst bringen es die Kletten an den Tag.« Der andere sprach: »Ich werde dich umbringen, die sollen es meinetwegen verraten!«

Ali brachte Mehmet um, nahm das Geld und kam zum Dorf. Die Leute kamen und fragten nach Mehmet. »Mehmet ist im Gebirge von Bolu geblieben. Mit Mühe habe ich mich gerettet und habe gesehen, wie er umgekommen ist.«

Drei Monate später heiratete er nun Mehmets Frau und machte Hochzeit. Sie bekamen vier Kinder. Als sie eines Tages auf dem Berg ernteten, gab es einen Gewitterregen, und die Kletten kamen, vom Winde getrieben, zu Ali. Ali lachte. Aische fragte ihn: »Warum lachst du?« Ali erwiderte: »Ich kann es nicht sagen.«

Aische fuhr fort: »Wir haben vier Kinder. Warum kannst du es nicht sagen?« Als sie daraufhin meinte: »Sollen wir uns denn voneinander trennen?«, entgegnete Ali: »Deinen Mann Mehmet habe ich im Gebirge von Bolu umgebracht. Er sagte mir damals, die Kletten würden es verraten. Darüber habe ich gelacht.«

Als die Frau das hörte, ließ sie die Kinder stehen, ging geradenwegs zum Gericht und sprach: »O gerechter Richter, hohes Gericht! Meinen ersten Mann Mehmet hat mein zweiter Mann Ali im Gebirge von Bolu umgebracht, das hat er mir mit eigenem Mund gestanden. Ali, der meinen jungen Mann um dreißig Pfund umgebracht hat, erntet jetzt gerade auf dem Feld.«

Ein Polizist geht hin und wirft ihn ins Gefängnis. Der arme Ali ging ins Gefängnis und sagte sich dabei: »Wenn ich einmal von hier herauskomme, werde ich mein Geheimnis nie mehr meiner Frau verraten.« Nach einem Monat starb Ali im Gefängnis.

Inzwischen waren die Kinder herangewachsen. Als eines Tages das Kind Mehmets gefragt wurde, wie sein Vater heiße, antwortete es:

»Wir wollen unsere Mutter fragen.«

Man rief die Mutter und fragte sie. Sie sprach: »Mein Sohn, deinen Vater hat der Vater von Schakir umgebracht.«

Der Junge rief: »Ich werde dann Rache für meinen Vater nehmen.« Die Frau konnte das nicht verstehen, sagte aber: »Schön, dann nimm Rache!«

Der Sohn von Ali tötete Schakir mit einem Messerstich. Da begann die Mutter um beide zu weinen. Er fragte: »Mutter, warum weinst du?«

»Mein Lieber, ich weine deswegen, weil unser Geschlecht, wenn es so weitergeht, durch Menschenhand aussterben wird. Was sollen wir machen, mein Kind? Bei den Türken darf Haß nicht zu Blut werden. Kommt, ich will euch vier Geschwister wieder versöhnen.«

Dann versöhnte sie sie. Ihr Großvater gab zwei der Kinder zu einem Onkel, die beiden anderen zu dem anderen Onkel, und so verschwand der ganze Haß.

53. Esel, Schaf und Hund

Einmal hatte ein Bauer einen Esel, ein Schaf und einen Hund. Diese kamen eines Tages zusammen und erzählten ihre Sorgen.

Der Esel sprach: »Unser Herr ist ein undankbarer Mensch. Neulich hat er mich mit Heu beladen. Als wir zu einem Berghang gekommen waren, hat er sich etwas von mir entfernt. Ich blieb stehen, rief mit Ia, Ia meinen Herrn und sagte, daß wir uns etwas ausruhen sollten.

Mein Herr kam zu mir und führte mich sogleich zu einer Erhöhung auf der Erde. Ich dachte, er würde mir Ruhe gönnen und sich selbst auf die Erhöhung niedersetzen. Meine Hoffnung ging nicht in Erfüllung. Er sprang auf meinen Rücken, stieß mich mit seinem Stock an und ließ mich laufen.

Was ist er für ein undankbarer Mensch! Ich trage für ihn von morgens bis abends Heu, Holz und Stroh, er aber gönnt mir nicht einmal ein bißchen Ruhe.«

Da seufzte das Schaf: »O Freund, aus meiner besten Wolle machen sie Betten und Kissen und obendrein schlachten sie noch vor meinen Augen meine kleinen Jungen. Neulich haben sie mein ›Schwarzköpfchen‹ geschlachtet und seine Knochen dir, lieber Hund, gegeben. Ich hätte sie an deiner Stelle nicht gegessen!«

Da war der Hund beschämt und sprach: »Lieber Freund, was sollte ich denn tun. Mir geben sie ja nichts anderes als Knochen. Tagsüber binden sie mich an, des Nachts lassen sie mich los und schimpfen.«

Diese drei haben sich also verabredet: in der Nacht wollten sie aufstehen und fliehen. Es wurde Nacht, das Schaf rief: »Auf, Freunde!«

Der Hund antwortete an seiner Kette, der Esel schrie aus seinem Stall: »Hier sind wir!«

Aber das Schaf konnte nicht über den Zaun springen, der Hund konnte nicht die Kette zerreißen und der Esel konnte nicht aus dem Stall heraus. So fanden sie am Morgen ihren Herrn wieder vor sich.

54. Der Traum des Jungen

Als Allah viele Diener hatte, da hatten einmal ein Mann und eine Frau einen Sohn. Der Mann schickte seinen Sohn zu dem Lehrer, um ihn unterrichten zu lassen. Nachdem dieser Knabe drei bis fünf Tage gelernt hatte, gab ihm der Lehrer einen guten Rat: »Wenn du dich abends zum Schlafen niederlegst und dann einen Traum hast, sollst du ihn nicht deinem Vater und deiner Mutter erzählen, bevor sie gesagt haben ›*hayrola*‹ (d. h. möge es etwas Gutes sein).«

Am gleichen Tag träumte der Junge, ging zu seinem Vater und sprach: »Vater, ich habe heute geträumt.« Sein Vater erwiderte: »Mein Sohn, erzähle mir deinen Traum!«

Der Junge aber erzählte ihn nicht. Als der Sohn ihn nicht erzählte, sprach der Vater: »Willst du dich über mich lustig machen?« und verprügelte ihn. Weinend begab sich der Junge zu seiner Mutter und sprach: »Mutter, heute habe ich geträumt.«

»Nun laß mich, mein Sohn, deinen Traum hören.«

»Ich kann ihn dir nicht erzählen.«

Auch die Mutter verprügelte ihn. Da ging der Junge weinend zum Padischah: »Majestät, heute habe ich einen Traum gehabt.« Dieser sagte: »Mein Sohn, erzähle ihn mir!«

Als der Junge ihn nicht erzählen wollte, meinte der Padischah, er wolle mit ihm Scherz treiben, ergriff ihn und warf ihn ins Gefängnis.

Als er drei bis fünf Tage im Gefängnis war, bekam er Hunger. Da er Hunger hatte, begann er die Wand des Gefängnisses zu durchbohren. Auf der anderen Seite der Wand lebte eine Tochter des Padischahs. Für die Tochter wurden nun jeden Tag vierzig verschiedene Speisen zubereitet. Jeden Tag stahl und aß der Junge eine davon. Da bekam das Mädchen Zweifel und dachte: »Man bereitet mir vierzig verschiedene Speisen, aber eine fehlt immer. Das muß ich herausfinden.«

Während sie ausspähte und der Junge die Speise stahl, faßte sie ihn an der Hand mit den Worten: »Bist du ein Mensch oder ein Geist?«

Der Junge sprach: »Ich bin weder ein Mensch noch ein Geist; ich bin ein Diener Allahs, der dich und mich geschaffen hat. Ich hatte einen Traum gehabt und bin gekommen, um ihn deinem Vater zu erzählen, aber dein Vater sagte nicht ›*hayrola*!‹. Daher habe ich ihm meinen Traum nicht erzählt. Dein Vater glaubte, ich würde mich über ihn lustig machen, und warf mich ins Gefängnis. Nun habe ich dort Hunger bekommen und stehle dein Essen.«

Das Mädchen sagte: »Wenn du dich mit mir zusammentust, kannst du dich jeden Tag satt essen.«

Zu dieser Zeit schickte der russische Padischah unserem türkischen Padischah einen Teigroller mit dem Bemerken, er müsse herausfinden, welches das dünne Ende und welches das dicke Ende wäre, sonst werde er ihm den Krieg erklären.

Da begann unser türkischer Padischah nachzudenken. Nun kam seine Tochter zu ihm und fragte: »Vater, worüber denkst du nach?«

»Liebe Tochter«, erwiderte er, »der russische Padischah hat mir einen Teigroller geschickt mit dem Bemerken, das dicke Ende von dem dünnen herauszufinden, sonst würde er mir den Krieg erklären. Darüber denke ich nach.«

»Vater«, entgegnete die Tochter, »mach dir keine Sorge. Ich werde einen Ausweg finden.«

Darauf ging sie zu dem Jüngling ins Gefängnis und erzählte ihm, daß der russische Padischah ihrem Vater einen Teigroller gesandt habe und nun wissen wolle, welches das dicke Ende und welches das dünne Ende wäre, sonst würde er ihm den Krieg erklären. Der Jüngling rief: »Was ist leichter als das! Wenn dein Vater den Teigroller nimmt und ins Wasser wirft, dann wird das dicke Ende unten und das dünne Ende oben schwimmen. Er soll Einschnitte machen und ihm den Teigroller zurückschicken.«

Der Vater machte so, wie der Jüngling gesagt hatte, und schickte den Teigroller zurück. Da sagte der russische Padischah: »Das hat er also herausbekommen. Nun schicke ich ihm ein Paar Pferde; sie sind von gleicher Gestalt und Größe, so daß man sie voneinander nicht unterscheiden kann. Wenn er herausbekommt, welches das jüngere und welches das ältere ist, so ist es gut, sonst werde ich ihm den Krieg erklären.«

Unser türkischer Padischah begann wieder nachzudenken. Da kam seine Tochter zu ihm: »Vater«, sprach sie, »worüber denkst du nach?«

Der Padischah erzählte ihr, daß der russische Padischah ihm ein Paar Pferde geschickt habe und wissen wolle, welches das jüngere und welches das ältere sei. Sonst würde er ihm den Krieg erklären.

Darauf erwiderte der Jüngling: »Was ist leichter als das! Er soll die Pferde sieben Tage lang mit Gerste füttern und sie in einen See treiben. Das ältere Pferd wird am Ufer bleiben und trinken, das jüngere Pferd aber wird geradenwegs in den See hineingehen und trinken. Dann soll er die Pferde mit einem Brandmal bezeichnen und dem russischen Padischah zurückschicken.«

Der türkische Padischah tat genau so, wie der Jüngling ihm gesagt hatte, und schickte die Pferde mit dem Brandmal versehen zurück.

Der russische Padischah sagte: »Alle diejenigen, die in der Türkei viel wissen, soll er hierherschicken.«

Der türkische Padischah dachte: »Ich habe eine Tochter. Wenn auch alle Soldaten, die es in der Türkei gibt, vernichtet werden, so schicke ich meine Tochter doch nicht hin.«

Da kam seine Tochter zu ihm und fragte: »Worüber denkst du nach, Vater?« – »Meine liebe Tochter«, sprach er, »der russische Padischah wünscht dich. Wenn auch alle Soldaten, die ich habe, vernichtet werden, so schicke ich dich nicht dorthin.«

»Vater, hast du nicht früher einen Jüngling in dein Gefängnis gesperrt?«

»Ja, ich habe ihn eingesperrt!«

»Eben dieser junge Mann weiß es!«

Da hat man den Jüngling herausgeholt. Der Padischah sprach: »Mein Sohn, der russische Padischah wünscht dich. Willst du hingehen?«

»Ja, ich gehe hin.«

Darauf stieg der Jüngling aufs Pferd und machte sich auf den Weg. Unterwegs traf er einen, der aus der Erde hören kann, und grüßte ihn. Dieser erwiderte den Gruß und fragte: »Wohin gehst du?«

»Der russische Padischah wünscht mich, dorthin gehe ich.«

»Soll ich mitkommen?«

»Wenn du mitgehen willst, dann komm mit!«

Unterwegs trafen beide einen, der ungeheuer viel Suppe verschlingen konnte. Er fragte: »Wohin geht ihr?«

»Der russische Padischah wünscht uns. Dorthin gehen wir!«

»Darf auch ich mitkommen?«

»Wenn du willst, komm mit!«

Unterwegs trafen die drei einen, der die Quelle zum Gefrieren bringen kann.

»Sei gegrüßt, Freund, der du die Quelle zum Gefrieren bringst!«

Der entgegnete den Gruß und fragte, wohin sie gingen. Der Jüngling antwortete, daß der russische Padischah sie wünsche und sie dorthin gehen würden.

»Darf ich mitgehen?«

»Wenn du willst, so komm mit!«

Unterwegs trafen diese vier einen, der einen Fluß zum Fließen bringen kann. Der Jüngling sprach: »Sei gegrüßt, Freund, der du einen Fluß fließen läßt.«

Jener erwiderte: »Auch du sei gegrüßt, du, der du viel weißt! Wohin geht ihr?«

»Der russische Padischah wünscht uns. Dorthin gehen wir.«

Alle fünf gelangten zum Palast des Padischah. Sie sprachen: »Du hast uns gewünscht. Hier sind wir!«

Der russische Padischah ließ sie in ein Zimmer führen. Als sie im Zimmer waren, legte jener, der aus der Erde hören konnte, das Ohr an den Boden. Der russische Padischah gab den Befehl: »Heizt sieben Tage den Ofen! Dann wollen wir sie hineinstecken und verbrennen.«

Derjenige, der aus der Erde hören konnte, rief: »Freunde, uns droht Unheil!« Sie fragten: »Wieso denn?«

»Der russische Padischah läßt den Ofen heizen, man will uns hineinstecken und verbrennen.«

Derjenige, der die Quelle zum Gefrieren bringen kann, sprach: »Was ist leichter als das! Folgt mir nach! Ich bringe in den Ofen Eisblöcke hinein.«

Inzwischen holte man diese fünf aus dem Zimmer und brachte sie zum Ofen, um sie zu verbrennen. Derjenige, der die Quelle zum Gefrieren bringen kann, pustete in den Ofen und erfüllte dadurch den ganzen Ofen mit Eisblöcken. Da rief er: »Ach, gibt es denn für uns keine warme Stelle? Der ganze Ofen ist ja voll von Eis. Die Kälte halten wir nicht aus.«

Daraufhin ließ der Padischah sie wieder in das alte Zimmer bringen. Da lauschte derjenige, der aus der Erde hören kann, wieder am Boden.

Der russische Padischah befahl, vierzig Kessel mit Suppe

zu kochen. »Wenn sie sie essen, ist es gut; wenn nicht, verbrennen wir sie.«

Man holte alle fünf heraus mit dem Bemerken: »Wenn ihr diese vierzig Kessel Suppe eßt, ist es gut; sonst verbrennen wir euch.«

Derjenige, der ungeheuer viel Suppe verschlingen kann, sprach: »Freunde, wartet mal, ich will die vierzig Kessel Suppe aufessen.«

Er nahm einen Schöpflöffel zur Hand, und bevor er die vierzig Kessel Suppe gekostet hatte, waren sie schon leer. Da sagte er: »Ihr könnt nicht einmal fünf Personen satt bekommen. Wie wollt ihr dann die türkischen Soldaten sättigen?«

Wiederum ließ der russische Padischah sie in das Zimmer bringen.

Da lauschte derjenige, der aus der Erde hören kann, am Boden. Der Padischah sagte: »Wir werden diese fünf auf keine Weise töten können. Morgen wollen wir sie alle angreifen.«

Als es Morgen wurde, führte man sie hinaus. Sobald derjenige, der den Fluß zum Fließen bringen kann, wußte, daß man sie angreifen würde, sagte er zu seinen Kameraden: »Freunde, stellt euch hinter mich! Ich werde seine Soldaten alle vom Strom wegreißen lassen.«

Man griff sie an. Derjenige, der den Fluß zum Fließen bringen kann, spreizte seine Beine, und kaum hatte er sein Wasser gelassen, da war das ganze russische Heer vom Strom weggerissen.

Alle fünf kehrten zurück und kamen zum Palast des türkischen Padischahs. Dieser gab dem Jüngling aus dem Gefängnis seine Tochter zur Frau. Auch die anderen vier verheiratete er. Vierzig Tage und vierzig Nächte wurde Hochzeit gefeiert, sie aßen und tranken und erreichten ihren Wunsch. Gott möge auch uns unseren Wunsch erfüllen!

55. Die sieben Devs

Es war einmal ein armer Mann, der eine Frau hatte. Eines Tages sagte die Frau: »Steh auf und arbeite!«

Der Mann entgegnete ihr: »Ärgere mich nicht!«

Daraufhin erwiderte die Frau: »Was wirst du machen, wenn du dich ärgerst?«

»Was soll ich machen, dann heirate ich noch einmal.«

Darauf nahm er sich tatsächlich eine zweite Frau. Seine Frauen sagten ihm: »Wir waren eine und sind zwei geworden. Wir waren zwei und sind drei geworden. Was sollen wir essen und trinken? Steh auf und mach dich an die Arbeit!«

Darauf entgegnete der Mann: »Steh du auf und mach mir das Essen zurecht!«

Dann machte sich die Frau daran und bereitete das Essen. Als das Essen fertig war, sagte der Mann: »Wir hatten eine Tasche, bringe sie!«

Seine Frau brachte sie und er steckte unten in die Tasche ein Ei hinein, darüber streute er etwas Asche, darauf legte er sein Brot, nahm die Tasche auf den Rücken und ging arbeiten.

Auf dem Weg gab es sieben Devs, die Brüder waren. Einer von ihnen begegnete diesem Mann an einer Wegkreuzung und fragte: »Wohin gehst du, Freund?«

»Ich habe euern Namen gehört und bin gekommen, euch zu sprechen. Marschiere auf diesem trockenen Weg geradeaus! Wenn ich dich durch den Staub deiner Füße nicht mehr sehen kann, weiß ich, daß du der berühmte Dev bist.«

Da marschierte der Dev auf dem Weg geradeaus. Der arme Mann blickte hinter ihm her, und es war kein Staub zu sehen. Da geht er zu ihm hin und spricht: »Nimm diesen weißen Stein und drück, ob du Wasser herausbringen kannst.«

Der Dev nimmt den Stein, drückt ihn, aber kein Wasser kommt heraus. Der Mann sagt nun: »Freund, jetzt schau mich mal an!«

Er nimmt sein Messer aus dem Gürtel, hält es in der Hand und sagt: »Jetzt schau mich mal an!« An einigen Stellen sticht er das Messer in die Tasche und beginnt nun auf dem Weg zu marschieren. Natürlich wird die Asche auf dem Weg durch die Bewegung geschüttelt und fließt durch die Löcher in der Tasche hinaus.

Als nun der Dev hinter ihm herschaut, kann er ihn nicht sehen. Da dreht sich jener um und geht zum Dev.

»Hast du mich gesehen?«

»Nein!«

»Jetzt schau mal her!«

Sogleich nimmt er aus der Tasche heimlich das Ei hervor und bückt sich, als ob er einen Stein von der Erde aufheben wolle, und sagt: »Jetzt schau mal nach mir!« und drückt das Ei, als ob er den Stein drücken würde. Eine Flüssigkeit kommt aus dem Ei heraus, was der Dev bemerkt. Darüber ist der Dev natürlich sehr erstaunt und sagt: »Kamerad, willst du mit mir Freundschaft schließen?«

Beide zusammen gehen nun zum Dorf des Devs. Nachdem sie dort einige Tage verweilt hatten, sagten die anderen Brüder zu dem, der ihn hergebracht hatte: »Sag dem Mann, er soll das Brennholz vom Berg holen.«

Der Arme sagt zu dem Dev: »Geh du und hole aus dem Dorf so viele Wagenseile, wie du bekommen kannst, und bring sie mir!«

Der Dev geht zu seinen Brüdern und erzählt ihnen, was der Arme ihm aufgetragen hat. Als die Brüder das gehört hatten, sagten sie: »Frag ihn mal, was er damit machen will!«

»Nicht jeden Tag gehe ich auf den Berg!«

»Mensch, was willst du denn machen?«

»Diese Seile werde ich aneinanderbinden, dann werde ich das eine Ende an den Balken eines Zimmers binden, das andere werde ich festhalten. Ich werde um den Berg herumgehen und wieder zum Zimmer gelangen. Wenn ich vor das Zimmer gekommen bin, werde ich an dem Seil fest ziehen und den Berg vor das Zimmer bringen. Ich werde doch nicht jeden Tag auf den Berg gehen.«

Das erzählte er seinen Brüdern. Da sagten die Brüder:

»Zum Teufel, er wird unseren Wald ruinieren! Ach, wir verzichten darauf. Wir wollen seinen Herd heizen.«

Eines Nachts stellen die Devs hinter seinen Herd ein großes Holzscheit. Der Arme versteht ihre Absicht, daß sie ihn in der Nacht töten wollen. In jener Nacht steckt er das Holzscheit in sein Bett und versteckt sich im Schrank.

In der Nacht kommen die sieben Devs mit großen Eisenstäben. Der Mann ist natürlich im Schrank, sie aber schlagen mit den eisernen Stäben gründlich auf das Holzscheit und gehen fort.

Am anderen Morgen kommen sie wieder und sehen, daß der Mann in seinem Bett sitzt und sich laust. Sie sagen zu ihm: »Du bist aber heute sehr früh aufgestanden!«

»Ja, heute nacht sind fünf oder sechs Läuse über mich hergefallen und haben mich nicht in Ruhe gelassen. Daher bin ich früh aufgestanden.«

Da denken sich die Devs: »Unser Eisenstab kam ihm wie Läusestiche vor.« Nun sagen sie zu dem, der ihn gebracht hatte: »Bring diesen Mann nach Hause!« und stecken ihm einen Beutel Gold in seine Tasche. »Nimm die Tasche auf deinen Rücken und bring den Mann nach Hause!«

Beide gehen dorthin. Als sie vor das Haus kommen, stellt der Dev die Tasche auf die Erde mit den Worten: »Nimm die Tasche und geh nun heim!«

Da nimmt der Mann die Tasche und umarmt den Pfosten des Hauses. Der Dev fragt ihn: »Was machst du da, Freund?«

»Bei Gott, ich möchte deine Frau mißbrauchen. Ich könnte mit dem Pfosten deinen Kopf einschlagen.«

Da flieht der Dev und kommt zu seinen Brüdern. Diese fragen ihn, was er da gemacht habe. Nun erzählt er ganz genau, was der Mann gemacht hat.

Inzwischen nimmt der Mann das Gold, bringt es nach Hause und sagt zu seinen Frauen: »Nun können wir viel Geld ausgeben.«

56. Der Geizige und der Freigebige

Zwei Freunde gingen aus dem Dorf, um Geld zu verdienen. Einer von ihnen hieß der »Geizige« und der andere der »Freigebige«. Als sie unterwegs ihr Brot aßen, nahm der Geizige nur wenig, der Freigebige aber viel. Unterwegs war der Proviant des Freigebigen zu Ende. Als nun der Freigebige sagte: »Willst du mir etwas Brot geben?«, antwortete der Geizige: »Du hättest sparsam mit deinem Brot umgehen sollen. Ich gebe dir keins.«

So gingen die beiden eine Weile. Da gabelte sich der Weg. Der Geizige schlug den einen, der Freigebige den anderen Weg ein.

Der Freigebige stieg zu einer Mühle unten im Tal hinab und drang in die Mühle ein, wo er sich versteckte. Es wurde Nacht. Die Feen kamen und kochten Helva. Nachdem sie gut gegessen und getrunken hatten, warfen sie den Rest fort. Der Rest fiel in den Schoß des Freigebigen. Dieser nahm ihn und aß sich satt.

Darauf sprachen die Feen zueinander: »Freund, was hast du gesehen und gehört?«

Eine von den Feen sagte: »Unter dieser Mühle liegt ein Krug mit Gold. Niemand nimmt es und läßt die Mühle nicht arbeiten.«

Eine Fee sagte: »Man holt von einer Stelle, die weit vom Dorf entfernt liegt, Wasser. Indessen gibt es im Dorf unter einer Pappel so viel Wasser, daß es für eine Mühle reichen würde. Man gräbt aber nicht nach dem Wasser.«

Da krähte der Hahn, und die Feen trennten sich. Der Freigebige trat aus seinem Versteck und ging zu der Wasserquelle. Da sah er, daß dort einige Bauern Wasser holten, und sagte zu ihnen: »Freunde, ich habe Hunger.«

Die Bauern gaben ihm Brot. Dann begab er sich mit den Bauern auf den Weg. So gingen sie ungefähr zwei Stunden. Noch immer hatten sie das Dorf nicht erreicht. Als sie sich dem Dorf näherten, trennte sich der Freigebige von den

Bauern, die ins Dorf gingen. Der Freigebige bemerkte an der anderen Seite des Dorfes eine Pappel und schritt geradenwegs zu der Pappel hin. Er legte sein Ohr auf die Erde und lauschte. Da hörte er, daß unter der Erde Wasser floß, und ging nun zu den Bauern, indem er um etwas Wasser bat. Die Bauern entgegneten ihm: »Wir schleppen das Wasser von einem Ort, der zwei Stunden entfernt ist. Wir können dir kein Wasser geben.«

»Gebt mir etwas Wasser! Dann werde ich euch das Wasser in eurem Dorf herausholen.«

»Nein, du kannst es nicht. Seit die Welt besteht, holen wir das Wasser von der Stelle, die zwei Stunden entfernt liegt. Willst du nun das Wasser im Dorf herausholen?«

»Mischt euch nicht in meine Angelegenheiten ein! Ihr bringt mir nur Wasser, das zum Waschen und Trinken ausreicht, ich werde euch das Wasser zu eurem Dorf herholen.«

Die Bauern brachten ihm das Wasser, er blieb eine Nacht als Gast bei ihnen. Die Bauern hielten die Nacht hindurch bei ihm Wache, damit er nicht fliehen konnte. Am Morgen stand der Freigebige auf und verlangte drei Hacken und drei Schaufeln. Darauf brachten ihm die Bauern Hacken und Schaufeln und gingen unter die Pappel, und kaum hatten sie eine Armlänge gegraben, da kam das Wasser heraus. Der eine wollte es nehmen, der andere wollte es auch.

Da sagte der Freigebige: »Das ist wie ein Löwe ohne Zügel, der dorthin geht, wo es ihm gefällt. Leute, ärgert mich nicht! Sonst werde ich das Wasser gleich wieder verschwinden lassen.«

Da floß das Wasser, wie es wollte. Nun schenkten die Bauern dem Freigebigen ein Haus und Heim und überdies noch Teppiche und Kelims und wollten ihn verheiraten. Daher versammelten sie alle Mädchen des Dorfes.

Der Freigebige sagte: »Ihr habt alle Mädchen zusammengebracht, aber ich suche diejenige, mit der ich mich am besten vertrage. Bringt mir die ehrenhafteste davon!«

Sie brachten ihm die Tochter des Hodschas. In der Hochzeitsnacht fragte er das Mädchen: »Wem gehört die Mühle in dem Tal da unten?«

»Sie gehört meinem Onkel.«

Am nächsten Morgen machten sich die beiden auf den Weg und gelangten zur Mühle. Unter der Mauer der Mühle holten sie den Krug mit Gold heraus und kehrten nach Hause zurück. So wurden sie sehr reich. Während sie so lebten, rief eines Tages ein armer Mann zu ihnen hinauf. Der Freigebige sah, daß dieser der Geizige war, der sich von ihm getrennt hatte, und sprach zu seiner Frau: »Mach die Tür auf und laß ihn heraufkommen.« Die Frau öffnete die Tür mit den Worten:

»Mein Mann will, daß du heraufkommst.«

»Wie kann ich nur zu ihm hinaufkommen?«

»Doch, er will es!«

Darauf ging der Arme hinauf; sie erzählten und aßen. Der Freigebige fragte: »Hast du mich erkannt?«

»Nein, ich erkenne dich nicht!«

»Bin ich denn nicht dein Freund?«

»Nein, du bist nicht mein Freund!«

Da erzählte der Freigebige, daß sie zusammen aus dem Dorf fortgelaufen waren: »Du bist mit dem Brot sparsam umgegangen, ich aber nicht. Darauf hast du dich an einer Wegkreuzung von mir getrennt.« Da fragte der Geizige: »Wie hast du es so weit gebracht?« Der Freigebige antwortete: »Ich bin in die Mühle unten im Tal gegangen. Dort kamen die Feen und unterhielten sich miteinander. Ich habe sie belauscht. Dadurch habe ich es so weit gebracht. Gehe auch du in die Mühle und belausche die Feen.«

Darauf begab sich der Geizige zur Mühle und versteckte sich im Trog der Mühle. In der Nacht kamen die Feen und unterhielten sich miteinander. Eine sprach: »Da ist einer, der lauscht. Das Gold, von dem ich sprach, ist bereits fort.«

Die andere entgegnete: »Und das Wasser, wovon ich sprach, fließt bereits.«

Daraufhin suchten und suchten sie, bis sie den Geizigen im Trog fanden, und brachten ihn um.

57. Das Basilikummädchen

Eines Tages nahm der Königssohn seinen Erzieher bei der Hand und fragte ihn:

»Was ist Gold? Was ist Silber? Was ist Kupfer?«

Der Erzieher antwortete: »Ich weiß es nicht.«

»Ich schlage dir den Kopf ab«, entgegnete der Königssohn. Da hob der Erzieher an: »Auf diese Weise geht das nicht. Mein Prinz, gib mir vierzig Tage Frist!«

Dann ging der Prinzenerzieher fort und wanderte umher. Er durchschweifte die ganze Welt, aber keiner konnte darauf eine Antwort geben. Auf der Straße traf er einen Besenbinder, der Besen band, um sie zu verkaufen. Da sah er, daß dieser ein Mädchen und seine Frau bei sich hatte.

Der Prinzenerzieher bat: »Gib einen Schluck Wasser zu trinken!« Das Mädchen ging und holte das Wasser. Da merkt der Prinzenerzieher, daß es ein braves Kind ist. Die Mutter des Mädchens fragt den Prinzenerzieher: »Was macht Ihr, daß Ihr so durstig seid?«

Darauf entgegnete der Prinzenerzieher: »Für meinen Kummer könnt ihr doch kein Heilmittel finden.«

Da fragte das Mädchen: »Sag doch mal deinen Kummer.«

»Heute«, erwiderte er, »sind es vierzig Tage, daß ich umherwandere, da der Königssohn wissen will, was Gold, was Silber und was Kupfer ist.« Das Mädchen sprach:

»Was ist leichter als das! Der Prinzenerzieher bleibe wohlbehalten! Das Gold ist der Königssohn selbst, das Silber sind Sie, und das Kupfer aber sind wir.«

Darauf geht er zurück und sagt dem Königssohn: »An einem gewissen Ort hat die Tochter eines Besenbinders es erraten. Aber ich weiß nicht, ob es richtig ist.«

Der Königssohn antwortet: »Es stimmt, sie hat es erraten. Geh und halte mit Gottes Erlaubnis für mich um die Hand des Mädchens an.«

Ihrem Vater gibt er tausend Piaster und nimmt das Mädchen. Dann sagt er: »Ich will Hochzeit machen.«

Nun sagt das Mädchen: »Wenn er mir meinen Wasserkrug füllt und meine Holzschuhe umdreht, darf er in mein Zimmer kommen.«

Dreimal schickt er einen Boten, alle dreimal sagt sie dasselbe.

Dann schenkt er ihr ein Kopftuch und schickt einen Boten mit der Weisung: »Sie soll meine Wäsche vorbereiten. Ich mache einen Ausflug zum Meydan-Berg.« Das Mädchen hört das; daher geht es vor ihm zum Meydan-Berg und schlägt das Zelt auf.

Am folgenden Tag kommt nun der Königssohn zum Meydan-Berg und schlägt dort sein Zelt auf. Eines Tages geht er auf die Jagd und sieht, daß dort vor ihm schon ein Zelt aufgeschlagen ist. Aber vor der Tür dieses Zeltes steht kein Mann. Dann späht er nach dem Zelt aus, beobachtet es und stellt fest, daß dort ein so entzückendes Mädchen ist, daß man es unbedingt sehen muß.

Er wird mit diesem Mädchen gut bekannt, er besucht sie und so bleibt er vierzig Tage eng vertraut mit diesem Mädchen auf diesem Berg. Dann brechen sie die Zelte ab. Dort schenkt er dem Mädchen von seinem rechten Arm seinen Armreif mit Amulett als Andenken.

Dann gehen sie hinab.

Noch einmal schickt er einen Boten mit der Weisung, daß er Hochzeit machen wolle und die Tochter des Besenbinders bereit sein solle. Sie aber entgegnete wieder: »Wenn er mir die Holzschuhe umdreht und meinen Wasserkrug füllt, lasse ich ihn in mein Zimmer ein.«

Der Königssohn antwortet wiederum: »Nein, ich werde weder ihre Holzschuhe umdrehen noch ihren Wasserkrug füllen.«

Da sieht der Königssohn, daß es nicht möglich ist und das Mädchen die Hochzeit nicht näherbringen will. Wiederum schickt der Königssohn einen Boten und verlangt, daß sie seine Wäsche vorbereiten soll, weil er zum Merdan-Berg gehen will.

Das Mädchen schickt die Wäsche des Königssohnes, sie selbst aber geht hin zum Merdan-Berg und schlägt ihr Zelt vor ihm dort auf. Als sie von der ersten Bergreise zurückgekehrt war, bekam sie nach neun Monaten einen Knaben. Sie nannte ihn Meydan-Berg. So ging sie also zum Merdan-Berg und schlug dort ihr Zelt auf. Erst nach ihr kam der Königssohn und schlug auch sein Zelt auf dem Merdan-Berg auf.

Eines Tages ging der Königssohn auf die Jagd und da sah er, daß dort wieder ein Zelt aufgeschlagen war. Wieder streifte er an den Seiten des Zeltes herum und erblickte dieses Mädchen. Er ging hin; sie unterhielten sich und verkehrten miteinander und blieben wieder vierzig Tage auf dem Merdan-Berg. Als Andenken gab er ihr einen silbernen Gürtel. Dann brachen sie die Zelte ab und zogen hinunter.

Unten verweilten sie einige Zeit. Als neun Monate, neun Tage, neun Stunden und Minuten vorüber waren, brachte das Mädchen wieder einen Knaben zur Welt.

Eines Tages schickte der Königssohn die Nachricht, daß er Hochzeit machen wolle. Wiederum antwortete das Mädchen:

»Wenn er mir meine Holzschuhe umdreht und meinen Wasserkrug füllt, lasse ich ihn in mein Zimmer hinein.«

Er aber bat, sie solle ihm einen Satz Wäsche vorbereiten, da er einen Ausflug zum Inci-Berg machen werde.

Nachdem sie Beinkleider und Hemden geschickt hatte, machte sie sich zuerst auf und schlug auf dem Inci-Berg ihr Zelt auf. Dann kam der Königssohn, der auch wieder sein Zelt aufschlug. Wiederum begab er sich eines Tages auf die Jagd. Da sah er auch wieder ein Zelt auf dem Inci-Berg. Als er sich zum Zelt gewandt hatte, rief er:

»O Gott, o Gesandter Gottes! Was soll denn das, daß jemand vor mir kommt und sein Zelt auf dem Berg aufschlägt.«

Da sieht er wieder dieses Mädchen. Mit ihr vergnügt er sich wieder und sie bleiben vierzig Tage auf diesem Inci-Berg. Dann brechen sie ihre Zelte ab.

Nun ist es für den Königssohn genug. Er schickt einen Boten mit der Weisung:

»Das ist mein letztes Wort. Nunmehr werde ich Hochzeit machen. Das ist mir genug mit ihrem Spiel.«

Damals hatte er dem Mädchen auf dem Inci-Berg ein seidenes Taschentuch als Andenken gegeben.

Das Mädchen sagte: »Wenn er meine Holzschuhe umdreht und meinen Wasserkrug füllt, lasse ich ihn in mein Zimmer.«

Wieder nach neun Monaten brachte sie ein Mädchen zur Welt. Unsere Kinder wachsen mit Monaten und Jahren heran. Die Kinder unserer Geschichte werden mit Tagen größer. Der Königssohn erhielt nun die Nachricht von der Tochter des Besenbinders, daß sie zu ihm nicht kommen würde.

Darauf ging er und nahm die Tochter eines Prinzenerziehers zur Frau und fing an, für sie die Hochzeit vorzubereiten. Die Tochter des Besenbinders sah, daß der Königssohn heiratete und Hochzeit feierte. Daher holte sie ihre Kinder, zog ihnen schöne Kleider an und schmückte sie und ließ sie Hand in Hand zum Königssohn gehen. An dem Arm von Merdan-Berg befestigte sie das Amulett, um die Lende des Meydan-Berg legte sie den Gürtel, um den Kopf von dem Mädchen Inci wickelte sie das Taschentuch. So schickte sie die Kinder zur Hochzeit. Während dort die Hochzeit gefeiert wurde, ging der Königssohn im Herrenflügel des Palastes hin und her. Da sah er, daß drei Kinder auf die Tür des Hochzeitshauses zukamen. »Erzieher«, rief er, »ich fühle für diese Kinder eine große Zuneigung. Ruf sie doch mal! Wir wollen wissen, wohin sie gehen.«

Der Prinzenerzieher brachte die Kinder, der Königssohn fragte sie, wohin sie gingen.

Das älteste Kind, namens Meydan-Berg, erwiderte: »Bruder Meydan und Bruder Merdan haben ihre Schwester Inci an der Hand. So gehen wir zur Hochzeit unseres Vaters.«

Da merkte der Königssohn, daß der Armreifen, den er auf dem Meydan-Berg gegeben hatte, am Arm des ältesten Sohnes sich befand, und der Gürtel, den er auf dem Merdan-Berg geschenkt hatte, sich an der Lende des jüngeren Kindes befand und daß das Taschentuch, das er auf dem Inci-Berg geschenkt hatte, auf dem Kopf des Mädchens war. Da dachte er, daß das sicher die Andenken seien, die er gegeben hatte, und daß diese Kinder wohl die seinen sein müßten. Daher habe er sie auch so gern gehabt.

Zum Prinzenerzieher sprach er: »Mein Erzieher, die Tochter des Prinzenerziehers nehme ich nicht zur Frau. Was alles ich ausgegeben habe, soll ihr gehören. Ich heirate sie nicht mehr.«

Die Hochzeitsgesellschaft für die Tochter des Prinzenerziehers schickte er fort. Von neuem feierte er vierzig Tage und vierzig Nächte Hochzeit für die Tochter des Besenbinders, und so bekam er die Kinder. Sie haben gegessen, getrunken und ihren Platz eingenommen. Vom Himmel fielen drei Äpfel. Zwei sind für den, der die Geschichte erzählt hat, und einer ist für euch.

58. Mahmud, Mabud

Einmal lebte in der Türkei ein Sultan mit Namen Mahmud [1]. Eines Tages ging er mit seinem Wesir in Verkleidung auf die Reise. Unterwegs kamen sie in die Provinz Kastamunu. Morgens gingen sie zur Moschee. Als sie die Moschee verließen, waren zwei Arme, von denen der eine »O Mahmud«[2], der andere »O Mabud« [3] rief. Es war ihre Gewohnheit, jeden Tag bis zum Abend »O Mahmud« und »O Mabud« zu rufen.

Auf dem Markt kaufte Sultan Mahmud einen Truthahn, ließ den Magen des Tieres aufschneiden und füllte ihn mit Gold. Da ließ er den Mann, der »O Mahmud« rief, kommen und gab ihm den Truthahn. Weil dieser Mann niemanden hatte, verkaufte er den Truthahn einem Freund für fünfzig Kurusch mit den Worten:

[1] Es handelt sich um den osmanischen Sultan Mahmud I., der von 1730 bis 1754 regierte.

[2] D. h. »gelobt, gepriesen«, einer der 99 Namen Gottes und später allgemein Eigenname.

[3] D. h. »Gott«.

»Freund, ich habe niemanden. Und du hast eine große Familie. Nimm diesen Truthahn!«

So nahm dieser den Truthahn. Als der, der »O Mabud« rief, ihn am Abend nach Hause brachte und seinen Magen geöffnet hatte, da kam ein Kilo Gold zum Vorschein.

Der Mann freute sich und wurde so reich. Daher hörte er auf, »O Mabud« zu rufen.

Am folgenden Morgen rief der Mann, dem Sultan Mahmud den Truthahn geschenkt hatte, wiederum »O Mahmud«.

Sultan Mahmud ließ ihn kommen und fragte:

»Gestern habe ich dir doch einen Truthahn geschenkt. Was hast du damit gemacht?«

Darauf antwortete er:

»Da ich allein bin, habe ich ihn einem Freund für fünfzig Kurusch verkauft.«

Dann sagte Mahmud:

»Wenn Gott (Mabud) nicht gibt, was soll dann Mahmud machen? Gott hat gegeben, aber der arme Baybut hat es nicht angenommen.«

59. Köse

Ein Mann, der sehr arm war, hatte einen Sohn. Er hatte auch einen Esel und sagte zu seinem Sohn:

»Mein Sohn, ich will diesen Esel nehmen und ihn auf dem Markt verkaufen.«

Der Sohn entgegnete:

»Vater, ich bringe ihn hin!«

Der Vater war damit einverstanden. Der Jüngling, der den Esel vor sich hertrieb, erreichte einen Ort, wie Songurlu. Er brachte den Esel zum Basar, da kamen ihm drei Hodschas entgegen und fragten:

»Mein Sohn, willst du diesen Esel verkaufen?« Der Jüngling bejahte diese Frage.

Einer der Hodschas sagte:

»Wenn dieser Esel eines von den beiden Ohren nicht hätte, würde ich ihn kaufen.«

Der andere Hodscha meinte:

»Wenn der Esel den Schwanz nicht hätte, würde ich ihn kaufen.«

Der dritte:

»Wenn der Esel das zweite Ohr nicht hätte, würde ich ihn kaufen.«

Da nahm der Jüngling den Esel und schnitt ihm den Schwanz und die Ohren ab. Alle Leute auf dem Markt lachten den Jüngling aus. Da nahm er beschämt den Esel und schlachtete ihn dort. Dann kehrte er zu seinem Dorf zurück und sein Vater fragte ihn, was er mit dem Esel gemacht hätte.

Der Jüngling erzählte:

»Es kamen drei Hodschas und sagten: ›Wenn der Esel den Schwanz und die Ohren nicht hätte, würden wir ihn kaufen.‹ Daher habe ich ihm die Ohren und den Schwanz abgeschnitten. Die Leute auf dem Markt haben mich ausgelacht. Daraufhin habe ich aus Scham den Esel geschlachtet.«

Später hat Köse sein Feld und Saatgut verkauft und dafür einen Esel gekauft. Dann fragte er seinen Sohn:

»Mein Sohn, wirst du diese Hodschas wiedererkennen? Komm, gehen wir zusammen auf den Markt.«

Beide machten sich auf den Weg und brachten den Esel dorthin. Die Hodschas kamen wieder von derselben Seite und der Jüngling rief: »Vater, da kommen die Hodschas!«

Da steckte der Vater unter den Schwanz des Esels drei Goldstücke. Als die Hodschas den Esel betrachteten, rief der Vater: »Was schaut ihr da? Ein Esel wie Feuer«, und sobald er ihm einen Schlag auf das Hinterteil gegeben hatte, da fielen die Goldstücke herunter. Ganz geschickt sammelte er die Goldstücke auf und steckte sie in den Brustgürtel.

»Was ist denn das, was du in den Brustgürtel gesteckt hast?« fragten die Hodschas. Köse antwortete:

»Der Esel hat Gold fallenlassen und das habe ich eingesteckt.«

»Köse, willst du uns diesen Esel verkaufen?«

»Ja.«

»Wieviel willst du denn dafür?«

»Wer fünfhundert Lira bezahlt, bekommt den Esel.«

Die Hodschas zählten einhundert, zweihundert, fünfhundert Lira ab.

Köse sagte:

»Nun müßt ihr für den Esel einen Stall einrichten und ihm Gerste und Wasser vorsetzen. Sieben Tage dürft ihr nicht zu ihm hingehen. Der Esel wird euch den Stall mit blinkendem Gold anfüllen.«

Die Hodschas taten, wie ihnen Köse gesagt hatte. Nach sieben Tagen gingen sie hin, wo der Esel war, und versuchten die Tür zu öffnen. Als sie sie nicht öffnen konnten, dachten sie, daß der Stall mit Gold angefüllt sei. Als sie mit Gewalt die Tür geöffnet hatten, sahen sie, daß der Esel sich mit den Füßen dauernd dagegengestemmt hatte. Da riefen sie:

»Der gemeine Kerl! Den wollen wir fassen und töten.«

Alle drei gingen sie zum Dorf des Köse und fragten seine Frau, wo Köse sei.

Die Frau antwortete:

»Er pflügt hinter dem Hügel.«

Sie gingen hin und kamen zu dem Hügel, wo Köse war. An jenem Tag hatte Köse einen Hasen gefangen. Als die Hodschas hinkamen, ging Köse zum Sack mit dem Saatgut, holte den Hasen heraus, flüsterte etwas in sein Ohr und ließ ihn frei.

Die Hodschas fragten ihn:

»Warum hast du den Hasen freigelassen?«

»Wir haben Gäste. Geh und sag meiner Alten, sie soll etwas zum Essen vorbereiten. Deshalb habe ich ihn freigelassen.«

Die Hodschas fragten:

»Warum läuft dieser Hase über Felder und Flur?«

»Er fürchtet sich unterwegs vor den Hunden der Hirten. Daher läuft er über Feld und Flur.«

Alle vier gingen nach Hause. Köse wickelte einen Blutbeutel um die Brust seiner Frau.

»Ich habe dir durch den Hasen Nachricht gegeben, daß ich

Gäste habe und daß du Essen vorbereiten sollst. Hast du es nicht vorbereitet?«

Da antwortete die Frau: »Zu mir ist kein Hase gekommen.« Da nahm der Köse das Messer zur Hand, faßte die Frau, legte sie nieder und schnitt ihr den Hals durch. Dann holte er eine Pfeife, pfiff und brachte die Frau wieder zum Leben.

Die Hodschas stritten sich um diese Pfeife und fragten:

»Köse, willst du uns diese Pfeife verkaufen?«

»Einverstanden!«

»Was willst du dafür?«

»Wer dreihundert Lira gibt, dem gehört sie.«

Die Hodschas gaben dreihundert Lira, nahmen die Pfeife und gingen zu ihrem Dorf. Unterwegs erzählten sie sich:

»Meine Frau ist derart unverträglich, daß ich, sobald ich nach Hause komme, ihr den Hals abschneide.«

Als sie im Dorf ankamen, rief der ältere Hodscha seine Frau zur Tür heraus. Als die Frau herauskam, schimpfte er:

»Du gemeine Frau! Warum bist du nicht schneller an die Tür gekommen?« ergreift sie und schneidet ihr den Hals ab. Danach nimmt er die Pfeife und pfeift, aber die Frau wird nicht lebendig.

Der mittlere Hodscha sagte:

»Gott möge dich bestrafen. Du kannst nicht pfeifen. Wir wollen zu mir gehen, dann zeig ich dir, wie ich sie zum Leben erwecke.«

Dann rief der mittlere Hodscha seine Frau mit den Worten:

»Bring mir Wasser! Ich verdurste.«

Nachdem die Frau das Wasser gebracht hatte, faßte er sie und schnitt ihr den Hals ab. Darauf pfiff er mit der Pfeife, aber die Frau kam nicht zum Leben.

Der dritte Hodscha rief:

»Ihr könnt nicht pfeifen. Gehen wir zu mir. Dann werde ich euch zeigen, wie man pfeift.«

Sie gingen mit dem dritten Hodscha zu dessen Haus, wo er seine Frau herausrief. Als die Frau herauskam, faßte auch er sie und schnitt ihr den Hals ab. Dann pfiff er mit der Pfeife, aber die Frau kam nicht zum Leben.

»Der Köse hat uns um fünfhundert Lira, dreihundert Lira und drei Frauen gebracht. Wir wollen ihn fassen und töten.«

Mit diesen Worten gingen sie zum Dorf des Köse und fragten seine Frau nach ihm. Seine Frau entgegnete:

»Er pflügt hinter dem Hügel.«

Alle drei Hodschas gingen dorthin und faßten den Köse. Sie steckten ihn in den Sack mit Saatgut und banden ihn oben ganz fest zu.

Als sie den Sack auf den Schultern zum Fluß brachten, sahen sie, daß von einem Seitenweg mehrere Personen kamen, die eine Braut führten. Sie ließen den Sack liegen und gingen, um die Braut zu sehen. Währenddessen rief der Köse im Sack ununterbrochen: »Ich nehme sie nicht, ich nehme sie nicht!«

Da kam zum Sack ein Schäfer und fragte:

»Was willst du nicht nehmen?«

»Man bringt mir da eine Braut. Ich will sie nicht nehmen.«

»Gott möge dich bestrafen. Komm heraus, ich will hineingehen.«

Da öffnet der Schäfer den Sack, läßt ihn heraus und steigt selbst hinein. Köse nimmt den Mantel des Schäfers und geht hinter der Herde her.

Nachdem die Hochzeitsgesellschaft vorbeigezogen war, kamen die Hodschas zurück und hörten den Köse rufen: »Ich nehme sie, ich nehme sie.«

Die Hodschas dachten, daß Köse wieder etwas verkaufen wolle, nahmen den Schäfer im Glauben, daß es Köse sei, und warfen ihn in den Fluß.

Sie dachten, daß sie den Köse getötet hätten, und wollten nun ihr Brot essen. Während sie sich an einem Graben niederließen und aßen, da trieb Köse die Herde zum Ufer des Flusses und kam selbst zu den Hodschas:

»Der Friede sei mit euch, meine Herren.«

Nachdem die Hodschas den Gruß erwidert hatten, blickten sie sich einander ins Gesicht und sagten:

»Den haben wir ja in den Fluß geworfen. Wie kommt er nun her?«

Köse sprach: »Im Fluß ist sehr viel Vieh. Ich konnte nur soviel zusammenbekommen.«

Die Hodschas sagten:

»Wirf auch uns hinein, damit auch wir etwas herausholen.«

Da nahm er einen der Hodschas und warf ihn in den Fluß. Der Hodscha schnappte nach Luft. Da rief Köse:

»Sei nicht so ängstlich, nimm auch die anderen mit! Er kann nicht alles mitnehmen, springe auch du hinein.«

Auf diese Weise wirft er alle drei Hodschas in den Fluß. Der Köse aß und trank und erreichte seinen Wunsch. Allah möge auch uns zu unserem Wunsch gelangen lassen.

60. Der Traum

Es war einmal ein Mann, der sehr reich war. Im Traum fragte man ihn:

»Sollen wir dir im Alter oder in der Jugend ein Unheil zuteilen?«

In drei Nächten hatte er diesen Traum. Am folgenden Tag abends fragte er seine Frau:

»Frau, seit drei Tagen fragt man mich, ob mir im Alter oder in der Jugend ein Unheil zuteil werden soll. Heute wünscht man eine Antwort. Was soll ich antworten?«

Seine Frau meinte: »Was alles kommen wird, soll in der Jugend kommen. Also, Mann, sage das!«

Am nächsten Abend hat man ihn wieder gefragt und er gab diese Antwort: »Was alles kommen wird, soll in der Jugend kommen.«

Am folgenden Tag fuhren seine Schiffe zur See. Drei davon gingen unter. Am nächsten Tag haben die wilden Tiere tausend Schafe zerrissen. Am Tage darauf verwüstete ein Feuer sein Haus. Er mußte das Haus verlassen, ohne daß etwas gerettet werden konnte. So blieb der Mann ohne Hab und Gut. Er hatte zwei Söhne. Man machte sie im Dorf zu Rinderhirten. Als sie dort die Rinder weideten, kam in dieses Land eine Karawane. Die Leute der Karawane sagten: »Findet für uns einen Wäscher.«

Die Bauern ließen die Wäsche von der Frau dieses Rinderhirten waschen. Als sie am folgenden Tag die Wäsche zurückgab, kannte sie genau von jedem sein Wäschebündel und tat die Wäsche hinein. Die Karawanenleute hatten auf die Frau des Schäfers ein Auge geworfen. Als ihr Mann das merkte, nahm er seine beiden Kinder, legte eine für Tragetiere verwandte Doppeltasche auf seine Schultern und tat jedes der Kinder in eine Hälfte der Tasche. Während er so floh, kam er zu einem großen Bach. Als er die Kinder heruntertrug, trieb das Wasser eines von ihnen fort. Während er das andere Kind auf die andere Seite setzte, kam ein Bär, nahm das Kind und verschwand. Da begannen die beiden Eltern zu jammern. Sie gingen in ein anderes Land, um als Hirten zu arbeiten. Auch zu diesem Dorf kamen wieder Leute mit einer Karawane, die seine Frau entführten. Der Mann blieb ganz allein.

Kommen wir zu den Jünglingen. Der Bär kam, brachte den einen in seine Höhle und ernährte ihn. Der andere Junge versteckte sich in der Mühle, an dem Ort, wo das Wasser floß. Der Müller nahm ihn und zog ihn auf. Dieser ging dann zu den Soldaten. Auch derjenige, den der Bär aufgezogen hatte, kam zu den Soldaten. Nachdem der Führer der Karawane die Frau entführt hatte, zog er von einem Land zum anderen.

Diese sollen nun einherziehen, wir kommen nun zum Vater der Kinder. Weinend kam er zu einer Stadt, wo der Mufti gestorben war. Alle Dorfbewohner versammelten sich dort auf einem Platz. Er ging auch dorthin. Man ließ einen Vogel fliegen. Auf wessen Kopf er sich niederließ, der sollte Mufti werden. Da ließ sich der Vogel auf dem Kopf jenes Mannes nieder. So machte man ihn zum Mufti.

Nun kommen wir zu seiner Frau. Die Leute der Karawane kamen mit der Frau zu jener Stadt und besuchten den Kadi. Der Kadi schlug ihnen vor, abends dort zu bleiben, aber sie wollten nicht. Sie sagten, daß sie im Zelt eine Frau hätten. Der Mufti meinte, er hätte zwei Gendarmen, die sehr ehrenwert wären. »Ich will sie zu ihr schicken, damit sie sich um sie kümmern, bis sie zurückkehren.«

Daraufhin bleiben sie dort. Die beiden Gendarmen gingen hin und sorgten für sie. Während sie hinter dem Zelt Wache hielten, unterhielten sie sich miteinander. Drinnen hörte das die Frau. Die Gendarmen waren nun die Söhne dieser Frau.

»Du heißt ›Bärensohn‹, wie kommt denn das?« fragte der eine.

Dieser erzählte, was er erlebt hatte. Der andere hieß »Müllerssohn«.

»Als mich mein Vater über den Bach trug, entführte mich ein Bär, der mich aufzog und zu den Soldaten schickte. Ich mache jetzt hier den Militärdienst.«

»Ich brauche nicht weiter zu erzählen. Was du erlebt hast, habe ich auch erlebt.«

Während sie beide sich umarmten, trat aus dem Zelt ihre Mutter heraus:

»O meine Kinder! Hat Gott euch mit mir zusammengeführt.«

Sie führte beide in das Zelt. Während sie dort miteinander plauderten, kamen die Leute der Karawane. Ohne in das Zelt hineinzusehen, kehrten sie zum Mufti zurück und sagten:

»Deine ehrlichen Gendarmen sind in das Zelt der Frau eingedrungen und unterhielten sich mit ihr. Mache mit ihnen, was du willst.«

Da schickte er sofort zwei andere Gendarmen dorthin, die sie fesselten und zum Mufti brachten.

Der Mufti fragte sie, warum sie in das Zelt hineingegangen wären.

»Herr, wir möchten noch etwas sagen. Höre uns an! Die Frau im Zelt ist unsere Mutter.«

»Junge, woher weißt du, daß sie eure Mutter ist?«

»Das wollen wir dir erzählen. Als unser Vater uns über den Bach brachte, entführte ein Bär einen von uns. Den anderen trieb der Bach fort und ein Müller fand ihn und zog ihn auf. Unsere Mutter haben die Leute der Karawane entführt. Während wir uns unterhielten, hat unsere Mutter im Zelt uns belauscht und uns ins Zelt hineingeführt mit den Worten: ›Kinder, ihr seid meine Söhne!‹ Die Frau im Zelt ist unsere Mutter.«

Da war der Mufti erstaunt, schickte sofort jemand zum Zelt und ließ die Frau holen. Die Karawanenleute kamen mit. Der Mufti fragte auch die Frau aus. Sie erzählte alle Erlebnisse, die sie gehabt hatte.

Da rief der Mufti: »O Gott, o großer Gott, meine Söhne! Gott hat uns zusammengeführt. Sind wir jetzt alle wieder beisammen?«

Er ließ die Leute der Karawane sofort köpfen.

NACHWORT

Die türkischen Märchen waren bis zum Ende des 19. Jahrhunderts in Europa und in der wissenschaftlichen Welt fast gänzlich unbekannt. Sogar ein so berühmter Forscher wie H. Vambéry mußte gestehen, nichts über die türkische Volksliteratur zu wissen, ja nicht einmal sagen zu können, ob eine solche überhaupt existiere. Daraufhin hat der Ungar I. Kúnos als erster die volkstümlichen Schätze aus dem Munde des türkischen Volkes gesammelt und in Textausgaben veröffentlicht[1]. Über seine Arbeiten und Bemühungen auf diesem Gebiet hat er in seinem türkisch geschriebenen Buch *Türk Halk Edebiyatı* (»Türkische Volksliteratur«), Istanbul 1925, zusammenfassend berichtet. Nachdem durch die Texte die Grundlage zur wissenschaftlichen Bearbeitung gelegt war, haben sich G. Jacob, Th. Menzel und andere Gelehrte dem wissenschaftlichen Studium des türkischen Märchens gewidmet und eine Menge von Arbeiten darüber veröffentlicht[2].

Die intellektuellen osmanischen Kreise jener Zeit aber verachteten alles, was mit der primitiven Literatur des un-

[1] Oszmán-török népköltési gyüjtemény, 2 Bde., Budapest 1887 bis 1889; Mundarten der Osmanen, in: W. Radloffs Proben der Volksliteratur der türkischen Stämme, Bd. VIII, Petersburg 1899; Ada-Kalei török népdalok, Budapest 1906. Aus diesen Sammlungen liegen einige Übersetzungen vor; I. Kúnos selbst veröffentlichte *Türkische Volksmärchen aus Stambul,* Leiden 1905, sowie *Türkische Volksmärchen aus Adakale,* 2 Bde., Leipzig 1907; ferner R. N. Bain, *Turkish Fairy Tales,* London 1896, London 1901; L. Garnett, *Ottoman Wonder Tales,* London 1928.

[2] Ein Literaturverzeichnis der bis 1929 erschienenen Arbeiten findet sich bei Bolte-Polivka V, 188, und bei O. Spies, *Türkische Volksliteratur,* in Handbuch der Orientalistik, hrsg. von B. Spuler, 1. Abteilg. Bd. 5, S. 400–405. Den ganzen türkischen Raum hat P. N. Boratav in dem ausgezeichneten Abschnitt »Die Volksliteratur« (Philologiae Turcicae Fundamenta, Wiesbaden 1964) Bd. 2 berücksichtigt.

gebildeten, einfachen Volkes zusammenhing[3]; denn sie sahen ihr Ideal in der klassischen Kunstliteratur nach persischem Vorbild. Ihnen war noch kein Herder erstanden, der ihnen die Schätze und Werte der Volksdichtung aufgezeigt hätte.

Unter dem Volk war zwar früher schon eine Märchensammlung *Billur Köşk* (»Der Kristallpalast«) mit 14 Märchen beliebt, die oft in arabischen Buchstaben lithographiert und gedruckt worden war. Und nach der jungtürkischen Revolution, die in der Literatur die Devise *halka doğru*, »zum Volk hin«, vertrat und den *Türk Yurdu* (»Türkische Heimat«) veröffentlichte, erschien im Jahre 1911 in Istanbul ein Band *Türk Masalları* (»Türkische Märchen«), der aber charakteristischerweise noch anonym von K. D. herausgegeben wurde und stark literarisch aufgeputzt war.

Doch erst mit der Erneuerung der Türkei durch Atatürk erwachte auch bei den Türken eine romantisch-politische Neigung zum Volk. Im Zuge dieser Bestrebungen haben türkische Gelehrte die volkskundlichen Erzeugnisse aufgenommen, gesammelt und veröffentlicht. Überdies wurden folkloristische Vereinigungen gegründet, in deren Auftrag Zeitschriften und Serien herausgegeben wurden, wie *Halk Bilgisi Haberleri* (»Nachrichten für Volkskunde«), die später unter dem Titel *Türk Folklor Araştırmaları* (»Türkische Folkloristische Untersuchungen«) fortgesetzt wurden. Auch von den »Volkshäusern« wurde durch die von ihnen herausgegebenen Veröffentlichungen wertvolle Arbeit geleistet, z. B. in Ankara, Balıkesir, Manissa, Sivas, Zonguldak usw.

Inzwischen hatte das Fach der Volksliteratur an der Universität Ankara einen Vertreter in Prof. P. N. Boratav gefunden, der sich mit Interesse und Geschick der Erforschung des türkischen Märchenschatzes widmete und durch seine türkischen Studenten in allen Teilen Anatoliens ein überaus reiches Märchenmaterial[4] sammeln und verarbeiten ließ. Aus diesem türkischen Märchenarchiv haben Wolfram Eberhard

[3] Vgl. F. A. Tansel, *Tanzimat devri edebiyatında halk şairlerinin tahkiri meselesi* in: Festschrift für F. Köprülü, Ankara 1950, S. 115 bis 126.

[4] Aus diesen Sammlungen hat P. N. Boratav 22 Stücke in Contes Turcs, Paris 1955 (Edition Erasme), ins Französische übersetzt.

und Pertev Naili Boratav das grundlegende Werk *Typen türkischer Volksmärchen*, Wiesbaden 1953, veröffentlicht, indem sie den ganzen Stoff nach Erzählungstypen, Inhalt, Motiven, Varianten behandelten. Durch diese[5] und viele weitere Veröffentlichungen[6] ist uns der türkische Märchenschatz heute bekannt geworden und wir können uns ein genaues Bild über Umfang, Charakter und Bedeutung der türkischen Märchenwelt machen.

Die *Stoffe* der türkischen Märchen verdienen eine besondere Beachtung: sie bilden nämlich eine Brücke zwischen Ost und West.

Die Türken haben aus ihrer asiatischen Heimat und auf den Wanderwegen durch Persien nach Vorderasien sowohl Erzählstoffe und Märchen mitgebracht, wie auch solche aus den durchwanderten oder von ihnen zum Wohnsitz genommenen Gebieten übernommen. Der türkische Märchenschatz weist manche Entlehnungen oder wenigstens stoffliche Verwandtschaft mit der turkestanischen und kaukasischen Volksüberlieferung auf. Einen gewissen Einfluß aus diesen Gebieten mögen auch die tscherkessischen Odalisken im osmanischen Reich ausgeübt haben, wenn sie später in türkische Familien gekommen und dort heimisch geworden sind. Auch zur persischen Märchenliteratur bestehen enge Beziehungen. Wie eng diese Verbindungen sind, zeigt die Analyse des Bandes »Märchen aus Iran« von A. Christensen. Unter den dreiunddreißig Märchen (zwei sind Kunsterzählungen und neun sind Schwänke) bleiben also noch neunzehn wirkliche Märchen, die völlige Entsprechungen oder nahe Parallelen zu den türki-

[5] Die türkischen Arbeiten sind fast vollständig bei P. N. Boratav in den einzelnen Abteilungen seiner Littérature orale (Philologiae Turcicae Fundamenta Bd. II, Wiesbaden 1964), aufgeführt, so daß darauf verzichtet werden kann. Einen ausgezeichneten Überblick gibt Ulla Johansen in ihrem Aufsatz »Zur volkskundlichen Forschung in der Türkei« in der Zeitschrift »Der Islam«, Bd. 43 (1967), S. 75–89.

[6] Unter den nicht-türkischen, aus philologischen Gründen von europäischen Gelehrten aufgezeichneten Sammlungen seien z. B. genannt: M. Räsänen, Türkische Sprachproben aus Mittelanatolien, I–III, Helsingfors 1933–1936. Diese drei Bände enthalten viele türkische, meist auch anderweitig überlieferte Märchen und Erzählungen.

schen Märchen haben. Für Einzelheiten sei auf Eberhard-Boratav, S. 25, verwiesen. Jedenfalls stehen diese persischen Märchen den türkischen ganz nahe.

Handelte es sich hier um mündliche Überlieferung, so kommt noch ein weiteres Moment, die literarische Beeinflussung, hinzu. Bekanntlich wurden viele arabische und persische Werke der Kunstliteratur ins Türkische übersetzt. Von besonderer Bedeutung sind die bekannten Bücher Tutiname, Humayunname, Die vierzig Wesire, für die arabische Literatur Tausendundeine Nacht, Kalila und Dimna und Faraç bada şidda »Freude folgt auf Leid«. Wenn auch diese Werke der Kunstliteratur angehören, so ist doch viel aus der türkischen Kunstliteratur in die Volksliteratur abgesunken. Darauf wird noch bei den Tiergeschichten hingewiesen. Manche türkischen Märchen und Erzählungen gehen direkt auf Tausendundeine Nacht und andere Werke (vgl. V. Chauvin) zurück.

So waren die Märchen in der Türkei zu einer Station gelangt, von der aus sie dann ihren Weg zu den europäischen Völkern fortgesetzt haben. Denn einige Jahrhunderte haben die Osmanen auf dem Balkan geherrscht. Gerade auf dem Balkan hat es einen regen Kulturaustausch gegeben. Märchenwanderungen von einem Volk zum anderen mußten hier, wie Leskien sagt, notwendigerweise stattfinden. Durch Vermittlung der Türken sind orientalische Erzählungen und Märchen in die östlichen und südöstlichen Länder Europas eingedrungen, wie Arbeiten über die Verwandtschaft der ungarischen, serbischen, bulgarischen, griechischen Märchen mit den orientalischen zeigen. So enthalten die türkischen Märchen viele Stoffe und Motive, die als Bindeglieder zwischen den europäischen und orientalischen Fassungen für die vergleichende Märchenforschung besonders wichtig sind. Die Parallelen mit dem griechischen und Balkanmärchen sowie mit den Märchen aus Turkestan und dem Kaukasus sind oft erstaunlich, worauf in den Anmerkungen hingewiesen ist.

Abschließend muß man feststellen: Die geographische Schlüsselstellung machte die Türken zu Vermittlern, sowohl als Nehmende aus Asien, wie auch als Gebende an Europa.

Die *Welt* des türkischen Märchens ist bunt und reich. In ihr treten sowohl die Idealgestalten, wie sie das Volk sieht, als auch die Vertreter der unteren Schichten entgegen. Diese Gestalten sind typisch: Der Padischah regiert mit seinen Ministern gerecht oder ungerecht, ist glücklich oder unglücklich, sehnt sich nach einem Kind oder hat Kinder, die Aufgaben zu erfüllen haben, wobei stets der dritte, der Jüngste oder Dümmste, die Aufgabe löst. Der Königssohn ist meist der Hauptheld des Märchens[7], seine Erziehung ist dem Fürstenerzieher (*lala*) anvertraut. Der Prinz zieht aus und erlangt nach vielen Abenteuern seine Liebste. Aber manche Hindernisse stellen sich ihm entgegen: die Hexe (*cadı*), die im Dienst der Devs steht, verbreitet meist Unheil und besitzt Zauberkräfte; sie weiß auch, wie man zum Talisman gelangt. Wie im Arabischen spielt die alte Frau (*koca karı*) als Zwischenträgerin und Kupplerin zur Geliebten eine große Rolle, aber schließlich gelangt der Held doch zu seinem Ziel, wenn auch der königliche Schwiegervater sein Wort nicht hält und dem Helden immer wieder neue Aufgaben aufgibt oder die falschen und hinterlistigen Wesire den König schlecht beraten.

Neben Padischah, Königssohn und Prinzessin ist auch die untere Volksschicht vertreten. Aus diesen Kreisen stammen der Kaufmann, Schneider, Kaffeewirt und Badewärter, ferner der Tagelöhner und Holzfäller, während der Bauer eigentlich nur in den in Anatolien erzählten Märchen vorkommt. Die Sympathie des Volkes gilt diesen Gestalten, die entweder selbst ihr Glück machen, oder deren Töchter Prinzessinnen werden und deren Söhne die Prinzessinnen gewinnen und selbst auf den Thron steigen.

Es gibt gute und böse Geister. Die bösen sind die Devs, die in verfallenen Brunnen, in Höhlen und unterirdischen Schlössern leben. Ihrer Gestalt nach sind sie ein Gemisch von Teufel und Riese. Sie suchen den Menschen zu fangen und leben von Menschenfleisch. Dabei bedienen sie sich zuweilen ihrer aus dem Menschenreich stammenden Frau, der Hexe oder eines Mädchens in ihrer Gewalt. Meist rauben sie schöne Sultanstöchter und suchen den Königssohn, der diese befreien will, zu vernichten.

[7] Im allgemeinen gilt auch hier das, was Löwis of Menar, *Der Held im deutschen und russischen Märchen,* Jena 1921, ausgeführt hat.

Der Neger (*arab*) ist gewaltsam und bösartig; er hat zwei so große Lippen, daß die eine den Himmel berührt, die andere die Erde kehrt.

Zu den guten Geistern gehören die Feen (*peri*) und die Drei, Sieben, und Vierzig (*üçler, yediler, kırklar*), jene Geister, die in Gruppen erscheinen, dem Menschen helfen und ihm wohlgesinnt sind. Sie können auch als Tiere und Vögel auftreten und verwandeln sich zu feenhaften Mädchen.

Tiere erweisen sich als hilfreich und dankbar. Unter ihnen nimmt das Zauberroß (*kır at*) und das Mondpferd (*kamertay*) eine besondere Stelle ein. Dieses Pferd erscheint dem Helden in der Not und bringt ihn, nachdem es die Worte »Schließ die Augen, öffne die Augen!« gesprochen hat, im Nu zu dem gewünschten Ort. Da ist auch das Wasserpferd (*aygır*), das dem Meer entsteigt und dorthin zurückkehrt. Wenn es ans Land kommt, um frisches Wasser zu trinken, und der Held es gürtet und beschlägt, bevor es das Trinken beendet hat, fragt es: »Wohin befiehlst du, mein Gebieter?« und bringt den Helden aus der siebten Erdschicht wieder auf die Welt und zu dem gewünschten Ort.

Der Islam hat im Märchen nur wenig Spuren hinterlassen. Oft tritt der ehrwürdige Derwisch auf, der um des Menschen Kummer weiß. In die äußere Umwelt weisen Moscheen und Minaretts, Hodscha und Imam, Heirat und Gebet. Mit dem islamischen Gruß und einigen religiösen Ausdrücken ist das religiöse Gebiet auch schon erschöpft.

Durch alle Märchen zieht sich die Sehnsucht nach irdischem Glück, nach Liebe und Reichtum. Es ist der Kampf zwischen Gut und Böse, zwischen Arm und Reich. Das Gute siegt und wird belohnt, das Böse und Schlechte aber findet seine gerechte Bestrafung. Daher ist auch der Ausgang fast aller Märchen glücklich.

Diese Stoffe und Motivreihen sind meist nicht spezifisch türkisch, sie finden sich auch bei den Märchen anderer Völker. Das typisch Türkische ist vielmehr die Verbindung der Stoffe und die Variation der Motive zu Motivreihen, womit immer wieder neue Erzählungen gebildet werden. Diese Erzählungen werden mit Lebendigkeit und Anschaulichkeit in dem einfachen und ungekünstelten volkstümlich-türkischen Erzählstil vorgetragen. Diese Erzählkunst, die oft auch an den berufsmäßigen Erzähler, den Meddah, erinnert, tritt besonders deutlich bei unseren aus Eflâtun Cem Güney entnommenen Märchen Nr. 33 und 34 hervor.

In den türkischen Volksmärchen sind gewisse Eigentümlichkeiten der Struktur mit der Erzähltechnik des Märchenerzählers verbunden.

Unter den formelhaften Wendungen des türkischen Märchens nennen wir zunächst die Einleitungs- und Abschlußformeln [8]. Neben den ganz einfachen Eingängen, wie »Es war einmal« oder »In früher Zeit«, gibt es solche, die in die Welt des Unwirklichen, Scherzhaften und Unvernünftigen einführen. Solche *tekerleme* genannten Formeln bestehen aus einem sinnlosen oder widerspruchsvollen Wortgewirr, z. B. »Es war einmal in alter Zeit, als man das Stroh noch siebte, als das Kamel noch Pferdehändler, die Maus Rasierer, der Kuckuck Schneider, der Esel noch Bedienter und die Schildkröte noch Bäcker war ...«. Weitere Beispiele [9] enthalten unsere Märchen Nr. 28, 30 und 34.

Die Schlußformeln [10] sind ganz kurz. Die Liebesmärchen enden meist mit »So haben sie das Ziel ihrer Wünsche erreicht« oder ähnlich. Zuweilen finden sich Anreden an die Zuhörer, wie »Für sie (die Helden) das Märchen, für uns Gesundheit« (Nr. 11) oder »Ich komme von ihnen und überbringe ihre Grüße« (Nr. 48, 49, 50, 51).

Eine besondere, bei Tezel beliebte Form ist: »Sie haben ihr Ziel erreicht, wir steigen auf die Matratze« (*kerevet*). Neben *kerevet* kommen noch vor:

taht erhöhtes Holzgestell, auf dem der Derwisch-Scheich sitzt;

tahta-poş Dach auf dem Haus, wo man sich aufhält, um frische Luft zu schöpfen oder des Nachts in der heißen Zeit zu schlafen;

tavan arası Speicher.

Das sind alles Orte, wo sich das Volk, je nach der sozialen

[8] Vgl. Bolte-Polivka IV, 15–20, und Bolte, Name und Merkmale des Märchens (FFC Nr. 36), bes. S. 21.

[9] Zum ganzen vgl. das schöne Buch von P. N. Boratav, Zaman Zaman İçinde, Istanbul 1958.

[10] Vgl. dazu R. Pertsch, Formelhafte Schlüsse im Volksmärchen, Berlin 1900 und BP IV, 24–36.

Stellung, ausruht und vergnügt und *keyf* macht. Ganz frei müßte man übersetzen: »Sie haben ihren Wunsch erreicht, wir wollen es uns gemütlich machen.«

Charakteristisch sind auch die Übergangsformeln, die die Erzähler anwenden, um zur anderen Partei zu kommen: »Diese sollen nun das und das machen, wir kommen jetzt zu ...« oder »zur anderen Seite« sowie »Lassen wir diese, wir wollen uns zur anderen Seite wenden«. Oft werden die Zuhörer, um sie auf den Weitergang gespannt zu machen, auch angeredet, z. B. »Was siehst du?« oder »Was sollte sie machen?« [11]

Abschließend möchte ich bemerken, daß ich mich bei der Auswahl der Märchen bemüht habe, neue und bisher nicht übersetzte Proben aus der türkischen Märchenliteratur zu bieten. Allerdings habe ich bei der altbekannten Märchensammlung *Billur Köşk* eine Ausnahme gemacht; einige Märchen (Nr. 1–4) daraus sollten vertreten sein, da gerade diese Märchensammlung solche Märchen enthält, die zu den am meisten verbreiteten des türkischen Sprachgebietes gehören [12].

Meine Übersetzungen sind wörtlich und geben den türkischen Stil genau wieder; daher muß man den mitunter etwas unbeholfenen und holprigen Stil in Kauf nehmen. Nur zuweilen mußte ich wegen eines lesbaren deutschen Ausdrucks etwas freier, doch durchaus sinngemäß übersetzen. Eine wahre Fundgrube für volkstümliche und idiomatische Redensarten ist Eflâtun, *Evvel Zaman İçinde*.

[11] In ganz ähnlicher Weise finden sich diese Übergänge im griechischen Märchen, vgl. Garnett, Greek Folk Poesy I, 38, 73, 212, 322, 349, oder die Ausrufe für den Fortgang des Erzählten I, 258, 292, 310, 326, 351, 358.

[12] So sind unter den 25 von I. Kúnos bei W. Radloff, Proben der Volksliteratur der türkischen Stämme, Bd. VIII, veröffentlichten Märchen 10 aus Billur Köşk entlehnt.

ANHANG

Quellennachweis

Unter »türkischen« Märchen werden hier geographisch die Märchen innerhalb der heutigen Türkei, vornehmlich des anatolischen Raumes, verstanden. Dabei sind die Märchen der nicht-türkischen ethnischen Volksteile ausgeschlossen. Also werden nur solche Märchen geboten, die in den letzten Jahrzehnten in der Türkei aufgenommen worden sind. Vom Standpunkt des Märchens aus »bildet zumindest Anatolien eine Einheit«[1]. Folgende Sammlungen wurden herangezogen und benutzt:

1. *Billur Köşk* »Der Kristallpalast«, so genannt nach dem ersten Märchen, ist eine Sammlung von 14 Märchen, die sich im ganzen türkischen Sprachgebiet überall und immer wieder finden. Zuerst berichtete G. Jacob in seinem Buch »Die türkische Volksliteratur«, Berlin 1901, S. 5–7 darüber[2]. Die Sammlung ist vollständig übersetzt von Th. Menzel, *Der Kristall-Kiosk,* Hannover 1924; Fr. Giese, *Türkische Märchen,* Jena 1925, und Izora Chandler and Mary Montgomery, *Told in the Gardens of Araby,* New York 1905. Unsere Märchen 1–4 entstammen dieser Sammlung. Zugrunde gelegt ist die Ausgabe Istanbul 1341.

2. *Türk Masalları* »Türkische Märchen« von K. D. (anonym), Istanbul 1329/1911 (Druckerei Mahmud Bey). Diese von einem Türken herausgegebene Sammlung enthält bekannte und unbekannte Märchen, die zwar volkstümlich, aber sprachlich stark retuschiert sind, um sie in flüssigerem, modernerem Stil auch den »Gebildeten« schmackhaft zu machen, die bekanntlich früher diesen Volkserzeugnissen überhaupt keine Beachtung schenkten. Dieser Sammlung entstammen unsere Märchen Nr. 5 und 6. Einige Märchen sind im türkischen Text von Sebastian Beck in der Sammlung »Der islamische Orient«, Heidelberg 1917–1918, in deutscher Übersetzung in der Zeitschrift »Der neue Orient« Bd. 2, 3 und 5 veröffentlicht worden. Drei weitere Märchen hat Fr. Giese, MdW Nr. 19–21, übersetzt.

[1] Vgl. Eberhard-Boratav, Typen türkischer Märchen, S. 7 und die Tabelle S. 9

[2] Kurze stoffgeschichtliche Bemerkungen dazu machte Fr. von der Leyen, Die Welt der Märchen, Düsseldorf 1954, Bd. II, S. 72–75

3. Aus *Bahtaver Hanım, Türk Masalları,* İstanbul 1931 (Kanaat Kütübhanesi), sind Nr. 7–10 übersetzt. Die Sammlung enthält 9 Märchen. Der Stil ist durchaus volkstümlich; sprachlich herrscht hier die Erzählung im Präsens vor. Inhaltlich handelt es sich um landläufige Märchen, stoffgeschichtlich sind sie bei EB 202, 213, 83, 213, 84, 83, 239, 211, 245 behandelt.

4. *İstanbul Masalları* »Istanbuler Märchen« von *Naki Tezel* (Istanbul 1938) enthalten 70 Märchen, die in ganz einfachem Türkisch und anspruchslosem Stil abgefaßt sind. Man merkt, daß diese Märchen nach den Erzählungen von einfachen Leuten aufgezeichnet sind. Stoffgeschichtlich finden sich viele Parallelen zur *Billur Köşk.* Davon liegt eine Übersetzung in Auswahl von Margery Kent, Fairy Tales from Turkey, London 1946 vor. Im Urtext sind 5 Märchen von O. *Spies, Türkische Chrestomathie,* Wiesbaden 1957, S. 4–14, veröffentlicht. Unsere Märchen Nr. 11–28 sind dieser Sammlung entnommen.

5. *Talih Kuşu* »Der Glücksvogel« ist eine weitere Sammlung von *Tezel Amca,* der sich hier »Onkel« nennt (Ankara 1962: Dost Yayınları Nr. 3). In einfachem Stil sind in diesem Band 8 Märchen wiedergegeben, aus denen die Nr. 29–32 übersetzt sind.

6. *Evvel Zaman İçinde* »In früherer Zeit« von *Eflâtun Cem Güney* (Istanbul 1962) enthält 10 Märchen, die sehr lebhaft erzählt sind. Man hat den Eindruck, daß sie so wiedergegeben sind, wie sie der Erzähler vorgetragen hat. Die Sprache ist im wahrsten Sinn volkstümlich, es wimmelt von idiomatischen Ausdrücken, für die unsere Wörterbücher oft versagen. Vieles erinnert an den Vortrag eines Meddah, des »Geschichtenerzählers«. Dieser Märchenerzähler schmückt den Vorgang aus, er geht im Erzählen auf, bringt neue Wendungen und idiomatische Ausdrücke und belebt den Vortrag durch Ausrufe und Fragen. Daraus sind die Nr. 33 und 34 hier übersetzt.

7. *Yürükler ve Köylülerde hikâyeler, masallar* »Geschichten und Märchen bei Nomaden und Bauern« von Yusuf Ziya *Demircioğlu* (Istanbul 1934). Hier handelt es sich um echtes Volksgut. Die Märchen sind in der Form, wie sie die Bauern erzählten, vom Verfasser 1933 im südöstlichen Anatolien, hauptsächlich im Gebiet von Mugla, aufgenommen worden. Aus dieser Sammlung sind hier die Tiermärchen Nr. 35–47 übersetzt. Wie alles Volksgut sind sie stilistisch anspruchslos, künstlerisch naiv und unliterarisch. Und doch sind sie meist gesunkenes Literaturgut. Bekanntlich sind das *Tutināme* »Papageienbuch« (deutsch von G. Rosen 1858), *Kırk Vezir* »Die Vierzig Wesire« (Behrnauer 1852 und E. Wilson 1901) und schließlich auch das gekünstelte *Humayūnnāme* »Kaiser-Buch« (Soubhy Bey 1913) türkische Übersetzungen aus dem Persischen, die ihrerseits wieder

teilweise auf indische Vorbilder (Pancatantra) zurückgehen. Wenn man z. B. »Der Löwe und die Katze« in der Kunstform im Tutināme (Ausgabe von Georg Rosen, Leipzig 1858) mit unserer Geschichte Nr. 35 vergleicht, so erkennt man beim ersten Blick, wie das Volk den Stoff vereinfacht und schlicht dargestellt hat. Zu der aus Aesop bekannten Gans, die das goldene Ei legt, bietet unser Märchen »Ungesühnte Rache« (Nr. 44) eine Parallele in der Schlange. Während aber bei Aesop der goldgierige Bauer die Gans tötet, wird sie in der türkischen Parallele von dem Sohn des Bauern, der auf Pilgerfahrt gegangen ist, getötet. Weiteres ist in den Anmerkungen kurz gesagt. – Neben diesen Tiergeschichten enthält die Sammlung auch reine Märchen. Um einen Einblick in die unretuschierte Form und den lebendigen Stil dieser Märchen zu geben, werden Nr. 48–51 geboten.

8. Die in diesem Abschnitt dargebotenen Märchen (Nr. 52–60) hat A. Caferoğlu in seinen philologischen Dialektstudien »Anadolu ağızlarından toplamalar; Kastamonu, Çankırı, Çorum, Amasya ağızları, Istanbul 1943 und Doğu İllerimiz Ağızlarından Toplamaları, Kars, Erzerum usw., Istanbul 1942, veröffentlicht. Hier werden sie erstmalig übersetzt. Diese Märchen wurden aus dem Mund der einfachen Bauern aufgezeichnet, die keine Erzähler von Beruf sind, und liegen in wortwörtlichen Niederschriften vor. Natürlich sind sie stilistisch ganz ungekünstelt und wirken primitiv. In ihrer lebendigen Syntax, mit den Zwischenbemerkungen des Erzählers, geben sie aber ein unverfälschtes Bild, wie das einfache Volk erzählt und darstellt. Damit bekommen wir einen Einblick in die echt volkstümliche Erzählkunst des ungebildeten Anatoliers. Die Märchen enthalten wichtige Stoffe, die für die allgemeine vergleichende Erzählforschung von besonderem Interesse sind.

In den Anmerkungen gebe ich die Nachweise für die Fundstellen nach folgenden Abkürzungen:

Köşk	Billur Köşk
TM	Türk Masalları
Bahtaver	Bahtaver, Türk Masalları
Tezel	İstanbul Masalları
Talih	Talih Kuşu
Evvel	Evvel Zaman İçinde
Yürükler	Yürükler ve Köylülerde hikâyeler
Kastamonu	A. Caferoğlu, Anadolu Ağızlarından Toplamalar: Kastamonu, Çankırı, Çorum, Amasya, Niğde, İlbaylıkları Ağızları, İstanbul 1943 (= Türk Dil Kurumu, Nr. 10)
Caferoğlu, Kars	A. Caferoğlu, Doğu İllerimiz Ağızlarından Toplamaları, Kars, Erzerum etc. İstanbul 1942

Abkürzungen

ATh	A. Aarne und St. Thompson, The Types of the Folktale. 2nd revision. Helsinki 1961 (FFC 184).
BP	J. Bolte und G. Polívka, Anmerkungen zu den Kinder- und Hausmärchen der Brüder Grimm, 5 Bde., Berlin 1913–1932.
EB	W. Eberhard und P. N. Boratav, Typen türkischer Volksmärchen, Wiesbaden 1953.
FFC	Folklore Fellows Communications.
Chauv.	Victor Chauvin, Bibliographie des ouvrages arabes, 12 Bde., Liège 1892–1922.
DM	Erg. Fr. von der Leyen, Das deutsche Märchen und die Brüder Grimm, Ergänzungsband, Düsseldorf–Köln 1964.
KHM	Kinder- und Hausmärchen der Brüder Grimm.
WdM	Fr. von der Leyen, Die Welt der Märchen, Düsseldorf 1954, Bd. 2
MdW	Die Märchen der Weltliteratur, hrsg. von Fr. von der Leyen und Paul Zaunert.
WZKM	Wiener Zeitschrift für die Kunde des Morgenlandes.
ZDMG	Zeitschrift der Deutschen Morgenländischen Gesellschaft.
ZVVk	Zeitschrift des Vereins für Volkskunde.

Anmerkungen

1 »Der Kristallpalast« (Köşk 2–16). EB 187; ATh 891 A. Alle Fassungen (Kunos, Mundarten, Nr. 19; N. Tezel, Istanbul, S. 202–204) gehen auf unser Märchen zurück. Das Märchen enthält Anklänge an den Dornröschen- und Schneewittchenkreis. Die Prinzessin lebt in einem Kristallpalast, der ursprünglich wohl ein Eispalast ist, verliebt sich in einen Prinzen und zieht ihm nach, sie wird von einem Rosendorn gestochen, der dem Kamm des Schneewittchens entspricht; der Prinz legt sich in den Sarg. Zum Glassarg vgl. statt anderer Handbuch des deutschen Märchens, II, 630–632. Der Anfang, wo ein Kind in einem Raum unter der Erde oder in einem Turm erzogen wird, dann das Fenster einschlägt und die Welt erblickt, kommt auch sonst oft vor, z. B. v. Hahn, Griechische und albanische Märchen, Nr. 15, Gonzenbach, Sicilianische Märchen, Nr. 26, 27, 28.

2 »Der Geduldstein« (Köşk 66–71). EB 185; ATh 894. Andere Überlieferungen: Kunos, Gyüjtemény 43 und 59 (übersetzt Kunos, Stambul, S. 215–220); Kunos, Mundarten, S. 191–194; Jarring, Materials II, S. 30–38. Mädchen hält Wache an der Leiche des Prinzen, vgl.

Basile II, 8 u. V, 10; ferner BP I, 439 u. 461; ferner IV, 189; 259; zum Vorkommen auf dem Balkan vgl. A. Leskien, Balkanmärchen, Nr. 48, Hahn, Griech. Märchen, Nr. 12; Dozon, Contes albanais, Nr. 7; im Arabischen vgl. Jacoub Artin Pacha, Contes populaires, S. 69–75; Rivière, Contes pop. de la Kabylie, 1882, 204; auf romanischem Gebiet vgl. Gonzenbach, Nr. 11; Basile II, 8, Consiglieri-Pedroso, Portuguese Folk Tales (Folk-Lore Society), Nr. 15 und 29; Braga, Contostradicionaes do povo portuguez, 1883, Nr. 35.

3 »Sefa und Dschefa« (Köşk 143–153) ist das Märchen »Der treue Johannes« (KHM 6). EB 214; ATh 516; vgl. zu anderen Varianten auch ATh 930. – Über das Märchen hat E. Rösch eine Monographie »Der getreue Johannes« (FFC 77, 1928) veröffentlicht; allerdings ist der Orient bei der Stoffgeschichte zu wenig berücksichtigt. Nach den Untersuchungen von W. Ruben, 25 Erzählungen des Dämons, S. 234 und Andrzej Gawronski, Notes sur les sources de quelques drames indiens (Mémoires de la Commission Orientale de l'Académie Polonaise, Nr. 4), Krakowie 1921, S. 63 ff. »La fable dramatique du Mâtatimâdhava dans la littérature populaire turque« scheint die älteste Form des Märchens im Osten zu liegen und verschiedene Motive von ungleicher Herkunft sind vielleicht in Byzanz zusammengeflochten. »Das war«, wie Fr. von der Leyen, Ergbd. DM, S. 230 meint, »ein Umschlaghafen, in den die verschiedensten Geschichten strömten und von dem aus sie dann den Weg in das östliche und westliche Europa fanden.« Besonders in Italien (Basile IV, 9) und in Frankreich (im Stil der Feenmärchen, Vater Roquelaure, WDM II, 128) ist das Märchen weit verbreitet.
Auf türkischem Boden ist bei EB 214 ausführlich darüber gehandelt. Übersetzung auch bei Kunos, Stambul, S. 256–266. Für das arabische Sprachgebiet vgl. E. Littmann, Arabische Märchen, S. 159 bis 182, und Chauvin VII, 64, VIII, Nr. 235 »Amicus und Amelius«; für das moderne Indien vgl. Hertel, Der kluge Vezier, in Zeitschr. d. Ver. f. Volkskunde 18, 69 ff.; für Persien vgl. Rosen, Tuti-Name I, 42, II, 26; Orient und Occident III, 372 ff.; für die Balkanländer vgl. M. Lambertz, Die geflügelte Schwester, S. 24–29; R. M. Dawkins, Modern Greek Folktales, Nr. 37; im allgemeinen BP I, 54. Vgl. zum Typ ferner R. Köhler, Aufsätze, S. 24–35.

4 »Der Smaragd-Phönix« (Köşk 104–128), EB 72, ATh 301 A + vgl. ATh 314 V, VI, ist das Märchen von dem Jüngling, der drei Königstöchter aus unterirdischem Gewahrsam befreit, selbst aber von den beiden treulosen Brüdern unter der Erde gehalten wird, dort allerlei Abenteuer besteht und wieder zur Erde emporkommt, die Verräter bestraft und die Königstochter heiratet. Das Märchen gehört mit zu den häufigsten türkischen Märchen. Natürlich gibt es eine Reihe von

Varianten, von denen einige in Motivreihen bei Kunos, Stambul, Nr. 22, andere ebenda Nr. 13, wieder andere Nr. 16 auftreten. In Kleinasien ist das Märchen belegt bei Chalatianz, Märchen und Sagen, Nr. 3; Dawkins, Modern Greek in Asia Minor, 370–374 und 448–452, Nicolaïdes, Asie Mineure, S. 75; für den Kaukasus sei auf Dirr, Nr. 58, verwiesen. Beispiele für das arabische Sprachgebiet sind bei Littmann, Arab. Märchen, S. 136–159; Oestrup, Contes de Damas, Nr. 6; Stumme, Tunes. Märchen, S. 3–13, zu finden. Auch in den Balkanländern ist das Märchen verbreitet, z. B. Lambertz, Die geflügelte Schwester, S. 37–49; Leskien, Balkanmärchen, Nr. 18; Dawkins, Modern Greek Folktales, Nr. 26. In derselben Form mit kleinen Varianten findet sich das Märchen auf Sizilien, vgl. Gonzenbach, Sicilianische Märchen, Nr. 58, 62, 64, und besonders die Anmerkungen dazu von R. Köhler ebendort in Bd. II, 241–242. Für den Stoff wäre hier von Hahn, Griechische Märchen, Nr. 70, »Der Goldäpfelbaum und die Höllenfahrt« mit den Varianten und Anmerkungen Bd. II, 249–298, und besonders BP II, 313, zu Grimm Nr. 91 einzusehen.

5 »Die goldhaarigen Zwillingskinder«. EB 239; ATh 707; KHM 96. – Der türkische Titel ist Çengi Dilaver. Çengi bedeutet »Tänzerin«, dilaver »mutig«. Hier handelt es sich nicht um eine Tänzerin und daher ist der Titel als Eigenname und Frauenname gebraucht; vielmehr tritt diese Frau handelnd in den Mittelpunkt des Geschehens und spielt die Rolle der »Feenmaid«. Daher habe ich stets so übersetzt. Auch den Titel des Märchens habe ich nach den anderen Belegen »Die goldhaarigen Zwillingskinder« genannt.

Dieses Märchen gehört nicht nur zu den beliebtesten und weitverbreitetsten Märchen in der Türkei, sondern in der orientalischen und europäischen Märchenliteratur (vgl. Chauv. VII, 95, und ZVVk VI, 60–61) überhaupt. Von der hier übersetzten Fassung weichen die anderen türkischen Varianten mehr oder minder im Erzählerton und Stil ab, z.B. in Übersetzung bei Kunos, Stambul, S. 63–75; Bain, Turkish Tales, S. 53–73; Menzel, Zauberspiegel, S. 129–158; Menzel, Mehmed Tevfiq, Ein Jahr in Konstantinopel, 1. Monat, Der Wärmekasten, S. 22 ff. (= Türk. Bibl. Bd. II); Kent, Fairy Tales, S. 69–73; im türkischen Text bei Tezel, İstanbul Masalları, S. 136-139 (in einfacher Form); Bahtaver, Türk Masalları, S. 51–66; Kunos, Mundarten, S. 198–203; Kunos, Osman török népköltesi gyüjtemeny 29, 40, 75. In Anatolien auch bei den Griechen bekannt, vgl. Dawkins, Modern Greek in Asia Minor, S. 316–326, bei den Armeniern, Macler, Contes arméniens, S. 71. Im arabischen Sprachgebiet literarisch schon in 1001 Nacht belegt (Littmann V, 159–228; Chauv. VII, 95, Nr. 375), aus dem Volksmund bei Schmidt-Kahle, Volkserzählungen I, S. 169–179; Prym-Socin, Dialekt des Tûr Abdîn, Nr. 35; in

Ägypten bei Spitta, Contes arabes modernes, Nr. 11; Yacoub Artin Pasha, Contes populaires de la valée du Nil, S. 265 ff.; Littmann, Arabische Märchen, S. 320–331; Littmann, Modern Arabic Tales, Nr. 19; E. A. W. Budge, Egyptian Tales and Romances, S. 394–403; Laoust, Contes berbères, Nr. 106; Destaing, Le fils et la fille du roi (Recueil de mémoires publ. en l'honneur du congrè des orientalistes à Alger, S. 179; Meinhof, Afrikan. Märchen, Nr. 80; L. Frobenius, Atlantis III, Nr. 39, 40. Im Kaukasus bei Dirr, S. 42–45; bei den Krimtataren Radloff VII, 95 ff.; verbreitet auch in den Balkanländern, vgl. Leskien, Balkanmärchen, Nr. 57; v. Hahn, Griechische und albanische Märchen, Nr. 69; M. Lambertz, Die geflügelte Schwester, S. 156–159; C. M. Crews, Recherches sur le judéo-espagnol dans les pays balkaniques, S. 63–65; zigeunerisch im Journal of the Gypsy Lore Society, 3. Ser., Vol. X, S. 156 ff. Für Italien sei nur verwiesen auf Gonzenbach, Sicilianische Märchen, Nr. 5 (dazu II, 206, die vergleichenden Anmerkungen von R. Köhler); Imbriani, Nov. fiorentina, S. 81, 104, 114 und 124. Weitere Belege BP II, 392, und ZVVk VI, 60–61.

6 »Ahmeds Glück«. EB 143. Wenn der anonyme Verfasser der Märchensammlung in der Einleitung nicht ausdrücklich gesagt hätte, daß es sich in dieser Sammlung um bekannte und im Land verbreitete Märchen handelt, könnte man glauben, ein Kunstmärchen vor sich zu haben. In reicherem Maße als gewöhnlich werden allgemeine Gedanken und Belehrungen eingeflochten. Auch Sprache und Stil des Märchens sind gehoben und an die Literatursprache angepaßt. Die Geschichte selbst ist in die Form eines Traumes sehr geschickt eingekleidet. Ihr Stoff ist jedoch aus bekannten Märchenmotiven zusammengesetzt: der hilfreiche Derwisch, Palast mit 40 Sälen und 40 Türen, bewacht durch Löwen, im 41. Saal sitzt das schöne Mädchen, zauberkräftiger Ring, Erlangung von Reichtümern, Fahrt nach Jemen und Heirat mit der Königstochter.

7 »Der Wind-Dev« (Bahtaver 14–26) ist bei EB 213, III, unter dem Titel »Das Amulett des Geistes« behandelt. Einer anderen Version folgen die Übersetzungen von Bain, Turkish Tales, S. 112 ff., und Kunos, Stambul, S. 125–139. Das Märchen ist aus verschiedenen Motivreihen zusammengesetzt: Wache am Grab, Tötung der 40 Räuber der Reihe nach, Tierschwager-Märchen, Überlistung des Devs und Erlangung seines Amuletts (ATh 530 I + EB 213 III 2 + vgl. ATh 956 + vgl. ATh 550 II + ATh 552 + ATh 302). Einige Züge erinnern an 1001 Nacht, Nr. 134 und 329.

8 »Die Taubenjungfrau« (Bahtaver 41–44) liegt in verschiedenen Fassungen vor, die von EB 83 und 84 behandelt sind; unsere Fassung entspricht EB 84, erweitert durch die magische Flucht, die für EB 98

(vgl. Nr. 18) typisch ist. ATh 313 A. – Das Märchen ist als »Der Zauber-Derwisch« von Kunos, Stambul, S. 76–81, veröffentlicht. Manche Züge erinnern an 1001 Nacht. Die zauberhaften Hindernisse und Verwandlungen auf der Flucht kehren immer wieder: Garten und Gärtner, Kirche und Sakristan, Teich und Aal (Gonzenbach, Nr. 14, 15, 54, 55). Weitere Parallelen von Köhler bei Gonzenbach II, 213–214; ferner Revue des Traditions pop. XVI, 537 ff.

9 »Liebe« (Bahtaver 67–70), EB 211, ist nicht vollständig, vgl. EB 211 »Liebe«. Die ersten Motive: Verfolgtes Wild; Mädchen, gehütet im Garten; Liebe auf den ersten Blick usw., begegnen im orientalischen Märchen immer wieder. Eine vollständige Fassung bei Jungbauer, Märchen aus Turkestan und Tibet, Nr. 10.

10 »Der verliebte Prinz« (Bahtaver 5–13) ist mehr novellenartig und weist all die Motive auf, wie sie in der arabischen Erzählungsliteratur, besonders auch in 1001 Nacht, weitverbreitet sind. Man muß es dem Typ EB 202 zuordnen. In etwas anderer Fassung wird es auch in Turkestan erzählt, vgl. G. Jungbauer, Märchen aus Turkestan und Tibet, Nr. 14, S. 177–180. Das literarische Vorbild ist das Tuti-Name, vgl. die Übersetzung von G. Rosen, S. 320–328. Zu den einzelnen Motiven: Liebe durch Beschreibung = Chauv. V, 132; alte Frau als Kupplerin = Chauv. VI, 17; Verkleidung des Mannes als Frau = Chauv. VIII, 71; EB 202, 206 III, 214; ZVVk XVI, S. 456, und Oertel, Indra in the Guise of a Woman, in: JAOS XXVI (1905), S. 176–188; Held klettert mit Seil in den Palast = EB 200.

11 »Der Hirsch« (Tezel 148–151). Der Stoff entspricht dem deutschen Märchen »Brüderchen und Schwesterchen« (KHM 11). – EB 168; ATh 450. – Parallelen: Kunos, Stambul, Nr. 2, S. 3–10; Jungbauer, Turkestan Nr. 13; A. Jahn, Die Mehri-Sprache, Nr. 28; R. Frobenius, Atlantis III, 36; Gonzenbach, Sicilianische Märchen, Nr. 48, 49; v. Hahn, Griech. und alban. Märchen, Nr. 1; Basile V, 8; Dawkins, Modern Greek Folktales, Nr. 2. Interessant ist, daß in allen Fassungen die Unterhaltung zwischen Hirsch und Schwesterlein in Reimform erfolgt, vgl. O. Spies, Oriental. Stoffe in den Kinder- und Hausmärchen der Brüder Grimm, Bonn 1952, S. 24–26.

12 »Die Niere« (Tezel 154–157). – EB 174; ATh 567. – Statt der Niere kommt in anderen türkischen Fassungen das Herz oder die Leber vor, vgl. Boratav, Contes Turcs, S. 87–96; Jacob, Xoros Kardasch (= Türk. Bibl., Bd. V), S. 102–113. Über dieses Märchen hat K. Ranke, Die zwei Brüder (FFC 114) eine ausführliche Studie veröffentlicht. Aus arabischem Gebiet vgl. die Fassung bei E. Littmann, Arabische Märchen und Schwänke aus Ägypten, Mainz 1955, S. 49 bis 53; E. A. W. Budge, Egyptian Tales and Romances, S. 376–383;

Frobenius, Atlantis III, Nr. 54; auch in Persien und Zentralasien bekannt, vgl. A. Christensen, Märchen aus Iran, Nr. 13; Radloff, Proben IV, 477 ff. Nach K. Krohn, Übersicht über einige Resultate der Märchenforschung (FFC 96), S. 43–48, stammt das Märchen aus dem Orient.

13 »Die drei Zitronenmädchen« (Tezel 32–37). – EB 89; ATh 408. – Dieses an Motiven reiche Märchen ist in der Türkei weit verbreitet, z. B. Kunos, Stambul, Nr. 4, S. 17–28; Menzel, Der Zauberspiegel, S. 63–68; Bain, Turkish Tales, S. 12. Aus der Menge der nichttürkischen Parallelen seien Gonzenbach, Nr. 13 (II, 211 Parallelen); Basile, Pentamerone V, 9; Stumme, Maltes. Märchen, Nr. 26; Hahn, Griech. und alban. Märchen, Nr. 11, genannt. Zur Stoffgeschichte BP II, 125; IV, 257. Vgl. auch W. Eberhard, The Girl that became a Bird, in: Semitic and Oriental Studies, Vol. 11, 1951, S. 79–82.

14 »Die drei Brüder« (Tezel 8–10). – EB 291; vgl. ATh 653 A. – Der Stoff ist weit verbreitet als der »Streit um die belebte Jungfrau«, z. B. Türkisch: Kunos, Stambul, S. 45, bes. 54; Menzel, Zauberspiegel, S. 21 bis 24; Giese, Türk. Märchen, S. 193–198 (aus Tutināme). – Persisch: Tutināme, übers. Rosen II, 169 – Syrisch: Rev. des Trad. Popul. 23, 331 – Marokkanisch: ebd. 27, 97 – Kaukasisch: Dirr, Kaukas. Märchen, S. 101 – Georgisch: BP III, 55 – Mongolisch: Jülg, Mongol. Märchen, S. 61 – Sizilianisch: Gonzenbach, Sicil. Märchen, Nr. 45. Dasselbe Märchen liegt bei Grimm »Die vier kunstreichen Brüder« (KHM 129) vor. Nach den Untersuchungen von Benfey, Kl. Schriften III, 96, und BP III, 51, hat zuletzt P. Kretschmer diesem Stoff in Wiener Zeitschr. f. d. Kunde d. Morgenlandes, Bd. 37 (1930), eine Studie gewidmet mit dem Ergebnis, daß das Märchen aus Indien stammt. Um nicht weiter darauf einzugehen, sei auf die ausführlichste, leider kaum beachtete Abhandlung von Willard Edw. Farnham, The Contending Lovers, in Publications of the Modern Language Association of America, Vol. XXXV, Baltimore 1920, S. 247–323, verwiesen.

15 »Die vierzig Räuber« (Tezel 144–145). – EB 179; ATh 676. – Dieser aus 1001 Nacht stammende Stoff (Chauv. V, 83) ist zu einem Volksmärchen geworden, vgl. KHM 142 (»Simeliberg«) und BP III, 137. Durch Gallands Übersetzung ist das Märchen nach Europa gedrungen.

16 »Die belebte Puppe (Tezel 99–101). – EB 91; ATh 898. – Dieses bei den Türken in verschiedenen Varianten auftretende Märchen ist auch im griechischen Sprachgebiet bei R. M. Dawkins, Forty-five Stories from the Dodekanese, Cambridge 1950, Nr. 11, und bei Hahn, Griech. und alban. Märchen, Nr. 108, belegt; es kommt auch kaukasisch mit dem Titel Bebej-Xanum (»Baumwollen-Frau«) vor. Hier

haucht ein Derwisch der Puppe die Seele ein; der Mann heiratet drei Frauen, die alle drei umkommen; aus dem Gespräch von zwei Hunden entnimmt der Mann das Zauberwort, das die Frau zum Reden bringt, vgl. A. Dirr, Die Sprache der Ubychen, in Caucasia IV (1927), S. 114–116. Im italienischen Sprachgebiet immer wieder erzählt, zuweilen mit dem vorgesetzten Inclusa-Motiv, vgl. Gonzenbach, Sicilian. Märchen, Nr. 28; Pitrè, Fiabe novelle e raconti popul. siciliane, Nr. 67; Comparetti, Novelline popul. ital., Nr. 45 und Nr. 27; Crane, Tuscan Fairy Tales, Nr. 4.

17 »Die goldene Ziege« (Tezel 173–177). – EB 201 III; ATh 854. – Vgl. das Märchen »Vom goldenen Löwen« bei Gonzenbach, Nr. 68. Wie sich der Jüngling in die goldene Ziege steckt, verbirgt sich bei Gonzenbach Nr. 10, S. 58, der Räuber in einen »silbernen Adler« und Ohimè Nr. 23, S. 146, in eine »silberne Statue«, den St. Nikolaus. Im griechischen Märchen bei Hahn, Nr. 13, läßt sich der Held in das Fell eines Lammes mit goldenem Vlies nähen und wird so zu der versteckten Prinzessin gebracht. In einem pfälzischen Märchen (Schönwerth, Aus der Oberpfalz, Sitten und Sagen, Theil I–III, Augsburg 1857–59) II, 222 findet ein Fischersohn, dem dankbare Tiere die Fähigkeit der Verwandlung gegeben haben, in Gestalt eines Falken die Königstochter heraus. Der Stoff ist in romanischen Ländern oft erzählt, vgl. Pitrè, Novelle popul. toscane, Nr. 5; Comparetti, Novelline popul. italiane, Nr. 20; Imbriani, Nov. fiorentina, S. 286 und S. 302.

18 »Der Held aus Teig« (Tezel 179–183). – EB 281; ATh 650 A. – Im Türkischen ist dieses Märchen nur wenig belegt, trotzdem sind mehrere Motive im Orient beheimatet, z. B. die Kraft des Kindes; der Held wird in einen bösen Wald geschickt, die Kiste, aus der ein Mädchen hervorkommt; er heiratet zwei Bräute usw.

19 »Der Pferdemann« (Tezel 121–125). – ATh 425 B + ATh 313 II, III; EB 98 (mit 21 türkischen Varianten). – In unserer Fassung verlaufen einige Motivreihen etwas unterschiedlich. Während das Mädchen auf der Suche nach dem Mann nur zu zwei Schlössern kommt und die Riesenmutter nur zwei Aufgaben (Zwiebeln schälen, Wäsche waschen) stellt, werden Mädchen und Braut auf der Flucht dreimal verwandelt: Brunnen – Krug, Garten – Gärtner, Braut – Priester.
Diese Verwandlungen auf der Flucht sind häufig bezeugt: Gonzenbach, Nr. 14 u. II, 213 mit vielen Parallelen und weitere in ZVVk VI (1896), S. 65. Interessant ist die 3. Verwandlung: Braut – Priester, die sich z. B. bei Gonzenbach, S. 102, 348, 357; Haltrich, Deutsche Volksmärchen, Berlin 1856, Nr. 25 (Kirche und Pfarrer); Gaal-Stier, Ungar. Volksmärchen, Nr. 3 (Kapelle und Priester) auch findet.

Einige Züge sind nicht mehr deutlich oder mißverstanden, z. B. daß es sich um die Heirat des Sohnes mit einer Riesentochter handelt, und deshalb soll das Mädchen Trommel und Flöte holen. Zum Halten der brennenden Kerzen auf den Fingern vgl. Gonzenbach, S. 101, BP II, 247. Hinzu gekommen ist das Tauschen des Futters (Fleisch – Heu), vgl. Gonzenbach, S. 78; Prym-Socin, S. 288. Die Riesinnen wetzen ihre Zähne, vgl. Gonzenbach, S. 79; Hahn, Griech. Märchen, Anm. zu Nr. 65; Basile II, 10c; B. Schmidt, Nr. 5.
Das Märchen ist neben Kunos, Stambul, S. 88–94, auch außerhalb der Türkei weit verbreitet, z. B. A. Christensen, Märchen aus Iran, Nr. 1; auf dem Balkan vgl. Dawkins, Modern Greek Folktales, Nr. 13; v. Hahn, Griech. Märchen; A. Dima, Rumänische Märchen, Nr. 11; für Italien und Europa vgl. Gonzenbach, Nr. 15 u. II, 214; ZVVk 6, 65. Vgl. zu diesem Typ vor allem E. Tegethoff, Studien zum Märchentypus von Amor und Psyche, Bonn und Leipzig 1922, sowie J. Ö. Swahn, The Tale of Cupid and Psyche, Lund 1955. – Der magischen Flucht hat Aarne eine Spezialuntersuchung (FFC 92) gewidmet, nach der er asiatischen Ursprung des Märchens für wahrscheinlich hält (S. 153).

20 »Edik und Bedik« (Tezel 70–71) ist eigentlich eine Burleske. EB 327 III; ATh 1007 + vgl. ATh 1016.

21 »Das kluge Bauernmädchen« (Tezel 7–8). EB 235 III, IV; ATh 875. Weitere türkische Belege: Kunos, Mundarten der Osmanen (Radloffs Proben, Bd. VIII), Nr. 21; F. Vincze, Beiträge zur Kenntnis des anatolischen Türkisch (Keleti Szemle IX, 167–170). Wohl durch türkischen Einfluß in die Balkanländer gekommen: Dawkins, Modern Greek Folktales, Nr. 65; Leskien, Balkanmärchen, Nr. 1; Dawkins, Forty-five Stories from the Dodekanese, Nr. 20 und 21; im arabischen Sprachgebiet Spitta Bey, Contes arabes modernes, Nr. 3; H. Stumme, Tunesische Märchen und Gedichte, II, 76–77; Frobenius, Atlantis I, Nr. 50; Bin Gorion, Der Born Judas, Nr. 177. Zum Ganzen vgl. die Arbeit von J. de Vries, Die Märchen von klugen Rätsellösern (FFC 73). Dazu müßten nun die türkischen Belege verarbeitet werden.

22 »Der Däumling« (Tezel 12–14). EB 78; bei ATh findet sich keine Parallele.

23 »Der Kiepenträger« (Tezel 14–16). EB 58; ATh 560. Dieses Märchen, zu dem man A. Aarne, Märchenforschungen, Helsinki 1908, S. 56, vergleiche, ist weit verbreitet und findet sich mit Varianten z. B. bei v. Hahn, Griech. u. alban. Märchen, Nr. 9.

24 »Das Fellmädchen« (Tezel 78–81). EB 189; ATh 510 B. Zu den bei EB 189 gesammelten türkischen Belegen (ferner Kunos, Oszmán-

török népköltési gyüjtemény 62; Radloff, Proben VIII, 3) könnte man noch einige außertürkische hinzufügen: J. G. v. Hahn, Griechische und albanische Märchen, Nr. 27; Dawkins, Forty-five Stories from the Dodekanese, Nr. 14; Dawkins, Modern Greek in Asia Minor, 444–446 und 510–514. Zu einigen Varianten vgl. auch ATh 545 B.

25 »Der unglückliche Holzfäller« (Tezel 72–75) erinnert an Chamissos »Die Kreuzschau«. Bei EB 130 als »Schicksalsmöglichkeiten« mit nur unserem Beleg; vgl. ATh 460 B. Weitere Belege sind mir nicht bekannt.

26 »Das Zauberrohr« (Tezel 183–190). EB 175, ATh 566; oluk bedeutet »Rinne«, ich habe etwas freier »Rohr« übersetzt, EB 175 »Das Zauberportemonnaie«. Auch außerhalb der Türkei bekannt, so in Zentralasien; Jülg, Die Märchen des Siddhikür, Nr. 2, und Jungbauer, Turkestan 35–41. In ähnlicher Form auch in Griechenland; v. Hahn, Griech. Märchen Nr. 9, besonders die Varianten II, 203 bis 204; vgl. auch BP II, 455. Den Stoff hat A. Aarne in Mém. de la Soc. Finno-ougrienne XXV (1908), 23–142, vergleichend untersucht.

27 »Der Padischah des Goldenen Berges« (Tezel 157–160). EB 84 + EB 212 III; ATh 400, vgl. ATh 518. Man kann unser Märchen nicht zu EB 212 und ATh 519 stellen, das die »Turandot-Formel« enthält (vgl. dazu v. Hahn, S. 54), sondern es handelt sich um eine Aneinanderreihung von einzelnen Motiven und Motivreihen. Daraus seien nur einige angeführt: Gelöbnis eines Kindes an Dämon usw., vgl. nur Kunos, Stamul, S. 76–77; v. Hahn, Griech. und alban. Märchen, Anfang Nr. 4. Wie im Türkischen nach 12 Jahren kommt im Griechischen der Drakos auch nach 12 Jahren, vgl. Nr. 5. – Kreis als Gegenzauber. Der Sohn des Königs vom Goldenen Berge (KHM 92) machte einen Kreis und stellte sich mit seinem Vater hinein (BP II, 318–335). Auch im Russischen stellt sich der Held in den Kreis (Löwis of Menar, Russ. V.M., Nr. 48). Zum Zauberzeichen des Kreises im allgemeinen vgl. Wb. d. Aberglaubens V, 462–478. – Kind kommt ins Schloß und befreit die gefangene Prinzessin, vgl. die Parallele bei v. Hahn, Nr. 68, und wird König. – Sehnsucht nach den Eltern und Zusammenleben mit ihnen; besonders deutsche Parallelen, z. B. Jahn, Volksmärchen aus Pommern, S. 90; Dähnhardt, Deutsches Märchenbuch I, 46 ff.; Jegerlehner, Sagen und Märchen aus Oberwallis, S. 59 ff. – Teilung der Erbschaft und Überlistung der Streitenden genauso als Einzelmotiv bei v. Hahn, Nr. 114; es ist weit verbreitet, BP II, 331 ff.

28 »Der geizige Mann« (Tezel 1–2). EB 367; vgl. ATh 1407 A; ferner A. Schullerus, FFC 78, 73, Nr. 1407 S. Derselbe Stoff bei Littmann, Arabische Märchen, S. 408–412, »Die Geschichte von dem Herrn, der

schwanger wurde«. Die Schwangerschaft des Kadis, die Littmann, S. 443–444, von 1001 Nacht bis zu Boccaccio verfolgt, fehlt bei uns.

29 »Der Glücksvogel« (Talih 5–12) findet sich in dieser Form weder bei Eberhard-Boratav noch bei ATh (vgl. jedoch ATh 923 und ATh 510). Das Märchen besteht aus den Motivreihen: 1. die drei Fragen (Ratschläge) des Vaters; der Jüngste liebt den Vater wie Salz (EB 256 III); 2. dafür soll er getötet werden; als Zeichen des Todes dient das blutige Hemd (ältester Beleg Gen. 37, 31); 3. bei der Königswahl wird derjenige König, dem sich der Vogel auf den Kopf setzt. Dieses Motiv ist im Türkischen häufig, so etwa bei EB 136, EB 174, EB 195 III, EB 215 IV, EB 256 III; vgl. ferner noch Kunos, Stambul 14–15; Lidzbarski, Geschichte und Lieder, S. 101; ZDMG 36, 241; Radloff, Volksliteratur IV, 143; A. Hermann und M. Schwind, Die Prinzessin von Samarkand, Köln 1951, S. 47–48, sowie zum Ganzen BP I, 325; IV, 408. 4. Dreimal setzt sich der Vogel auf den Kopf des Jünglings. 5. Der neue König lädt seinen Vater ein und setzt ihm Speisen ohne Salz vor; beide erkennen sich.

30 »Die verwundete Prinzessin« (Talih 32–39). EB 137; ATh 883 C. Sonstige Parallelen sind mir nicht bekannt; vgl. auch Dawkins, Modern Greek in Asia Minor, S. 284 ff. und S. 300 ff.

31 »Ali, Veli und Deli (Talih 13–18). Diese Geschichte ist ein Konglomerat aus verschiedenen Motiven, deren letztes »Die drei Diebe« bei EB 349 belegt ist. Vgl. ATh 1654. Auch sonst fliehen Räuber, als sie auf dem Friedhof ihre Beute verteilen wollen, vgl. EB 199 IV; 343 III; 353.

32 »Der Zwerg Veli« (Talih 47–55). Auch dieses Märchen(vgl. ATh 327 B + vgl. ATh 328) ist ein Konglomerat und aus einzelnen bekannten Motiven zusammengesetzt; Aussetzung der Kinder infolge von Armut (EB 161 III, 1); sie werden in den Wald geschickt, aus dem sie sich heimfinden (Gonzenbach, Nr. 2; Pitrè, Fiabe, Nr. 30; Imbriani, Nov. fiorentina, Nr. 21; De Nino, Usi e constumi abbruzzesi, Nr. 9; F. Wolf, Portugiesische Volksromanzen, S. 44. Wie im Grimmschen Märchen von Hänsel und Gretel (BP I, 115) streut der Jüngste zuerst Kieselsteine, dann Brosamen, die aber von Vögeln aufgefressen werden. Die Kinder kommen zur Wohnung eines Devs, seine Menschenfrau versteckt sie: Ich rieche Menschenfleisch! (EB 146 V, BP I, 289). Die Kinder fliehen, der Dev verfolgt sie und schläft ein. Der Jüngste stiehlt ihm die Zauberschuhe (EB 161, 4; statt anderer Köhler, Kl. Schriften, I, 226) und eignet sich die Schätze des Devs an. Die letzte Motivreihe ist EB 161 »Die Kinder und die Riesin«; der türkische Text ist auch bei N. Tezel, İstanbul, S. 126–127, veröffentlicht.

33 »Der goldene Schuh« (Evvel 9–32). EB 60; ATh 510 A; vgl. auch

BP I, 168 ff.; DM Erg., S. 110 f., S. 16 f. Das Aschenputtel-Märchen (KHM 21) ist auch in der Türkei weit verbreitet (Tezel 51–57). Aus der Menge der wissenschaftlichen Bearbeitungen sei nur die letzte von Anna Birgitta Rooth, The Cinderella Cycle, Lund 1951, genannt.

34 »Perlmuttermaid« (Evvel 93–102). EB 165 (»Die Schwäne«); ATh 451. Nur ist es in der Motivreihe bei EB beim 1. Motiv die Stiefmutter, die die drei Söhne in Vögel verwandelt und die Tochter schwarz macht. Gegen EB 165 V glaube ich nicht, daß die Texte von Europa aus durch die moderne Übersetzungsliteratur beeinflußt sind, vielmehr handelt es sich um einen alten Stoff mit deutlichen orientalischen Motiven.

35 »Die Katze und der Löwe« (Yürükler 94–96). EB 12. Die Geschichte stammt aus dem Tutinâme, gehört also ursprünglich der Kunstliteratur an. – Kl. Schriften III, 70. Während bei Giese, S. 201–204, die literarische Form in kunstvollem, ja gekünsteltem Stil vorliegt, ist sie hier ins rein Volkstümliche abgesunken und hat die Sprache des einfachen Volkes angenommen.

36 »Die Katze und der Tiger« (Yürükler 60–61). EB 13; vgl. ATh 157 + ATh 38. Vgl. auch Ali Riza, Cenupta Türkmen oymakları II, 78; P. Boratav, Contes Turcs, S. 165–166 und 216; in Persien belegt bei O. Mann, Die Tâjîk-Mundarten der Provinz Fars, Berlin 1909, S. 130. Weitere Hinweise BP II, 96; DM Erg. 253.

37 »Die Katze im Palast« (Yürükler 72). EB 14; vgl. ATh 112 (wo es sich um Katzen, nicht um Mäuse handelt).

38 »Der Fuchs, der Krebs und die Schildkröte« (Yürükler 62–63). EB 4; ATh 1074 + ATh 275. Wie hier wird im neuaramäischen Märchen (M. Lidzbarski, Geschichten, S. 91) die Ernteteilung zwischen Fuchs und Krebs durch einen Wettlauf entschieden, wobei der Krebs durch List als erster ankommt und der Fuchs leer ausgeht. In Ostafrika ist es die List der Schildkröte, vgl. Meinhof, Afrikan. Märchen, Nr. 17, Basset, Contes Berbères I, 14, Nr. 6. Im Arabischen prellt der Igel den Wolf (Stumme, ZDMG 48, 396, Nr. 3), der Igel den Schakal im Maltesischen und Arabischen (Stumme, Maltes. Märchen 86, Nr. 33). Damit verwandt ist KHM 187 »Der Hase und der Igel«, vgl. BP III, 340, und DM Erg., S. 255 ff., Nr. 112.

39 »Fuchs und Bär« (Yürükler 81–82). EB 3. Der schwanzlose Fuchs veranlaßt die anderen Füchse, die Schwänze abzureißen, vgl. E. Laoust, Contes Berbères du Maroc, Nr. 12.

40 »Der Fuchs und das Schwein« (Yürükler 101–102). EB 1; ATh 41. Statt des Schweines tritt auch der Wolf oder der Bär auf, der im

Loch im Weinkeller steckenbleibt, dazu BP II, 109; Dähnhardt, Natursagen IV, 252. Weitere Parallelen bei Frobenius, Atlantis III, Nr. 7, für Griechenland von Hahn, Griechische und Albanische Märchen, Nr. 94. Literatur über Reineke Fuchs im Orient ist bei Chauvin II, 165–166 geboten; vgl. auch A. Graf, Die Grundlagen des Reineke Fuchs (FFC 38), S. 38, 69 ff., 135, und DM Erg., S. 251, Nr. 108.

41 »Die Schlange und der Wanderer« (Yürükler 92–93). EB 48; ATh 155. In literarischer Form bei Giese, S. 276–280; bei Griechen in Anatolien vgl. R. M. Dawkins, Modern Greek in Asia Minor, S. 334–336 und 428–432, Carnoy et Nicolaides, S. 238 ff.; De Courde manche; Fables turques, 1882, Nr. 40; in Persien vgl. A. Christensen, Märchen aus Iran, Nr. 31, Prym-Socin, Tûr Abdîn, S. 310–312; Born Judas III, 302; in Indien Benfey, Pantschatantra I, 113 und 117; R. Schmidt, Sukasaptati, S. 214; in Afrika Frobenius, Atlantis IX, 134; Reinisch, Nuba-Sprache I, 191, 206; zur Verbreitung auf türkischem Gebiet EB 48; im Orient: Chauvin II, 120; IX, 18; in Europa ZVVk VI, 166–167; weitere Nachweise bei Gonzenbach II, 247, und v. Hahn, Nr. 87; Köhler, Kl. Schriften, I, 50, 96, 412; BP II, 420.

42 »Selbstmord der Hasen« (Yürükler 85). EB 18; vgl. ATh 70. Schon bei Aesop (vgl. W. Wienert, Typen der griechisch-römischen Fabel, FFC 56, S. 116).

43 »Talisman der Tiersprache« (Yürükler 186–189). EB 56; ATh 670. Vgl. Radloff, Proben IV, 492; Tuti-Nameh, II, 236; Chauv. V, 179; weitere Literatur bei BP I, 132; Erlernen der Tiersprache Chauv. VIII, 49.

44 »Ungesühnte Rache« (Yürükler 89–91). EB 49 »Die Schlange«; ATh 285 D. Die Fabel findet sich im Pantschatantra, übers. Benfey II, 244, und behandelt I, 359; Hertel, Indische Märchen, S. 296–297. Die Fassung bei Aesop ist von Ben Edwin Perry, Aesopica, Urbana 1952, Bd. I, Nr. 573 behandelt; ich möchte noch auf die syrische Überlieferung (vgl. Hochfeld, Beiträge zur syrischen Fabelliteratur, Halle 1893, Nr. 60), die neuaramäische (vgl. Lidzbarski, Geschichten, S. 75), die kurdische (Prym-Socin, Kurdische Sammlungen II, Nr. 2), die arabische (M. Weisweiler, Arab. Märchen II, 217) sowie auf die südslawische (vgl. Fried. S. Krauss, Sagen und Märchen der Südslaven, Leipzig 1883) und griechische (vgl. Hahn, Griech. und alban. Märchen, Nr. 87) hinweisen. Die türkische Fassung kommt der indischen näher als die bei Aesop. Die Erzählung kommt auch in Gesta Romanorum vor. Ferner Chauv. II, 94 und auch BP II, 461. Zum Ganzen DM Erg., S. 236, Nr. 97; Köhler, Kl. Schriften I, 409, Rev. de traditions popul. VII, 411, 515.

45 »Die Elster als Botin« (Yürükler 70–71). EB 51. Die Geschichte hat stark islamisches Gepräge. Weitere Parallelen sind nicht bekannt; vgl. auch P. Boratav, Contes Turcs, S. 147–148 und 215.

46 »Die Schnecke« (Yürükler 64–66). EB 21; ATh 2023. Vgl. BP I, 293; H. Koşay, Ankara budun bilgisi, Ankara 1935, S. 92. Statt Schnecke findet sich Mistkäfer oder Maus, vgl. R. S. Boggs, FFC 90, Nr. * 2022; Boratav, Contes Turcs, S. 167–170, 217.

47 »Der Schakal und die Amsel« (Yürükler 73–74). EB 9; ATh 56 + ATh 56 A + ATh 1310 C. Zu dieser weit verbreiteten, aus Kalila und Dimna stammenden Geschichte vgl. die abweichende Form bei Dirr, Kaukasische Märchen, S. 157–158. Die Geschichte ist häufig belegt in Afrika; der türkischen Aufzeichnung kommt die nubische Fassung am nächsten, vgl. C. Meinhof, Afrikanische Märchen, Nr. 67. Andere afrikanische Belege bei L. Frobenius, Atlantis III, Nr. 1 und 10; E. Laoust, Contes berbères du Maroc, Nr. 27.

48 »Die Windesbraut« (Yürükler 158–160). EB 87 (wird als Nebenform des »Froschmädchens« EB 86 betrachtet), vgl. ATh 313 A + ATh 402; vgl. auch ATh 465 A. Für das Pfeilschuß-Ordal sei auf den Anfang von Kunos, Stambul, S. 267, und 1001 Nacht, Nr. 329, verwiesen. Auf dem Balkan ist das Märchen als »Die Äffin« bekannt, vgl. v. Hahn, Griech. und alban. Märchen, Nr. 67. Im deutschen Märchen Grimm Nr. 63 sind Federn an Stelle der Pfeile und die Kröte an Stelle der Äffin getreten. Die größte Ähnlichkeit damit hat ein indisches Märchen, für das auf Benfey, Pantschatantra I, 261 ff. hingewiesen sei.

49 »Die goldene Schale« (Yürükler 161–166). EB 71. Prinzessin gibt sich für eine Gold spendende Schale hin, wird deshalb von ihrem Vater vertrieben, bringt ihn aber später in eine ähnliche Lage. Vgl. dazu EB 192 V. Eine ähnliche türkische Version bei Giese 137–142, im Kaukasus belegt bei Dirr, Nr. 55; auch auf dem Balkan verbreitet, vgl. Dawkins, Modern Greek Folktales, Nr. 4; Hahn, Griech. und alban. Märchen, Nr. 109 (auch »Die Goldschale«). Im arabischen Sprachgebiet Spitta, Contes arabes, 30–42; Littmann, Arab. Märchen, 339–350. Zum Ganzen vgl. Köhler, Kl. Schriften II, 471.

50 »Das Mädchen vom Dev« (Yürükler 171–179). EB 108 IV; ATh 590 II + ATh 303; andere Varianten vgl. ATh 1120. Das Märchen ist die Mutter- oder Schwester-Verratformel, nach welcher der mit seiner Mutter (oder Schwester) flüchtige Held den Dev oder Drachen erlegt, die Mutter aber eine Liebschaft mit dem Dev beginnt, aus Furcht vor Entdeckung den Sohn auf gefährliche Abenteuer ausschickt, die der Held besteht und dann die Schuldigen bestraft. In verschiedenen Motivreihen tritt das Märchen auch bei anderen Völ-

kern Vorderasiens auf, z. B. Ghalatianz, Märchen und Sagen, Nr. 6; R. Lescot, Textes Kurdes, Nr. 3; Prym-Socin, Tur Abdin, Nr. 58; bei den Arabern: Spitta, Contes arabes, 123–136; Jahn, Mehri-Sprache, Nr. 7; Atlantis, II, Nr. 2. Auf dem Balkan belegt bei von Hahn, Nr. 24 26, 32, Variante zu 65, vgl. II, 279–282; Dawkins, Modern Greek Folktales, Nr. 27; Lambertz, Die geflügelte Schwester, 55–66; Leskien, Balkanmärchen, Nr. 63. Übrigens gibt es zu diesem Märchen das Volksbuch »Melek Schah ile Güllü Han«, übersetzt von O. Spies, Leipzig 1929, in dem derselbe Stoff verarbeitet wird. Zum Stoff des Märchens BP I, 551.

51 »Keloglan und der schwarze Knüppel« (Yürükler 124–135). EB 176 + EB 257; ATh 532 (für Abwandlungen ATh 530, 550, 563). Zu den arabischen Versionen dieses aus verschiedenen Motivreihen zusammengesetzten Märchens Schmidt-Kahle, Volkserzählungen aus Palästina, S. 216–223; Spitta, Contes arabes, Nr. 12; Littmann, 183 bis 203; Laoust, Contes berbères, Nr. 113; Atlantis III, Nr. 45 B. In Iran durch Christensen, Märchen aus Iran, Nr. 5, in Turkestan durch Jungbauer, Nr. 6, im Kaukasus durch Dirr, S. 47–65, belegt und auf dem Balkan zu verfolgen durch Leskien, Nr. 43, und Dawkins, Modern Greek Folktales, Nr. 39; Gonzenbach, Sicilian. Märchen, Nr, 52, sowie die vergleichenden Anmerkungen dazu II, 235.

52 »Alles kommt ans Tageslicht« (Kastamonu 87–88); aus Çankırı, Erzähler: Mustafa Vursal. EB 141; ATh 960. Statt der »Dornen« sind es in den orientalischen Literaturen die »Kraniche« bzw. »Feldhühner«, die den Mörder verraten; vgl. Schillers Kraniche des Ibykus. Literatur und Parallelen sind zusammengestellt bei R. Basset, Mille et un contes, récits et légendes arabes, Vol. II, Nr. 109, und bei Chauv. II, 123, und VII, 146–147. In der hessischen Überlieferung sind es die »Disteln«, vgl. Lyncker, Deutsche Sagen und Sitten, S. 112–113 »Den Mörder verrathen die Disteln«.

53 »Esel, Schaf und Hund« (Kastamonu, S. 101), aus Çankırı, Erzähler: Hüseyin Hız. Der Stoff hat Ähnlichkeit mit der Motivreihe bei EB 11, nur daß den drei Tieren die Flucht mißlingt, wodurch das Ende der Geschichte erreicht wird. (EB 11 III; vgl. ATh 130.)

54 »Der Traum des Jungen« (Kastamonu, S. 103–106), aus dem Dorf Cacıklar (Provinz Çankırı), Erzähler: Haci Şentürk. EB 197 + EB 77; ATh 725 + ATh 513 A. Das Märchen ist auch bei Nichttürken in Anatolien verbreitet: Dawkins, Modern Greek in Asia Minor, S. 536–540; Dawkins, Modern Greek Folktales, Nr. 53; Chalatianz, Armenische Märchen und Sagen, Nr. 5; auch sonst bekannt, z. B. Bergsträsser, Neuaramäische Märchen und andere Texte aus Maᶜlula, Nr. 15; Frobenius, Atlantis III, Nr. 44 und 48; O. Mann, Die

Tâjîk-Mundarten der Provinz Fars, S. 102–109; A. Dirr, Kaukasische Märchen, Nr. 5. Über das Motiv der Altentötung im Zusammenhang mit dem vorliegenden Märchen handelt J. de Vries in FFC 73, 365–367.

55 »Die sieben Devs« (Kastamonu 30–32), aus dem Dorf Ağaç Sökü (Kreis Taşköprü, Provinz Kastamonu), Erzähler Sait Cetin. Dieses Märchen ist weit verbreitet, wie die Belege bei EB 162 »Memiş [1], der Angsthase« zeigen. ATh 1060 + ATh 1049 + ATh 1115; vgl. auch ATh 1640. Weitere Hinweise: Kunos, Türk. Märchen aus Istanbul, S. 56–62 »Kara Mustafa, der Held«; Radloff VIII, 207–212. Für die Griechen Anatoliens vgl. Dawkins, Modern Greek in Asia Minor, 550–554, für die Armenier vgl. N. W. Orloff, Armenian Folk Tales, 43–51; für den Balkan vgl. v. Hahn, Griech. und alban. Märchen, Nr. 23; Kretschmer, Neugriech. Märchen, Nr. 33. Parallele Überlieferungen in anderen Ländern: Gonzenbach, Sicilianische Märchen, Nr. 41 mit den vergleichenden Anmerkungen von R. Köhler, ebenda II, 231; Jülg, Mongol. Märchen, 164–171; Cosquin, Contes de Lorraine I, 95–102; II, 353 ff.; Grimm Nr. 20 und die Anmerkungen bei BP dazu. Zur Überlistung des Riesen durch den Dummen bzw. Schwachen vgl. R. Köhler, Jahrbuch für rom. und engl. Lit. V, 7; VII, 16; VIII, 252.

56 »Der Geizige und der Freigebige« (Kastamonu, S. 58–60), aus dem Dorf Recep bey (Kreis Araç, Provinz Kastamonu), Erzähler Aziz Gozelyıl. EB 67; ATh 613; einzelne Motive auch bei EB 253.

57 »Das Basilikummädchen« (Caferoglu, Kars, 62–65); EB 192; ATh 879. Der Stoff kommt im türkischen Sprachgebiet in zwei Untergruppen vor, die bei EB 192 besprochen sind. Bisher war es nur durch Kunos, Stambul, S. 159 ff. bekannt, ist aber im arabischen Sprachgebiet belegt: Artin, Contes populaires, Nr. 20; Schmidt-Kahle, Palästina-Erzählungen, Nr. 92; Jahn, Mehri-Sprache, Nr. 22; Laoust, Contes berbères, Nr. 99; Bergsträsser, Neuaramäische Märchen aus Maᶜlula, Nr. 3. Ferner Keightley, Tales and popular Fictions, S. 236. Da W. Ruben in seinem Aufsatz »Ende gut, alles gut« (Belleten Nr. 25, Ankara 1945, S. 113–155) das Märchen vergleichend behandelt hat, erübrigt sich hier ein näheres Eingehen. In Italien (neben Basile II, 3; III, 4) besonders bei Gonzenbach, Sicilian. Märchen, Nr. 36 vertreten, wo an Stelle der Ausflüge nach den drei Bergen die Reisen nach Rom, Neapel und Genua vorkommen.

58 »Mahmud Mabud« (Kastamonu 91); EB 131 als »Unglücksmann« mit anderen Motiven; ATh 841, vgl. ATh 947. Der Stoff scheint literarisch zu sein, aus dem Arabischen zu stammen und auf Sultan Mah-

[1] Memiş ist die Verkleinerungsform von Mehmed, also der kleine Mehmed.

mud übertragen zu sein. Vgl. R. Basset, Mille et un Contes, récits et légendes arabes, Vol. III, 532–533 mit weiteren Nachweisen. Vgl. ferner W. A. Clouston, A group of Eastern Romances and Stories, S. 425.

59 »Köse« (Kastamonu 83–85); EB 351 »Das Vieh im Meer«; ATh 1539. Der Stoff ist in der Türkei (Tezel, Keloglan, 35–53; Boratav, Contes Turcs, Nr. 20 und Anmerkungen, S. 218–219; Yürükler, S. 167–170; Dawkins, Modern Greek in Asia Minor, 518–520; Khatchatrianz, Armenian Folk Tales, 13–18, wie auch im Orient weit verbreitet: Stumme, Tunesische Märchen, 136–140; Frobenius, Atlantis I, Nr. 39; Bleichsteiner, in Zeitschr. Caucasia I, Nr. 1, und findet sich auch auf dem Balkan: in fast derselben Form bei Hahn, Nr. 43 sowie Anmerkungen dazu II, 245–246; Kretschmer, Neugriech. Märchen, Nr. 22, und scheint von hier ins Slawische gedrungen zu sein, vgl. A. Mazon, Contes slaves de la Macédoine, Nr. 25. Zum Ganzen BP Nr. 61 »Das Bürle«.

60 »Der Traum« (Caferoglu, Anadolu Dialektolojisi Üzerine Malzeme I, İstanbul 1940, S. 64–66). EB 136 »Das Unglück«; ATh 938. Mit Absicht habe ich dieses aus dem Volksmund aufgezeichnete Märchen gebracht, um den einfachen, unretuschierten Erzählstil zu zeigen, der ganz im Gegensatz zu der von Ömer Seyfettin überarbeiteten Form steht, die F. Giese in Türk. Märchen, S. 155–168, übersetzt hat. Der im Orient weit verbreitete Stoff scheint auf die Eustachius-Legende (vgl. ZVVk 28, 154) zurückzugehen. Statt Ernennung des Mufti ist die Königswahl durch Vogel (Adler, Papagei, Taube) weit verbreitet, vgl. hier Nr. 29, Kunos, Stambul, S. 14–15; A. Hermann, Die Prinzessin von Samarkand, Köln 1951, S. 47–48; Radloff, Proben der Volksliteratur IV, 143; Prym-Socin, Kurdische Sammlungen, S. 32; ZDMG 36, 241; Lidzbarski, Geschichten und Lieder aus den neuaramäischen Handschriften, S. 101; BP I, 325; IV, 408.

Herrn Dr. K. Schier, der mein Manuskript durchgesehen und mich auf Fehler aufmerksam gemacht hat, und Herrn Dr. F. Harkort, Göttingen, der freundlichst Auskünfte bei der Typenbestimmung gegeben hat, bin ich zu Dank verpflichtet.

Literatur

Artin Pacha, Jacoub, Contes populaires de la valée du Nil, Paris 1895

Basset, R., Contes populaires berbères, Paris 1887

Boratav, P., Contes turcs, Paris 1955

Carnoy, E. H., et J. Nicolaides, Traditions populaires de l'Asie Mineure, Paris 1889

Christensen, A., Märchen aus Iran, Jena 1939 (MdW)

Comparetti, Novelline popolari italiane, 1875

Dawkins, R. M., Modern Greek Folktales, Oxford 1953

–, Modern Greek in Asia Minor, Cambridge 1916

Dirr, A., Kaukasische Märchen, Jena 1922 (MdW)

Eberhard, W., und P. N. Boratav, Typen türkischer Volksmärchen, Wiesbaden 1953. Dazu:

Anderson, W., in: Hessische Blätter für Volkskunde, Bd. XLIV, 111–132

Tietze, A., in: Oriens, Bd. VII (1954), 141–152

Finger, S., Märchen aus Lasistan, Mittl. d. Anthropol. Gesellschaft, Wien LXIX (1939), 174–224

Frobenius, L., Atlantis, Volksmärchen und Volksdichtungen Afrikas, I–XII, Jena 1921–1928

Giese, F., Türkische Märchen (MdW), Jena 1925

Gonzenbach, L., Sicilianische Volksmärchen, Bd. I–II, Leipzig 1870

von Hahn, J. G., Griechische und albanesische Märchen, Bd. I–II, Leipzig 1864

Hermann, A., und M. Schwind, Die Prinzessin von Samarkand. Märchen aus Aserbeidschan und Armenien, Köln 1951

Hertel, J., Indische Märchen, Jena 1925 (MdW)

Imbriani, Novellaja fiorentina, 1877

Jungbauer, G., Märchen aus Turkestan und Tibet, Jena 1923 (MdW)

Köhler, R., Kleinere Schriften zur Märchenkunde, Bd. I–III, Weimar 1898–1900

Kretschmer, P., Neugriechische Märchen, Jena 1917 (MdW)

Kunos, J., Türkische Volksmärchen aus Stambul, Leiden 1905

Lambertz, M., Die geflügelte Schwester, Eisenach 1952

Laoust, E., Contes berbères du Maroc, 2 Bde., Paris 1949

Leskien, A., Balkanmärchen aus Albanien, Bulgarien, Serbien und Kroatien, Jena 1925 (MdW)

von der Leyen, Fr., Die Welt der Märchen, 2 Bde., Düsseldorf und Köln 1952–1953

Lidzbarski, M., Geschichten und Lieder aus den neuaramäischen Handschriften, Weimar 1896

Littmann, Enno, Arabische Märchen, aus mündlicher Überlieferung gesammelt und übertragen, Leipzig 1957
–, Die Erzählungen aus den tausendundein Nächten, 6 Bde., Leipzig 1924
Märchen der Weltliteratur, Die, Jena und Düsseldorf (Eugen Diederichs Verlag), hrsg. von Friedrich von der Leyen und Paul Zaunert
Meinhof, K., Afrikanische Märchen, Jena 1921 (MdW)
Menzel, Th., Billur Köschk (Der Kristall-Kiosk), Hannover 1923
–, Der Zauberspiegel, Hannover 1924
Oestrup, J., Contes de Damas, Leiden 1897
Pitrè, Fiabe novelle e racconti popul. siciliane, 1875
–, Novelle popul. toscane, 1885
Prym-Socin, E., Der neuaramäische Dialekt des Tur Abdin, Göttingen 1881
Radloff, W., Proben der Volksliteratur der türkischen Stämme, besonders Bd. VIII, Petersburg 1899
Rosen, Georg, Tuti-nameh. Das Papageienbuch, Leipzig 1858, 1956
Schmidt, B., Griechische Märchen, Sagen und Volkslieder, Leipzig 1877
Schmidt, Hans, und P. Kahle, Volkserzählungen aus Palästina, Göttingen 1918
Spitta-Bey, G., Contes arabes modernes, Leiden 1883
Tinzmann, J., Märchen der Völker der Sowjet-Union, Berlin 1950
Thompson, Stith, Motif-Index of Folk Literature, 6 Bde., Kopenhagen, 2. Aufl. 1955–1958

Verzeichnis der behandelten Märchentypen

1. bei Eberhard Boratav

1	= 40
3	= 39
4	= 38
9	= 47
11	= 53
12	= 35
13	= 36
14	= 37
18	= 42
21	= 46
48	= 41
49	= 44
51	= 45
56	= 43
58	= 23
60	= 33
67	= 56
71	= 49
72	= 4
77	= 54
78	= 22
83	= 8
84	= 8
84	= 27
87	= 48
89	= 13
91	= 16
98	= 8
98	= 19
108 IV	= 50
130	= 25
131	= 58
136	= 29
136	= 60
137	= 30
141	= 52
143	= 6
146 V	= 32
161 III	= 32
161 IV	= 32
162	= 55
165	= 34
168	= 11
174	= 12
175	= 26
176	= 51
179	= 15
185	= 2
187	= 1
189	= 24
192 V	= 49
192	= 57
195 III	= 29
197	= 54
199 IV	= 31
200	= 10
201	= 17
202	= 10
211	= 9
212 III	= 27
213 III	= 7
214	= 3
215 IV	= 29
235 III, IV	= 21
239	= 5
253	= 56
256	= 29
256 III	= 29
257	= 51
281	= 18
291	= 14
327 III	= 20
343 III	= 31
349	= 31
351	= 59
353	= 31
367	= 28

2. bei Aarne Thompson

38	= 36	560	= 23
41	= 40	563	= 51
56	= 47	566	= 26
70	= 42	567	= 12
112	= 37	590 II	= 50
130	= 53	613	= 56
155	= 41	650	= 18
157	= 36	653 A	= 14
275	= 38	670	= 43
285	= 44	676	= 15
301 A	= 4	707	= 5
302	= 7	725	= 54
303	= 50	841	= 58
313	= 8	854	= 17
313 II, III	= 19	875	= 21
313 A	= 27, 48	879	= 57
313 A	= 48	883 C	= 30
314 V, VI	= 4	891 A	= 1
327 B	= 32	894	= 2
328	= 32	898	= 16
400	= 27	923	= 29
402	= 48	930	= 3
408	= 13	938	= 60
425 B	= 19	947	= 58
450	= 11	956	= 7
451	= 34	960	= 52
460 B	= 25	1007	= 20
465 A	= 48	1016	= 20
510	= 29	1049	= 55
510 A	= 33	1060	= 55
510 B	= 24	1074	= 38
513 A	= 54	1115	= 55
516	= 3	1120	= 50
518	= 7, 27	1310 C	= 47
530 I	= 51	1407 A	= 28
532	= 7,51	1535	= 59
545 B	= 24	1539	= 59
550	= 51	1640	= 55
550 II	= 7	1654	= 31
552	= 7	2022	= 46

INHALT

1.	Die Geschichte vom Kristallpalast und Diamantschiff	5
2.	Der Geduldstein	16
3.	Die Geschichte von Sefa und Dschefa	21
4.	Die Geschichte vom Smaragd-Phönix	29
5.	Die goldhaarigen Zwillingskinder	47
6.	Ahmeds Glück	69
7.	Der Wind-Dev	77
8.	Die Taubenjungfrau	90
9.	Liebe	94
10.	Der verliebte Prinz	98
11.	Der Hirsch	105
12.	Die Niere	108
13.	Die drei Zitronenmädchen	112
14.	Die drei Brüder	119
15.	Die vierzig Räuber	122
16.	Die belebte Puppe	124
17.	Die goldene Ziege	128
18.	Der Held aus Teig	133
19.	Der Pferdemann	140
20.	Edik und Bidik	145
21.	Das kluge Bauernmädchen	148
22.	Der Däumling	150
23.	Der Kiepenträger	153
24.	Das Fellmädchen	157
25.	Der unglückliche Holzfäller	161
26.	Das Zauberrohr	165
27.	Der Padischah des Goldenen Berges	176
28.	Der geizige Mann	182
29.	Der Glücksvogel	185
30.	Die verwundete Prinzessin	190
31.	Ali, Veli und Deli	195
32.	Der Zwerg Veli	199
33.	Der goldene Schuh	205
34.	Die Perlmuttermaid	221

35. Die Katze und der Löwe 228
36. Die Katze und der Tiger 230
37. Die Katze im Palast 231
38. Der Fuchs, der Krebs und die Schildkröte 232
39. Fuchs und Bär 233
40. Der Fuchs und das Schwein 234
41. Die Schlange und der Wanderer 235
42. Selbstmord der Hasen 236
43. Talisman der Tiersprache 237
44. Ungesühnte Rache 241
45. Die Elster als Botin 243
46. Die Schnecke 244
47. Der Schakal und die Amsel 245
48. Die Windesbraut 247
49. Die goldene Schale 249
50. Das Märchen vom Dev 253
51. Keloglan und der schwarze Knüppel 262
52. Alles kommt ans Tageslicht 272
53. Esel, Schaf und Hund 274
54. Der Traum des Jungen 275
55. Die sieben Devs 281
56. Der Geizige und der Freigebige 284
57. Das Basilikummädchen 287
58. Mahmud, Mabud 291
59. Köse 292
60. Der Traum 297
Nachwort 301
Anhang 309

DIE MÄRCHEN DER WELTLITERATUR

Albanische Märchen. *Hrsg. von Martin Camaj und Uta Schier* (Herbst 1974)

Altägyptische Märchen. *Hrsg. von Emma Brunner-Traut*

Arabische Märchen I und II. *Hrsg. von Max Weisweiler*

Märchen der Azteken und Inkaperuaner, Maya und Muisca. *Hrsg. von Walter Krickeberg*

Brasilianische Märchen. *Hrsg. von Felix Karlinger und Geraldo de Freitas*

Bretonische Märchen. *Hrsg. von Ré Soupault*

Buddhistische Märchen. *Hrsg. von Else Lüders*

Bulgarische Volksmärchen. *Hrsg. von Václav Frolec*

Chinesische Märchen. *Hrsg. von Richard Wilhelm*

Deutsche Märchen seit Grimm. *Hrsg. von Paul Zaunert. Neu bearbeitet von Elfriede Moser-Rath*

Englische Volksmärchen. *Hrsg. von Katherine Briggs und Ruth Michaelis-Jena*

Eskimo-Märchen. *Hrsg. von Heinz Barüske*

Finnische und estnische Märchen. *Hrsg. von August von Löwis of Menar*

Französische Märchen. *Hrsg. von Ré Soupault*

Griechische Volksmärchen. *Hrsg. von Georgios A. Megas*

Grimms Kinder- und Hausmärchen I und II. *Vollständige Ausgabe. Hrsg. von Friedrich von der Leyen*

Indianermärchen aus den Kordilleren. *Hrsg. von Bertha Kössler-Ilg*

Indische Märchen. *Hrsg. von Johannes Hertel*

Indonesische Märchen. *Hrsg. von Ulrich Kratz*

Irische Volksmärchen. *Hrsg. von Käte Müller-Lisowski*

Italienische Volksmärchen. *Hrsg. von Felix Karlinger*

Japanische Volksmärchen. *Hrsg. von Horst Hammitzsch*

Märchen der Kabylen. *Gesammelt von Leo Frobenius, neu hrsg. von Hildegard Klein*

Märchen aus Korea. *Hrsg. von Hans-Jürgen Zaborowski* (Herbst 1974)

Legendenmärchen aus Europa. *Hrsg. von Felix Karlinger und Bohdan Mykytiuk*

Lothringer Volksmärchen. *Neuausgabe. Hrsg. von Angelika Merkelbach-Pinck*

Märchen aus Mallorca. *Hrsg. von Felix Karlinger*

Mazedonische Volksmärchen. *Hrsg. von Wolfgang Eschker*

Nordamerikanische Indianermärchen. *Hrsg. von Gustav A. Konitzky*

Norwegische Volksmärchen. *Hrsg. von Klara Stroebe und Reidar Th. Christiansen*
Persische Märchen. *Hrsg. von Arthur Christensen*
Plattdeutsche Volksmärchen. *Gesammelt von Wilhelm Wisser*
Polnische Volksmärchen. *Hrsg. von Ewa Bukowska-Grosse und Erwin Koschmieder*
Provenzalische Märchen. *Hrsg. von Felix Karlinger und Gertrude Gréciano*
Rätoromanische Märchen. *Hrsg. von Leza Uffer*
Rumänische Volksmärchen. *Hrsg. von Felix Karlinger und Ovidiu Birlea*
Russische Volksmärchen. *Hrsg. von August von Löwis of Menar. Revidierte Ausgabe von Reinhold Olesch*
Schottische Volksmärchen. *Hrsg. von Hannah Aitken und Ruth Michaelis-Jena*
Schwedische Volksmärchen. *Hrsg. von Kurt Schier*
Schweizer Volksmärchen. *Hrsg. von Robert Wildhaber und Leza Uffer*
Sibirische Volksmärchen. *Erster Band: Wogulen und Ostjaken. Hrsg. von János Gulya*
Märchen aus Thailand. *Hrsg. von Christian Velder*
Märchen aus Tibet. *Hrsg. von Helmut Hoffmann*
Tschechische Volksmärchen. *Hrsg. von Oldrich Sirovatka*
Türkische Volksmärchen. *Hrsg. von Otto Spies*
Ungarische Volksmärchen. *Hrsg. von Agnes Kovács*
Märchen aus Vietnam. *Hrsg. von Otto Karow*
Zigeunermärchen. *Hrsg. von Walther Aichele und Martin Block*

EUGEN DIEDERICHS VERLAG